Die Tanzmeisterin

Daniela Brotsack

Die

Tanzmeisterin

Bibliografische Information der Deutschen Nationalbibliothek
Die Deutsche Nationalbibliothek verzeichnet diese Publikation
in der Deutschen Nationalbibliografie; detaillierte bibliografische Daten sind im Internet über http://dnb.d-nb.de abrufbar.

Impressum

2. erweiterte Auflage 2024
ISBN-13: 978-3-7693-0711-5
© 2021–2024 Daniela Brotsack, www.daniela-brotsack.com
Alle Rechte vorbehalten.
Cover-Zeichnungen: © Alfred Leiblfinger
Layout: © Daniela Brotsack
Fächerdruck: © Sabine Schmidt bei Fa. Westra-Druck KG,
91555 Feuchtwangen, www.westra-druck.de
Satz und Layout: Daniela Brotsack
Verlag: BoD · Books on Demand GmbH, In de Tarpen 42,
22848 Norderstedt, bod@bod.de
Druck: Libri Plureos GmbH, Friedensallee 273, 22763 Hamburg

Das Leben ist zu kostbar,
um es mit Nichtigkeiten zu vergeuden!

Vorwort

Mit diesem Buch halten Sie einen besonderen Roman in Ihren Händen. Daniela Brotsack lässt uns mit ihrer Geschichte in die Zeit des 18. Jahrhunderts eintauchen, in der auch Wolfgang Mozart in Salzburg lebte. Dieser Roman macht Lust auf Kultur! Und nebenbei erfährt der Leser viel Interessantes aus der Geschichte dieser Zeit.

Die Autorin Daniela Brotsack ist seit vielen Jahren Teilnehmerin meiner Tanzgruppe in Salzburg, in der wir Kontratänze der Zeit Mozarts und englische Country Dances tanzen. Inspiriert durch unsere Erlebnisse und Erfahrungen mit dem Tanz reifte bei Daniela die Idee zu diesem Roman und so habe ich als heutige Tanzmeisterin die Ehre, das Vorwort zu schreiben.

Gemeinsam haben wir viele Feste mit Tanz und Musik erlebt und Daniela beschreibt in ihrem Roman authentisch, wie das gemeinsame Tanzen uns Menschen verbindet, glücklich macht und stärkend wirkt. Genauso erleben wir es immer wieder.

Auch wenn das Buch „Die Tanzmeisterin" heißt, ist Tanz nicht der Hauptinhalt. Wie ich im ersten Satz schon schrieb: Sie halten ein besonderes Buch in den Händen.

Warum? Weil dieser Roman etwas ganz Besonderes bewirken kann: Er hat das Potential, durch das Lesen eine wohltuende Atmosphäre zu verbreiten.

Es wirkt heilsam für die Seele, in diesem Roman zu erleben, wie sich im Kreis um die Hauptperson und Erzählerin die Menschen wertschätzend, mit gegenseitiger Achtung und Würde begegnen. Wie in jedem Menschen, unabhängig von sozialem Stand, vor allem das Sein, der gute Wille und die Ehrlichkeit zählen. Für diese Werte setzt sich die Protagonistin mit eigenem Vorbild und genialen Ideen, die sie in die Tat umsetzt, ein und nimmt den Leser mit in ihre Welt.

Natürlich gibt es dort nicht nur Sonnenschein und Heiteres. Die Welt, in die uns die Autorin führt, spielt alle Stücke des Lebens – von Unglück, Leid und Trauer bis Freude, Erfolg und Glücklich-Sein.

Der Umgang mit Schicksalsschlägen und Ereignissen wird durch die Erzählerin Victoria und ihre Familie geprägt. Die Menschen helfen einander, sie hören einander zu, sind füreinander da und kommen, auf diese Weise gestärkt, gemeinsam durch Krisen. Dabei helfen auch die Kultur – im Roman besonders hervorgehoben – die Musik und der Tanz. Daniela Brotsack lässt ihre Erzählerin besondere Perlen der Musik hören oder selber musizieren und beschreibt sie in einer Weise, dass man sich am liebsten sofort jedes Stück anhören möchte.

Und – wie könnte es anders sein – alle diese menschlichen Werte, die das Leben so lebens- und liebenswert machen und die durch diesen Roman lebendig werden, erlebe ich bei der Autorin selbst. Wo immer möglich, bereichert Daniela ihre Umwelt durch Ideen und Initiativen, um gemeinsam Schönes und damit Stärkendes zu erleben.

Auch ihre beiden früheren Romane sind erfüllt von diesen Werten. Der erste Roman „Mit dem Mut einer Löwin" spielt im Mittelalter, der zweite „Des Falken Treue", wie eine Fortsetzung des ersten, erzählt eine Geschichte unserer heutigen Zeit.

Ich wünsche viel Freude beim Lesen des Romans „Die Tanzmeisterin".

Salzburg, im März 2021

Verena Brunner,
Tanzmeisterin von heute

Kurz erklärt

Liebe Leserin,
Lieber Leser,

irgendwann um das Jahr 2007 entdeckte ich meine Begeisterung für mittelalterliche Tänze. Kurz vor dem 1. Paris Lodron Ball der Universität Salzburg in den Räumen der fürsterzbischöflichen Residenz 2012 habe ich dann auch die Tänze aus der Mozartzeit kennen und lieben gelernt und bin seitdem in der Salzburger Tanzgruppe von Verena Brunner mit Mitgliedern aus sieben Jahrzehnten, die mit viel Spaß und Freude historische Tänze probt.

In früheren Jahrhunderten tanzten alle bis zum höchsten Fürsten. Heutzutage wird Tanz oft als unmännlich angesehen. Dabei gilt ein guter Tänzer bei vielen Frauen immer noch als besonders attraktiv. Um der verbreiteten Tanzfaulheit etwas entgegenzusetzen, wollte ich über diese herrliche Art der Bewegung schreiben, um andere zu begeistern.

Nach den ersten etwa vierzig Seiten meines Manuskripts stockte mein Schreibfluss. Als ich wieder weiterarbeitete, entwickelten einige meiner Protagonisten ein Eigenleben. Sie wollten so gar nicht das Leben akzeptieren, das ich ihnen zugedacht hatte und ließen mich nicht in Ruhe, bis ich alles umgeschrieben hatte. Was allerdings auch hieß, dass der zeitliche Rahmen meiner Erzählung sich ändern musste.

Da eine Frau im 18. Jh. so eine Profession wie Tanzmeister nur schwerlich auf sich allein gestellt ausfüllen konnte, sah ich mich gezwungen, meiner Protagonistin einen Bruder an die Seite zu stellen, der die Begeisterung für den Tanz mit ihr teilt.

Obwohl ich auf keinen Fall einen Liebesroman schreiben wollte (zum wiederholten Mal), sah ich das Problem, dass eine ledige Frau zu der Zeit in den Augen der Gesellschaft nichts galt, weshalb meine Tanzmeisterin nicht unverheiratet bleiben durfte – und dadurch auch die Liebe mit dabei ist.

Ich hoffe, ich habe den Spagat zwischen historischen Fakten und einer gut lesbaren Geschichte mit sympathischen Menschen soweit geschafft, um meine Leserinnen und Leser auch für jene Frauen zu faszinieren, die gegen alle Widerstände in früherer Zeit ihren Weg gingen und durchaus erfolgreich waren.

Trotz der zahlreichen historisch belegten Personen und Fakten weise ich darauf hin, dass meine Geschichte ein Roman ist, in dem es auch viele fiktive Dialoge und Szenen gibt. Ich hatte nicht den Anspruch, jedes Detail historisch korrekt wiederzugeben und habe mir die Freiheit genommen, meine Protagonisten auch gegen manche damals herrschenden Konventionen agieren zu lassen. Denn: wer weiß schon, ob es nicht auch zu der beschriebenen Zeit Menschen und Ideen gab, die den von mir erdachten ähnelten?

Noch ein Wort zum Cover: Zu der beschriebenen Zeit waren Fächer ein sehr verbreitetes Accessoire. Dadurch, dass die Damen Korsetts und oft unzählige Lagen von Stoff trugen, war ein Fächer wenigstens eine kleine Hilfe, um in stickiger Luft einer Ohnmacht vorzubeugen. Ich dachte mir, der ganz persönliche Fächer einer Tanzmeisterin könnte die Insignien ihrer Kunst zusammen mit einigen Zeichnungen von Tanzfiguren zeigen. Manche Tanzmeister propagierten als Voraussetzung für ihre Profession die Beherrschung folgender Fähigkeiten: Tanzen, reiten, fechten und Pochette (Taschengeige) spielen.

Den Freunden meiner Protagonistin Victoria habe ich Namen von zu der Zeit längst ausgestorbenen Adelsgeschlechtern aus Bayern gegeben.

Ich wünsche viel Vergnügen mit der Tanzmeisterin und ihren Abenteuern!

Deine
Daniela Brotsack

„Ein jeder will gern ein verständiges Weib haben,
aber die Mittel des Verstandes will man ihnen
nicht zulassen.“

Januar 1774

Es war kalt und wir hatten eine respektable Menge Schnee. Von Erzbischof Colloredo kam eine Einladung zu einer Schlittade vom Domplatz hinaus zum Schloss Hellbrunn mit anschließendem Maskenball in der Residenz ins Haus geflattert. Das dafür festgesetzte Datum war der nächste Vollmond am 27. des Monats, einem Freitag. Mamma sollte im Schloss Hellbrunn die Gäste des Fürsten bei einem kleinen Empfang mit ihrer Musik unterhalten. Aus diesem Grund bekam unsere Familie das besondere Privileg, auch zur Schlittade selbst eingeladen zu werden und niemand, der sich auf den Beinen halten konnte, würde so eine Einladung ausschlagen.

Pappa sprach das Thema am Abend an: „Wir haben zwei Schlitten und auch die dafür trainierten Pferde, die tauglich für so eine Ausfahrt sind. Das heißt, es ist Platz für jeden von uns. Den Schlitten mit eurer Mamma werde selbstverständlich ich selbst lenken. Den zweiten mit Victoria wirst du lenken, Christoph."

Nun übernahm Mamma das Wort. „Gleichzeitig mit der Einladung des Fürsten kam übrigens eine weitere Einladung von eurem Onkel Josef und Tante Maria, in der sie uns anbieten, die Tage um die Schlittade bei ihnen in Salzburg zu nächtigen. Durch den Sekretär des Fürsten wissen sie natürlich, dass wir dabei sein werden. Ist das nicht wunderbar?"

Pappa nickte zustimmend. „Dein Bruder Josef und seine Frau Maria sind liebe Menschen, die ich gerne wieder sehen möchte.

Ich freue mich schon sehr auf diesen Abend. Bitte versprecht mir, euch so vorzubereiten, dass mir keiner müde und unaufmerksam wird. Das könnte mit den Schlitten besonders in der Dunkelheit gefährlich werden. Ach ja, und damit meine Kinder beide ihren Spaß haben, werden wir auf dem Weg in die Stadt die Paare mischen. Christoph, du begleitest deine Mamma und ich werde mich in die fähigen Hände meiner Tochter begeben und ihr die Zügel überlassen."

Ich umarmte meinen klugen Pappa mit dem weichen Herzen. Er würde seine Entscheidung nicht bereuen.

Christoph und ich kümmerten uns um die Vorbereitungen in Stall und Remise. Zuerst inspizierten wir nochmals die Schlitten. Einer sah aus wie ein Wolf und der andere wie ein angriffslustiger Adler. Beide waren in gutem Zustand und mussten nur etwas gesäubert werden. Hier und dort erneuerten wir noch die Farbe.

Es waren zwei wirklich komfortable Schlitten, die von Pappas Eltern stammten. Beide hatten unter dem Sitz einen Raum, in dem man einen heißen Ziegelstein verstauen konnte, damit es die sitzende Person schön warm am Allerwertesten hatte. Und beide hatten an den Kufen, wo der Kutscher stand, ein aufgeschraubtes Gestell, das etwa kniehoch war und unten nach hinten gebogen war. Darauf stand der Pferdelenker und es schützte ihn und seine Beine vor Schnee und Nässe von vorne, was eine große Erleichterung bedeutete und kein Standard war. Zudem hatten beide Gefährte jeweils eine Laterne vorne mittig, die den Weg direkt vor dem Pferd bescheinen sollte, sowie Halterungen für Fackeln.

Für die Sitze waren aus Bärenfellen genähte Sitzsäcke vorhanden. Pelz innen und Leder außen. Damit waren Beine und Unterleib des Sitzenden geschützt vor Wind und Wetter.

Mamma und ich hatten unglaublich Spaß an den weiteren Vorbereitungen. Wir freuten uns wie die Kinder auf diese Ausfahrt und packten für zwei Tage und Nächte Kleidung ein, dachten aber auch an genügend Fackeln für die Schlitten.

Wenige Tage später machten wir uns am Vortag des Spektakels bei leicht bedecktem Himmel mit beiden Schlitten in Richtung Salzburg auf.

Ich hatte eine Winterhose und dicke Stiefel an und darüber einen einfachen Rock, den ich links und rechts nach oben knöpfen konnte. Als oberste Schicht einen langen Mantel. Wenn ich hinter dem Schlitten stand, konnte man nichts sehen, was Anstoß erregen könnte.

Auf einer langen Geraden ließen wir den Pferden freien Lauf und sie jagten dahin, dass es eine Freude war. Die Schellen an den Schlitten und den Geschirren der Pferde begleiteten jede Bewegung und alle vor uns hörten uns kommen und machten uns mit Hallo Platz.

Als sich Pappa zwischendurch zu mir umdrehte, sah er sehr glücklich aus. So fröhlich hatte ich ihn schon länger nicht mehr erlebt. Ich hatte in der letzten Zeit immer das Gefühl, etwas würde ihn bedrücken. Aber er sprach nicht darüber.

Zwischendurch hörte ich hin und wieder ein „Juhu" Mammas oder das laute Schnalzen der Peitsche meines Bruders, was sein Pferd noch mehr anspornte. Es bedurfte der Aufforderung allerdings nicht sonderlich, denn unsere Tiere preschten aus reiner Lebensfreude vorwärts und keines schenkte dem anderen etwas.

Als wir bei Onkel Josef und Tante Maria mitten in der Stadt direkt am Ufer der Salzach ankamen, zwischen der Wohnung der Mozarts und der Residenz, waren die Pferde wieder einigermaßen trocken und wir freuten uns auf einen warmen Raum. Der Bursche meines Onkels würde sich mit einem weiteren Bediensteten um unsere Pferde und die Schlitten kümmern. Ein Mietstall, der auch Boxen vermietete, war gleich um die Ecke und da die Schlitten nicht groß waren, würde sich bei unseren Verwandten dafür ein geeigneter Unterstellplatz finden.

„Willkommen, ihr Lieben!" Maria umarmte jeden von uns mit einer Herzlichkeit, die fast nicht zu überbieten war. Onkel Josef stand etwas linkisch daneben und bot jedem mit einem breiten Grinsen die Hand. Sein Händedruck war legendär und ich entwand ihm möglichst schnell meine Rechte, um keinen Schaden zu nehmen. Ich freute mich, beide so wohlauf zu sehen.

„Mensch Dionys, wie freue ich mich, dich mit so fröhlichem Glanz in deinen Augen und der gesunden Gesichtsfarbe zu sehen!" Josef klopfte seinem Schwager wohlmeinend auf die Schulter.

„Die Fahrt hierher konnte ich in vollen Zügen genießen. Ich hatte es recht gemütlich, weil mich meine Tochter bis zur Stadtgrenze kutschierte. Danke für die Einladung." Pappa war bester Laune.

„Nun kommt endlich herein, legt ab und rasch mit euch in den warmen Salon. Wir haben heute eine kleine Abendgesellschaft mit einem leichten Abendessen unter guten Freunden. Ach ja, die Mozarts kommen auch. Also schlage ich vor, ihr ruht euch nach einer schönen heißen Tasse Mokka erst einmal aus."

Meine Tante wechselte das Thema zum letzten Klatsch, wer sich verlobt hätte und welche Tanzveranstaltungen sie schon besucht hatten oder noch besuchen würden in dieser Faschingssaison. Auch Onkel Josef wusste über viele Neuigkeiten und Gerüchte bestens Bescheid.

Es gab natürlich nicht nur Mokka, sondern auch exzellentes Gebäck. Unter anderem hatte die Köchin eine Linzer Torte gemacht, die mein Bruder besonders gerne aß. Ich schätze, die Köchin wollte sich mal wieder einschmeicheln, weil Christoph so schöne Komplimente zu machen weiß.

Obwohl ich keine Müdigkeit verspürte, ging ich dennoch in das mir zur Verfügung gestellte Zimmer und legte mich hin. Nachdem ich zwei Seiten meiner Lektüre aus der Bibliothek meiner Verwandten gelesen hatte, fielen mir doch die Augen zu. Die Zofe meiner Tante weckte mich zur rechten Zeit und neckte mich dabei gleich, dass ich etwas verschlafen aussähe. Das freche junge Ding bringt mich immer zum Lachen.

Die Abendveranstaltung sollte ganz zwanglos sein. Das heißt, ich zog selbstverständlich eine Abendrobe an, aber nicht mein bestes Ballkleid. Ich hatte als Tischherren den Wolferl Mozart. „Seid gegrüßt, edle Gräfin von Falkenstein. Du siehst wieder allerliebst aus. Bevor mir noch jemand zuvor kommt, bitte ich um den ersten Tanz."

„Danke für das Kompliment, Amadé von und zu Mozart. Selbstverständlich tanze ich den ersten Tanz mit dir. Es ist mir eine Freude. Durch deine Reisen nach Italien und Wien und meine Reise im letzten Jahr haben wir uns ja schon so lange nicht mehr gesehen, dass ich dich fast nicht wiedererkannt hätte."

Natürlich war dies eine Übertreibung. Meinen alten Freund hätte ich immer und überall erkannt. Aber da er mit der Wahrheit auch sehr nach seinem Gutdünken verfährt, war das schon in Ordnung. Wolferl wusste viel zu erzählen von seinen Reisen und er machte wie immer Scherze, über die ich herzlich lachen konnte.

„Sag jetzt ja nicht, dass ich noch gewachsen bin." Er setzte sich sehr gerade hin und drückte seine Brust nach vorne, bis ich lachte.

„Jetzt, wo du es sagst: Groß bist geworden!" Ich duckte mich von ihm weg und er knuffte mich in den Arm und lachte lauthals.

Zwischen den Gängen wurde geschwatzt und es kamen unterschiedlichste Themen auf. Eine ältere Dame, deren Namen ich mir einfach nicht merken kann, fragte in die Runde: „Wer von den Damen hat denn eigentlich schon die *Geschichte des Fräuleins von Sternheim* von dieser Schriftstellerin in Koblenz, Sophie von La Roche, gelesen? Überall wird daraus zitiert."

Ganz eifrig ergriff meine Tante das Wort. „Selbstverständlich musste ich das lesen. Wisst ihr, dass die La Roche ursprünglich aus Kaufbeuren stammt? Sie ist eine geborene Gutermann zu Gutershofen", also weitschichtig mit mir verwandt.

„Oh, das ist ja äußerst interessant. Dann haben Sie ja auch irgendwie Familienbande mit Christoph Wieland, dem Dichter. Wie aufregend!", kam es sofort von der Dame zurück. „Der ist meines Wissens ein Cousin von der La Roche. "

Frau Mozart warf auch ihr Wissen in die Runde. „Sie sind jedenfalls beide sehr talentiert. Ich habe La Roches

Sternheim und auch von Wieland ein paar Sachen gelesen. Vor allem seine *Lady Johanna Gray* ging mir sehr zu Herzen, obwohl ich doch durch und durch katholisch bin." Bühnenreif legte sie dabei ihre Hände über den Busen und sah nach oben. Wolfgang begann zu kichern und ich konnte mich auch nicht mehr zurückhalten. Vor allem, als sie es merkte und uns verschwörerisch zuzwinkerte, während sie die Geste noch weiter übertrieb.

Wie schon angekündigt, wurde nach dem Essen im Tanzmeistersaal, der zur Wohnung gehörte und zusätzlich einen separaten Eingang hatte, getanzt. Es waren genügend Musiker im Raum, die es in den Fingern juckte. Darunter auch Mamma und Vater Mozart, die sich ein Duett mit unbestimmtem Ausgang mit ihren Violinen lieferten. Es war herrlich, sie beide in ihrem Element zu sehen. Leopold Mozart ist sonst ein sehr rationaler und eher ernster Mensch. Doch die Musik lässt auch ihn strahlen.

„So, jetzt kommt eine Anglaise[1]!" Meine Freundin Nannerl Mozart setzte sich ans Pianoforte und klopfte die Tasten wie ein Derwisch. Wir anderen tanzten zu den fröhlichen und manchmal fast zu schnellen Melodien mit viel Freude. Völlig erhitzt öffnete ich in einer Tanzpause kurz ein Fenster. Sofort kamen Rufe von allen Seiten, ich solle das Loch sofort wieder schließen, bevor es Tote gäbe. Warum sind nur alle immer so empfindlich? Ich muss fast vergehen vor Hitze, weil die anderen beim ersten Luftzug schon zu bibbern beginnen. So passierte mir das immer wieder.

In den frühen Morgenstunden fiel ich hundemüde, aber glücklich ins Bett. Es war ein Abend gewesen, an dem ich mich vollkommen wohl gefühlt hatte. Allerdings war es mir viel zu heiß gewesen und ich hatte Kopfschmerzen.

Erst am späten Vormittag stand ich leidlich ausgeschlafen wieder auf und kleidete mich an. Das Frühstück ließ ich ausfallen, da es mittags einen Imbiss geben würde.

---

1 *Ein Tanz in einer langen Gasse, bei dem das erste Paar nach und nach mit jedem anderen Paar tanzt. Wenn es unten angekommen ist, tanzt es in der Rolle des anderen Paares wieder zum Ausgangspunkt zurück.*

Mein erster Weg führte mich zu meinem Bruder, um gemeinsam mit ihm nach unseren Pferden zu sehen. Die beiden mussten schließlich heute besonders glänzen und auch fit für die Ausfahrt sein. Gegen ein kleines Geldgeschenk überschlugen sich die Stallburschen des Mietstalles mit Freundlichkeit und wollten sich alle besonders gut um unsere Pferde kümmern und sie herausputzen.

Schon kurz nach Mittag wurden also die Pferde angespannt und unsere kleine Gruppe machte sich auf den Weg zum nahen Domplatz. Dort tummelten sich schon viele unterschiedliche Gefährte mit Kufen.

„Sieh mal, Vic, dort drüben ist ein Bär."

„Ja, und hier drüben gibt es sogar einen Drachen. Sein Grün gefällt mir. Es sieht so giftig aus."

„Und dort noch ein düsterer Lindwurm. Welch Unterschied zum strahlend-goldschimmernden Drachen!"

Mamma rief herüber und lenkte unsere Aufmerksamkeit auf einen Schlitten mit einem schön geschnitzten Wolf.

Wir bestaunten die unterschiedlichsten Schlitten, die teilweise richtige Schnitzkunstwerke waren. Andere Verzierungen schienen mir eher kunstvoll aus Pappmaché gefertigt. Zusammen mit den jeweils herrlich glänzenden Pferden und den elegant in Pelze gekleideten Menschen war es eine wahre Augenweide. Unzählige Schellen ließen ihren feinen Klang erklingen, man hörte scherzende Rufe, Pferdegewieher und Hundegebell. Eine freudig aufgeregte Stimmung herrschte auf dem Platz. Von allen Ecken und Straßen kamen Menschen herbei, die sehen wollten, was hier alles vor sich ging.

Und dann kam der Schlitten mit dem Erzbischof aus dem Hof der Residenz neben dem Dom.

Ihn zierte ein weißer Hirsch mit einem Kreuz zwischen dem Geweih[2]. Also das Tier aus der Legende des Hl. Hubertus.

Sein Kutscher, ein hoch gewachsener Mann, fuhr an die Spitze des Zuges und los ging es erst einmal im Trab zur

---

2   *Solch ein Schlitten ist nicht belegt.*

Stadt hinaus. Draußen, auf dem freien Feld, wurde das Tempo dann kurzzeitig ein wenig erhöht und ich fühlte mich wundervoll, weil ich ein Teil dieses Spektakels sein durfte.

Der bunte Zug bewegte sich, anfangs noch von vielen Schaulustigen begleitet, in einer größeren Schleife über die verschneiten Felder gen Hellbrunn. Offensichtlich war der Weg schon vorgespurt worden. Vermutlich, um die Sicherheit zu gewährleisten, da man bei dem Schnee Löcher und kleine Gräben nicht sieht. Ich erspähte außerdem eine Menge Tierspuren.

Durch den Schnee war die Natur zwar auch in der Stadt vordergründig still geworden, aber dort gab es trotzdem immerwährend Geräusche durch Handwerker, Rufe, Pferdekutschen und vieles mehr.

Hier hörte ich nur das feine Klingeln der Glöckchen, das Schnauben der Pferde und das fröhliche Lachen der Menschen. Mein Herz ging auf und ich fühlte mich richtig glücklich.

Als wir am Schloss ankamen, war es noch hell und es sah alles aus wie aus einem Märchen. Es waren eigens viele Diener abgestellt worden, welche die Pferde zu versorgen hatten. Die Gäste der Schlittade waren eingeladen, im Carabinierisaal des Schlosses einen kleinen Empfang zu besuchen. Es wurden Champagner und Kleinigkeiten gereicht. Dann spielte Mamma gemeinsam mit ein paar exzellenten Musikern ein Kammerkonzert von etwa einer Dreiviertelstunde. Es war traumhaft.

Ich hatte während der Darbietung einen Platz neben einem Fenster. Alles um das Schloss herum sah spektakulär aus, als die Sonne langsam hinter den Bergen verschwand. Und kurz darauf schien der Himmel zu glühen. Es war ein herrliches Abendrot, das ich beobachten durfte und welches besonders mit der schönen Musik unglaublich wirkungsvoll war.

Wieder draußen, wurden die mitgebrachten Fackeln angezündet. Natürlich gab es wieder Gäste, die keine Vorkehrungen in dieser Richtung getroffen hatten und die auf die Bereitstellung von Fackeln für ihr Gefährt durch die Dienerschaft des Erzbischofs angewiesen waren. Na, vielleicht hatten sie auch damit gerechnet und sparten sich dadurch etwas. Doch wir hatten für alles vorgesorgt und so war der Pferdebursche auch nicht gezwungen, uns weitere Dienste zu leisten.

Ich wollte mich schon in den Ledersack auf dem Adlerschlitten kuscheln, als Pappa meinen Arm hielt. „Victoria, ich weiß, dass du nachts die besseren Augen hast und dass du außerdem die bessere Schlittenlenkerin von uns beiden bist. Ich würde mich also gerne bis zur Stadtgrenze in deine geübte Hand begeben und mich als Passagier begnügen."

Ich war überrascht und erfreut zugleich. So half ich meinem Vater, eine bequeme Sitzposition zu finden, raffte meine Röcke, unter denen ich bei der Kälte sowieso Hosen trug, und bereitete mich auf die Abfahrt vor. Der Diener, der unser Gespann hielt, blickte erstaunt und indigniert, als er den Wechsel bemerkte. Er war sicher der Meinung, was noch nie war, dürfe auch nicht sein. Ich schenkte ihm mein freundlichstes Lächeln und wurde belohnt damit, dass er gleich nicht mehr so grantig dreinblickte.

Dann nahm ich ihm die Decke ab, mit der das schwitzende Pferd bedeckt gewesen war und verstaute sie am Schlitten. Daraufhin begab ich mich an meinen Platz auf den Kufen und sah herausfordernd zu meinem Bruder hinüber.

Dieser lachte fröhlich und Mamma sah mir mit einem zufriedenen Gesichtsausdruck entgegen. Nur wenige Minuten später startete die Schlittade des Erzbischofs wieder zurück zur Stadt. Der volle Mond beschien die Landschaft und hüllte alles in einen silbernen Glanz.

„Ihr werdet sehen, dass nicht alle heil in der Stadt ankommen werden. Einige der Herren haben hier sehr tief ins Champagnerglas geblickt. Wartet ab, wir können einen Zwischenfall vorhersehen." Christoph spielte wieder mal Kassandra. Er wurde nicht enttäuscht.

Nicht lange nach dem Aufbruch gab es auch schon den ersten Unfall. Einer der Gäste hatte sein Pferd nicht im

Griff. Es brach aus und rannte genau auf einen Graben zu. Es sprang darüber und kam auch glücklich drüben an. Doch der Schlitten landete mitsamt Dame und dem machtlosen Kutscher im Graben. Dieser führte zum Glück kein Wasser, aber er war morastig und der Schlitten hatte offensichtlich Schaden genommen. Da in kürzester Zeit genug helfende Hände am Werk waren, fuhren wir weiter und genossen unser Abenteuer.

„Seht nur, wie wunderschön die Landschaft ist!" Mamma rief uns zu und deutete begeistert auf die Silhouette der Stadt.

Von weitem sah es aus, als glitten wir auf eine Stadt zu, die nicht von dieser Welt war. Auf der Festung, die sonst dunkel aufragt, sah man Feuer lodern und auf dem Gaisberg wurde ein Feuerwerk gezündet. Es war wie in einem angenehmen Traum!

„Wie glücklich sind wir, ein solches Leben leben zu dürfen. Das ist nicht vielen vergönnt. Möge es immer so bleiben, dass wir uns keine großen Sorgen machen müssen!" Pappa sah auffordernd zu mir hoch und ich erhöhte das Tempo. Es war, als ob Christophs und mein Schlitten über den Schnee flögen. Ich konnte förmlich die Freude der Pferde an diesem Ausflug spüren und in dem Moment liebte ich unsere kleine Gemeinschaft noch mehr.

Die Rückfahrt dauerte nicht so lange, da nur ein großes „S" gefahren wurde. Als wir die ersten Häuser genauer im Blick hatten, sahen wir schon die vielen Menschen. Pappa hieß Christoph und mich halten und wir wechselten nochmals die Positionen. Unkonventionell zu handeln ist eines, aber es der Öffentlichkeit zu präsentieren, ist eine andere Geschichte.

In der Stadt war mehr Licht und Pappa fühlte sich als Kutscher wieder sicher. Außerdem hatte ich meinen Spaß gehabt und wusste, dass ich nicht weiter auf meiner Rolle bestehen durfte, um einen angenehmen weiteren Verlauf des Abends zu gewährleisten. An der Residenz kamen wir also wieder so an, wie wir nachmittags gestartet waren und niemand würde etwas zu bemäkeln haben.

„Dionysius, lass uns schnell zu Maria und Josef fahren. Deren Burschen können sich um die Pferde kümmern und wir haben noch die Zeit, uns in Ruhe umzuziehen." Mamma hatte natürlich Recht. Von unseren Verwandten konnten wir uns auch mit einem der Sänftendienste zur Residenz bringen lassen und der Maskenball erforderte auf jeden Fall einen Kleiderwechsel.

Für meinen Geschmack dauerte es viel zu lang, bis wir alle wieder fertig zum Aufbruch waren. Natürlich waren wir noch gut in der Zeit, aber ich werde immer zappelig, wenn so viel Zeit für unnütze Tätigkeiten vertan wird. Also saß ich schon längstens in der Bibliothek und las, als endlich das Zeichen zum Aufbruch kam.

Wie viele andere Frauen hatte ich die 1763 publizierten Briefe der Lady Mary Wortley Montagu gelesen, die als Frau eines Botschafters in Konstantinopel war. Davon hatte ich Christoph so vorgeschwärmt, dass wir beide uns über Pappa original türkische Kleidung hatten besorgen lassen. Natürlich würden wir weder die ersten noch die originellsten Masken im türkischen Stil sein, aber vermutlich mit die stilvollsten, weil original.

So trug Christoph ein Unterkleid mit reichem floralen Muster, eine dazu passende, typische Şalvar, also eine sogenannte Haremshose. Darüber einen prunkvollen Gürtel mit Halbedelsteinen. Das wichtigste war ein reich bestickter Kaftan aus Seide und ein dazu passender weißer Turban, wie ihn die Türken selbst tragen.

Ich hatte auch ein Unterkleid und eine Şalvar an, die im unteren Drittel reich bestickt war. Dann eine goldbestickte, türkische Bluse und darüber wiederum einen prächtigen Entari mit Schleppe, wie das Übergewand heißt, welches in meinem Fall ab der Taille offen getragen wurde. So, wurde mir gesagt, wäre die Kleidung der Palastdamen in der Türkei.

Beide trugen wir spitze Schuhe aus weichem Leder, die speziell zum Tanzen gemacht waren.

Meine Haare hatte ich schon zu Beginn des Tages zu ganz dünnen Zöpfen flechten lassen, was man unter meiner Mütze nicht gesehen hatte. Dazu trug ich einen mit Federn und Edelsteinen sowie einem filigranen Schleier verzierten Hut.

Ich hatte nicht gewusst, dass Pappa auch für sich und Mamma türkische Kleidung besorgt hatte und war überrascht, dass auch sie wie ein Sultan und seine Herzensdame aussahen.

Kurze Zeit später betraten wir die Residenz, die mit Hilfe von vermutlich tausenden Kerzen zum Strahlen gebracht wurde. Die hohen Wände mit Stuck – ein glänzender Ort, an dem für mich zahlreiche Erinnerungen hängen.

Es waren schon viele Gäste versammelt mit teilweise ausgefallenen Masken, die von viel Fantasie zeugen. Andere wiederum hatten sich mit ihrer Verkleidung keine große Mühe gemacht. Sie trugen nur eine Halbmaske oder ein Hütchen mit Schleier zu einer normalen Abendrobe.

Das Orchester war schon versammelt und Mamma flüsterte Pappa gerade zu, welche der Musiker sie kannte, als sie stutzte und sich uns zuwandte. „Oje, ich habe meinen Fächer bei Maria auf der Kommode liegen lassen. Ohne den werde ich den Abend nicht überstehen!" Christoph machte eine kleine Verbeugung, wedelte ein wenig mit den Armen – und hatte plötzlich Mammas Fächer in der Hand.

„Ich war schon neugierig, wie lange es dauern würde, bis sein Verlust bemerkt würde. Er lag bei unserem Aufbruch so alleine auf dem Möbelstück und rief mir zu ‚nimm mich mit!', dass ich gar nicht widerstehen konnte."

„Habe ich dir schon einmal gesagt, dass ich mir keinen besseren Sohn wünschen könnte? Du bist ein wunderbar aufmerksamer Mensch. Herzlichen Dank, somit ist mein Abend gerettet." Damit schenkte sie ihm eine Kusshand und nahm ihren Fächer an sich.

Noch hatte es angenehme Temperaturen im Raum, doch mit mehr Menschen und durch die vielen Kerzenflammen würde es in ein paar Stunden brütend heiß werden.

Das Erklingen von Fanfaren ließ alle Ballbesucher aufmerksam werden. Natürlich wurde hier und dort noch getuschelt. Manche können halt ihren Mund einfach nicht halten. Aber es wurde merklich leiser und alle Aufmerksamkeit wendete sich dem Eingang des Saals zu. Dort erschien der Gastgeber in einer prunkvollen Robe mit einer venezianischen Maske, während das Orchester den *Einzug der Königin von Saba* aus dem Oratorium *Salomon* von Georg Friedrich Händel spielte. Was für ein Auftritt!

Fürsterzbischof Colloredo hieß seine Gäste willkommen und bat zum Tanz.

Gleich darauf begann das Orchester, den ersten Tanz zu spielen, den ich schon meinem Bruder versprochen hatte. Es war ein Menuett[3].

Danach tanzte ich mit meinem Onkel Josef, der es verstand, mich durch witzige Bemerkungen oder kurze Grimassen und Gesten zum Lachen zu bringen.

Es war eine Anglaise in der langen Gasse. Wir standen im ersten Drittel und tanzten nach unten. Nach gut zwanzig Minuten waren wir am unteren Ende angekommen und tanzen wieder nach oben.

Der Tanz hatte etwa eine Stunde gedauert und wir hatten eine Menge alter Bekannter getroffen. Mit jedem Paar, das wir schon kannten, tauschten wir kurze Nettigkeiten aus – soweit der Tanz uns die Möglichkeit gab. Wir holten uns völlig erhitzt etwas von der Bowle, die bei den Erfrischungen stand. Sie war sehr gut, aber auch mit Vorsicht zu genießen. Ich merkte die Wirkung des Alkohols sehr schnell und hielt mich fortan zurück.

Dann ging es weiter mit einer Quadrille[4]. Ein Freund meines Vaters hatte mich zu diesem Tanz aufgefordert. Ein guter Tänzer und ein vollendeter Gentleman. Ich hatte ihn schon als kleines Kind verehrt. So wie er sollten in meiner kindlichen Vorstellung alle Männer sein: Immer freundlich, gut erzogen, nett zu Kindern und versierte Tänzer. Zudem war Herr Blumenau auch noch sehr belesen und

---

3   *Höfischer Gesellschaftstanz im 3/4-Takt*
4   *Kontratanz zu 4 Paaren*

hatte einen erfrischenden Witz. Mit ihm verging der Tanz viel zu schnell.

Während einer Tanzpause stand ich in einer angenehmen Runde, in der jeder etwas zu erzählen wusste. Einer der Herren hatte eine Tante in Berlin.

„Dieser verdammte Preußenkönig Friedrich! Ihr könnt euch doch noch an seine Tartoffel-Befehle oder wie das Zeug heißt, erinnern?"

Ein anderer Herr meldete sich zu Wort: „Du meinst Erdäpfel, heißen die nicht Kartoffeln bei den Preußen? Die Dinger sollten die Bauern anbauen, weil sie nahrhaft sind. Das war sicher sinnvoll bei der Hungersnot in Sachsen vor drei Jahren. Aber mit Zwang? Es gab doch da auch die sogenannten Knollenprediger, die über Land zogen und überall erzählten, dass man das Gewächs anbauen sollte."

Ich wusste auch etwas zum Thema. „Viele Bauern wussten anfangs mit der Pflanze nichts anzufangen. Sie kapierten lange nicht, dass es die Knollen sind, die essbar sind und nicht das Kraut und die Blüten. Das hat dann zu einigen Todesfällen geführt. Verständlich, dass die Bauern nichts mehr davon wissen wollten."

Eine Dame meinte: „Ich habe gehört, Friedrich ließ als List sogar einmal Kartoffelfelder bewachen, damit die Bauern meinten, die Pflanzen seien wertvoll. Scheint geklappt zu haben. Er ist ein richtiges Schlitzohr! Inzwischen müssen die Bauern angeblich auf einem Zehntel ihres Ackerlandes die Pflanzen anbauen. Ich mag das Zeugs nicht. Aber in der Hungersnot hat es trotzdem gute Dienste geleistet."

Endlich sprach der erste Redner weiter „Stimmt alles. Naja, über Geschmack lässt sich bekanntermaßen vortrefflich streiten. Doch nun macht Friedrich sich an den Kaffee. Der ist nämlich in Preußen vom verrückten Fritz mit einer Luxussteuer von 150 Prozent belegt! In Berlin kosten die Bohnen also um ein Vielfaches mehr als beim Vater von unserer Vic, von dem ich sie immer beziehe – obwohl wir hier im Süden auch schon einiges mehr zahlen als in Hamburg durch die vielen verschiedenen Zölle vom Norden hier herunter."

„Ach was, der ist ja verrückt! Und warum das?", wollte die Dame wissen.

„Weil er nicht will, dass Bürgertum und normale Leut' das Gebräu trinken. Das hat mir meine Tante in einem ihrer Briefe erzählt. Letztens wurde ein großes Paket zu ihr tatsächlich durchsucht. Da die Inspektoren darin Kaffee[5] fanden, der nicht angegeben war, musste ich nun auch noch eine saftige Strafe zahlen. Außerdem wurde der Kaffee konfisziert!" antwortete ihr der erste Sprecher.

„Die Preußen waren mir schon immer suspekt. Dass man in deren Herrschaftsgebiet überhaupt noch leben möchte, kann ich nicht verstehen." Die Dame hatte ihre eigene Meinung dazu.

Ich stand daneben und konnte mich nur wundern, auf welche Ideen manche Herrscher kamen. Doch nicht lange, denn mein nächster Tänzer stand schon vor mir und wollte mich zur Tanzfläche begleiten.

Es war ein rundum stimmiges Fest. Der ganze Tag war ein besonderes Erlebnis. Für mich war die Schlittade die erste, die ich in so einer Form miterlebt hatte, obwohl es so etwas an vielen Höfen in deutschen Landen wie zum Beispiel in Dresden gibt. Doch ich hatte immer nur von solchen Veranstaltungen gehört.

In meinen Augen war dieser Tag ein ganz besonderes Erlebnis, das mir bis zu meinem Lebensende in guter Erinnerung bleiben wird. Die nächtliche Ausfahrt, die Menschen, die Musik, es passte einfach alles und ich fühlte mich an diesem Tag richtig glücklich.

---

5 Ein paar Jahre später, am 21. Januar 1781 wurden von Friedrich dem Großen 400 Veteranen verdingt, die als „Kaffeeschnüffler" unterwegs waren. Ab da war nämlich verboten, Kaffee selbst zu rösten (damit der geschmuggelte Kaffee gefunden werden konnte).

„Wir lieben an einem jungen Frauenzimmer
ganz andere Dinge als den Verstand.
Wir lieben an ihr das Schöne, das Jugendliche,
das Neckische, das Zutrauliche,
den Charakter, ihre Fehler, ihre Capricen,
und Gott weiß was alles Unaussprechliche sonst;
aber wir lieben nicht ihren Verstand."

Johann Wolfgang von Goethe (1824)

Ein Blick zurück

Kindheit

Nun habe ich meine Leserinnen und Leser mitten in mein Leben geworfen und einfach angefangen zu erzählen, ohne mich selbst zu erklären. Dies möchte ich nun nachholen.

Beginnen will ich damit, dass ich nach einiger Zeit in der Fremde seit Ende 1773 wieder überwiegend bei meiner Familie bei Reichenhall im Süden Baierns[6] lebe, wo ich auf einem schönen Anwesen zwischen den Dörfern Nonn und Karlstein aufgewachsen bin.

Ich wurde auf den Namen Victoria getauft, werde aber von allen nur Vic gerufen. Der wichtigste und wertvollste Mensch in meinem Leben ist mein Zwillingsbruder Christoph. Er ist der einzige Mensch, der mich wirklich in- und auswendig kennt – so, wie ich ihn. Wir wissen von den Ängsten und Träumen des anderen und verstehen einander auch ohne Worte.

Christoph und ich waren schon immer wie Pech und Schwefel. Wir machten als Kinder fast alles gemeinsam und wissen auch jetzt noch, dass wir uns aufeinander verlassen können. Gemeinsam konnten und können wir es gegen jeden Gegner aufnehmen – sogar gegen unseren gutmütigen, aber doch sehr strengen Vater.

Lange hatte Pappa versucht, uns geschlechtergerecht zu erziehen, also so, wie es die Gesellschaft verlangt. Doch nichts hatte gefruchtet. Wir beide haben uns ihm entgegengestellt und geschworen, lieber gar nichts zu lernen, wenn wir nicht gemeinsam unterrichtet würden.

So musste er denn nachgeben und mir die gleiche Bildung angedeihen lassen wie meinem Bruder. Es hat uns beiden nicht geschadet und gemeinsam haben wir mit

---

6   Die Schreibweise Bayern statt Baiern wurde erst im Jahre 1825 per königlicher Anordnung von Ludwig I. eingeführt. Er war ein Verehrer Griechenlands.

Spaß gelernt. Mit fortschreitendem Alter schätzt Pappa uns beide gleichermaßen. Christoph meint, Pappa sei sehr stolz auf seine gebildete Tochter – was er aber in der Öffentlichkeit nie offen zum Ausdruck bringt. Ich empfinde das als nicht gerecht, aber er ist auch nur ein Kind seiner Zeit und wurde sehr konservativ erzogen.

Pappa ist Kaufmann. Er lässt vieles über den Seeweg von oder nach Hamburg verschiffen, weshalb er dort ein Kontor hat und in den Sommermonaten auch meist in der Hansestadt weilt.

Unsere Mutter Regina ist selbst eine hoch gebildete und sehr fortschrittliche Frau, die sich auch in ihrem Heim für die Rechte der hier arbeitenden Frauen einsetzt. Sie war immer schon für eine gute Ausbildung und beglückwünschte uns zu unserer glänzenden geschwisterlichen Strategie.

Mamma ist eine hervorragende Violinistin. Wenn sie spielt, kommen die Zuhörer ins Träumen. In jungen Jahren hat sie in den großen Fürstenhäusern Europas gespielt und sie ist immer noch eine begehrte Solistin für Konzerte. Weil Pappa, der selbst sehr viel unterwegs ist, sie darum bat, reist sie aber nicht mehr so weit und konzentriert sich überwiegend auf Konzerte, die in der Umgebung stattfinden. Oder sie spielt in Hamburg, wenn sie Pappa auf seinen geschäftlichen Reisen begleitet.

Mamma spielt auch recht gut das Pianoforte. An beiden Instrumenten gab sie uns Kindern Unterricht. Sie meinte, wir hätten beide das Talent dafür, würden es aber wohl aus Mangel an Fleiß kaum so weit bringen, Konzerte zu geben. Ich lernte zudem noch, die Flöte zu spielen – meine Flöten stammen im Übrigen alle aus den Werkstätten der Berchtolsgadener[7] Pfeiffenmacher[8]-Familie Walch – und Christoph übte sich am Cello. Es gab viele schöne Stücke,

---

7   Landkarten aus dem 18. Jh. sind noch mit dem Namen Berchtolsgaden beschriftet.. Siehe Karte hinten im Buch.

8   Vom 16. bis ins 19. Jh. waren Berchtesgadener Flöten sehr begehrt und wurden in zahlreichen Ländern gespielt, u. a. in Frankreich, USA und Palästina.

die wir in wechselnden Konstellationen gemeinsam als Familie spielen konnten.

In unserer Gesellschaft war es mehr oder minder verboten, als Frau Blasinstrumente oder auch Violoncello zu spielen. Zweiteres vor allem aus dem Grunde, weil ein Mann – zumindest manche – leider auch eine Vorstellungskraft besitzt und sich seine Gedanken vielleicht auf Abwegen befinden könnten, sähe er eine Frau dieses Instrument spielen.

Stein des Anstoßes waren vor allem die vorhängende Brust und die gespreizten Beine beim Spiel eines Violoncellos oder die aufgeblasenen Wangen beim Gebrauch beispielsweise einer Fanfare.

Das Schlimme an der Sache ist, dass die Männer im Allgemeinen nicht lernen, sich und ihre Triebe zu beherrschen. Schon als Kindern wird ihnen alles gestattet und Anstößiges wird bei ihnen nur belächelt statt gerügt.

Frauen sollten möglichst in Bewegungslosigkeit verharren und auch nie laut sein. Sogar beim Spiel des Pianofortes ist darauf zu achten, dass wir nur sanfte Melodien spielen und nicht laut und fordernd werden. Frauen müssen immer vollkommen aussehen. Ich bin der Meinung, dass manche Frauen mit einer Flöte an der Lippe noch zauberhafter aussehen, als ohne. Das Flötenspiel wird glücklicherweise zum Teil toleriert. Zumindest wird eine Flöte spielende Frau damit nicht von der Gesellschaft ausgeschlossen.

Durch meinen Bruder lernte ich alles, was auch ein junger Mann von Stand können muss, also Lesen und Schreiben in deutscher, lateinischer, französischer und englischer Sprache sowie Rechnen bei einem recht modernen Hauslehrer. Nach anfänglicher Skepsis, weil er bisher immer nur Jungen unterrichtet hatte, war er begeistert von unser beider Fortschritte. Er wusste aber auch wirklich, wie er den Lehrstoff so interessant verpacken konnte, dass Kinder ihn unbedingt begreifen wollten. Dafür sind Christoph und ich ihm heute noch dankbar.

Dazu gab es Unterricht in Historie und Philosophie. Diese Stunden liebten wir Geschwister. Des weiteren hatten Christoph und ich Fecht- und Reitunterricht. Wir übten vom Pferd aus zu fechten und machten so einiges, was durchaus nicht ungefährlich war. Zum Glück passierte kein Malheur bei unseren manchmal unbedachten Abenteuern.

Wenn wir gerade nicht lernen mussten, gingen wir sommers im Thumsee schwimmen und tummelten uns winters auf dem Eis des *ungenannten Sees*[9].

Der Unterricht, der uns die meiste Freude bereitete, war jener bei unserer geliebten Tante Seraphia. Sie ist die jüngste Schwester unserer Mutter und seit ihrer Jugend eine begnadete Ballett-Tänzerin, die schon auf den bekanntesten Bühnen, vor den wichtigsten Monarchen Europas und sogar beim russischen Zaren getanzt hat. Seraphia hat an der Académie Royale de Danse in Paris studiert, welche 1661 von König Ludwig XIV. gegründet worden war.

Sie ist trotz ihres Alters eine strahlende Persönlichkeit und immer noch bildhübsch. Seraphia wirkt viel jünger. Noch immer ist sie viel unterwegs in aller Welt. Sie sieht uns Zwillinge als Ersatz für nicht existierende eigene Kinder und lehrte uns von Anfang an in den Zeiten zwischen ihren Engagements alles, was sie selbst je gelernt hat. So hatten wir von frühester Kindheit an eine profunde Ausbildung in Musik und Tanz.

Wenn Sie nicht unterwegs ist, lebt Tante Seraphia bei uns auf dem Anwesen in einem gemütlichen Haus am westlichen Tor mit ihrem Tanzpartner und einer Köchin und Zofe in einem. Sie hat von Beginn an Geld beiseite gelegt, von dem sie sich einen schönen Ruhestand würde leisten können.

Während ihrer Zeit hier gibt sie, gemeinsam mit ihrem Partner Heinrich, in besseren Häusern der Region Tanzunterricht. Christoph und ich durften sie schon oft dabei

---

9   *Listsee bei Reichenhall*

begleiten, um den Schülern die Schritte vorzutanzen und Gleichaltrige zu motivieren.

Als Christoph und ich noch Kinder waren, reisten wir für größere Feste mit Tante Seraphia bis nach München, Augsburg, Landshut, Regensburg und Passau sowie zu den Schlössern der Region wie die Salzburger Residenz und Triebenbach, wo unsere Tante auf besonderen Wunsch der hohen Gesellschaft tanzte. Oft begleitete uns auch Heinrich, welcher exzellent Violine und Cembalo zu spielen weiß.

So waren Christoph und ich von Kindesbeinen an sowohl in Berchtolsgaden als auch in der Salzburger Residenz oder im Schloss Triebenbach zu Gast, wo wir zum Beispiel ein sehr präzise einstudiertes Menuett vortanzten.

Bei einem Aufenthalt in Triebenbach im Jahr 1762 lernten wir auch Nannerl und Wolferl Mozart kennen. Nannerl ist so alt wie wir. Wir vier tanzten und spielten von Anfang an gerne miteinander. Obwohl Wolferl fünf Jahre jünger ist, wurde er in fast alle Aktivitäten von uns Älteren eingebunden. Ich helfe Nannerl bei der Verbesserung ihrer Reitkünste, wofür die Freundin mir hilft, meine Fingerfertigkeit am Pianoforte weiter zu verbessern – zur Freude unserer Mamma.

Wir hatten jedenfalls eine wunderschöne Kindheit, in der es uns an nichts fehlte.

Erwachsen werden

Irgendwann kam dann Christoph in das Alter, in dem ein junger Bursche der besseren Gesellschaft zur weiteren Ausbildung entweder in eine Militärakademie eintritt oder eine Universität besucht.

Nun war es auch hier so, wie es schon bei unserer ganzen Erziehung gewesen war. Christoph weigerte sich strikt, ohne mich als Student in eine Universität – wo immer die auch sein mochte – einzutreten.

In dem Fall kam uns zugute, dass Mamma Dorothea Erxleben gekannt hatte und vor allem deren Heilkunst verehrte. Diese Frau war eine exzellente und hoch geschätzte Ärztin gewesen. Die erste Frau, die im deutschen Staatenverbund mit einer persönlichen Erlaubnis des Königs Friedrich II. in Halle Medizin studiert und 1754 den Doktorhut erhalten hatte.

Dass also Frauen grundsätzlich zu dumm für ein Studium wären, war somit ad absurdum geführt. Der Direktor der Universität von Ingolstadt, Johann Adam Freiherr von Ickstatt, bot also unseren Eltern in Absprache mit seinem Fürsten einen Kompromiss an: ich durfte an den Jura-Vorlesungen teilnehmen und mich – in einem gewissen Rahmen – auch an den Diskussionen der Studenten beteiligen.

Ich musste allerdings hinter den männlichen Studenten Platz nehmen und würde nicht das Recht erhalten, einen offiziellen Abschluss zu machen. Zur Bedingung wurde außerdem gemacht, dass wir Geschwister erst mit Vollendung des 17. Lebensjahres zu studieren begannen.

So waren Christoph und ich zu gegebener Zeit zu Pappas Verwandten nach Ingolstadt geschickt worden, wo wir ins Familienleben integriert wurden. Wir waren tatsächlich auch fleißige Studenten der Jurisprudenz.

Unser vorübergehendes Heim war direkt an der Donau gelegen. Ich lernte den Fluss lieben. Stundenlang konnte ich an seinem Ufer sitzen und das Spiel des Lichts auf dem Wasser beobachten oder flache Flusskiesel in das Wasser werfen und sie hüpfen lassen. Das hatte mir Cousin Peter gezeigt. Er ist drei Jahre älter als wir und hat sich für die militärische Laufbahn entschieden. Daher war er während unserer Ingolstädter Zeit nur selten zu Hause anzutreffen.

Ganz anders unsere Cousinen Luise und Kreszentia. Beide sind jünger, Zenzi war zu dem Zeitpunkt eigentlich noch ein Kind. Beide störten uns öfter und hielten uns vom Lernen ab. Aber wir mögen sie recht gerne, weil sie auch ganz lustige Mädchen sind. Sie haben außerdem Schneid. Das gefällt sowohl Christoph als auch mir.

Christoph und ich sprachen in dieser Zeit viel über unsere Zukunft. Wir waren uns einig, dass wir uns beide einen Partner suchen würden, welcher dem jeweils anderen sympathisch wäre. Denn uns war unsere persönliche Bindung sehr wichtig. Wir konnten es uns nicht vorstellen, wie es wäre, keinen Kontakt mehr zu haben.

Tante Seraphia machte uns große Freude, denn sie war während unseres Studentendaseins immer wieder in unserer Nähe und organisierte regelmäßig Treffen mit uns und unserer Verwandtschaft in München oder Ingolstadt, bei denen ausgiebig getanzt wurde. Auch unsere Mitstudenten wurden zum Teil in diese Tanzabende mit einbezogen und somit wuchsen neue zum Teil innige Freundschaften, von denen die eine oder andere sicher noch lange halten würde.

Zu meiner Überraschung erhielt ich nach Abschluss des Studiums und der Prüfungen doch ein offizielles Dokument überreicht, welches mir erlaubt, die Juristerei auch öffentlich zu praktizieren. Zumindest theoretisch. Mit der praktischen Anwendung ist das so eine Sache ...

Es wurde gemunkelt, dass Direktor Ickstatt sowie der Professor Johann Adam Weishaupt[10] sagten, sie hätten mich schätzen gelernt und hatten noch nie einen so umgänglichen Studentenjahrgang unterrichtet, da alle sich meinetwegen am Riemen rissen und sich einigermaßen gesittet benahmen. Außerdem hatte unser Jahrgang alles im Schnelldurchlauf erledigt.

Sie hatten sich anfangs nicht vorstellen können, dass eine Frau zu solchen Leistungen fähig wäre. Zu ihrer Überraschung seien meine Verträge wasserdicht, und das könne

---

10   *Johann Adam Weishaupt war 1776 Gründer des Illuminatenordens.*

man nur von wenigen Juristen behaupten. Mein Bruder durfte nach unserem Abschluss noch einige Zeit bei einem Juristen in München die Praxis lernen, aber mir als Frau war so etwas verwehrt, weshalb ich wieder zu unseren Eltern reiste.

In der Zeit hatte ich Muße, alle Neuigkeiten zu inhalieren, derer ich habhaft werden konnte. So erfuhr ich, dass Maria Theresias 14-jährige Tochter Maria Antonia (die Franzosen nennen sie Marie Antoinette) im April in der Wiener Augustinerkirche per procurationem[11] mit dem französischen Dauphin Luis-Auguste vermählt wurde, der zu seiner eigenen Hochzeit nicht anwesend war. Danach machte sie sich auf die Reise nach Versailles, wo dann die richtige Hochzeit mit dem Thronfolger stattfand.

Ich konnte mir vorstellen, dass es für die junge Frau nicht einfach werden würde. Plötzlich war sie mehr oder weniger auf sich gestellt in einem fremden Land und stand dort auch noch im Interesse der Öffentlichkeit. Egal, was sie tun würde, es würde immer Menschen geben, die sie kritisieren.

Aber ich hatte auch viel Kontakt mit Nannerl. Jedes Mal, wenn wir bei unserer Salzburger Verwandtschaft waren, versuchte ich, Nannerl zu treffen. Meist war dies möglich, weil die Häuser nur ein paar Straßen auseinander waren. Sie erzählte mir ganz stolz, dass Wolfgang am 26. Juni durch *Papst* Clemens XIV. mit dem *Orden vom Goldenen Sporn* ausgezeichnet wurde. Er darf sich nun *Cavaliere, Chevalier* oder Ritter nennen. Natürlich komponiert er auch in Italien sehr fleißig. Aber Nannerl ist auch nicht untätig geblieben. Sie komponiert und spielt ihrerseits sehr viel. Sie ist eine fantastische Pianoforte-Spielerin und wird immer noch besser.

Ich war immer stark an Neuigkeiten aus der ganzen Welt interessiert. So auch von Kapitän James Cook, der auf Expedition auf einem neuen Kontinent war, der seit Clau-

---

11   *Kraft Vollmacht – Trauung per Stellvertreter*

dius Ptolemäus schon *Terra Australis incognita*[12] genannt wurde. Cook hat für das Königreich Großbritannien den Ostteil von Neu-Holland[13] in Besitz genommen und ihn New South Wales genannt.

Die Russen besiegten im Juli in der 3-tägigen Seeschlacht von Çesme[14] die osmanische Flotte. Kurz darauf besiegten sie auch noch ein 80.000 Mann starkes Heer ihrer Feinde. So ist nun Griechenland diese Fremdherrschaft mit Hilfe der Russen los.

Ich bin so froh, dass es derzeit bei uns keine Kämpfe gibt.

---

12   *Südliches, unbekanntes Land.*
13   *So hieß Australien erst einmal nach der ersten Entdeckung durch die Holländer*
14   *Im Russisch-Türkischen Krieg (1768–1774)*

*„Um klar zu sehen, genügt
ein Wechsel der Blickrichtung.“*

Antoine de Saint-Exupéry
Französischer Romancier
(1900–1944)

1771

Im Jahr 1771 wurde auch bei uns, die wir ein wesentlich besseres Leben hatten als der Großteil des Bevölkerung, Schmalhans Küchenmeister. Schon im vorangegangenen Jahr waren die Ernten wegen Überschwemmungen und Unwetter äußerst schlecht ausgefallen. Und dies schien kein Ende zu nehmen. Getreide wurde immens teurer und auch für uns zu einer Art Luxus.

Pappa hatte in weiser Voraussicht Getreide in seinem Hamburger Speicher gelagert und gab diesen in kleinen Mengen auch zu sehr humanen Preisen an Bedürftige aus. Er musste diesen Speicher und die Lieferungen aber auch bewachen lassen, wie seinen Augapfel. Bei uns auf dem Hof lagerten auch viele Säcke Getreide, von denen nur ein paar wenige Personen wussten. Die Getreidepreise waren inzwischen in Baiern auf das Siebenfache gestiegen.

Nun war auch Christoph wieder zu Hause und ich half ihm bei der Bearbeitung der Fälle, die er von Klienten erhielt, die in unserer Gegend lebten. Leider half mir meine ganze Juristerei nicht gegen das, was mich etwa ein Jahr nach dem Abschluss unseres Studiums ereilte.

Seraphia hatte eine Einladung zu einer großen Gesellschaft in Ingolstadt im September des Jahres 1771, die Christoph und mich mit einschloss. Wir freuten uns alle auf diesen Abend. Seraphia hoffte auf neue Verbindungen, die ihrer Karriere dienlich wären und wir Geschwister freuten uns, ein paar Mitstudenten wieder zu sehen.

Wir waren schon zwei Wochen vorher angereist und hatten uns mit unseren früheren Mitstudenten und Dozenten getroffen. Es waren lustige Tage mit viel Geplänkel, aber auch spannenden und ernsthaften Diskussionen. Manche waren im Vergleich zum ersten Tag unseres Studiums erwachsener geworden, andere waren noch die gleichen gedankenlosen Burschen geblieben.

Einmal wohnten wir einer Vorlesung für Studienanfänger bei. Geleitet wurde diese von Graf Jacob von Falkenstein. Er war ein sympathischer und gutaussehender Mann mit Witz und Charme. Von Falkenstein bezog uns fertige Juristen mit ein und schien dann überaus erstaunt, dass so manche Frage von den Herren an mich zur Beantwortung weitergegeben wurde. Man konnte ihm die Überraschung ansehen, die er empfand, als er von mir genau die richtigen Antworten zu hören bekam.

Von Falkenstein war einige Jahre älter als wir. Er unterstützte im Monatsrhythmus die Universität als Dozent. Er war gegen Ende unserer Studienzeit als Dozent gekommen und wir hatten ihn nur wenige Male erlebt. Er war Sympathieträger und gut in dem, was er tat. Und von Falkenstein wusste, wie er Studenten bei Laune halten und ihren Arbeitseifer anstacheln konnte.

Seraphia hatte uns erzählt, dass seine Mutter, eine exzentrische Person, in ihrer Jugend den Ehrgeiz gehabt hatte, die beste Violinistin im deutschsprachigen Gebiet zu werden. Sie war auch wirklich gut, wurde dann aber schnellstens an den Grafen von Falkenstein verheiratet und war damit weg von den Bühnen der Soireen. Laut Seraphia hat sie es nie überwunden, dass sie nicht mehr vor größerem Publikum spielen konnte, während unsere Mamma trotz Heirat eine Karriere machte.

Bei einem geselligen Abend war von Falkenstein auch dabei. Er lachte und scherzte mit uns und ich konnte ihn mir gut als verlässlichen Freund vorstellen. Wir beide unterhielten uns kurz über einen strittigen Fall eines Familienzwists. Er war ein recht guter Jurist und ein, wie mir schien, feinfühliger Mensch.

Der Ball und seine Folgen

Nun aber zu dem Ball, der nur zwei Abende später folgte. Für diesen sehr festlichen Anlass trug ich ein goldfarbenes Seidenkleid, kombiniert mit einem grünen Brusteinsatz und grünen Ärmeln. Das Kleid war perfekt gearbeitet und relativ schlicht verziert.

Ich mag diese überladene Mode nicht, die teilweise immer noch auf den großen Empfängen und Bällen zu sehen ist. Da komme ich mir vor wie eine Kuh beim Almabtrieb. Christoph machte mir ein Kompliment, als er mich sah. Das möchte etwas heißen. Er ist in solchen Dingen meist eher zurückhaltend.

Wir kamen in einem großen Stadthaus an und wurden den Gastgebern vorgestellt. Sie hatten einen herrlich großen Ballsaal, der geschmückt war mit tausenden von bunten und duftenden Blumen, die vermutlich aus unzähligen Glashäusern stammten.

Fast sofort entdeckte mein Bruder unsere Studienfreunde und wir begaben uns zu ihnen. Das war ein Hallo, als wenn wir uns schon Jahrzehnte nicht mehr gesehen hätten, statt nur ein paar Stunden!

So schnell konnte ich gar nicht schauen, wie die Herren mich nach meiner Gunst für die einzelnen Tänze fragten. Einen Tanz hatte ich auch dem Grafen von Falkenstein versprochen. Er war übrigens der Neffe der Gastgeber und hatte schon gleich, als wir seinem Onkel und dessen Frau vorgestellt wurden, danach gefragt. Er bestand auf einem Menuett zu späterer Stunde.

So tanzte ich also das erste Menuett mit Fritz, den ersten Deutschen mit Konstantin, die erste Anglaise mit Johann und so weiter. Natürlich tanzte ich das zweite Menuett mit meinem Bruder.

In der Tanzpause standen wir zusammen und tranken Bowle. Mein Bruder gab mir einen Stoß in die Rippen. „Schau, da drüben tut sich was.“

Ich sah in die angegebene Richtung und entdeckte eine junge Dame, die wie besessen an den Spitzen ihrer Handschuhe kaute[15], während sie einen älteren Mann fixierte, der mir auch schon unangenehm aufgefallen war. „Sie will ihn loswerden", sagte ich. „Das verstehe ich. Ich hoffe, sie hat Erfolg!"

„Er scheint nicht zu verstehen, was sie ihm sagen möchte. Mancher kennt sich halt in der geheimen Sprache der Handschuhe von euch Damen nicht aus. Oder er will sie nicht verstehen." Er kicherte.

Es war schon nach ein Uhr, als ich mich in einer weiteren Orchesterpause entfernte, um mich etwas zu erfrischen und meine Frisur im Spiegel zu begutachten. Ich hatte das Gefühl, es hätten sich ein paar Haarnadeln gelöst.

Mit der Unterstützung einer Zofe, die unsere Gastgeberin genau für solche Zwischenfälle abgestellt hatte, saß in kurzer Zeit meine Frisur wieder fest und ich wollte mich zurück in Richtung des Ballsaals begeben, als mich Leonhard von Falkenstein, der jüngere Bruder von Jacob von Falkenstein aufhielt. Begleitet wurde er von einer jungen Dame und seinem Bruder.

„Ah, da sind Sie ja! Liebe Demoiselle von Sommerauer, bitte erübrigen Sie uns ein paar Minuten. Es geht das Gerücht, Sie wären gut mit allen Arten von Verträgen. Ich möchte, dass an meinem Vertrag mit einem Geschäftspartner nichts zu rütteln ist. Sie würden mir eine besondere Freude machen, wenn Sie die Schrift gemeinsam mit meinem Bruder kurz durchsehen würden. Es sind nur zwei Seiten. Es dürfte sich also nur um wenige Minuten handeln, bis Sie mir sagen können, ob daran noch etwas zu ändern ist."

---

15 Es gab nicht nur die Fächer-Sprache, sondern auch die Handschuh-Sprache und die Sprache der Blumen. Ich denke jedoch, es gab hier oft Übersetzungsfehler.

Obwohl er mir nicht sympathisch war, konnte ich schlecht dem Neffen unseres Gastgebers eine Abfuhr erteilen. Außerdem waren ja sein Bruder und diese junge Frau dabei. Also gingen wir vier in die Bibliothek. Dort setzten wir uns auf zwei über Eck stehende Kanapees. Jacob von Falkenstein und ich beugten uns über die Papiere, während sein Bruder wieder aufstand und rastlos auf und ab ging.

Jacob und ich diskutierten über die Formulierung eines Satzes, als plötzlich jemand die Tür der Bibliothek aufriss und Mordio schrie. In dem Moment wurde mir bewusst, dass Jacob und ich alleine im Raum waren und ich aus dieser Situation nicht mehr unbeschadet herauskommen würde. Von Falkenstein sah genauso erschrocken aus, wie ich mich fühlte.

Ich musste wie paralysiert dagesessen haben. Denn von Falkenstein legte nach ein paar Sekunden seine Hand auf meine und flüsterte ein „Es tut mir unendlich leid. Davon wusste ich nichts, bitte glauben Sie mir" zu. Innerhalb von Minuten war die Bibliothek voller Menschen.

Leonhard, der Bruder des Achtundzwanzigjährigen Jacob hatte es offensichtlich darauf angelegt, uns zu kompromittieren. Nun stand er neben seiner Begleiterin in der Menschenmenge und sah uns abwechselnd mit süffisanter Miene an.

Jacob dagegen wirkte wie ein in die Enge getriebenes Tier. Er blickte mich lange ernst an, als wäge er ab. Ich spürte den Moment, in dem er sich und damit unser gemeinsames Schicksal in die Bahn lenkte, die mir einen Ausweg aus der zu erwartenden Ächtung der Gesellschaft bot. Er ging vor mir auf die Knie mit den Worten:

„Liebste Victoria von Sommerauer, darf ich Sie um Ihre Hand bitten? Ich bitte Sie inständig, sagen Sie, dass Sie mich heiraten werden." Etwas leiser, so dass nur ich es verstehen konnte, fügte er hinzu: „Ich versichere Ihnen, dass ich Ihnen keinerlei Steine in den Weg legen werde, Ihren eigenen Weg zu gehen."

Applaus brandete um uns herum auf. Nun gab es kein Zurück mehr. Schweren Herzens gab ich ihm mein Wort, ihn zu ehelichen. Jacob von Falkenstein war ein Ehrenmann. Soviel wurde mir in dem Moment klar.

Das Gesicht seiner Mutter, die auch in unserer Nähe stand, wirkte wie versteinert. Für sie musste es schlimm sein, gerade die Tochter ihrer verhassten Konkurrentin nun als zukünftige Schwiegertochter sehen zu müssen. Leonhards süffisante Miene wechselte zu triumphierend. Er hatte seinen Bruder in eine Situation getrieben, die dieser nicht gewollt hatte.

Durch den allgemeinen Tumult und die Ankündigung, die wie ein Lauffeuer durch den Ballsaal wogte, wurden auch Christoph und Tante Seraphia aufmerksam. Sie eilten sofort zu uns, um zu erfahren, was denn los sei.

Inzwischen hatte Jacob es geschafft, alle anderen aus dem Raum zu komplimentieren, sodass wir in Ruhe sprechen konnten.

Vor meinen Verwandten erklärte mein nun Verlobter alles und bat mich nochmals um Verzeihung: „Ich hätte meinem Bruder gleich misstrauen müssen. Es tut mir leid, dass ich die Sache nicht durchschaut habe. Ich denke, er wollte mich der hier versammelten Gesellschaft als Schuft präsentieren. Ich glaube nicht, dass es mit Ihrer Person zu tun hat, Victoria."

Christoph bemühte sich sichtlich, nicht aufzubrausen. „So ein fürchterliches Unglück! Ihr Bruder ist ein In-trigant! Es war ehrenhaft von Ihnen, Victoria die Ehe anzubieten. Dafür danke ich Ihnen auch im Namen unserer Eltern. Meine Schwester hat Ihnen nun einmal ihr Wort gegeben, Sie zu ehelichen. Die Gründe dafür sind bekannt.

Glauben Sie mir nur eines: Sobald ich bemerke, dass Sie Vic unglücklich machen, werde ich mich um die Sache kümmern."

Ich hakte hier ein. „Christoph, das ist sehr lieb von dir. Aber wir müssen uns erst einmal näher kennenlernen. Ich bin fest davon überzeugt, dass wir uns mit der Situation arrangieren werden, wenn nicht sogar mehr."

Auch Jacob hatte etwas dazu zu sagen. „Danke, Victoria, das sehe ich auch so. Ich denke, an fehlender Sympathie wird es nicht liegen, Herr von Sommerauer. Ich schätze Ihre Schwester sehr und habe höchsten Respekt vor ihrer Person. Doch für ihr Glück zu garantieren, dafür ist es zu früh."

Seraphia sah Jacob lange an. „Graf von Falkenstein, ich kenne Sie als verlässlichen und angenehmen Mann und denke, dass Sie und meine Nichte ein Paar sind, das gut zueinander passt. Es liegt nun an euch beiden, aus der gegenseitigen Sympathie mehr erwachsen zu lassen."

Jacob führte mich zum Tanz. Formvollendet tanzte er mit mir ein Menuett zu unserer Verlobung. Er war ein ähnlich guter Tänzer wie mein Bruder. Wenigstens ein kleiner Trost!

Nach unserem Tanz stellte er mir seinen besten Freund, Frederik von Barby, vor. Dieser, ein Grafensohn, war ein ausgesprochen gutaussehender Mann. Sogar noch besser aussehend als Jacob. Er sah mich aus kalten Augen an, dass es mich fröstelte. Ich hatte Sorge, dass ich es hier mit einem Problem zu tun haben würde. Ich glaube, er dachte, ich hätte die Sache eingefädelt, um eine gute Partie zu machen, denn die von Falkensteins waren ein vermögendes Geschlecht.

Ich war Jacob von Falkenstein dankbar für diesen Akt der Ehre und irgendwie mochte ich ihn ja auch. Dagegen hätte ich seinen Bruder gerne zum Duell gefordert. Aber so ein Tod wäre noch zu ehrenhaft für ihn gewesen. Vielleicht Gift? Nein, ich war keine Mörderin. Aber ich wünschte diesem Mann mit aller Macht einen Mörder oder gar die Pest an den Hals.

In dieser Nacht und einigen folgenden weinte ich mich in den Schlaf, weil ich – wie so viele Frauen vor mir – auch eine Verbindung ohne Liebe eingehen würde. Dabei war ich immer der Meinung gewesen, dass gerade mir das nicht passieren würde.

Meine Eltern waren bestürzt, als sie von der bevorstehenden Hochzeit erfuhren. Doch sie konnten mir nicht helfen. Aber auch sie versprachen mir, mir jederzeit Unterschlupf zu bieten, sollte sich die Ehe als nicht tragbar herausstellen. Auch, wenn beide sich den gesellschaftlichen Vorgaben größtenteils anschlossen, wollten sie mich nicht unglücklich sehen.

Ich bedauerte mich selbst, obwohl nur wenige Tage später ein Brief meines Zukünftigen zugestellt wurde, dem ein Vertrag beilag, der mir ein eigenes Leben zusicherte. Ich sollte meine Mitgift selbst verwalten, könnte im Großen und Ganzen tun und lassen, was ich wollte, solange ich meinen Gatten nicht zum Gespött der Leute machte. Eine sehr großzügige Geste, die meinen Verlobten in einem noch positiveren Licht erscheinen ließ.

Zwischen den Stühlen

Die Hochzeit fand nur drei Wochen später im Oktober statt, an einem goldenen Herbsttag. Es war ohne Übertreibung ein rauschendes Fest. Jacobs Mutter hatte fast alles arrangiert und organisiert und darin war sie unschlagbar. Es fehlte an nichts, obwohl durch die Hungersnot viele Menschen um ihre Existenz fürchteten.

Alles, was Rang und Namen hatte in der Region, war versammelt. Sogar Kurfürst Maximilian III. wohnte unserer Trauung in der Frauenkirche in München bei, die vom Bischof zelebriert wurde.

Obwohl er gutaussehend und klug und daher sehr begehrt bei der Damenwelt war, waren mir keine Tändeleien Jacobs bekannt, wie ich das von anderen Männern kannte. Das war eine Erleichterung für mich. Obwohl er mir durchaus sympathisch war, hätte ich Jacob nicht gewählt, wenn ich eine andere Möglichkeit gesehen hätte, ohne Schimpf und Schande aus der Sache rauszukommen. Wir kannten uns ja kaum.

Daher war die Hochzeit mit ihm für mich eher ein trauriger Anlass. Aber es gab noch einen anderen Grund. Den erfuhr ich allerdings erst in der Hochzeitsnacht.

Wir sollten im Stadtpalais der Familie in der *Burg Gassen* unsere Hochzeitsnacht verbringen und dort auch künftig wohnen – zumindest in der kalten Jahreszeit. Mit großem Brimborium wurden wir von Jacobs Mutter – die mir gegenüber Eiseskälte verbreitete – und ein paar anderen Verwandten bis zur Tür unseres Hochzeitszimmers gebracht. Auf beiden Seiten gab es ein Ankleidezimmer. Eines führte in ein zweites Schlafzimmer, welches meines werden sollte. Mir half meine Zofe aus dem Hochzeitskleid und in ein kostbar besticktes Nachthemd. Sie löste meine Frisur und kämmte meine Haare, bis sie glänzten. Dann entließ ich sie und verschloss die Türn.

Als wir endlich alleine waren, zeigte Jacob auf einen von zwei Stühlen neben einem Tisch mit einer Karaffe Wein und Gläsern. „Bitte setz dich."

Er nahm die Karaffe zur Hand und goss uns beiden ein. Sodann setzte er sich auf den zweiten Stuhl, prostete mir zu, trank einen Schluck und sah mich dann lange an, bevor er sprach.

„Es ist das erste Mal, dass wir beide alleine sind seit dem unsäglichen Zwischenfall beim Ball. Ich hätte dir das gerne alles erspart. Und mir auch. Ich wusste nicht, was mein Bruder geplant hatte. Bitte glaube mir das."

Er sah mich bittend an.

„Ich habe dein erschrockenes Gesicht gesehen und gespürt, dass du dich nicht wohl fühlst bei der ganzen Sache. Aber warum?"

„Ach, es ist alles ziemlich kompliziert."

Er nahm meine beiden Hände in die seinen. „Ich wusste, dass ich über kurz oder lang eine Frau ehelichen musste. Meine Mutter möchte nämlich um jeden Preis Enkel haben.

Natürlich dachte ich, wenn, dann sollte meine Gattin wenigstens eine gut aussehende und kluge Frau sein. Eine, mit der ich mich in der Öffentlichkeit zeigen kann und mit der ich mich wirklich unterhalten kann. Beides trifft auf dich zu. Also kann ich mich wohl glücklich schätzen. Aber ich wollte dir nicht dein Leben stehlen. Gerade dir nicht, da ich dich wirklich schätze. Du bist viel mehr wert, als ich dir geben kann.

Ich kann mir gar nicht vorstellen, was meinen Bruder in dem Augenblick geritten hat, als er uns alleine ließ. Der einzige Grund, der mir einfällt, ist, dass er meinte, ich würde mich ehrlos verhalten und er hätte dadurch glänzen können. Er sieht mich immer schon als störenden Konkurrenten.

Er und meine Mutter werden dir das Leben schwer machen, denke ich. Sie strahlen beide so eine Abneigung dir gegenüber aus, dass es mich fast ängstigt."

„Das mit deiner Mutter kann ich dir vermutlich sogar erklären." Ich erzählte ihm von den Ambitionen seiner Mutter und ihrem Konkurrenzgedanken gegenüber meiner Mamma. „Ich bin sicher, sie dachte wie Leonhard, du würdest mich niemals ehelichen und ist nun sehr enttäuscht von deiner Reaktion."

„Das erklärt es vermutlich. Dass meine Mutter nicht einfach ist, wusste ich immer, aber diesen hässlichen Zug von ihr kannte ich noch nicht.

Ich bitte dich, mir wenigstens deine Zuneigung zu schenken." Nun hatte er Tränen in den Augen. „Ich mag und bewundere dich. Deshalb werde ich versuchen, dir das Leben so schön wie es mir möglich ist, zu machen, das verspreche ich dir hier und jetzt."

Ich muss geschaut haben, als hätte ich einen Geist gesehen, denn er sprach schnell weiter. „Ich wünsche mir so sehr, dass du mir eine gute Gefährtin und Freundin wirst, obwohl ich dir mein Herz nicht schenken kann. Denn das gehört schon einer anderen Person."

Ich dachte an ein paar eisige Augen, die mich nach der Verlautbarung unserer Verlobung angesehen hatten. Langsam verstand ich, was er mir sagen wollte. Ich dankte dem Himmel, dass Seraphia mir so viel über Menschen erzählt und ich immer zugehört hatte. Also fragte ich ins Blaue hinein „Du liebst einen Mann, ist es so?" und hoffte, dass es nicht wahr wäre.

Jacob sah mich erschrocken an, wie ein kleiner Junge, den man beim Klauen ertappt hatte.

„Dein Freund Frederik? Lüg mich bitte nicht an. Von mir wird niemand etwas erfahren, das schwöre ich dir bei allem, was mir heilig ist. Wenn du wirklich willst, dass ich dir eine Freundin bin, dann sei jetzt bitte offen zu mir."

Wieder wartete er mit einer Antwort und sah mich erst nur an. Dann gab er sich einen Ruck. Er hatte sich entschieden.

„Ja, es ist Frederik. Ich fühle mich zu beiden Geschlechtern hingezogen, aber es ist richtig, dass er meine große Liebe ist."

Mein frischgebackener Ehemann wusste, dass er sich und seine große Liebe mir mit diesem Geständnis vollkommen auslieferte. Ich hätte mit einem Wort ihr Leben zerstören können – und meines dazu.[16]

„Ich bin es dir schuldig, ehrlich zu sein. Du übst eine große Anziehungskraft auf mich aus, das kann ich nicht bestreiten. Und ich möchte auch mit dir das Bett teilen und einen Teil meines Lebens. Ich will dir ein guter Ehemann sein. Die gemeinsamen Nächte sollen auch nur uns beiden gehören. Doch du sollst auch wissen, dass ich dir mein Herz nicht bieten kann. Nur meine Zuneigung und Freundschaft. Und die hast du uneingeschränkt, weil du ein wundervoller Mensch bist."

„Erzähle bitte mehr." Ich wollte die genauen Umstände kennen, mit denen ich mich nun arrangieren musste.

„Wir kennen uns schon, seit Frederik auf der Universität war. Er ist fünf Jahre jünger als ich. Nachdem wir durchaus

---

16 *Mit Hilfe des Juristen Anselm von Feuerbach stellt Bayern lange vor Preußen in Anlehnung an den Code Civil sexuelle Handlungen zwischen Männern erst im Jahr 1813 straffrei.*

beide Erfahrungen mit dem anderen Geschlecht gesammelt hatten, kamen wir zwei uns vor ein paar Jahren näher und waren nach und nach zu einem Paar geworden. Zu einem durchaus glücklichen Paar.

Auch als Frederik vor drei Jahren sich in München niederließ, haben wir uns weiterhin getroffen. Ich habe ihm geholfen, erste Klienten zu gewinnen. Er ist mein einziger enger Freund und die wichtigste Person in meinem Leben."

„Weiß deine Mutter von euch?"

„Gott bewahre, nein! Wenn sie es wüsste, hätte sie mich schon längst für verrückt erklärt – oder vielleicht sogar töten lassen. Ich glaube aber, sie ahnt, dass ich ihr etwas verschweige, denn einen anderen Grund kann ich nicht ersinnen, weshalb sie mich fast niemals aus den Augen lässt. Ohne Frederik würde ich ohne Zweifel schon lange nicht mehr leben. Seine Liebe allein lässt mich meine Mutter ertragen."

„Wer weiß von euch?"

„Niemand. Du weißt jetzt davon."

Innerlich war ich todtraurig. Ich hatte nun zwar einen sehr freundlichen und aufrichtigen Ehemann, der mich sicherlich gut behandeln würde, aber der liebte wiederum einen Mann. Ich war überrascht, dass ich nicht schockiert war, sondern nur enttäuscht – und ein wenig ängstlich, wohin das noch führen würde.

„Ich danke dir für deine Offenheit. Die rechne ich dir hoch an. Ich muss nun erst einmal sehen, wie ich damit leben kann. Wenn euer Geheimnis aufgedeckt wird, bin auch ich gesellschaftlich erledigt.

Außerdem macht mir dein Freund Sorgen. Du konntest seinen tödlichen Blick nicht sehen, mit dem er mich bedachte, als du uns auf dem Ball vorstelltest."

„Er hat mich mit Vorwürfen überschüttet. Er meinte, ich hätte dich einfach fallen lassen sollen. Doch ich konnte ihn überzeugen, dass ich auch Mitschuld an der Situation trug und daher eine Verpflichtung dir gegenüber habe. Es wird schwierig werden, ihn völlig zu besänftigen. Aber er glaubt mir zumindest inzwischen, dass dich keinerlei Schuld trifft und mein Bruder der Drahtzieher war.

Bitte mache dir heute Nacht keine weiteren Gedanken darüber. Es ist unsere Hochzeitsnacht. Ich verspreche dir, dass ich sie dir so angenehm wie nur möglich gestalten werde. Ich möchte, dass du dich mit mir mindestens so wohlfühlst, wie ich mich in deiner Gesellschaft wohlfühle."

Jacob stand auf und zog mich zu sich hoch, um mich zu umarmen. Er streichelte und küsste mich eine ganze Weile schweigend. Ich hatte mir geschworen, meine Hochzeitsnacht positiv zu erleben und daher schaltete ich auch meine Gedanken aus und verlegte mich auf meine Gefühle. Jacob gab mir zu verstehen, dass auch er Liebkosungen nicht abgeneigt war und so tastete ich mich vorsichtig vor und begann meinerseits, ihn zu streicheln. Es fühlte sich für mich richtig an. Wir waren nun aneinander gekettet und irgendwie mussten wir gemeinsam das Beste daraus machen.

Wir tranken beide noch ein Glas Wein und, nachdem Jacob nochmals im Kamin nachgelegt hatte, begaben wir uns ins Bett.

Fühlen war genau die richtige Vorgehensweise. Jacob bestand darauf, dass wir unsere Nachthemden auszogen. Er streichelte mich zärtlich am ganzen Körper, ließ mich auch seinen erkunden und erst nach langer Zeit, in der wir jeden Zoll des jeweils anderen kannten und uns auch unsere Wünsche erzählt hatten, wurde unsere Ehe wirklich vollzogen. Er schaffte es tatsächlich, meine Angst zu vertreiben. Ich empfand den Akt als nicht halb so schlimm, wie ich es mir durch diverse Erzählungen hinter vorgehaltener Hand vorgestellt hatte. Ich bin mir sicher, dass ich diesen Umstand der Umsicht meines Gatten zu verdanken habe.

Als ich am Morgen aufwachte, blickte mich Jacob, auf einen Arm gestützt, ernst an „Guten Morgen, Liebes", sagte er. „Ich glaube, dass ich doch auch für dich einen Platz in meinem Herzen habe. Es fühlt sich gut an, dich hier zu haben, Vic. Ich danke dir für alles und werde alles in meiner Macht stehende tun, um dich glücklich zu machen."

Ja, ich mochte Jacob auch, er war wirklich zärtlich und voller Rücksichtnahme mir gegenüber. Er ließ mich gefühlvoll mein eigenes Begehren entdecken und dafür bin ich ihm dankbar. Ich würde sogar so weit gehen, zu sagen, dass der Geschlechtsakt mit ihm eine wundervolle Erfahrung war und so eine gefühlvolle Vereinigung wahrscheinlich nicht vielen Ehefrauen geschenkt wird, wenn man den Erzählungen glauben darf.

Aber es gab dennoch diesen Wehrmutstropfen namens Frederik. Immerzu musste ich an die kalten Augen denken, die mich förmlich aufgespießt hatten. Ich wusste, dass ich mir etwas einfallen lassen musste. Denn, dass Jacob über kurz oder lang leiden würde, wenn seine Frau und sein Geliebter sich feindlich gegenüber standen, war mir völlig klar. Hoffentlich wusste das auch Frederik.

Eigeninitiative

Meine Schwiegermutter war eine schreckliche Person. Sie stand unter dem Zwang, alles kontrollieren zu müssen. Vor allem ihren älteren Sohn. Leonhard weilte meist auf einem anderen Familiensitz, wofür ich dankbar war. Ich glaube, sie liebte Jacob abgöttisch. Aber es war eine eifersüchtige Liebe, eine, die alles vergiftete und ihm die Luft zum Atmen raubte.

Jacobs Mutter wachte mit Argusaugen über ihn, auch noch nach unserer Hochzeit. Kaum konnte Jacob irgendwo alleine hin. Mich dagegen ignorierte sie vollkommen, soweit es ihr möglich war.

In einer Nacht kam Jacob dann in mein Schlafzimmer. Er war in keiner guten Verfassung. Ich erlebte ihn das erste Mal leicht angetrunken vom Portwein und seine Augen waren feucht. „Was hast du, Jacob?", fragte ich ihn und bot ihm den Platz neben mir im Bett. „Bitte erzähl es mir. Vielleicht kann ich dir helfen, die dunklen Wolken zu vertreiben."

Er seufzte und zog mich an sich. „Ich werde noch verrückt, meine liebe Victoria. Nur deine Gesellschaft hält mich davon ab, mir etwas anzutun."

Ich erschrak. Seine Verfassung war wirklich übel. So nahm ich ihn in die Arme und strich ihm beruhigend über den Rücken.

„So schlimm wie seit unserer Hochzeit war Mutter noch nie. Jetzt sind wir zwei Wochen verheiratet und seitdem bot sich mir nicht einmal die Möglichkeit, Frederik zu sehen. Immer, wenn ich einen Versuch wage, mich vom Haus zu entfernen, hat Mutter eine lächerliche Aufgabe für mich. Ich vergehe vor Sehnsucht nach ihm."

„Warum kommt er nicht hierher?"

„Mutter mag ihn nicht. Sie akzeptierte zwar bisher, dass er mein Freund ist, aber sie will ihn nicht im Hause haben. Sie tut sich ja ebenfalls schwer mit deiner Anwesenheit. Denn auch zu dir kann ich tagsüber nicht gehen. Sofort hält sie mich auf. Als wenn sie es wirklich bedauert, dass sie mich mit dir teilen muss. Nur gut, dass sie zumindest nachts keine Macht über uns beide hat."

Nun wurde mir erst klar, warum Jacob tagsüber nie in meiner Nähe war. Ich dachte immer, meine Gesellschaft würde ihn gar nicht interessieren. Es tat mir weh, dies zu hören. Daher ließ ich mir Zeit, meinen schon längst gefassten Entschluss zu verkünden. Denn über die vergangenen Tage war ich zu dem Schluss gekommen, dass ich Jacob helfen wollte, denn ich wollte, dass er glücklich war, auch wenn es mich etwas kostete.

„Morgen werden wir beide einen langen Ausritt machen – ohne Begleitung. Wir werden uns zuerst in der Stadt zeigen und dann deinen geliebten Frederik besuchen. Deine Mutter macht sich lächerlich, wenn sie uns nicht gemeinsam ausgehen lässt – und zwar ohne Begleitung. Wir sind schließlich beide erwachsen und auch noch verheiratet."

Jacob sah mich hoffnungsvoll an. Dann küsste er mich. „Habe ich dir schon gesagt, dass ich dich gerne mag? Nicht so, wie Frederik, dennoch sind meine Gefühle für dich inzwischen gewachsen. Deine Stärke gibt mir Kraft." Er blieb in dieser Nacht bei mir. Ich spürte bei jeder seiner Berührungen die Vorfreude in ihm. Dies machte mich traurig und froh zugleich.

Nach dem Frühstück ließen wir uns die Pferde satteln. „Mutter, Victoria und ich machen einen gemeinsamen Ausritt.", verkündete Jacob unseren Entschluss.

Sie widersprach nicht, sondern durchbohrte mich nur mit ihren Blicken. Ich blieb ihr nichts schuldig. Somit konnten wir ungestört aufbrechen. Wir diskutierten schon auf dem Weg in den Stall einen juristischen Fall. Die Stallburschen schüttelten alle ihre Köpfe, als sie unsere heißen Diskurse hörten. Aber sie bemerkten sicher, dass wir uns köstlich amüsierten. Und so sollte es ja auch unter Neuvermählten sein.

Als erstes besuchten wir eine alte Tante von Jacob. Tante Cäcilia war eine Schwester seines Vaters. Ihre Ehe war annulliert worden. Jacob hatte mir erzählt, dass ihr Bruder sie aus den Klauen eines grausamen Mannes gerettet hatte und für sie das Stadtpalais in *Das Thall* als Entschädigung für erlittene Grausamkeiten von ihm gefordert hatte. Nur so würde die Sache nicht öffentlich werden. Cilia, wie sie sich sofort von uns nennen ließ, ging am Stock, was ein Resultat ihrer wenigen Wochen in einer Ehe war.

Bei ihr verbrachten wir die übliche Zeit für einen gerade noch der Schicklichkeit entsprechenden kurzen Vormittagsbesuch und versprachen, die alte und gebrechliche, aber zauberhafte Dame öfter mit einem Besuch zu erfreuen.

Dann ritten wir über verschlungene Wege zu Frederiks Stadtpalais in der *Schwabinger Gassen*. Wir wurden eingelassen und in den Salon geführt, in dem Frederik saß. Überschwänglich war die Begrüßung zwischen den beiden Männern zu bezeichnen. Ich wurde hingegen etwas steif begrüßt und die erst freudestrahlenden Augen wurden wieder kalt, als sie mich streiften. Doch Frederik behielt Haltung. Er ließ Tee und Törtchen reichen und endlich entließ er das Personal. „Danke, wir wollen uns ohne weitere Störung unterhalten, wie man das unter Freunden gerne tut."

Als die Tür sich geschlossen hatte, waren Jacobs erste Worte an seinen Freund: „Vic weiß alles über uns."

Frederik zuckte zusammen, sah erst seinen Freund an und dann mich. Ich konnte seine Angst sehen und spüren.

„Wie konntest du?", herrschte er Jacob an. „Sie wird unser Untergang sein!"

„Nein, im Gegenteil, sie ist unsere einzige Rettung und nur ihr haben wir es zu verdanken, dass wir jetzt gemeinsam hier sitzen."

Frederiks Augen trafen meine wieder. Dieses Mal weniger kalt, mehr zweifelnd und suchend.

„Es ist viel verlangt, jemandem, den man noch nicht einzuschätzen weiß, sein Leben anzuvertrauen."

„Habt ihr eine andere Wahl? Habe ich eine andere?" Ich stand auf und stellte mich den beiden gegenüber.

„Glaubt nicht, dass ich mir eine Ehe nicht auch anders vorgestellt hätte! Wenn ich schon einen Mann haben musste, wollte ich einen, der nur mich liebt und in den ich vorher verliebt wäre. Ihr wisst, was ich stattdessen bekommen habe. Auch ich bin nicht glücklich mit dieser Situation! Und es fällt mir schwer, sie zu ertragen. Aber was kann ich denn anderes tun, als euch zu helfen?

Ich weiß, dass meine Schwiegermutter Jacob einen Aufpasser mitgibt, wenn ich ihn nicht begleite. Ich weiß auch, dass er dich liebt und ich sehe dir an, dass du ihn liebst. Ihr würdet euch ja doch nicht trennen. Da habe ich lieber das Gefühl, die Sache irgendwie im Griff zu haben. Auch, wenn das vielleicht nur eine Illusion ist.

Seit unserem ersten Zusammentreffen habe ich Jacob schon gemocht. Er ist ein guter Mensch. Ich wünsche mir, dass er glücklich ist. Ihr werdet beide mit meiner Existenz leben müssen, wie ich mit eurer. Allerdings wäre es für alle von uns und vor allem für Jacob leichter, wenn wir beide zumindest einen Waffenstillstand vereinbaren würden. Ich biete dir also Frieden an, Frederik.

Auch mein Leben wäre zerstört, wenn jemand euer Geheimnis erfahren würde, nicht wahr?"

Damit ging ich zu einer Tür, die, wie ich von Jacob wusste, in die Bibliothek führte. Ich spürte mehr, als ich es hinter meinem Rücken sah, wie Jacob aufsprang und hörte ein „Liebster!", das all die Sehnsucht in sich trug, die ein Mensch für einen anderen empfinden kann.

Dann schloss ich die Tür hinter mir und lehnte mich einen Moment mit dem Rücken an sie. Mir schossen die Tränen in die Augen.

Ich würde lügen, wenn ich sagen würde, dass es mir nicht weh tat. Aber ich konnte mich trotzdem nicht beklagen. Jacob und ich verstanden uns gut. Wir konnten intelligente Unterhaltungen führen. Trotzdem belastete mich die ganze Sache mit Frederik.

Ich blieb in der Bibliothek und versenkte mich in ein Buch, bis nach weit mehr als einer Stunde eben mein Problem vor mir stand. Als ich aufsah, ging Frederik in die Knie und nahm meine Hände in die seinen. Er hatte Tränen in den Augen.

„Angebot angenommen. Ich habe verstanden, dass du auch nur Opfer einer Intrige von Jacobs Bruder bist. Jacob hat mir erzählt, was du für uns getan hast. Danke Vic, du machst uns beide sehr glücklich mit deiner Unterstützung."

„Das macht mich froh. Dann ist es nicht umsonst."

„Ich werde von nun an immer für dich da sein, solltest du mich jemals brauchen. Das ist ein Versprechen. Ich werde dir ein wahrhafter Freund sein. Gib mir bitte nur ein wenig Zeit, mich an die neue Situation zu gewöhnen."

Ab dem Tag machten Jacob und ich öfter Ausritte in der Stadt. Wir vergaßen auch nie Tante Cilia, die immer siecher wurde.

Um die Weihnachtszeit realisierte ich, dass die Zeit in Frederiks Haus auch für mich die einzige Zeitspanne außerhalb unserer Schlafzimmer war, in der ich mich nicht von meiner Schwiegermutter überwacht fühlte und genoss die stillen Stunden in Frederiks Bibliothek, die ich mit dem Studium zahlreicher Bücher und dem Schmieden von Plänen verbrachte.

„Eine gescheite Frau hat Millionen geborener
Feinde: alle dummen Männer.“

Marie von Ebner-Eschenbach,
Schriftstellerin (1830–1916)

1772

Veränderung

Mein Mann stand mit jeder Faser seines Seins unter der Fuchtel seiner Mutter. Diese ließ auch mir keine Luft zum Atmen. Sobald ich mich dagegen auflehnte, terrorisierte sie mich. Sie wusste genau, wie sie uns ihren Willen aufzwingen konnte. Und sie hatte viele willige Helfer.

Nach nur ein paar Wochen war ich außerhalb der Gesellschaft von Jacob und Frederik abgeschottet von der Welt und ich musste mit Schrecken feststellen, dass Jacobs Mutter als oberste Instanz im Hause von Falkenstein alle Fäden in der Hand hielt und mit uns allen wie mit Puppen spielte. Ich fühlte mich wie eingesperrt und als würde ich ständig gegen Mauern rennen. Irgendwie hatte ich mein ganzes Leben nicht mehr im Griff. Das gefiel mir gar nicht.

Auch Jacobs jüngerer Bruder Leonhard war mir suspekt. Er war ein junger arroganter Stutzer, der zwar nicht viel Intelligenz, aber dafür viele Muskeln hatte, die er gerne spielen ließ. Er löste in mir von Anfang an ein schlechtes Gefühl aus, denn er sah mich, sobald er sich unbeobachtet glaubte, gierig an und er legte es darauf an, mich in die Enge zu treiben. Das sagte ich Jacob und dieser ließ mich seither nie alleine, sobald Leonhard im Haus war.

„In Sachen Frauen traue ich meinem Bruder keinen Millimeter über den Weg. Dafür habe ich schon zu viele Gerüchte gehört. Außerdem freut er sich über jede Gelegenheit, mich persönlich zu demütigen. Und eine Schändung meiner Ehefrau würde ihm gerade ins Konzept passen. Er weiß, dass so eine Tat für ihn keine Konsequenzen nach sich ziehen würde, weil die Familie sie unter Verschluss halten müsste.

Wenn ich dir schon nicht meine ganze Liebe schenken kann, möchte ich dich doch wenigstens vor ihm schützen.

Denn du bedeutest mir viel. Ich hätte keine bessere Ehefrau finden können als dich." Daraufhin bekam ich einen der wenigen innigen Küsse von Jacob, die mir zeigten, dass er inzwischen mehr für mich empfand, als nur Freundschaft.

Als nach den Weihnachtsfeiertagen Leonhard auch noch mit ins Palais ziehen wollte, reichte es mir endgültig. Ich überwarf mich mit meiner Schwiegermutter und setzte durch, dass Jacob und ich innerhalb weniger Tage auszogen – und zwar in das Palais seiner Tante Cilia, welche kurz vor Weihnachten verstorben war. Sie hatte ihr hübsches Palais mit allem Inventar und der Dienerschaft Jacob und mir vermacht. Ich hatte in der Stille von Frederiks Bibliothek schon meine juristischen Fähigkeiten eingesetzt und Jacob zu mehreren Unterschriften veranlasst, um zu verhindern, dass seine schreckliche Familie jemals die Gewalt über dieses Stück Freiheit bekommen würde.

Als Jacob realisierte, dass ich nicht grundsätzlich gegen seine Familie, sondern für unser beider Freiheit kämpfte, stand er wacker hinter mir und machte alles, was ich ihm vorschlug. Unser letzter Tag bei seiner Familie endete mit einem schrecklich hässlichen Streit mit meiner herrschsüchtigen Schwiegermutter, die Angst um ihren Einfluss auf ihren Sohn hatte. Wir wurden dabei beide sehr laut. Aber ich gab kein Iota nach. Jacob stand auf meiner Seite und wir gewannen die Schlacht und all unsere Besitztümer waren innerhalb weniger Tage in unserem eigenen Haus.

Schon zwei Tage nach unserem Umzug suchte Jacob einen Ring, den er von Frederik als Geschenk erhalten hatte. „Ich bin mir sicher, dass ich ihn gestern Nachmittag auf die Kommode in meinem Schlafzimmer gelegt habe – mit ein paar Papieren. Die Papiere sind noch da, aber der Ring ist weg."

Ich sah von meinem Magazin auf, in dem ich gelesen hatte. „Ich habe deinen Ring liegen sehen, als ich dich fragen wollte, ob du dir kurz ansehen könntest, welches Kleid besser passt. Hast du nachgeschaut, ob er runtergefallen ist?"

„Natürlich, ich bin auf allen vieren um die Kommode herumgekrochen und wurde prompt von einem Stubenmädchen erwischt. Das war schon etwas peinlich." Er sah mich mit einer Grimasse an und wir mussten beide lachen.

„Hm, wir sind für die schon immer hier arbeitende Dienerschaft Eindringlinge in ihr gewohntes Leben. Sie denkt, sie schuldet uns nichts, aber wir ihnen alles. Lass mich bitte machen. Wenn er nicht schon meilenweit weg ist, wirst du deinen Ring wieder erhalten."

Also ließ ich alle vormaligen Bediensteten von Jacobs Tante holen, die nun für uns im Haus und in den Ställen arbeiteten.

Gespannt sahen uns nicht wenige Gesichter entgegen. Zuerst sagte Jacob ein paar warmherzige Worte über seine Tante, dann überließ er mir das Wort.

„Sie haben bisher für die Tante meines Gatten gearbeitet und nun sind wir hier die neue Herrschaft. Das ist für Sie und uns eine Umstellung. Wir werden uns aneinander gewöhnen müssen. Ich erwarte nicht, dass dies von heute auf morgen ohne jegliche Differenzen passieren wird.

Wenn Sie nicht weiter hier bleiben wollen, ist Ihnen freigestellt, zu gehen. Sie erhalten Ihren ausständigen Lohn und können eine andere Arbeitsstelle annehmen, wenn Ihnen eine angeboten wird. Selbstverständlich erhalten Sie auch ein ordentliches Referenzschreiben von uns.

Für jede und jeden einzelnen, der hierbleibt, gibt es ab jetzt bestimmte Regeln – und zwar egal, welche vorher hier galten. Diese Regeln werde ich Ihnen nun erklären. Wer uns dann lieber verlassen möchte, möge das tun.

Zuerst versichere ich Ihnen, dass wir alles tun werden, uns alle gut über die Hungersnot hinwegzubringen. Dazu brauchen wir allerdings auch Ihre Hilfe. Im Frühjahr werden wir einen weiteren guten Teil des Gartens in einen Gemüsegarten umwandeln. Es werden ab sofort nur noch einfache Speisen gekocht und auch nur so viel, wie auch gegessen wird. Verschwendung kommt gar nicht in Frage.

Ich verlange von Ihnen allen vollkommene Loyalität. Es wird über nichts und niemanden hier im Haus und auf unserem Grund getratscht. Mitglieder des Haushalts meiner Schwiegermutter sind hier unerwünscht und werden nur mit unserem ausdrücklichen Segen Zugang zum Haus oder zu den Ställen erhalten.

Bleiben Sie freundlich, aber bestimmt ihnen gegenüber. Sie haben unsere ausdrückliche Genehmigung, diese Menschen vom Grundstück zu verweisen. Vor allem meine Schwiegermutter und ihr zweiter Sohn Leonhard haben Ihnen nichts zu befehlen. Ich möchte sie nicht im Haus haben, ohne dass mein Gatte oder ich davon wissen.

Wer etwas stiehlt und erwischt wird, wird öffentlich angezeigt und fliegt in hohem Bogen hinaus. Denken Sie nicht, dass wir unsere Besitztümer nicht genau kennen oder wissen, wo sie sich befinden sollten. Ein fehlendes Kleidungsstück fällt uns sehr wohl auf. Auch ein fehlendes Schmuckstück oder andere Dinge.

Sie werden feststellen, dass wir auch ganz normale Menschen sind. Wir kennen durchaus auch die Probleme, die es in Familien oder in der Dienerschaft untereinander geben kann. Ist also jemand von Ihnen in irgendwelchen privaten Schwierigkeiten, dann kann er oder sie uns jederzeit davon erzählen. Wir überlegen dann gemeinsam, wie wir das Problem aus der Welt schaffen. Sie und Ihr Anliegen werden von uns ernst genommen. Also scheuen Sie sich nicht.

Allerdings muss ich Sie davor warnen, unsere Gutmütigkeit auszunutzen. Das wird Ihnen nur einmal gelingen. Danach sind wir sehr schnell geschiedene Leute.

Sie können uns in dem Maße vertrauen, in dem wir Ihnen vertrauen können. Das ist ein Versprechen."

Meine Ansprache löste ein wahres Geschnatter unter der Dienerschaft aus. Jede und jeder hatte was zu sagen, allerdings nicht uns. Wir ließen sie in Ruhe diskutieren und verzogen uns in unsere Räume.

Noch am selben Abend stand Jacobs Kammerdiener vor mir in der Bibliothek. Unser Majordomus[17] hatte ihn auf seine eigene Bitte hin zu mir geführt. Der noch recht junge Mann, der sich als Erich Hintermeier vorgestellt hatte, stand vor mir, den Kopf gesenkt und seine nervösen Hände ringend.

„Unser Majordomus Heinrich meinte, Sie kommen mit einem Anliegen?"

Er legte Jacobs Ring auf den kleinen Tisch neben mir.

„Madame, ich schäme mich so. Ich möchte gerne heiraten und ließ mich unbedacht hinreißen. Ich dachte, mit diesem Ring könnte ich mir die Lizenz für eine Heirat erkaufen. Aber er brannte mir fast ein Loch in die Hose. Mir wurde bewusst, dass ich mein Leben mit der von mir geliebten Frau nicht auf einer Lüge und einem Diebstahl aufbauen kann. Es würde alles zerstören.

Außerdem mag ich Sie und Ihren Gatten. Ich glaube, Sie sind gute Menschen. Nicht so, wie die Menschen, bei denen ich vor Madame Cäcilia war und auch nicht so wie die Mutter ihres Gatten, von der wir nur schreckliche Geschichten erzählt bekommen.

Als Sie zu uns gesprochen haben, war mir klar, dass ich Ihnen den Ring wieder geben müsste. Zuerst wollte ich ihn einfach nur zurücklegen. Aber dann hätten sie auch die Zimmermädchen verdächtigt und es wäre immer eine Spannung im Haus gewesen. Daher musste ich es persönlich tun.

Wenn Sie es für richtig halten, dann werfen Sie mich heute noch aus dem Haus. Ich bitte Sie nur darum, dass Sie mich nicht bei der Obrigkeit anzeigen, weil ich sonst nirgends mehr eine Anstellung finden werde und meine geliebte Franzi auch nicht, wenn es sich herumspricht."

Ich bat ihn, sich mir gegenüber zu setzen und ließ ihn von seiner ersten Stellung, dann von seiner Zeit hier bei Jacobs Tante und auch von seiner Geliebten Franzi erzählen.

---

17 Aus lat. „Verwalter des Hauses". Er ist der oberste Hofbeamte, vergleichbar mit dem engl. Butler.

Sein erster Herr war seinen Worten zufolge ein schrecklich eingebildeter Mensch gewesen, der nie auch nur ein freundliches Wort für seine Dienerschaft übrig hatte. Von der Tante sprach er dagegen nur respektvoll. Er hatte die alte Dame mit all ihren Schrullen ins Herz geschlossen und vermisste sie.

Erich hatte vorher eine andere Position besetzt und war erst kürzlich zum Kammerdiener ernannt worden, als Cilia ihr Ende nahen spürte. Denn sie wünschte sich, dass ihre Leute alle in ihrer Stellung bleiben sollten.

Außerdem schienen die Hausangestellten ein recht gutes Verhältnis untereinander zu haben. Der junge Mann erzählte in den wärmsten Worten über die Tüchtigkeit der anderen. Als er am Ende von seiner Liebsten sprach, glänzten seine Augen.

Ich kam zu einem Entschluss und sah in direkt an.

„Danke für Ihre Aufrichtigkeit, Erich. Ihr Tun wird dieses eine Mal keine Konsequenzen nach sich ziehen. Nur Sie und ich wissen von der Sache und dabei bleibt es. Sie bleiben hier in Stellung und leisten gute Arbeit, wie Sie es vermutlich immer getan haben. Wenn Sie sich bewähren, dann verspreche ich Ihnen, dass mein Mann und ich Ihnen helfen werden, eine Heiratslizenz zu erlangen – innerhalb der nächsten zwei Jahre. Ist das ein für Sie annehmbares Angebot?"

Erich ging vor mir auf die Knie und küsste meine Hände. Er hatte Tränen in den Augen, als er mich ansah.

„Danke Madame, Sie sind sehr gütig. Ich werde mein Bestes tun, um Ihnen und Ihrem Gatten alle Ehre zu machen und Ihnen gut zu dienen."

Von diesem Tag an änderte sich etwas Grundlegendes am Verhalten unseres gesamten Personals, das wir von Tante Cilia übernommen hatten und auch nicht austauschen wollten. Alle wurden zusehends entspannter, aufmerksamer und vertrauensvoller. Jacob und ich wussten bald alle Namen der Dienerschaft, kannten auch ein wenig ihre Lebensläufe und wurden für unsere Wertschätzung unseren Leuten gegenüber mit fast durchgehend willigem Personal belohnt, das meist gut gelaunt an die Arbeit ging.

Wenn es Schwierigkeiten gab – auch familiäre – wurden wir konsultiert und boten immer einen Rat oder auch hier und dort finanzielle Unterstützung an.

Jacob und ich hatten, wie es so in unserer Gesellschaftsschicht üblich war, getrennte Schlafzimmer. Aber wir hielten uns auch in unserem gemeinsamen Haus mindestens zweimal die Woche in nur einem Bett auf.

Meist hatten wir tiefschürfende Gespräche bis in die späte Nacht, aber manchmal wurden wir auch intim miteinander.

Mit der Zeit konnte ich dies immer mehr genießen, denn Jacob war ein gefühlvoller Liebhaber, der mich immer wieder fragte, was ich denn gerne hätte. Wir probierten viel aus und ich lernte meinen Körper ganz neu kennen. In unserer gemeinsamen Zeit konzentrierte er sich auch vollkommen auf mich. Frederik wurde mit keiner Silbe erwähnt.

Wir waren beide viel entspannter, nachdem wir ohne den Einfluss seiner Mutter waren. Jacob wurde sogar zu einem richtig fröhlichen und lebenssprühenden Menschen. Frederik besuchte uns oder wir ihn fast täglich. Manchmal war Jacob auch alleine bei seinem Liebsten.

Was mich sehr freute: Frederik wurde auch mir mit der Zeit ein wirklich guter Kamerad. Wir fanden Gemeinsamkeiten und näherten uns langsam einer Freundschaft.

Die Verbindung mit Jacob, so vertrackt sie auch war, brachte mir einen nicht zu unterschätzenden Vorteil. Mit ihr stieg ich in die höheren Münchner Adels-Kreise auf und machte dort Bekanntschaften. Er war erfolgreich und zeigte dies auch mit der Frau an seiner Seite.

Dass er erfolgreich war, hatte er nach und nach auch mir ein wenig zu verdanken. Ich bearbeitete einige seiner Fälle im Hintergrund als Juristin.

Wir arbeiteten sehr gut zusammen und ich genoss es, etwas zu tun zu haben. Mit Frederik hatte ich zudem einen wunderbaren Fecht- und Reitpartner und mit beiden tanzte ich außerordentlich gerne. Jacob war ein begeisterter Tänzer.

Zu Hause kümmerte ich mich im Frühjahr darum, dass zusätzlich zu dem schon bestehenden Gemüsegarten in einem weiteren Teil des parkähnlichen Gartens Feldfrüchte angebaut wurden. Auch ein Glashaus ließ ich aufstellen. Ich wollte, dass zumindest unser Haushalt auch in Zukunft genug zu essen hatte. Da es mir Freude machte, war ich bei der Aussaat dabei. Am Ende spendierte ich Wein für alle Helferinnen und Helfer.

Wir mussten alle mit weniger auskommen, aber bei uns musste niemand Hungers leiden – und unsere Köchin wurde sehr einfallsreich. Sie war jedes Mal überaus stolz, wenn wir sie lobten, was sie aus den wenigen Vorräten zauberte. Ich hatte sie angewiesen, wirklich nur so viel zu kochen, wie wir essen könnten und nichts zu verschwenden. Die Speisen waren nicht mehr so raffiniert, aber immer noch sehr schmackhaft.

Das, was wir uns über Jacobs Ländereien und Pappas geschäftliche Beziehungen an Lebensmitteln beschaffen konnten, teilten wir mit Frederik und der Dienerschaft beider Haushalte. Diese Geste wiederum sicherte uns endgültig die Loyalität unserer Leute. Sie waren gut genährt und alle legten auch selbst Engagement an den Tag, dass wir alle weiterhin ein Leben hatten, in dem es uns an nichts Wichtigem fehlte.

Hurra, eine Freundin

Ich begann, mir einen Bekanntenkreis aufzubauen, besuchte einige Damen hier und dort auf ein Schwätzchen, lud auch selbst hin und wieder ein. Es war mir wichtig, Teil dieser Gesellschaft zu sein, nicht zuletzt, um Gerüchten über „meine" Männer gleich entgegenwirken zu können. Denn die üblichen Damentreffen bestanden überwiegend aus Tratsch über andere. Die Frauen hatten nichts anderes zu tun, als sich delikate Geschichten über andere auszudenken und zu erzählen. Sie hatten ja in unseren Kreisen keine andere Aufgabe, als nur dekorativ zu sein und Erben zu gebären. Dadurch, dass so viele größere offizielle Anlässe wegen der allgemeinen Stimmung aufgrund der Hungersnot ausfielen, wurde jede kleinste Neuigkeit breitgetreten.

Es war nicht so, dass ich nicht manches Treffen auch genoss. Denn es wurde auch viel gelacht und es gab meist treffliche Getränke und manchmal exotisches Obst aus der einen oder anderen Orangerie. Aber als Freundinnen würde ich diese Frauen nicht bezeichnen.

Bei einem solchen Treffen, welches für mich absolut langweilig war und auf dem ich beinahe einzuschlafen drohte, wurden zwei weitere Besucherinnen angekündigt. Mir fiel auf, wie unwirsch die Gastgeberin im ersten Moment auf den zweitgenannten Namen reagierte, bevor sie ihre Gesichtszüge und ihre Stimme wieder im Griff hatte.

Die beiden Damen betraten den Raum. Die erste war vermutlich etwa so alt wie Seraphia, die andere schätzte ich in etwa auf mein Alter. Die ältere war modern und aufwendig gekleidet und ihr Eintreten ließ die Miene der Gastgeberin kurz aufleuchten. Die jüngere Dame, die sehr viel schlichter, aber geschmackvoll gekleidet war, machte auf mich einen sehr sympathischen und würdevollen Eindruck. Ich beobachtete sie und fühlte sofort, dass sie sich nicht besonders wohl in ihrer Haut fühlte. Ihr Verhalten war untadelig und sie hatte ein nettes Lächeln im Gesicht, das allerdings nicht ihre Augen erreichte.

Ich erfuhr, dass es sich bei den beiden um die Gräfin Aichelberg und ihre Nichte Magdalena von Sieghardinger handelte

An dem Tag hatte ich mich schon die ganze Zeit im Hintergrund gehalten und beließ es dabei auch. So konnte ich mitverfolgen, dass diese Frau, die mich mehr und mehr interessierte, bei allem, was sie äußerte, angegriffen wurde. Nicht so, dass es gleich offensichtlich gewesen wäre, aber so, dass ein unangenehmes Gefühl erwuchs.

Da ich nicht besonders auf die Gespräche achtete, überraschte es mich, als plötzlich das Wort an mich gerichtet wurde.

„Was meinst du, Victoria?"

Ich reagierte automatisch auf meinen Namen, wusste aber nicht, worauf sich die Frage bezogen hatte. Alle Augenpaare waren auf mich gerichtet, was mir peinlich war.

„Oh, entschuldigt bitte, ich muss wohl geträumt haben. Wie war die Frage?"

„Von wem hast du geträumt? Von deinem Mann oder deinem Liebhaber?"

„Weder noch. Ich habe mich gerade an den kleinen Regenbögen erfreut, die das Sonnenlicht durch euren Kristallleuchter an die Wand wirft. Es ist einfach wunderschön."

Die Gastgeberin entgegnete mir etwas barsch: „Wie kann ein Mensch, der sonst immer so praktisch denkt, wie du, in solch kindische Schwärmerei verfallen. Wir sagten, dass wir in Zukunft wohl selbst auf den Markt gehen müssen, weil unser Küchenpersonal das Geld für die wenigen Dinge, die wir auf den Tisch bekommen, nur so aus dem Fenster wirft. Meine Köchin gibt inzwischen Unsummen für Lebensmittel aus. Wahrscheinlich behält sie einiges davon selbst. Anders kann ich es mir nicht erklären."

Ich war entrüstet. In dem Moment traf mich der Blick der jüngeren Dame, die uns als Magdalena Sieghardinger vorgestellt worden war. Plötzlich begann sie zu lächeln und ihre Augen strahlten. Wir hatten uns verstanden.

„Das kannst du doch unmöglich ernst meinen, liebe Friederike. Wir haben eine Hungersnot im Land. Selbstverständlich sind die Lebensmittel immens teuer und auch schwer zu kriegen." Ich nahm eindeutig die Position der Dienerschaft ein, als ich auf das ursprüngliche Thema zurückkam.

Nun meldete sich auch Magdalena. „Ich war letzte Woche auf dem Markt, weil ich mir selbst ein Bild machen wollte. Es ist tatsächlich verheerend. In den Bäckerläden gibt es enormes Gedränge. Das vom gemeinen Volk „Hungerbrot" genannte Brot ist mehr als doppelt so teuer wie normal und dazu noch kleiner.

Es gibt kaum Ware und was es gibt, ist teils schon verdorben oder sündteuer. Auf dem Heimweg nach einem Einkauf muss man aufpassen, dass man nicht überfallen und ausgeraubt wird.

Unsere Köchin geht nur noch in Begleitung von zwei starken und bewaffneten Männern einkaufen. Wir sind froh, dass sie immer Mittel und Wege findet, einwandfreie Lebensmittel zu ergattern. Auch wenn sie unserer Meinung nach überteuert sind. Aber es wird noch schwieriger werden.

Es ist noch lange hin bis zur Ernte und niemand kann heute sagen, wie diese aussehen wird. Es gibt schon sehr viele Hungertote, von denen uns Frauen natürlich nichts erzählt wird, weil wir ja ach so zarte Wesen sind, die keine Wahrheit vertragen können. Auf der anderen Seite schimpfen die Männer auf den Straßen über die Ignoranz ihrer Frauen gegenüber ihrer Umwelt. Das habe ich selbst gehört."

Die Damen sahen sie alle bestürzt an. Magdalena hatte ihnen eine Wahrheit gesagt, die sie nicht hatten hören wollen. Vermutlich tat sie so etwas öfter und war daher nicht besonders gelitten bei den feinen Damen.

Sie war die einzige, die ich nach einiger Zeit wirklich Freundin nennen konnte. Sie war als sehr belesene und rhetorisch brillante Frau bekannt und wurde aus Angst vor ihrer Klugheit von Frauen meist geächtet und von Männern gemieden.

Ich mochte sie sehr gerne. Denn mit ihr konnte ich wunderbar diskutieren und auch über wissenschaftliche oder geschichtliche Themen sprechen. Sie war mir immer eine Bereicherung. Vor allem konnte ich mit ihr immer viel lachen. Magdalena ist ein sehr lebensfroher Mensch, der auch über sich selbst und die eigenen Unzulänglichkeiten lachen kann. Auch meine beiden Männer konnten diese natürliche Frau von Anfang an gut leiden und bedauerten, dass sie von der Gesellschaft so herablassend behandelt wurde.

Magdalena lebt zusammen mit ihrer Mutter und drei jüngeren Geschwistern. Zum Glück gehört ihnen ein lukratives Landgut, von dem sie sich einen respektablen, wenn auch keinen verschwenderischen, Lebensstil erhalten konnten. Ihr Vater war bei einem Raubüberfall auf seine Kutsche vor zwei Jahren ums Leben gekommen. Er war ein ebenfalls brillanter Kopf gewesen – und deswegen hoch geachtet.

Hier sind sie wieder, die großen Unterschiede, die nur im Geschlecht liegen und durch eine einzige Vorsilbe zum Vorschein tritt. Ein brillanter Mann wird hoch geachtet, eine ebensolche Frau dagegen ebenso innig verachtet.

Von der Kunst, mit Falken zu jagen

Eine Besonderheit der Familie Sieghardinger, die ich erst durch ein intensives Gespräch unter vier Augen mit Magdalena erfahren hatte, war, dass ihr Vater wie seine Vorfahren Falkenmeister am herzoglichen Hof gewesen war. Bis zu dessen Tod 1761 war er der oberste Falkner von Clemens August Ferdinand Maria Hyazinth, Herzog von Baiern und Erzbischof, an dessen Hof in Köln gewesen. Danach hatte er sich von der Fremde verabschiedet und war mit seiner Familie wieder nach Baiern zurückgegangen.

„Mein Vater erhielt für seine Dienste den Jagdorden, Ordre de la Clemence'. Er lehrte Friedrich und mich mit Genehmigung des hiesigen Fürsten die Falkenjagd. Unsere

Familie hat in der Münchner Umgebung die Erlaubnis, eine bestimmte Anzahl von Wild mit unseren Vögeln zu jagen. Seien es Enten, Fasane, Rebhühner, Reiher, Hasen, Füchse oder Rehe."

„Langsam ahne ich, warum dein Bruder Friedrich heißt."

Magdalena strahlte. „Ja, du liegst richtig, er wurde tatsächlich nach Friedrich II. benannt, den mein Vater sehr verehrte!"

„Ich würde zu gerne einmal einen lebenden Falken aus der Nähe betrachten. Sie faszinieren mich, wenn ich sie über mir fliegen oder ganz oben auf einem Baum sitzen sehe."

Magdalena freute sich über mein Interesse. So machten wir beide aus, dass ich mich in bequemer Kleidung bei ihr einfinden sollte. „Bitte in gedeckten Farben und ohne glitzernden Schmuck. Ach ja, bitte verzichte auch auf Schmuckfedern im Haar und ähnliche Dinge. Also wirklich ganz schlicht. Dann wirst du den Vögeln vorgestellt. Ich freue mich darauf, dir meine Lieblinge zu zeigen."

„Und wie ich mich erst freue, diese prächtigen Vögel zu sehen."

Nur wenige Tage später war es soweit. Ich war sehr aufgeregt. Natürlich kannte ich das Buch von Kaiser Friedrich II. *De arte venandi cum avibus*[18]. Obwohl niemand in meiner Familie je mit der Falkenjagd zu tun gehabt hatte, hatten wir alle schon darin gelesen. Und nun sollte ich die Möglichkeit erhalten, den wunderbaren Vögeln ganz nah zu sein.

Ich ritt zu Magdalena und wurde von ihr herzlich empfangen. „Wunderbar, dass du im Männersattel hergekommen bist. Dann können wir nachher mit Friedrich und zwei von unseren Vögeln in die Hofmark Falkenau[19]. Dort können wir die Vögel in freier Folge fliegen lassen und vielleicht haben wir sogar einen Jagderfolg."

18   *Über die Kunst, mit Vögeln zu jagen. Dieses Buch wurde zwischen 1241 und 1248 von Kaiser Friedrich II, von Hohenstaufen geschrieben.*

19   *Au-Haidhausen*

„Freie Folge habe ich schon einmal gehört. Aber ich weiß nicht mehr, was das ist." Ich fühlte mich gerade sehr ungebildet.

„Wir lassen die Vögel frei fliegen. Sie kreisen über uns und bleiben in unserer Nähe. Vielleicht haben sie auch einmal Lust, sich eine Weile auf einen Baum zu setzen. Zwischendurch locken wir sie mit einem kleinen Leckerbissen zurück auf die Hand und dann dürfen sie wieder weiter fliegen. Wenn sie allerdings auch etwas jagen, freut uns das. Aber jetzt komm erst einmal mit zu den Volieren."

Ich folgte Magdalena mit großer Vorfreude. In einem extra Gebäude hinter dem Haupthaus befanden sich Volieren für die Vögel.

Zuerst zeigte sie mir die verschiedenen Vögel. „Das ist Sahib, ein Lannerfalken-Männchen, also ein Lanneret. Er ist fast ein Jahr alt."

Sahib zeigte sich mir als eher unscheinbarer Vogel mit überwiegend braunem Federkleid und einigen helleren Federn am vorderen Hals und auf der Brust. Nach unten wurden sie dunkler. Seine Beine waren bläulich und schienen mir eine ungewohnte Farbe.

„Er ist wunderschön. Diese großen Augen! Er zeigt überhaupt keine Angst."

Magdalena stand schon vor dem nächsten Vogel.

„Hier haben wir ein Lannerfalken-Weibchen. Thia ist schon fünf Jahre alt und unser bester Vogel."

Ich staunte. „Dass Weibchen bei den Greifvögeln um einiges größer sind, wusste ich schon. Aber dass sie so viel anders aussehen, war mir nicht bekannt."

Thias Rücken und Flügeldecke waren graubraun gescheckt, ihr Hinterkopf rötlich und ihr Körper war mit hellen, fast weißen Federn übersäht, die nur mit kleinen braunen Sprenkeln durchzogen waren. Ihre Füße hatten ein kräftiges Gelb.

Magdalena lachte. „Nein, so ist das nicht. Sahib hat noch sein juveniles Aussehen. Er ist zwar schon ausgewachsen, wird also nicht mehr größer. Aber erst wenn er geschlechts-

reif wird, also erwachsen, wird er ähnlich wie Thia aussehen. Er wechselt sein Federkleid bis dahin nochmals und
die Farbe seiner Füße ändert sich ebenfalls."

„Oh, davon habe ich noch nie gehört, dass junge Falken
ein anderes Aussehen haben als alte."

„Ja, es ist auch nicht allgemein bekannt. Vermutlich meinen immer noch viele Menschen, sie sehen verschiedene
Gattungen von Vögeln und nicht die gleichen in verschiedenen Altersstufen."

Sie ging nochmals ein paar Schritte weiter zum nächsten
Vogel.

„Und hier drüben haben wir Alibaba, unser Baumfalken-
Terzel[20] Er ist jetzt drei Jahre alt. Sein auffälligstes Merkmal
sind seine fuchsroten Hosen. Schau mal."

Ich sah mir Alibaba genauer an. Er war Thia von der
Farbgebung nicht unähnlich. Seine Decke war braun und
vorne war er auch hell mit braun gesprenkelt. Doch er war
etwas kleiner als Sahib. Seine „Hosen" waren tatsächlich
von einer kräftigen rötlichen Farbe. Auch er sah mich neugierig an aus seinen großen Augen.

Magdalena ging zur größten Voliere.

„Hier ist unsere Grand Lady: Morgana ist mein Steinadler-
weibchen. Sie ist eine sehr geschickte Jägerin und erlegt auch
ausgewachsene Rehe. In Sekundenschnelle bringt sie diese
zur Strecke. Besser als die meisten menschlichen Jäger."

„Wie ist sie zu euch gekommen?"

„Sie wurde uns von einem Jäger des Kurfürsten gebracht.
Damals war sie noch sehr jung und an einem Flügel verletzt.
Ohne menschliche Hilfe hätte sie nicht überlebt. Ich habe mich
monatelang um sie gekümmert und wir beide haben eine
enge Bindung aufgebaut. Sie ist ein großartiger Vogel und
blieb freiwillig hier, obwohl ich sie wieder auswildern wollte.

Ich denke, sie genießt es, immer zuverlässig ihre Nahrung
zu bekommen und hier eine ruhige und trockene Unterkunft zu haben. Ich lasse sie oft fliegen, wenn ich ausreite.
Dabei hat sie mir immer wieder Wild geschlagen."

---

20   *Ausdruck, der für männliche Falken verwendet wird.*

„Ich bin völlig überwältigt von diesen herrlichen Geschöpfen! Allein das perfekte Gefieder und der stolze Blick. Sie scheinen auch alle keine Angst vor mir zu haben."

„Das liegt daran, dass sich sowohl Friedrich als auch ich und noch zwei andere Menschen unseres Haushalts abwechselnd um die Tiere kümmern. Sie sind nicht nur auf eine Person fixiert. Naja, außer Morgana ein wenig auf mich. Dies war immer wichtig an den Fürstenhöfen. Wenn der Fürst nur alle heiligen Zeiten mal mit seinen Falken auf die Jagd ging und sich sonst nicht um die Vögel kümmern konnte – der Aufwand ist hoch und die Zeit haben die meisten Fürsten gar nicht –, durften die nicht auf eine einzige Person fixiert sein, weil sonst der Jagderfolg gelitten hätte."

Magdalena überreichte mir einen reich verzierten Falknerhandschuh aus dickem Leder für die linke Hand.

„Zieh diesen an. Ich gebe dir Alibaba auf die Hand. Der darf heute ausrasten und bekommt jetzt seine Portion zu fressen."

Sie ging in die geräumige Voliere und nahm den Vogel ebenfalls mit einer behandschuhten Hand auf. Das Geschüh[21] nahm sie zwischen ihre Finger, so dass der Vogel nicht plötzlich losfliegen konnte.

„Ich möchte ihn jetzt nicht verhauben, weil wir hier bleiben und er gerne sehen kann, was passiert."

Vorsichtig ließen wir den Falken von ihrer Hand auf meine umsteigen. Dies tat er völlig gleichmütig. Magdalena zeigte mir, wie ich das Geschüh festhalten konnte. Sie gab mir ein Stück Fleisch auf den Handschuh, das ich festhalten sollte und Alibaba fing an zu fressen. Es war für mich ein besonderer Glücksmoment, als der Vogel sich auf meiner Hand sitzend sichtlich wohlfühlte und vertrauensvoll fraß, was ihm geboten wurde. Ich war außerdem überrascht, wie leicht doch der Vogel war, obwohl er eine meiner Meinung nach eine imposante Größe hatte.

„Danke, Magdalena. Ich schätze dein Vertrauen in mich sehr." Ich war gerührt von diesem Erlebnis. „Es bedeutet mir viel, dass ich das erleben darf."

---

21 *Lederbänder, die an den Füßen des Vogels angebracht sind.*

„Du bist meine Freundin. Es gibt nicht viele Menschen, denen ich einen unserer Vögel in irgendeiner Weise anvertrauen würde – und sei es nur für eine Minute. Doch dir vertraue ich, dass du nichts unternehmen würdest, das ihm oder uns schadet."

Die Tür wurde vorsichtig geöffnet und Friedrich kam herein.

„Oh, ihr seid ja schon fast bereit für den Aufbruch, oder?"

„Ja, Alibaba bekommt gerade seine Atzung[22] und dann können wir los. Kommst du mit? Dann schlage ich vor, dass wir mit Thia und Sahib einen Trainingsflug machen. Später kann ich mit Vic vielleicht noch eine freie Folge mit Morgana absolvieren."

„Gute Idee, Schwester. Dann lasse ich mal die Pferde satteln und hole unsere Bella. Ihr wird der Ausflug gefallen."

Während Alibaba noch kröpfte[23], befüllte Magdalena ihre Falknertasche mit allem, was sie brauchen würde. Unter anderem wurden ein Jagdmesser, verschiedene Lederbänder und etwas Fleisch eingepackt.

Dann überprüfte sie an den Füßen von Thia und Sahib die sogenannten Bells. Das waren in dem Fall je zwei wunderschön verzierte kleine Schellen. Mit Hilfe der Bells können die Falken vom Jäger einfacher geortet werden. Sie haben einen feinen Klang und lassen den Falkner wissen, wo sein Vogel gerade ist und teilweise sogar, was er tut.

Als letztes wurden beiden Vögeln kunstvoll verzierte Lederhauben aufgesetzt, mit denen sie nichts mehr sehen konnten. So blieben die Falken ruhiger beim Transport.

Kurz darauf kam Friedrich wieder und meldete, dass unsere Pferde startklar wären. Mit ihm kam ein langbeiniger und mehrfarbiger Hund in den Raum.

„Das ist Bella, unser Vorstehhund. Unsere Vögel kennen sie natürlich alle und wissen genau, dass sie zu uns gehört und mit auf die Jagd kommt. Ach ja, falls du dich wunderst, Falknerhunde sind immer bunt. Denn ein brauner

---

22 *Das Futter für die Vögel nennt man Atzung.*
23 *Der Vogel frisst.*

Hund könnte von einem Vogel irrtümlich für Wild gehalten und geschlagen werden. Vogelhunde sollten einen angenehmen Charakter haben, vorstehen[24] und auf keinen Fall hetzen. Dann sind sie optimal."

„Ich merke schon, ich kann hier noch viel lernen bei euch!"

Magdalena nahm mir Alibaba nach seinem Mahl ab und setzte ihn wieder in seine Voliere.

Wir ritten aus München hinaus in die sogenannte Falkenau. Da der Kurfürst nichts mit der Falkenbeize am Hut hatte, wurde sie seit ein paar Jahren immer stärker besiedelt. Aber noch war genug Platz und vor allem waren auch weite freie Flächen neben genügend Bäumen dort, um die Vögel in freier Folge fliegen zu lassen.

Als wir in unbewohntem Gelände angekommen waren, setzten Magdalena und Friedrich ihren Vögeln die Hauben ab und ließen sie fliegen.

„Beide sind aneinander gewöhnt, darum können wir sie gemeinsam fliegen lassen. Das ist aber nicht selbstverständlich. Auch im Vogelreich gibt es Animositäten." Friedrich sprach da etwas an, was mir gar nicht eingefallen wäre.

Ich konzentrierte mich kaum mehr auf mein Pferd, sondern sah meist in den Himmel und bewunderte den Flug dieser edlen Vögel. Sie schraubten sich in die Höhe und stürzten in halsbrecherischem Tempo wieder herab, als sie von meinen Begleitern mit Atzung gelockt wurden.

Nach einem herrlich anzusehenden Flug wurden also beide Vögel wieder auf die Hand geholt und erneut verhaubt.

Bella lief die ganze Zeit mit der Schnauze nah am Boden uns voraus. Sie stöberte hier, witterte dort und gab das Tempo vor. Dann blieb sie plötzlich stehen mit einem Vorderbein in der Luft. Sie hatte etwas gewittert.

Magdalena und Friedrich beeilten sich, den Vögeln die Hauben wieder abzunehmen.

Sie passten beide auf, dass sie die Vögel im Winkel passend zu Wind und Wild hielten. Die Vögel sahen sich um,

---

24 *Ein Vorstehhund zeigt dem Jäger an, dass er Wild gewittert hat.*

schüttelten sich, schmelzten[25] und starteten dann. Sie versuchten, Höhe zu bekommen und holten dabei Ring[26] über uns. Inzwischen war Bella dem Wild am Boden nachgezogen und zeigte erneut an, dass sie es immer noch in der Nase hatte.

Als die Vögel hoch genug für einen Jagdflug und in Anwarter-Position[27] waren, machte Friedrich das Wild hoch[28] und wir sahen einen Fasan auffliegen. In vorzüglicher Gemeinschaftsarbeit verfolgten die beiden Vögel den Fasan und griffen ihn an. Sie waren mit einer Geschwindigkeit über ihm, die ihm keine reelle Chance zur Flucht gab.

Thia war diejenige, die den Vogel letztendlich schlug. Dann saß sie mitten auf der Wiese auf ihrem Opfer und begann zu kröpfen. Magdalena lief hin und gab Thia als Ersatz etwas anderes zu fressen. Friedrich gab Sahib ein Stück Fleisch. Auch Bella erhielt einen Leckerbissen als Dank für ihre gute Arbeit.

„Das war wunderschön anzusehen. Ich könnte euch und den Vögeln den ganzen Tag zusehen."

Der Fasan wurde eingepackt und wir ritten wieder zurück in die Stadt. Das ganze Spektakel hatte uns etwas mehr als eine Stunde gekostet.

„Eines interessiert mich noch. Hat jeder Vogel seine eigene Haube?"

„Ja, die Haube muss ihm perfekt passen. Es darf nichts scheuern, muss dem Vogel angenehm sein. Wenn sie nicht passt, hast du größte Schwierigkeiten, weil der Vogel sie nicht akzeptiert und immer versucht, ihr auszuweichen. Du siehst ja, wir können sie nur mit einer Hand verhauben, weil der Vogel auf der anderen Hand sitzt. Wenn er nicht still hält, funktioniert die Sache nicht."

„Es ist noch nicht spät am Tag und wenn du dich mit einem etwas späteren Mittagsmahl zufrieden gibst, können

---

25 *Schmelz ist der falknerische Begriff für den Kot des Greifvogels.*
26 *Kreisen, möglichst über dem Jäger oder zumindest in Sichtkontakt mit ihm.*
27 *Der Falke wartet darauf, dass das Wild aufgescheucht wird, damit er es bejagen kann.*
28 *Jägersprachlich für das Wild aufscheuchen, damit es aus der Deckung kommt.*

wir beide nochmals mit Morgana los, wenn du willst. Die Thermik ist heute gut und unser Adlerweibchen liebt es, an solchen Tagen zu fliegen." Magdalena sah mich fragend an.

„Natürlich will ich. Das steht außer Frage!"

Friedrich versprach, sich um die beiden Vögel zu kümmern und so verhaubte Magdalena nur ihre Morgana und schon waren wir wiederum unterwegs.

Es war ein enormer Größen- und Gewichtsunterschied zwischen Thia und Morgana.

„Morgana wiegt etwa das sechsfache von Thia und ihre Flügelspannweite beträgt das Doppelte von unserem Falkenweibchen. Aber sie ist so ein Schatz. Du wirst begeistert sein, wenn du sie fliegen siehst."

Wir waren an der Freifläche angekommen, an deren einer Seite sich einige Bäume aneinander reihten. Bella war wieder bei uns, hatte aber dieses Mal keinen Auftrag erhalten, nach Wild zu stöbern. Magdalena nahm die Haube des Vogels ab und kurz darauf startete Morgana zu ihrem Flug. Es war eine Augenweide, den Flug des Adlerweibchens zu betrachten. Sie schraubte sich ganz hoch. So weit, dass wir sie fast nicht mehr mit bloßem Auge sehen konnten.

Währenddessen ritten wir ein Stück weiter und unterhielten uns ein wenig über Alltägliches. Dann griff Magdalena in ihre Tasche und holte ein Stück Fleisch daraus hervor. Sie rief Morgana und zeigte ihr den Leckerbissen. Diese kam mit Wucht wie aus dem Nichts auf uns zu geflogen, dass mein Pferd etwas unruhig wurde. Mein Wallach kannte keine großen Vögel. Er merkte aber, wie gelassen das Pferd von Magdalena blieb und beruhigte sich schnell wieder.

Magdalena warf das Fleischstück nach oben und Morgana griff es elegant mit ihren Füßen. Daraufhin setzte sie sich auf einen nahen Baum und fraß genüsslich.

„Natürlich kann sie auch während des Fluges fressen. Aber sie ist eine sehr genießerische Dame." Magdalena lachte fröhlich.

Wir ritten weiter und etwas später war Morgana wieder über uns. Sie kreiste hoch und sah einfach majestätisch aus.

Ein Anblick, der das Herz höher schlagen lässt. Plötzlich sah ich ein ganzes Stück vor uns ein Reh über die Ebene laufen. Auch Morgana hatte es erspäht und setzte zum Jagdflug an.

Es ging so schnell, dass ich nicht sagen kann, was alles im Einzelnen passierte. Jedenfalls saß Morgana kurz darauf auf dem Kopf des verendeten Rehs. Sie hatte es in Sekundenschnelle geschlagen und vom Leben zum Tode befördert.

Auch dieses Mal entfernte Magdalena den Vogel vom Wild und bot ihm Ersatzfutter an.

„Sie bekommt später noch etwas von ihrem Reh ab. Aber jetzt müssen wir erst sehen, dass wir das Tier nach Hause bekommen."

Magdalena hatte Stricke dabei. Gemeinsam verschnürten wir die Beine des Rehs und hingen es hinter den Sattel meines Wallachs. Wild hatte er schon transportieren müssen und war somit für diese Aufgabe geeignet.

Unser Rückweg in die Stadt gestaltete sich etwas langsamer, aber wir waren erfolgreich gewesen und ein Stück Fleisch war während der immer noch anhaltenden Hungersnot ein Segen. Ich bekam einen Schlegel des Rehs mit nach Hause und abends gab es einen wundervollen Braten.

Jacob freute sich über die Abwechslung auf dem Speiseplan und auch unsere Köchin war entzückt, dass sie endlich wieder einmal eines ihrer besonderen Wildgerichte zubereiten durfte. Sie meinte, ich könne ruhig öfter wie ein Wilderer gekleidet ausziehen und frisches Fleisch bringen.

Ich überredete Jacob und Frederik, gemeinsam mit mir die wenigen Tanzveranstaltungen zu besuchen, welche stattfanden. Beide waren exzellente Tänzer, mit denen es eine helle Freude war, über den Boden zu schweben. Die beiden Männer sahen sich und konnten sich unterhalten während ich den Vorteil hatte, mehr Tänze als üblich mit wirklich guten Tänzern genießen zu können.

Schon nach einer der ersten Veranstaltungen musste ich jedoch ein Machtwort sprechen, als wir uns tags darauf zu Hause bei uns trafen.

„Ihr zwei seid wohl lebensmüde? Wollt ihr uns ins Verderben stürzen? Ich weiß, was ihr getan habt, als ihr etwa eine halbe Stunde verschwunden seid. Und ich weiß auch, wo. Denn ich habe euer Stöhnen gehört.

Zum Glück konnte ich euch noch rechtzeitig davor bewahren, entdeckt zu werden. Betet zu eurem Gott, dass ich die einzige bin mit diesem Wissen! Reißt euch zusammen und wartet gefälligst in Zukunft mit dem Ausleben eurer Lust, bis wir zu Hause sind. Ich möchte ohne Angst, dass ihr entdeckt werdet, solche Veranstaltungen erleben können."

Ich stand vor den beiden Männern, die nebeneinander auf einem Sofa saßen und zischte sie an. Beiden war das Entsetzen ins Gesicht geschrieben. Jacob schnellte hoch und nahm mich in seine starken Arme.

„Ich verspreche dir, dass dies das letzte Mal war. Es tut mir leid, dass wir dich mit unserer Unbesonnenheit mit in Gefahr gebracht haben. Es wird nicht mehr passieren."

Auch Frederik entschuldigte sich wortreich bei mir und schwor mir, in Zukunft solche Eskapaden zu unterlassen.

Nachdem wir dies geklärt hatten, waren die folgenden Feste eine reine Freude für mich. Ich tanzte jeden Tanz und war bester Laune. Dazwischen hatten wir wieder einmal eine Einladung zu einem musikalischen Nachmittag. Jacob und ich nahmen die Einladung an. Auch Frederik war eingeladen. Die beiden saßen während der Vorführung links und rechts neben mir.

Etwas später stand ich mit einigen Damen in einer Ecke des Salons, als eine mich ansprach. „Ich beneide Sie so sehr, meine Liebe. Sie haben einen Ehemann und einen Geliebten. Und beide sind auch noch langjährige Freunde. Dass ihr Mann das so gelassen sieht, ist erstaunlich.

Man sieht Ihnen allen dreien das Glück regelrecht an. Ich finde es zwar moralisch nicht in Ordnung, dass sie sich mit beiden in der Öffentlichkeit zeigen, aber ihrem Gatten scheint es ja nichts auszumachen."

Eine andere bemerkte „Ich wäre schon froh, wenn mich mein Gatte überhaupt beachten würde."

„Wenn mich mein Mann so ansehen würde, wie Ihr Mann Sie, dann würde ich mir nicht auch noch einen Geliebten suchen. Aber es scheint die beiden nicht zu stören ..."

Ich enthielt mich eines Kommentars dazu. Ich hatte weder geleugnet, noch zugegeben, dass Frederik mein Geliebter war.

Beinahe konnte ich mir das Lachen nicht verkneifen. Aber ich war froh über die Entwicklung, die weniger Raum für Spekulationen in die andere Richtung ließ.

Als wir am nächsten Tag beisammen saßen, erzählte ich den beiden Männern von meinem Gespräch. Und tatsächlich passierte es von diesem Tag an öfter, dass auch Frederik mich bei solchen Veranstaltungen wie zufällig berührte oder mir zuzwinkerte. Er machte sich einen Spaß daraus, die Menschen zu narren.

Gemeinsam schafften wir es mit der Zeit, dass Magdalena mehr in die Gesellschaft integriert wurde. Dadurch, dass sie die Aufmerksamkeit der beiden Herren, von Falkenstein und von Barby, genoss und diese nur Gutes über sie zu sagen wussten, konnte sie endlich auch die Bälle mit zahlreichen Tänzern genießen, die plötzlich um ihre Gunst buhlten.

Um nicht dem allgemeinen Trend entgegenzuwirken, wurde nun Magdalena auch von den Damen beachtet. Und siehe da, einige von ihnen bemerkten, dass Magdalena zwar klüger als sie war, aber niemals andere vor den Kopf stieß.

So wurde sie doch von einigen Frauen nach und nach ins Herz geschlossen, die vorher offensichtlich nur Angst vor einer Bloßstellung durch eine Frau hatten, die so viel klüger war als sie. Beim Rest war sowieso Hopfen und Malz verloren.

Warum sie mich nicht ausgeschlossen hatten? Ganz einfach: Kaum jemand wusste, dass ich die Juristerei studiert hatte und außerdem war es immer vorteilhaft, sich mit einer – wenn auch nur angeheirateten – Gräfin gut zu stellen. Denn die Damen waren selbst auch nicht alle aus dem Hochadel. Sie erhofften sich durch eine Verbindung mit mir den einen oder anderen Vorteil. So wurden sie zum Beispiel hin und wieder zu einem Ball eingeladen oder zu einem der Hauskonzerte, die ich in Abständen veranstaltete. Das brachte sie selbst ins Gespräch und ließ sie wichtiger erscheinen.

Alltag zieht ein

Seit meinem ersten Ausflug gemeinsam mit meinen zwei Falknerfreunden war ich nun öfter in der Falkenau. Auch Jacob und Frederik wurden mit eingeladen, uns zu begleiten. Die beiden waren nicht weniger begeistert von den Vögeln und ihrem Können als ich. Auch sie wollten alles zu dieser Jagdart von Magdalena und Friedrich wissen.

Wir lernten, dass das Wild meist eine 50:50-Chance hat, den Vögeln zu entwischen. Wir sahen so manchen Hasen, der herrliche Haken schlug, um dem Griff eines Vogels zu entgehen und konnten so einigen davon zu ihrem Erfolg beglückwünschen. Doch auch der eine oder andere Fasan entging dem Topf der Köchin durch waghalsige Manöver.

An anderen Tagen dann hatten die Greifvögel wieder mehr Glück und erlegten die Beute mit tödlicher Genauigkeit. Diese Jagdflüge waren zum Teil so spektakulär, dass ich mir nichts Schöneres denken konnte.

Alle vier Wochen hatte Jacob eine Woche lang Vorlesungen in Ingolstadt. Meist reisten wir gemeinsam hin und nächtigten bei einem seiner Onkel.

Als ich das zweite Mal mit Jacob in Ingolstadt dabei war, kam ich mit zur Vorlesung und setzte mich hinten in den Saal. Die Studenten beäugten mich anfangs etwas zweifelnd.

Jacob sorgte erst für Ruhe im Raum und stellte mich dann vor:

„Werte Herren, unter uns ist heute meine Ehefrau, Victoria Gräfin von Falkenstein. Ich bitte um Ihre Aufmerksamkeit und Ihr bestes Benehmen während ihrer Anwesenheit."

Erst kamen Glückwünsche zur Heirat von den Studenten. Dann aber beschwerte sich einer der ihren.

„Wir können hier keine feine Dame brauchen, die sowieso nichts von dem versteht, was hier gesprochen wird. Warum haben Sie Ihre Gattin dabei? Sie wird sich doch nur langweilen. Außerdem bringt sie uns aus dem Konzept."

Sofort wurde der Student unterstützt von einigen anderen.

Jacob lächelte in die Runde „Ich hätte Ihnen vielleicht auch gleich erzählen sollen, dass meine Frau genau dieselbe Ausbildung wie Sie genossen hat, aber im Gegensatz zu Ihnen schon ihren Abschluss in der Tasche hat.

Das heißt, sie könnte jederzeit meinen Platz hier einnehmen und über unsere Gesetze referieren. Vielleicht können wir später alle mit ihr über unser heutiges Thema diskutieren."

Alle drehten sich mit einem Gesichtsausdruck von erstaunt bis ungläubig zu mir um. Ich lächelte diese jungen Burschen alle an und mochte sie sofort. Ab diesem Tag wurde es mir zur Gewohnheit, pro Unterrichtswoche mindestens einmal mit zur Universität zu gehen.

Dort fachsimpelten Jacob und ich gerne und oft mit den Studenten über die unterschiedlich gearteten Fälle der Juristerei. Diese Diskussionen liebte ich. Die Studenten machten sich die Arbeit, jedes Mal einen neuen vertrackten Fall aus aller Welt zu finden, den wir alle gemeinsam diskutieren konnten. Es machte mir genauso viel Spaß wie den jungen Burschen. Zur Freude Jacobs lernten alle dadurch eine Menge dazu – auch wir.

Ob ich glücklich war? Nicht so, wie ich es mir immer gewünscht hatte. Aber ich war auch nicht unglücklich. Denn ich hatte einen Mann, mit dem ich in richtiger Freundschaft und Aufrichtigkeit verbunden war, auch wenn er neben mir noch einen Mann liebte – und zwar eindeutig mehr als mich. Diesen Mann konnte ich schließlich auch meinen Freund nennen und Magdalena war mir eine wirkliche Freundin. Auch ihr Bruder Friedrich war mir ans Herz gewachsen.

Im Mai kam ein Brief von Nannerl. Sie erzählte unter anderem von den vielen Bällen und Konzerten, die sie besucht hatten und auch von ein paar spektakulären Opernaufführungen.

„... Fürsterzbischof Sigmund Christoph von Schrattenbach ist im Dezember verstorben. Die Inthronisation des neuen Fürsterzbischofs Hieronymus Graf von Colloredo wurde am 1. Mai gefeiert.

Das Werk, das an diesem Tag zur Aufführung kam, war Wolfgangs „Il sogno di Scipione[29]*". Das Libretto dazu stammt von Pietro Metastasio. Wolfgang hatte es eigentlich zur 50. Primiz von Schrattenbachs geschrieben, aber nun wurde es halt ein Werk für eine Inthronisation, was auch eine schöne Sache ist.*

Stell dir vor, Colloredo hat nun nicht nur meinen Bruder in seiner Stellung bestätigt, sondern sogar zum zweiten Konzertmeister ernannt. Ist das nicht herrlich?

Ich komponiere auch dies und das, manche Idee hat auch Wolfgang schon übernommen. Aber Vater meint, ich solle es lassen, da ich mit der Genialität meines Bruders nicht mithalten kann und man komponierende Frauen sowieso nicht ernst nehmen könne.

Über seine Aussage bin ich überaus traurig. Ich weiß, dass wir nicht gleich stark sind in unserem Ausdruck, aber deswegen

---

29 *Es ist unklar, ob damals das ganze Werk oder nur ein Teil aufgeführt wurde.*

muss ich noch lange nicht nichts machen. Was meinst du? Aber deine Meinung kenne ich ja eigentlich schon. Das tröstet mich ein wenig ..."

Sommervergnügen

Die Falkensteiner hatten zahlreiche Besitzungen, die teils recht weit verstreut in der Inn-Gegend und am Chiemsee lagen. Jacob musste sich überall mindestens einmal jährlich für ein paar Wochen blicken lassen. Bisher hatte er diese Runde immer mit seiner Mutter gemacht. Diese war jedoch (zu unserem großen Glück) leidend. Daher sollte dieses Jahr ich mit dabei sein.

Ich denke, das war für alle Beteiligten gut so. Schließlich wollten unsere Bauern auch die neue Gräfin zu Gesicht bekommen und wir waren entspannt ohne Jacobs Mutter. Auf den Gütern hatten wir vor, jeweils einen Tanzabend mit allen Untergebenen zu veranstalten. Frederik war eingeladen, uns zu begleiten. Wir schickten unsere Sachen, die beiden Kammerdiener und meine Zofe mit einer Kutsche auf die Reise und ritten separat unserer Wege.

Frederik und ich entwickelten in dieser Zeit eine echte und tiefe Zuneigung zueinander. Er war mir gegenüber nicht nur höflich, sondern wurde richtig aufmerksam und liebevoll. Er hatte inzwischen auch seinen Frieden mit der Situation gefunden und mich als Freundin zu akzeptieren gelernt.

Wir hatten eine entspannte und schöne Zeit. Frederik und ich wetteiferten in der Fertigkeit des Fechtens und wir tanzten uns alle die Füße wund.

Was mir auf dem Lande die meiste Freude machte, waren die Vorbereitungen für die Tanzabende. Ich hielt immer ein paar Übungsabende für das Personal in den Besitzungen ab und mindestens einen im Gasthaus des Dorfes.

Beim ersten Hof in der Nähe von Aschau, bei dem wir ankamen, war alles sehr steif. Die komplette Dienerschaft stand bei unserer Ankunft draußen aufgereiht, um uns willkommen zu heißen.

Ich wurde vom Verwalter allen namentlich vorgestellt und merkte schnell, dass angesichts des Fehlens der Gräfinmutter in unserer Gruppe die allgemein herrschende Anspannung rasch von den Menschen abfiel. Ich bekam von einem Küchenmädchen einen wunderschönen Strauß Blumen überreicht.

Jacob richtete ein paar Worte an seine Untergebenen:

„Danke für eure fleißige Arbeit über das ganze Jahr. Ich schätze es sehr, dass ihr alle darauf achtet, dass dieses Gut gepflegt und gehegt wird und trotz der widrigen Umstände einen relativ guten Ertrag von Erntefrüchten bringt. Jeder einzelne unter euch ist wichtig und trägt zum Erfolg bei.

Wie ihr seht, bin ich dieses Jahr in der Gesellschaft meiner Ehefrau Victoria und meines guten Freundes Frederik von Barby. Meine Mutter und mein Bruder sind verhindert und daher in München geblieben.

Wir legen Wert darauf, dass unser Besuch den Ablauf hier nur minimal stört und die alltäglichen Aufgaben, die erledigt werden müssen, getan werden wie immer. Wir möchten übrigens hier ganz normal verköstigt werden und wünschen kein Galadinner. Daher bitte ich die hier verantwortlichen Personen anschließend zu einem kurzen Gespräch. Alles weitere überlasse ich meiner Gattin."

Ich hatte mir schon überlegt, was mir wichtig war.

„Ich danke euch allen für dieses warme Willkommen und die bunten Wiesenblumen. Wir werden in den folgenden Tagen unsere Nasen überall auf dem Hof hineinstecken. Denn Frederik von Barby und ich wollen etwas lernen und wissen, wie die Aufgaben hier erledigt werden. Bitte lasst euch nicht von unserer Anwesenheit stören.

Zudem habe ich die Freude, verkünden zu dürfen, dass es vor unserer Weiterreise einen Tanzabend geben wird, zu dem alle Personen, die des Tanzens mächtig sind, geladen sind – ohne Ansehen der Person. Im Vorfeld wird es einen gemeinsamen Übungsabend geben. Wann, wird euch noch kundgetan. Ich freue mich auf euer zahlreiches Erscheinen."

Es gab fast durchwegs freudige Gesichter, manche johlten sogar.

Wir passten unsere Schlafenszeiten dem Ablauf auf dem Hof an. Das heißt, wir gingen relativ zeitig zu Bett und standen früh auf. Es gab Eintöpfe und Mehlspeisen zu essen. Das war mir zum großen Teil viel lieber, als die raffinierten Gerichte, die ich schon oft vorgesetzt bekommen hatte. Nur bei den Mehlspeisen hatte ich bald danach wieder Hunger. Deshalb besuchte ich an diesen Tagen meist zwischendurch noch einmal die Küche. Beim ersten Mal hatte ich ein paar erschrockene Küchenjungen vor mir. Doch bald waren sie an mein Erscheinen gewöhnt und ließen sich nicht mehr stören.

Meine beiden Männer und ich ließen uns alle Arbeitsgänge auf dem Hof zeigen und solche, die gerade nicht erforderlich waren, erklären. So wohnten wir der Obsternte bei, standen beim Mosten daneben und vieles mehr. Hier und dort hatten wir eine Idee zur Vereinfachung und diskutierten, ob eine Änderung sinnvoll wäre.

Vor allem die Ställe sah ich mir ganz genau an und auch die Arbeiten dort. Als ich einmal sah, dass ein paar Männer einem Pferd, das mit der Kutsche eingefahren werden sollte, mit Gewalt eine Trense anlegen wollten und der große Braune panisch und dadurch gefährlich wurde, ging ich dazwischen.

„Meine Herren, bitte lassen Sie das! Wenn sie so weitermachen, verschrecken sie das Pferd für immer."

„Dieser sture Bock ist das einzige Pferd, das sich keine Trense anlegen lässt", bemerkte der Stallmeister.

„Mir scheint, dieser sture Bock hat nur kein Vertrauen in Sie. Sagen Sie mir jetzt bitte nicht, dass Sie keine Zeit haben, sich mit einem schwierigen Pferd ein wenig zu beschäftigen."

„Nein, Madame, es liegt nicht an der Zeit. Aber der muss das doch auch lernen. Die anderen machen alle keinerlei Schwierigkeiten. Nur er sträubt sich."

„Ich bin mir sicher, er wird es lernen. Welcher Stalljunge hat ein friedliches Gemüt und ruhige Bewegungen?"

„Unser Peter hier ist eine überaus friedliche Seele." Er schob Peter vor mich. Dieser war etwas größer als ich und sah sehr freundlich aus.

„Ich würde mich gerne mit Peter und dem Pferd beschäftigen, wenn sie nichts dagegen haben. Wir werden versuchen, dem Pferd beizubringen, dass so eine Trense kein Teufelszeug ist."

Der Stallmeister war einverstanden und Peter ging mit mir zu einem kleinen Gatter, in dem das Pferd nun stand.

„So Peter, du gehst jetzt zu dem Pferd hinein und putzt es in aller Ruhe. Sprich mit ihm, berühre es überall mit fließenden und ruhigen Bewegungen, streichle es, gib ihm all deine Aufmerksamkeit und, wenn du kannst, auch deine Zuneigung. Bedränge es nicht. Sobald es Angst zeigt, respektiere dies und versuche, das Vertrauen des Pferdes zurückzugewinnen, so dass es von sich aus auf dich zukommt."

Der schlaksige Peter schaffte es mit ein wenig Anleitung von meiner Seite und intensivem Einsatz seinerseits innerhalb von drei Tagen, dass der vormals sture Bock, der von seinem neuen Freund den Namen Leo bekommen hatte, freiwillig seinen Kopf senkte, um sich die Trense anlegen zu lassen. Das Pferd hatte Vertrauen in diesen Menschen gefasst und würde ihm zuliebe vieles tun.

Ich war mir sicher, dass ich hatte zusehen dürfen, wie eine Freundschaft wuchs, die noch viele Jahre halten würde. Dieser Gedanke erfüllte mich mit Freude.

Der Stallmeister war zufrieden und ich bemerkte ganz nebenbei, dass Peter im Stall nun einen besseren Stand hatte. Er wurde nun wirklich gebraucht – zumindest in Zusammenhang mit jenem Pferd Leo. Der Junge wurde viel selbstsicherer.

Dann kam der erste Tanz-Übungsabend. Aufgeregtes Geplapper empfing uns vor der Tenne, vor der geübt werden sollte. Wir hatten zwei Musiker aus Aschau engagiert, die alle Stücke, welche wir üben wollten, kannten. So konnte ich mich auf die Ansage der Figuren konzentrieren.

Es wurde ein großer Spaß! Noch besser war dann der eigentliche Tanzabend. Zu diesem kamen auch einige Familien aus der Nachbarschaft. Es war einfach schön, zu sehen, dass alle Anwesenden fröhlich waren und niemand Angst haben musste vor einer tyrannischen Herrschaft.

Frederik hatte die Idee, so einen Übungsabend bei unserer nächsten Station – welche Endorf und Schloss Hartmannsberg war – völlig unerkannt zu unternehmen. Also kleideten wir uns am Tag vor unserer Abreise vom Gut recht einfach, setzten jeweils eine Halbmaske auf und ritten auf einem Umweg von der anderen Seite nach Endorf. Wir taten so, als kämen wir als fahrende Musikanten durch das Land. Am Anger verkündeten wir, dass alle, die am Abend tanzen wollten, sich nur einfinden sollten. Wir würden ihnen schon die neuesten Tänze zeigen.

Tatsächlich war an diesem lauen Abend der Anger so voll gepackt mit Menschen, dass es eine Freude war. Auch weitere Musiker hatten sich eingefunden. Ich tanzte mit allen den *Tourdion*[30], der bei der ländlichen Bevölkerung immer noch recht beliebt war. Auch *Branles*[31] waren Tänze, die fast jeder gerne tanzte.

Als alle völlig verschwitzt vom Tanzen waren, und eine Pause ausgerufen wurde, begaben sich Frederik und ich in die Mitte, um mit Jacobs Begleitung eine vollendete *Folia* zu tanzen.

Dann gingen wir zu neueren Tänzen über. Von der *Indian Queen* über *Mr. Beveridge's Maggot* und *Hole in the wall* zu *Christchurch Bells* übten wir ein paar Tänze, die allen gefielen. Zum Abschluss tanzten wir noch *Gathering peascods*, bevor sich alle in ihre Unterkünfte trollten.

---

30 *Ländlicher Kreistanz, der recht beliebt war.*
31 *Reigentänze mit höfischem Ursprung.*

Ich sagte die Figuren an, verbesserte und tanzte teilweise auch mit, um etwas besser zeigen zu können. Meine Männer und ich musizierten und tanzten abwechselnd mit Begeisterung mit den einfachen Leuten. Es machte enorm Freude.

Erhitzt und glücklich machten wir uns später auf den Weg zu unseren Pferden, die wir ein wenig außerhalb des Dorfes bei einem Bauern eingestellt hatten. In der mondhellen Nacht trabten wir zurück zum Gut, auf dem wir die letzte Zeit verbracht hatten.

Jacob brach nach einiger Zeit das Schweigen zwischen uns. „Weißt du, Frederik, das war die beste Idee, die du jemals hattest. Ich habe diesen Tag genossen wie noch keinen zuvor. So völlig unerkannt konnte ich heute nur ich sein und das tun, was mir am meisten am Herzen liegt. Gemeinsam mit den zwei Menschen, die ich über alles liebe. Ich danke euch beiden für diese wundervollen Stunden." Seine Stimme klang belegt und wir hörten die Rührung daraus, die Jacob bewegte.

Ich ließ mein Pferd neben seinem gehen. Dann küsste ich meine Finger und legte sie kurz auf seine Lippen. „Ich liebe euch beide dafür, dass ich diesen Tag mit euch so frei und unbeschwert verbringen konnte. Es war einfach herrlich!" Ich warf die Arme nach oben.

Von Frederik kam nur ein lauter Juchzer, der von den nahen Felsen zurückgeworfen wurde.

Tags darauf kamen wir öffentlich im Schloss an und es wurde verlautbart, dass der Graf einen Tanzabend angesetzt hatte, um seinen Leuten auch in diesem Dorf seine Dankbarkeit für Ihren treuen Dienst zu zeigen.

Als ein paar Tage später der Abend gekommen war und wir in Endorf, welches eine halbe Meile[32] vom Schloss entfernt lag, aus der Kutsche stiegen, wurden wir ehrerbietig begrüßt.

---

32 Bis ins 19. Jh. war die dt. Landmeile mit 7.532,5 m gebräuchlich oder bis 1811 auch die bayerische Meile mit 7.414,975 m.

Jacob sagte einige Sätze zu den Dorfbewohnern und forderte sie dann zum Tanz auf. Da auch an diesem Tag ich diejenige war, welche die Tänze für die einfachen Leute ansagte, wurde natürlich ziemlich schnell meine Stimme erkannt. Ich bemerkte, dass einigen der Schreck in die Knochen gefahren war.

Also stellte ich mich zum kleinen Orchester und sprach die Menschen an.

„Liebe Dorfbewohner, ich bitte euch, tanzt und seid lustig, als wären wir nicht mehr, als ein paar unbekannte Spielleute, die euch an einem Tanzabend besuchen. Benehmt euch so, dass wir alle unsere Freude an dem Abend haben. Wir sind an diesem Tag nicht als eure Herrschaft hier, sondern als diejenigen, die sich um euer Wohlbefinden sorgen und euch ein paar schöne Stunden bescheren möchten."

Es sah so aus, als würde sich wieder alles beruhigen. Jacob und Frederik mischten sich wie ich immer wieder unter die Tanzenden. Nach und nach entspannten sich alle und es wurde fast so lustig wie beim Übungsabend.

Ich sah, wie die Frauen Jacob und Frederik anhimmelten und musste schmunzeln, weil diese ständig von unzähligen Menschen umsorgt wurden. Wobei ich keinesfalls weniger gut bedient wurde. Es war eine herrlich unbeschwerte Zeit.

Jacob und ich waren uns seit dem Aufbruch von München nochmals näher gekommen und ich konnte mir inzwischen ein Leben ohne ihn kaum noch vorstellen. Es gab nie Streit zwischen uns. Wir hatten zwar die eine oder andere hitzige Diskussion, aber da wir beide darauf achteten, unser Gegenüber nicht persönlich abzuwerten, fanden wir immer eine gemeinsame Linie.

Ein paar Tage später ritten wir am Chiemsee entlang und genossen die wundervolle Landschaft, als Frederik mich neckte.

„Vic, du weißt schon, dass du in den letzten Wochen unzählige Männerherzen gebrochen hast?"

Ich lachte. „Humbug, sie erwidern nur die Freundlichkeit, die ihnen entgegengebracht wird."

Jacob tat nun auch seine Meinung kund. „Nein, Vic, ich muss Frederik beipflichten. Sie verehren dich beinahe alle. Und nicht nur die Männer. Nein, auch die Frauen beten den Boden an, auf dem du gehst. Du bist eine wundervolle Herrin mit Herz, zudem eine fantastische Tanzmeisterin und du schaffst es, dass alle echte Freude am Tanz haben und es auch wirklich lernen.

Außerdem sind alle erleichtert, dass meine Mutter nicht dabei ist, der es niemand Recht machen kann, und dass du so ganz anders bist als sie. Bitte bleib, wie du bist."

Frederik nickte. „Ja, bleib so, denn so lieben wir dich alle." Ich war gerührt.

Unser Freund reiste nach unserem mehrwöchigen Aufenthalt rund um den Chiemsee nach München zurück, während Jacob und ich gemeinsam für einige Tage meine Eltern besuchten. Es war für mich wundervoll, sie und Christoph wieder zu treffen. Sie verstanden sich auch alle sehr gut mit meinem Gatten. Leider war Seraphia zu der Zeit nicht in der Gegend. Wir hatten Regenwetter, weshalb wir kaum etwas unternehmen konnten. Aber die Natur brauchte die Nässe ganz dringend.

Unserer Rückkehr in das Münchner Stadtpalais folgte der normale Ablauf mit Bällen, sonstigen Einladungen und gesellschaftlichen Verpflichtungen aller Art sowie Jacobs Vorlesungszeiten in Ingolstadt. Zudem arbeiteten wir gemeinsam an juristischen Fällen, die an meinen Gatten herangetragen wurden.

Nach der Ernte in diesem Jahr waren endlich die Kornspeicher und auch die Obst- und sonstigen Feldfrüchtelager wieder wohl gefüllt und die Preise sanken zurück auf ein normales Maß. Es war ein großes Aufatmen im ganzen Land.

Ein Geschenk

Bei seinen Besuchen brachte Frederik mir immer öfter kleine und besondere Geschenke mit. Ob es ein kleines Schmuckstück seiner verstorbenen Mutter war, die er sehr geliebt hatte, ein kostbarer Fächer, ein Hut nach der neuesten Mode oder Fechthandschuhe. Er wusste mich zu erfreuen.

Eines Tages sagte ich unserem Freund, dass er sich nicht verpflichtet fühlen sollte, mir Geschenke zu bringen. Was er mir daraufhin erzählte, ließ einen Plan in mir reifen.

„Weißt du, obwohl ich Jacob fast abgöttisch liebe, empfinde ich Frauen doch als sehr ästhetische und wunderschöne Wesen.

Ihr Frauen habt einen herrlichen Körper und manchmal wünschte ich, ich hätte auch so einen. Ehrlich gesagt gefällt mir all dieser Tand, den es nur für euch gibt. Es macht mir Freude, all diese Sachen speziell für dich auszusuchen und einzukaufen, auch wenn ich nichts davon selbst nutzen kann. Und es macht mir große Freude, wenn du die Sachen trägst oder verwendest und ich bemerke, dass du sie wirklich magst.

Manchmal wünschte ich, ich wüsste, wie sich eine Frau in einem so wunderschönen Kleid und mit all diesen herrlichen Dingen fühlt."

Ich ließ mir ein paar Tage später von Frederiks Kammerdiener die Maße seines Herrn geben. Dann ließ ich erst bei einem exzellenten Schneider nach diesen Maßen einen neuen Abendrock für Frederik schneidern, bei dem ich auch einen für meinen Mann anfertigen ließ, aus Stoffen der letzten Lieferung unseres Pappas.

Danach ging ich mit denselben Maßen zu meiner eigenen Schneiderin und erzählte ihr von einer Freundin in Reichenhall, der ich mit einem Kleid eine Freude machen wollte. Sie sei groß und schlaksig und leide darunter, fast keinen Busen zu haben, dafür aber einen breiten Rücken.

„Ehrlich gesagt, würden Sie meine Freundin von hinten eher für einen Mann halten. Darunter leidet sie. Vielleicht können Sie etwas dagegen tun?"

Das Ergebnis war ein wunderschönes lachsfarbenes Kleid, dessen Ausschnitt so gepolstert war, dass es aussah, als hätte die Trägerin eine zwar nicht üppige, aber doch feste und schöne Brust.

Vollkommen zufrieden ließ ich die Pakete zu mir nach Hause liefern. Dann wartete ich einen Tag ab, an dem Jacob ohne mich in der Stadt unterwegs war und unser Personal seinen freien Tag hatte.

Ich bestellte Frederik zu mir, der, wie so oft an diesen Tagen, über den Hintereingang des Gartens und durch die Terrassentür kam.

Als er merkte, dass das Personal frei hatte und auch Jacob nicht anwesend war, sah er mich fragend an. „Wollen mich Madame verführen?"

„Nicht ganz. Komm einfach mit und vertrau mir."

Daraufhin zog ich ihn mit in mein Umkleidezimmer. Auf einem Tischchen neben dem mannshohen Spiegel lagen Schmuck, Handschuhe, Fächer und eine Perücke und er sah ganz entzückt aus. „Du hast so entzückende Dinge, Vic."

„Zieh dich aus, mein Freund, ich habe eine Überraschung für dich." Er sah mich entsetzt an.

„Ich meine es ernst. Du brauchst nicht zu befürchten, dass ich über dich herfallen werde. Und du brauchst dich auch nicht vor mir zu genieren. Ich kenne jeden Zoll von Jacobs Körper und du wirst ja wohl nicht so viel anders aussehen, oder? Ich verspreche dir auch, dich nicht anzustarren oder unzüchtig zu berühren."

Zögernd zog Frederik sich aus. „Auch das Hemd.", befahl ich ihm, ohne hinzusehen.

„Aber dann bin ich nackt."

„Das ist mir bewusst. Vertrau mir bitte."

Er folgte auch dieser Anweisung nach einem kurzen Zögern.

„Jetzt setz dich auf den Schemel hier, Arme nach oben und Augen zu. Und sie bleiben zu!"

Ich spürte seine Anspannung. Aber da musste er durch. Zuerst bekam er ein Unterkleid verpasst, was ihn ein wenig entspannen ließ. Dann schnürte ich ihn in ein Mieder und legte ihm ein Panier[33] an. Das Kleid selbst raschelte, als ich es über seinen Körper streifte. „Lass die Augen zu, bis ich dir sage, du kannst sie aufmachen."

Daraufhin setzte ich Frederik eine Perücke auf und schminkte seine Augen rundherum ein wenig. Zuletzt legte ich ihm die wertvolle Kette um.

„Jetzt stell dich aufrecht hin."

Ich schnürte das Kleid, das derart gearbeitet war, dass man es auch ohne fremde Hilfe anziehen konnte, auf die richtige Passform. Ich spürte, wie er zitterte. Vermutlich konnte er sich schon denken, wo diese Reise endete.

Zum Schluss half ich ihm in die Handschuhe und gab ihm den Fächer in die Hand. Mit seinem glattrasierten Kinn sah er einer Frau wirklich zum Verwechseln ähnlich. Einer hübschen Frau.

„Jetzt kannst du die Augen öffnen."

Er starrte in den Spiegel und konnte wohl trotz aller Vermutungen im ersten Moment nicht glauben, was er sah. Er bewegte sich erst etwas hölzern. Ungläubig sah er uns im Spiegel an. Ich stand neben ihm und hatte meine Hand auf seinen Arm gelegt.

„Vergiss nicht zu atmen, Frederik.

Du wolltest doch wissen, wie es sich anfühlt, wie eine Frau gekleidet zu sein. Hier und jetzt kannst du diese Erfahrung machen."

„Es sieht aus, als hätte ich einen Busen. Es ist alles so ungewohnt. Das Korsett ist nicht gerade bequem, würde ich sagen. Aber ich könnte mich daran gewöhnen. Das Kleid ist wunderschön. Ich habe es noch nie an dir gesehen."

---

33 *Eine Art ovaler Reifrock, der die Hüften extrem in die Breite wachsen lässt.*

„Das wirst du auch nie an mir sehen. Denn das ist dein Kleid. Ich habe es speziell für dich machen lassen. Mir wäre es viel zu groß."

Wir standen ein paar Minuten nebeneinander und hatten Blickkontakt über den Spiegel vor uns. Frederik strahlte, als hätte ich ihm gerade seinen innigsten Wunsch erfüllt.

„Willst du, dass Jacob dich einmal so sieht? Er weiß übrigens absolut nichts von all dem. Also ist es allein deine Entscheidung."

„Ich danke dir von ganzem Herzen für diese Erfahrung. Würdest du mir ein wenig Zeit alleine zugestehen?"

„Ich bin im Schlafzimmer nebenan, wenn du mich brauchst." Dann ging ich in mein Zimmer, um einen Brief an Seraphia zu schreiben.

Nach längerer Zeit kam Frederik und bat mich zurück in den Umkleideraum.

Er nahm mich fest in seine Arme. „Danke, liebe Freundin, für diese wundervolle Erfahrung. Ich habe mich entschieden, Jacob damit nicht zu konfrontieren. Er soll mich nur als Mann kennen. Aber vielleicht gibst du mir die Möglichkeit, so einen Nachmittag zu wiederholen?"

„Ja, ich denke, das lässt sich machen." Ich half ihm wieder aus den Kleidungsstücken heraus, ließ ihm das Unterkleid und befreite ihn von der Schminke. Dann verließ ich ihn. Kurze Zeit später betrat der normale Frederik, mit zerzausten Haaren, wieder den Salon, ein glückliches Lächeln im Gesicht.

Er umarmte mich noch einmal und gab mir einen Kuss, aus dem ich seine freundschaftliche Zuneigung lesen konnte.

Als Jacob und ich das nächste Mal aus Ingolstadt zurück waren, hatte ich für beide Männer die neuen Röcke als Geschenk. Sie staunten und freuten sich über diese herrlichen Kleidungsstücke. Bei der nächstmöglichen Veranstaltung zogen sie diese an und ich war stolz auf meine zwei überaus feschen Begleiter.

Es wurde gefühlt täglich leichter für mich, mit den zweien zu leben.

Eines Abends fand ich mich zwischen den beiden Männern sitzend in unserem Salon. Was sich erst sehr eigenartig anfühlte für mich, entpuppte sich nach und nach als ein Gefühl der Geborgenheit. Am Ende schliefen meine beiden Helden ein. Jacob mit seinem Kopf in meinem Schoß und Frederik an meine Schulter gelehnt. Sie hielten sich an den Händen und integrierten mich in ihre Umarmung. Es rührte mich, zu sehen, welch Vertrauen die beiden in mich hatten. Sie waren beide zu immens wichtigen Menschen in meinem Leben geworden.

Beide hatten inzwischen keine Scheu mehr, sich in meiner Gegenwart gegenseitig zärtlich zu berühren. Sogar einen Kuss konnte ich hin und wieder beobachten. Auch ich wurde immer wieder mit Küssen von beiden bedacht. Wir waren inzwischen so etwas wie eine Familie. Zumindest fühlte es sich nach und nach für mich so an. Nur das Kind fehlte. Aber ich war immer noch nicht schwanger, weswegen mich meine Schwiegermutter schon anfeindete.

Nach meinem anfänglichem Gefühl von Unwohlsein musste ich doch feststellen, dass ich es persönlich als immer normaler sah, dass sich Jacob und Frederik liebten. Warum sollten sich Liebende nicht küssen oder streicheln? Wer durfte sich anmaßen, zu bestimmen, was richtig oder falsch war? War so eine liebevolle Verbindung nicht viel besser, als eine, in der ein Partner vom anderen geschlagen oder auf andere Art misshandelt wurde?

So kamen und gingen also Frühling und Sommer und ehe ich mich versah, leuchtete der Herbst in den schönsten Farben mit bunten Blättern und einer noch warmen Sonne. Ich glaube, irgendwie war ich doch noch glücklich geworden.

Hirschjagd

Vom kurfürstlichen Hof selbst kam eine Einladung zu einer Meutejagd ins Haus. Sie sollte genau an unserem ersten Hochzeitstag ganz im Stil des französischen Vorbilds stattfinden. Obwohl wir nicht als Jäger, sondern nur als Jagdgäste geladen waren, wollten wir uns dieses Ereignis nicht entgehen lassen und sagten mit Freude zu, diese Jagd zu begleiten.

Es gab eine Hundemeute mit an die 80 Koppeln[34] Bracken, also Schweißhunde. Außerdem waren berittene Jäger, die mit Trompe de Chasse, einem Jagdhorn, nach dem französischen Original ausgestattet waren, mit dabei – und Jacob, Frederik, Christoph und ich mittendrin in der bunten Jagdgesellschaft, welche die Jäger begleitete.

Ja, Christoph war gerade zu Besuch in München und wollte gerne unseren Hochzeitstag mit uns feiern.

Schon vorher hatten wir besprochen, dass wir vier zusammenbleiben würden. Unsere Pferde waren aneinander gewöhnt und hatten etwa das gleiche Tempo. Um das Bild zu wahren, hielt ich mich meist neben Jacob auf.

Über eine Hecke hetzte ich Hand in Hand mit meinem Bruder, einen anderen Sprung überflogen Jacob und ich Seite an Seite und einmal schafften wir es sogar, alle vier gleichzeitig ein Hindernis zu überwinden. Unser freudiges Juhu war weit zu hören.

Mal hörte man die Hornsignale der Jäger von vorne, mal wieder etwas seitlich und die ganze Reiterschar reagierte wie ein Mann darauf und schwenkte in die Richtung, aus welcher der Schall uns rief. Es war einfach wunderbar und ein Gefühl von Freiheit und Glück breitete sich in mir aus.

---

34 *Eine Koppel sind zwei Hunde, die durch eine Leine an ihren Halsbändern verbunden sind. Zur Übung wird ein junger Hund mit einem alten verbunden. So lernt der junge Hund, wie er sich zu verhalten hat. Bei Meutejagden wird die Zahl der Hunde immer in Koppeln angegeben.*

Am Ende wurden mehrere Hirsche von den Hunden gestellt und von den Jägern regelrecht niedergemetzelt. Mich dauerten die majestätischen Tiere. Aber so ist das Leben – und der Tod. Wir Reiter hatten einen wunderschönen Tag, dessen Ende manch edler Hirsch nicht überlebte.

Leider reiste Christoph ein paar Tage später wieder ab – aber mit dem Versprechen, dass er, sollte das Wetter ihm hold sein, vor Weihnachten nochmals für ein paar Tage kommen würde. Er hatte einen Klienten, der in München und Reichenhall Besitz hatte und der es schätze, wenn mein Bruder auch zu ihm nach München kam. So konnte er gut eines mit dem anderen verbinden.

Tanzstunde

Die Winterballsaison hatte längst begonnen. Wir waren froh, dass die Hungerzeit nun ein Ende hatte und wieder an allen Ecken opulente Tanzveranstaltungen abgehalten wurden. Daher schlugen die beiden Männer und ich kaum eine Einladung zu den zahlreichen Ballabenden in der Stadt aus.

Mehr noch: Wir hielten auch oft Probenabende in unserem Palais ab, bei denen ich für interessierte Leute aus unseren Kreisen die neuesten Tänze unterrichtete. Tante Seraphia hielt mich immer auf den neuesten Stand. Es machte mir enorm viel Freude, Menschen im Tanz zu unterrichten.

Das Beste daran war, dass Jacob und ich durch diese Abende ein gutes, fast freundschaftliches, Verhältnis zu den meisten Familien aufbauen konnten. Denn hier trafen wir uns auf einer sehr menschlichen Ebene.

Manchmal waren auch recht ungeschickte Tänzer dabei, was meist irgendwann zu einem völligen Kuddelmuddel und viel Gelächter führte.

So sah zum Beispiel eine Szene aus: Manche der Tänzer hatten schon anfangs eine falsche Position.

„Stopp! Der Herr steht links von der Dame!"

Ein allgemeines Herumgeschiebe im Saal. Ich sah mir alles an und stellte mich dann vor ein Paar und fixierte den Herrn.

„Würden Sie die Güte haben und zur anderen Seite Ihrer Dame wechseln?"

Er sah mich verdutzt an. Dann, als würde er gerade aufwachen, wechselte er die Seite. Ich lächelte ihn an und nickte leicht, um meine Zustimmung zu zeigen.

Nach einer Paarfigur stoppte ich nochmals.

„Nein, nein, so bitte nicht. Die Dame wird immer so um den Herren herum geführt, dass sie vorwärts geht. Wenn in dem Fall der Herr rückwärts gehen muss, dann ist das so! Es geht hier nicht um die Bequemlichkeit des Herren, sondern um ästhetische Schönheit für euer Publikum, meine Herren. Sie möchten doch den schönen Frauen huldigen, oder?"

Ich sah, dass bei einem Paar eindeutig die Frau wusste, was sie tat, der Herr dagegen das Heft in der Hand hatte und stur daran festhielt.

„Meine Herren, wir sind hier nicht am Verhandlungstisch für die nächste Schlacht, wo Sie um jeden Preis gewinnen müssen. Wir tanzen. Tanz ist ein Miteinander – oder sollte es zumindest sein. Glaubt mir, dass eure Tanzpartnerinnen manchmal besser wissen, wohin die Reise geht. Also widersprecht ihnen nicht um des Widersprechens willen. Ihr seid schließlich Partner für den jeweiligen Tanz. Manchmal – vor allem, wenn man selbst etwas unsicher ist – ist es vorteilhaft, dem Partner die Führung zu überlassen und ihm zu folgen. Sogar dann, wenn der Partner weiblich ist. Versuchen Sie es einfach einmal."

Manche Herren sahen mich indigniert an.

„Sie werden mir nicht glauben, an wie vielen Faktoren es hängt, ob ein Herr bei uns Frauen als Tänzer begehrt ist. Ich zum Beispiel bevorzuge es definitiv, mit einem Herrn zu tanzen, der gut gelaunt und etwas tollpatschig ist, als mit einem, der zwar schöne Bewegungen hat, aber mir das Gefühl vermittelt, ich müsse vor einem General strammstehen und fiele einem Kriegsgericht zum Opfer, setzte ich auch nur einen Fuß falsch."

Ein Kichern ging durch die Reihen. Der eine oder andere Herr schien nach diesen Worten zumindest ins Nachdenken zu kommen. Jedenfalls wurde bei den Abenden im Allgemeinen viel gelacht. Das lag teilweise an den Fehlern, die gemacht wurden, aber auch an Bemerkungen von etwas vorlauten Tänzerinnen und Tänzern, die auf Eigenheiten einzelner Mitwirkender hinwiesen oder auch über die eigenen Fehler lachten. So manche Person ließ gutmütig einen kecken Kommentar über sich ergehen, sofern er zur allgemeinen Belustigung beitrug und nicht beleidigend war.

Konzertausflug

Jacob und ich hatten über Magdalena eine Einladung erhalten von der Dame, mit der ich meine Freundin das erste Mal getroffen hatte. Es war Magdalenas Tante mütterlicherseits und die Gräfin von Aichelberg, die Magdalena bei unserem ersten Treffen begleitet hatte. Ihr Mann und sie haben großen Einfluss auf die Münchner Gesellschaft und Einladungen in ihr Palais sind begehrt wie Diamanten.

Wir freuten uns auf den Abend. Schön herausgeputzt fuhren wir gemeinsam mit unserem Freund Frederik zum Palais derer von Aichelberg. Magdalena, ihre Mutter und Friedrich waren schon vor Ort und begrüßten uns gleich nach der Gastgeberin selbst.

Der Abend begann mit einem Konzert. Es wurde die *Alster-Ouvertüre* von Georg Philipp Telemann gespielt. Die

Besetzung gefiel mir sehr gut: 4 Hörner, 2 Oboen, 2 Violinen und Basso continuo. Noch besser gefiel mir die Musik selbst. Ich war restlos begeistert von dem Werk, das mir bisher noch unbekannt gewesen war. Ich würde Mamma und Christoph davon erzählen.

Nach dem Konzert und einem tosenden Applaus wurden die Stühle aus dem Saal entfernt und die Gäste standen mit einer Erfrischung in Grüppchen und unterhielten sich. Die Gräfin gesellte sich zu mir. „Ich bin froh, dass meine Nichte in Ihnen, Ihrem Gatten und seinem Freund so gute Freunde gefunden hat. Diese Verbindung tut ihr sehr gut, sie ist damit aufgeblüht und die Männer stehen neuerdings Schlange, um mit ihr zu tanzen.

Diese Entwicklung freut mich. Ich hoffe sehr, es wird bald einmal ein Herr dabei sein, dem sie ihr Herz schenken möchte."

„Schon einige Herren haben sich um sie bemüht, soweit ich weiß. Doch bisher war ihr Herz noch nicht dabei, glaube ich. Aber sicher wird sich auch für Magdalena noch der richtige Mann finden."

„Davon bin ich überzeugt. Wir hoffen nur, dass es nicht mehr zu lange dauert. Wie hat ihnen die Musik gefallen? Ein Freund hat mir geraten, dieses Ensemble mit eben diesem Stück zu verpflichten. Er lag genau richtig, finde ich. Meine Gäste sehen sehr zufrieden aus."

„Oh ja, es war ein wundervolles Konzert. Vor allem *Die canonierende Pallas* und *Die concertierenden Frösche und Krähen*[35] haben es mir angetan. Man hört richtig das Quaken der Frösche und das Krächzen der Krähen und fühlt sich in die Nähe des Wassers versetzt. Dazu muss ich natürlich auch sagen, dass ich besonders den Klang der Hörner liebe."

„So, nun muss ich mich wieder um meine anderen Gäste kümmern. Bitte entschuldigen Sie mich." Damit entschwand die Gräfin wieder aus meinem Gesichtsfeld.

Den Rest des Abends wurde getanzt. Es war wunderbar, die Musik und den Tanz zu genießen. Ich hatte dieses Mal

---

35   *Die Bezeichnungen von 2 von 9 Teilen der Alster-Ouvertüre.*

auch fast nur gute Tänzer. Auch Friedrich forderte mich auf, seine Partnerin für eine Anglaise zu sein.

„Wann kommst du mal wieder mit zur Falkenjagd? Bella ist immer ganz aufgeregt, wenn du dabei bist. Sie mag dich."

„Das freut mich zu hören, denn ich mag eure Bella auch sehr gerne. Sie ist ein wunderbarer Hund."

Wir wurden wieder getrennt und hatten mit unserem Partnerpaar jeweils ein *Dos-a-dos*[36] zu machen.

„Ich mag es auch, wenn du dabei bist. Du passt zu uns einfach gut dazu und die Vögel sind bei deiner Anwesenheit ganz unaufgeregt."

„Friedrich, da werde ich ja gleich rot, wenn du das sagst."

Handtour[37] mit dem Gegenpartner.

„Du bist hübsch, wenn du rot wirst."

„Bing mich bitte nicht in Verlegenheit, ich bin eine verheiratete Frau."

„Entschuldige bitte. Ich dachte, der besten Freundin meiner Schwester kann ich so etwas sagen."

Eine Moulinette[38] mit dem Partnerpaar störte unsere Zweisamkeit.

„Danke für das Kompliment, Friedrich. Ich schätze dich auch sehr als Freund."

„Es macht mich glücklich, dass ihr mich alle so mit integriert, obwohl ich doch der Jüngste bin."

Wieder ein *Dos-a-Dos* mit dem Gegenpartner.

„Aber natürlich. Du gehörst inzwischen zu unserer Gruppe dazu und bist nicht mehr wegzudenken."

Da die Unterhaltung zunehmend schwieriger wurde, auch, weil wir unseren Atem zum Tanzen brauchten, denn die Musiker legten bei diesem Tanz ein beachtliches Tempo vor, beendeten wir unser Gespräch. Wir lächelten uns bei

---

36 *Die gegenüberstehenden Tänzer umrunden sich, ohne sich umzudrehen. Sie treffen sich also am entfernten Ende Rücken-an-Rücken.*

37 *Das Paar gibt sich die linken oder rechten Hände und geht so im Kreis.*

38 *Auch Mühle genannt. Beide Paare geben sich jeweils die linken oder rechten Hände. Um die in der Mitte gekreuzten Handpaare wird ein Kreis beschrieben, wie bei Mühlenflügeln.*

jedem Treffen an, machten manchmal Grimassen und amüsierten uns fortan auch ohne geistreichen Text.

Als ich später mit Jacob tanzte, machte dieser eine Bemerkung, die mich überraschte. „Friedrich wird erwachsen. Ich glaube, er ist ein wenig verliebt in dich. Weißt du was, ich kann es ihm gar nicht übel nehmen, denn du bist eine wunderbare Frau."

Ich dachte darüber nach. Vermutlich lag Jacob in seiner Einschätzung richtig. Friedrich war im Laufe des letzten Jahres wirklich erwachsen geworden. Ich fühlte mich geehrt, dass ein jüngerer Mann in mir vielleicht sogar eine verehrenswerte bzw. begehrenswerte Frau sah.

Friedrich studierte nun schon ein paar Jahre Medizin in Ingolstadt und ich war überzeugt, er würde einen sehr guten Arzt abgeben. Denn er war sensibel genug, Stimmungsschwankungen bei Menschen zu bemerken und hatte ein ausgeprägtes Einfühlungsvermögen.

Wann immer ein paar vorlesungsfreie Tage waren, kam Friedrich nach Hause, um mit den Vögeln zu arbeiten. Dies war neben der Medizin seine große Leidenschaft.

Die Ballsaison

Zu den Bällen gingen wir inzwischen überwiegend als Gruppe. Meist waren neben Jacob, Frederik und mir auch Magdalena und ihre Mutter und – sofern sein Studium ihm Zeit ließ – Friedrich dabei. Die beiden Frauen waren so herrlich erfrischend. Magdalenas Mutter hatte einen wunderbaren Humor, dem sie es zu verdanken hatte, immerzu willige Tänzer an der Hand zu haben.

Es war einfach eine herrliche und unbeschwerte Zeit. In diesem Jahr konnte ich diese Feste wirklich genießen. Sogar dann, wenn auch meine Schwiegermutter sich im Raum befand. Ich ignorierte sie größtenteils. Glücklicherweise ging sie nur auf ausgewählte Bälle, die so groß waren, dass wir uns nicht zwangsläufig treffen mussten.

In der zweiten Dezemberwoche kam Christoph nochmals zu Besuch. Ich begrüßte ihn überschwänglich schon an der Tür.

„Christoph, so eine Freude! Ach, mein Herzensbruder, es ist schön, dass du da bist. Morgen ist ein großer Ball. Da musst du mitkommen."

„Es ist zwar nicht wirklich das beste Reisewetter, aber ich wollte dich sehen, liebste Schwester. Außerdem bringe ich dir von unserer Tante ein dickes Paket mit."

„Erzähl mir keine Märchen. Du bist wegen deines Klienten hier."

„Wie schlau du bist, Schwesterherz. Aber ich bin umso lieber gekommen, weil ich wusste, dass ich bei dir so wunderbar mit Familienanschluss untergebracht bin."

Er wirbelte mich herum. Sein Gepäck hatte er mit einer Kutsche schon vorangeschickt. Sein Zimmer war bereits vorbereitet. Nun drückte er mir das erwähnte Paket in die Hand und zog sich zurück, um sich vom Reisestaub zu befreien.

Seraphia hatte Christoph einige Tanzbeschreibungen und Melodien mitgegeben mit einer Notiz.

„... dies sind die aktuellsten Tänze in Paris und London. Wenn du diese Tänze schon einmal üben willst, werdet ihr, du mit deinem Gatten und Bruder, unter den ersten sein, die sie in München beherrschen ..."

Also lud ich Frederik, Magdalena, ihre Mutter und einige weitere Bekannte gleich am kommenden Nachmittag ein, um die neuen Tänze zu studieren. Es waren herrliche Melodien aus einigen Opern dabei, aber auch brandneue Tänze von verschiedenen Komponisten.

Nur wenige Tage später auf einem weiteren Ball hatten wir das Glück, dass das Orchester auch schon die neuen Melodien kannte und wir mit unserem Können glänzen konnten.

„So eine Freude. Jetzt kommt unser neues Können zum Einsatz!", jubelte Magdalenas Mutter, als der Tanz angesagt wurde und zerrte ihren Partner vor das Orchester.

Es fanden sich in Windeseile all unsere Freunde mit ihren Partnern in der Gasse ein und konnten es kaum erwarten, dass es losging.

Die Gastgeberin kam aufgeregt herbei und steuerte auf das Orchester zu. „Bitte, das können Sie mir nicht antun. Diesen Tanz kann kaum jemand im Saal."

Ich trat zu ihr. „Wie wäre es, wenn es alle lernen? Er ist nicht schwer und wird allen Freude machen."

Sie sah mich und den Leiter des Orchesters abwechselnd an. Der Mann hatte ein Fragezeichen im Gesicht.

„Einige unserer Freunde haben diesen Tanz schon geübt und der Rest wird es sicher schnell lernen. Lasst es uns doch bitte versuchen."

Mit einem Blick auf die Gastgeberin meinte Jacob neben mir „Was meinen Sie, das wird sicher morgen Stadtgespräch, dass es bei Ihren Bällen brandneue Tänze aus aller Welt zu tanzen gibt."

In Ermangelung eines männlichen Tanzmeisters, der diese Tänze schon kannte, wurde ich also gebeten, die Figuren zu erklären und anzusagen und so lernten in kurzer Zeit auch die übrigen Ballbesucher die Tänze.

Die Gastgeberin strahlte mich später an und bedankte sich überschwänglich. „Schon mehrere Gäste kamen auf mich zu, um mir zu sagen, dass sie froh wären, diesen Tanz nun auch zu ihrem Repertoire zählen zu dürfen. Danke, meine liebe Gräfin von Falkenstein. Sie haben mir einen großen Gefallen getan. Machen Sie denn öfter Übungsstunden für neue Tänze?"

Ich bejahte und versprach ihr, sie beim nächsten Mal auch mit einzuladen.

Die Sauhatz

Da es noch nicht viel Schnee hatte, wurde kurzfristig vom Kurfürsten zu einer Sauhatz geladen. Bei so einer Hatz war ich noch nie dabei gewesen, weshalb ich alles genau beobachtete und mir dies oder jenes auch erklären ließ.

Zuerst waren die Finder an der Arbeit. Das waren wendige Hunde mit einer feinen Nase. Diese spürten die Wildschweine auf und verbellten sie. Daraufhin kamen die größeren Saurüden zum Einsatz. Diese hetzten das Wild aus der Deckung. Jäger und sonstige Jagdgäste folgten jeder Bewegung von Hunden und Wild. Die sogenannten Packer – bei dieser Jagd englische Doggen – stellten das Schwarzwild am Ende, bis die Jäger die Sauen und Keiler mit der Saufeder, einem kurzen Spieß, erlegten. Es war alles überaus spannend und teilweise nicht ungefährlich. Denn vor allem die Eber waren im Kampf um ihr Überleben beachtliche Gegner.

Die Jagdgäste befanden sich alle mit etwas Distanz zum Geschehen auf ihren Pferden wartend, so, dass alle gut sehen konnten, was geschah. So auch wir.

Plötzlich durchbrachen zwei Schweine den Kreis der Hunde und Jäger und rannten in einer unheimlichen Geschwindigkeit genau auf uns zu. Ich gab meinem Pferd Ferse und Peitsche, dass es erschrocken zur Seite sprang und somit aus dem Weg war.

Aber Jacobs Wallach schaffte es nicht, rechtzeitig aus der Bahn des angreifenden Keilers zu fliehen, weil er sich im ersten Moment gegen die Einwirkung seines Reiters wehrte, der die Gefahr zuerst wahrgenommen hatte. So steuert der Keiler direkt auf den Wallach zu. Dieser verlor kurz vor dem drohenden Zusammenstoß die Balance, weil er zu allem Überfluss noch in ein Loch getreten war. Er kippte um und Jacob fiel genau vor dem Keiler zu Boden. Das Tier rammte ihm seine Hauer in die Brust. Mir blieb das Herz stehen. Ich hörte Jacobs gequälten Schrei. In

Sekundenschnelle stieß der Keiler mit einer heftigen Bewegung nochmals nach und war kurz darauf geflohen.

Dies alles dauerte vermutlich nur ein paar Sekunden. Mir fuhr der Schreck in die Glieder. Jacob!

Mein Gatte lag regungslos seitlich am Boden. Frederik und ich waren gleichzeitig bei ihm, eine Sekunde später auch Christoph. Wir drehten Jacob gemeinsam sanft auf den Rücken.

Die Verletzungen an der Brust waren riesig und bluteten sehr stark. Doch noch lebte mein Mann. Ich schob den Gedanken an das Schreckliche, was vor meinen Augen passiert war, zur Seite und funktionierte nur noch, während ich an Jacobs Seite auf meinen Knien saß und mit meiner Jacke und meinem Schal versuchte, die Blutungen zu stillen.

Frederik beugte sich zu seinem Geliebten und bettete dessen Kopf unendlich sanft auf seinen eigenen Jagdrock, den er ausgezogen und zusammengerollt hatte. Dann nahm er Jacobs Hand.

Ich sah beschwörend Frederik an und packte seinen Arm, als ich die Tränen und die Angst in seinen Augen sah. „Mach jetzt nichts Unbedachtes", ich schluchzte, „bitte!" In dem Moment traf auch mich die Angst. Um Jacob und sein Leben, aber auch um Frederik und mich, um unser gemeinsames Leben, von dem ich doch gedacht hatte, es würde noch Jahre so weitergehen.

Uns beiden rannen heiße Tränen die Wangen hinab.

Jacob schlug seine Augen auf. Er sah unsere Gesichter über seinem und mit letztem Atem und einem schiefen Lächeln im Gesicht sprach er mit sichtlicher Anstrengung: „Ich liebe euch beide aus tiefstem Herzen und danke euch für das große Glück, das ich mit euch erleben durfte." Dann atmete er noch einmal rasselnd, bevor ein Zucken seinen

Körper durchrann und dieser daraufhin schlaff wurde. Ich glaube, mir entwich ein Schrei.

Ich nahm Jacobs Kopf zwischen meine Hände und küsste meinen Mann ein letztes Mal. Danach suchte ich Frederiks Blick. Er verstand meine Intention. Ich hatte Jacob nicht alleine als Victoria geküsst, sondern auch stellvertretend für ihn.

Als Jagdhelfer Jacob mit einer Bahre wegbrachten, umarmte ich Frederik. „Wir stehen das durch. Bitte sei für uns beide stark und wahre den Schein."

Auch Christoph umarmte mich und drückte sein Beileid aus. Frederik gegenüber benahm er sich freundlicher, als er ihm gegenüber je gewesen war. Er hatte wohl verstanden, dass hier eine ganz besondere Freundschaft ihr grausames Ende gefunden hatte.

Als wir später kurz alleine waren, sprach mich mein Bruder darauf an. „Ich konnte seine letzten Worte hören. War es das, was ich denke?"

Ich hatte meine Stimme nicht unter Kontrolle und meine Antwort war mit Schluchzern durchzogen. „Seine große Liebe war Frederik, ja. Wir beide haben trotzdem gelernt, uns gegenseitig zu schätzen und zu lieben. Ich weiß nicht, wie alles ohne ihn werden soll. Frederik und ich sind uns auch sehr nah. Allerdings auf einer anderen Ebene."

Mein Bruder umarmte mich und spendete mir Trost.

Er und Frederik blieben auf meine Bitte nach dem Unfall in unserem Haus. Christoph, weil ich auf seinen Beistand nicht verzichten wollte und Frederik, weil ich nicht wollte, dass er alleine war. Ich war mir gar nicht sicher, ob er sich nicht etwas antun würde, wäre er mit seiner Trauer nun alleine.

Wir drei saßen an diesem Abend gemeinsam im Salon wie verlorene Häufchen Elend. Mehrmals setzte Frederik an, etwas zu sagen. Aber immer wieder nahm er sich zusammen und schwieg.

„Frederik, sag, was du zu sagen hast. Ich verbürge mich für meinen Bruder. Es wird nichts an fremde Ohren gelangen, was unter uns gesprochen wird."

Christoph nickte Frederik ernst, aber doch freundlich zu und erhob sich. „Ich denke, ich ziehe mich besser zurück und lasse euch beide gemeinsam trauern. Du kannst mir vertrauen, Frederik. Denn ich würde nie etwas tun, was meiner Schwester oder ihren Freunden schadet." Er legte seine Hand auf Frederiks Schulter, umarmte mich noch kurz, dann verließ er den Raum.

„Komm, lass uns um Jacob weinen." Ich setzte mich neben Frederik und nahm ihn in die Arme. Beide weinten wir um unseren Freund und Geliebten.

Am nächsten Tag saß ich vormittags in meinem Umkleidezimmer. Als ich im Nebenraum Geräusche vernahm, pochte mein Herz und ich erwartete jeden Augenblick, Jacob eintreten zu sehen. Dann fiel mir wieder ein, was passiert war und ich begann zu weinen.

Als wir beide keine Tränen mehr hatten, erzählten Frederik und ich uns ein paar Tage später unsere Erinnerungen.

„Weißt du, wie sehr es mich schmerzte, als ich erfuhr, dass Jacob heiraten würde? Und als ich dich bei der Verkündung der Verlobung zum ersten Mal ganz bewusst sah, spürte ich einen regelrechten Hass in mir. Ich dachte, du würdest alles kaputt machen. Ich dachte, du hättest ihn verführt und er wäre auf deine Schönheit hereingefallen, obwohl ich zu dem Zeitpunkt schon wusste, dass er dich wegen ganz anderer Qualitäten schätzte. Er hatte von deinem juristischen Sachverstand geschwärmt.

Jacob beschwor mich, dass ich zu dir freundlich sein müsste, denn es wäre alles nur seine Schuld gewesen mit seinem gedankenlosen Verhalten. Er meinte, er würde es nicht verkraften, wenn wir beide Feinde wären. Das leuchtete mir ein. Daraufhin beobachtete ich dich. Ich wankte in meinem Entschluss, dich hassen zu wollen. Denn du warst so freundlich und liebenswert.

Bei eurer Hochzeit tanzte ich mit dir und merkte, dass ich dich nicht hassen konnte, aber erst bei eurem ersten Besuch bei mir verstand ich Jacobs Entschluss, dich nach dem Verrat seines Bruders zu ehelichen, so richtig.

Ich habe die ganzen Jahre gewusst, wie sehr Jacob unter seiner Mutter gelitten hatte. Sie ist eine durch und durch bösartige Person, die gerne anderen schadet. Du hast nach nur kurzer Zeit vollbracht, was er ohne deine Hilfe nie geschafft hätte: die Trennung von dieser alles einvernehmenden Person. Erst nach eurem Umzug in euer gemeinsames Palais hat Jacob gelernt, das Leben richtig zu genießen. Er blühte auf und war seither ein so fröhlicher Mensch, wie ich ihn nie zuvor erlebt hatte.

Für diese Großtat und dein Verständnis für unsere Verbindung als auch deine ständige Unterstützung liebe ich dich, Victoria. Bitte sei mir auch in Zukunft die Freundin, die ich gerade jetzt so dringend brauche."

„Frederik, du bist mir im Laufe des letzten Jahres sehr ans Herz gewachsen. Auch ich möchte dich als Freund nicht verlieren. Als Jacob von seiner Liebe zu dir in unserer Hochzeitsnacht sprach, zerbrach in mir der Traum von einer glücklichen Ehe. Aber ich mochte dich von Anfang an, obwohl du mich anscheinend schon bei unserem ersten Zusammentreffen mit deinen Blicken töten wolltest. Mit der Zeit verstand ich Jacobs Gefühle für dich immer besser. Du bist ein wundervoller Mensch und gleich nach meiner Familie der wichtigste Mensch in meinem Leben."

„Jacob hatte ein großes Herz und hätte ein besseres und vor allem längeres Leben verdient." Frederik schniefte wieder. „Ich vermisse ihn so sehr."

„Jacob war nicht so, wie ich mir die Liebe meines Lebens immer vorgestellt hatte, aber er hatte sich über die Monate einen festen Platz in meinem Herzen erobert. Auch ich vermisse ihn schmerzlich.

Wie er in solch einer eigennützigen und hartherzigen Familie wie seiner überhaupt so ein großherziger Mensch bleiben konnte, grenzt an ein Wunder."

„Wie soll ich nur über meinen Verlust wegkommen? Ich kann nicht ohne Jacob leben!"

„Frederik, Jacob würde wollen, dass du auch ohne ihn dein Glück findest. Ich bitte dich, sei jetzt auch für mich stark. Denn dich auch noch zu verlieren, wäre für mich nicht zu ertragen. Du bist mir doch auch so wichtig als Freund, den ich herzlich liebe.

Du musst jetzt besonders vorsichtig sein mit allem, was du tust und sagst. Mir und Christoph gegenüber kannst du einfach nur du sein und auch Schwäche zeigen.

Ansonsten kommt uns zugute, dass sowieso jedermann meint, du seist mein Geliebter. Trotzdem, bei allen anderen darfst du dir keinen Fehler leisten.

Eines ist sicher: Du kannst auch in der Zukunft jederzeit auf meine Freundschaft zählen. Egal, was uns diese Zukunft bringt."

Abschied

Mein Gatte sollte in der Familiengruft auf dem Land beigesetzt werden, doch seine Mutter ließ mich unmissverständlich wissen, dass ich zur Beisetzung nicht erwünscht wäre. Da ich aber auch von meinem Mann Abschied nehmen wollte und Jacob sehr bekannt und auch beliebt gewesen war, ließ ich noch vorher eine Messe in München für ihn lesen.

Bei diesem sehr gut besuchten Trauergottesdienst nur wenige Tage nach dem schrecklichen Jagdunfall stand ich auf der Seite der Frauen zwischen Magdalena und ihrer Mutter in der vordersten Reihe der Kirche. Die beiden spendeten mir Trost und hielten andere Menschen etwas auf Abstand. Natürlich war auch meine Schwiegermutter anwesend. Sie saß in der gleichen Reihe direkt am Mittelgang.

Die harte Frau beachtete mich gar nicht und nachher schimpfte sie vor allen Leuten, die ihr zuhören wollten, darüber, dass ihre Schwiegertochter und deren Geliebter ihren Sohn in den Tod getrieben hätten. Es war unwürdig, wie sie sich benahm.

In unserem Hause hatte ich die Trauergäste noch zu einem Umtrunk und Häppchen geladen. Es kamen sehr viele. Natürlich war die Familie Sieghardinger auch dabei. Magdalena und Friedrich kümmerten sich rührend darum, dass es mir wieder etwas besser ging.

Niemand hatte gewusst, dass Jacob ein Testament gemacht hatte, doch noch am selben Tag stand ein Nachlassverwalter vor der Tür und begehrte Einlass. Jacobs Mutter wollte ihn hinauswerfen, aber ich brachte sie zum Schweigen. „Sie mögen meine Schwiegermutter sein und Jacob war ihr Sohn. Ich bin in diesem Haus die Herrin. Der Mann ist herzlich eingeladen zu bleiben."

Ich bot dem Herrn einen Platz an und eine Erfrischung.

„Ihr Gatte hat bei mir eine letzte Verfügung hinterlegt. Wenn Sie möchten, kann ich diese heute und hier noch verlesen. Wir können aber auch einen anderen Termin festlegen."

„Da ich mich mit meiner Schwiegermutter nicht gut verstehe, finde ich, dass heute genau der richtige Zeitpunkt ist. Es sind vermutlich alle Personen hier, die es betrifft und wir sind auf meinem Hoheitsgebiet."

Während ich mich noch mit meinen Gästen unterhielt, kümmerte sich Friedrich auf meine Bitte hin um den Notar. Ich wollte, dass dieser sich willkommen fühlte in Jacobs Haus. Diese Aufgabe erfüllte mein junger Freund sehr gut. Ich sah die beiden Männer in einer angeregten Unterhaltung.

Als die meisten Gäste sich verabschiedet hatten, wurde Jacobs letzter Wille im kleinen Kreis verlesen.

„Ich, Jacob, Graf von Falkenstein, verfüge im Vollbesitz meiner geistigen Kräfte Folgendes im Falle meines Ablebens:

Meiner Gattin, Victoria Gräfin von Falkenstein, gebürtige von Sommerauer aus der Gemeinde Reichenhall, soll unser Stadthaus mit allem Inventar gehören. In dem Haus und mit ihr erlebe ich zum ersten Mal in meinem Leben eine wirklich glück-

*liche Zeit. Des weiteren soll Victoria eine jährliche Apanage[39]
von 1.000 Gulden erhalten, bis zum Ende ihres hoffentlich langen und glücklichen Lebens.*

*Unsere Heirat wurde durch eine kompromittierende Situation
forciert, die von meinem Bruder ohne unser Wissen oder unsere
Zustimmung herbeigeführt worden war. Ich habe Leonhard
verziehen. Denn ich habe dich zu lieben gelernt, Victoria,
mein Schatz. Du verhilfst mir immer wieder zu unglaublich
glücklichen Momenten im Leben, liebste Vic. Dafür bin ich dir
sehr dankbar.*

*Meinem langjährigen und innigen Freund Frederik von Barby
hinterlasse ich meine Jagdpferde, meine zwei Hunde, um die er
mich schon immer beneidet hat, und alle persönlichen Dinge, auf
die Victoria keinen Anspruch erhebt.*

*Ich vertraue darauf, ihr beide werdet euch einigen, denn ihr
seid die beiden Menschen, die mir am meisten bedeuten. Eure
Liebe und Freundschaft hat mein Leben bereichert.*

*Meiner Mutter, die ich Zeit meines Lebens geliebt, aber noch
mehr gefürchtet habe, habe ich nichts zu hinterlassen. Denn ich
weiß, dass sie gut versorgt sein wird. Mamma, ich bitte dich nur
um eines: Lass Leonhard sein Leben! Egal, was er macht, du hast
dich nicht einzumischen.*

*Mein Bruder Leonhard, der, sollte ich keine Nachkommen
hinterlassen, nach meinem Tode meine Nachfolge als Graf
antreten wird, ist gut versorgt mit dem unveräußerlichen
Gut der Familie. Ich bitte ihn nur darum, vorausschauend zu
wirtschaften und sich beim Spiel zurückzuhalten.*

*Für den Fall, dass Victoria und ich Söhne haben, soll Leonhard
unseren Besitz bei Endorf am Chiemsee erhalten. Damit er unabhängig sein Leben leben kann.*

*Wir waren uns nie innig zugetan, aber es gibt durchaus Seiten
an dir, mein Bruder, die ich ehrlich mag. Schwimme dich von
Mammas Einfluss frei, solange du kannst, sonst wirst du ein
einsamer und unglücklicher Mann wie ich es lange war. Sie*

---

39 *Apanage ist eine in Adelskreisen übliche Abfindung für Personen, die keinen An-
    spruch auf das Erbe haben, aber standesgemäß leben können sollen.*

wird dich nun kontrollieren wollen, wie sie es zeitlebens bei mir gemacht hat.

Such dir eine Frau, die du lieben und achten kannst. Dann benötigst du keine Mätresse und hast ein glückliches Heim und kannst allen Stürmen trotzen.

Meinem Kammerdiener Erich Hintermeier vermache ich einen Betrag von 250 Gulden für eine Hochzeit plus 50 Gulden für die erste Zeit. Ich hoffe, du wirst glücklich mit deiner Liebsten, Erich.

Unser Majordomus soll sich nicht nochmals an einen neuen Herrn gewöhnen müssen. Heinrich Summerer soll daher 1.500 Gulden erhalten, die ihm seinen Lebensabend versüßen sollen, sobald es ihm bei uns zu viel wird. Danke Heinrich für deine langjährigen und treuen Dienste für meine geschätzte Tante und für uns.

Ich wünsche euch allen noch ein glückliches Leben.
Gezeichnet am 31.01.1772, Jacob Graf von Falkenstein"

Die beiden letztgenannten Männer schluchzten, als sie hörten, dass ihr Herr so großzügig zu ihnen gewesen war.

Frederik saß neben mir mit nassen Augen. Ich drückte seine Hand, selbst standen mir auch die Tränen in den Augen.

So bin ich also mit gerade mal 22 Jahren zu einer vermögenden Gräfinwitwe geworden. Diese Tatsache machte mich aber nicht froh. Denn ich hatte einen guten Freund und Gefährten verloren, der mit mir die Leidenschaft für den Tanz und noch einiges mehr geteilt hatte.

„Wenn eine Frau sagt ‚Jeder‘,
meint sie: jedermann.
Wenn ein Mann sagt ‚Jeder‘,
meint er: jeder Mann"

Marie von Ebner-Eschenbach,
Schriftstellerin (1830–1916)

1773

Das Leben geht weiter

Weihnachten war ein trauriges Fest für mich. Ich hatte zwar Christoph und Frederik um mich, aber die Trauer war noch zu frisch. So waren es sehr stille Tage in unserem Stadthaus. Magdalena und Friedrich besuchten uns und brachten ein wenig Weihnachtsfreude ins Haus. Sie luden uns ein zu einer Balzjagd, um uns auf andere Gedanken zu bringen. Diese Strategie war sehr gut, denn ich musste an diesem Tag nicht die ganze Zeit an Jacob denken und konnte sogar zwischendurch lachen.

Es ist eigenartig, denn in diesem Jahr war ich richtig dankbar dafür, dass bei uns die Weihnachtszeit eine so stille Zeit ist und bis Epiphania keinerlei Tanzveranstaltungen stattfinden.

Bisher fand ich es immer sehr schade, dass wir nicht der Tradition auf den britischen Inseln folgen, in der gerade zwischen St. Stephan und Epiphania Tanz, Gesang und Gelächter Hochsaison haben. Dieses Mal jedoch konnte ich dankbar sein, dass ich nichts versäumte, da bei uns in dieser Zeit keine Ballveranstaltungen stattfanden.

Mir half es in meiner Trauer, dass die ganze Dienerschaft ihr Beileid ausdrückte und fast alle mir irgendeine schöne Anekdote über Jacob erzählten. Auch meine Zofe Katharina sagte mir, dass sie meinen Mann bewundert hatte, weil er immer freundlich zu allen und so elegant war.

„Nur einmal kam er von einem Ausflug zurück und da war er von oben bis unten verdreckt. Sie waren damals ausgegangen, Madame. Als er sah, dass ich ihn mit offenem Mund anstarrte, meinte er, ja, so sähe man aus, wenn man eine Diskussion mit einem energiereichen Pferd verlieren würde. Er lachte darüber und warnte mich davor, jemals mit Pferden zu diskutieren.

Als ich ihm daraufhin sagte, das wäre mir trotzdem lieber, als niemals auf einem Pferd zu sitzen, wissen Sie, was er organisierte."

„Ach, das war der Anlass dafür, dir und seinem Kammerdiener das Reiten zu lernen?"

„Ja, ich hatte ihn vermutlich mit solcher Sehnsucht angesehen, dass er beschloss, mich auf ein Pferd zu setzen und mir Unterricht zu geben."

„Wir haben ja gesehen, dass du ein Talent hast, Katharina. Jacob hatte viel Freude an dem Unterricht. Du wirst auch zukünftig immer wieder reiten, das kann ich dir versprechen."

Um den Jahreswechsel brach Christoph wieder auf nach Hause. Mit Briefen von mir an unsere Eltern und Tante ausgestattet, machte er sich auf den Weg. Ich hoffte auf seine gesunde Ankunft, da es nun auch mehr Schnee gab – vor allem weiter im Süden. Aber es würde noch Monate dauern, bis wieder alle Wege aper, also schneefrei sein würden.

Ich blieb noch in München. Frederik trauerte mehr, als er es jemanden sehen ließ. Doch ich wusste, dass es für ihn sehr schwer war, wieder in eine Art Alltag zu finden. Es wäre für mich wie ein Verrat an Jacob gewesen, seinen Geliebten in dieser schweren Zeit gänzlich alleine zu lassen. Bei Christophs Abreise war Frederik wieder in seinen eigenen Haushalt zurückgekehrt, aber wir trafen uns fast täglich für einen Ausritt oder eine gemeinsame Übungsstunde.

Es verbreitete sich die Neuigkeit, dass Friedrich der Große sich nun König von Preußen nannte. Das Thema lenkte Frederik ein wenig ab. Er war verärgert und schimpfte vor sich hin. „Er hat einfach per Dekret die Provinz Westpreußen gebildet und schon ist er der König aller Preußen. Wenn das Leben für uns alle nur auch so einfach wäre!", meinte er, der ein paar Hintergründe kannte und einige Verbindungen zu hohen Diplomaten pflegte.

Ich ließ ein paar neue Kleider schneidern, die meinem Witwenstand angemessen waren. Richtig wohl fühlte ich mich darin nicht, weil sie so düster waren. Mir graute außerdem davor, nun ein Jahr lang nicht öffentlich tanzen gehen zu dürfen.

„Ich glaube, ich kann es nicht durchhalten, ein Jahr lang nicht zu tanzen. Es ist meine liebste Beschäftigung. Normalerweise kann ich beim Tanzen alles Leid vergessen. Und genau das ist mir jetzt untersagt. Es ist einfach schrecklich!", klagte ich Frederik mein Leid.

„Ich verstehe dich. Aber es gibt mehrere Auswege für dein Dilemma. Zum einen können wir zu zweit das Menuett tanzen. Und dann lass ein wenig Zeit vergehen und wir laden ein paar Freunde in mein Haus ein. Dort tanzen wir dann. Solange es in einem privaten Rahmen stattfindet, wird niemand etwas sagen können. So gerne auch ich tanze, nach einem Fest ist mir derzeit wirklich noch nicht."

Frederik hatte ja Recht. Mir ging es ja auch gar nicht darum, zu feiern, sondern nur um die für mich tröstliche Bewegung des Tanzes selbst.

Für mich alleine übte ich immer wieder alle Tanzschritte, die mir bekannt waren. Dazu konnte ich mich ja auch selbst mit der Pochette[40] begleiten. Zu keinem Zeitpunkt hatte ich das Gefühl, dass ich damit Jacobs Andenken besudeln könnte. Mit Frederik focht ich oft. Die Konzentration bei den Fechtstunden half uns beiden sehr, uns abzulenken.

Ich nutzte meine Zeit in München sinnvoll und sichtete Jacobs Besitztümer. Papiere, welche die gräflichen Liegenschaften betrafen, sandte ich ins Stadthaus der Familie. Frederik suchte sich persönliche Stücke aus, die er haben wollte. Er fragte mich bei jedem Teil, ob ich das noch bräuchte oder wollte.

„Ich möchte nur seinen Sekretär behalten und das große Bildnis aus dem Salon. Die wundervolle Miniatur mit sei-

---

40 *Pochette (von franz. Täschchen), ist eine Minigeige, die ein Tanzmeister üblicherweise verwendete. Während des Spiels konnte er die Tanzschritte dazu zeigen. Die Pochette konnte man leicht in den Taschen der Herren-Überröcke verschwinden lassen.*

nem Abbild sollst du als Erinnerung haben, Frederik. Jacob hätte es so gefallen. Was immer du sonst haben möchtest, nimm es mit. Auch Kleidung und Schmuck, sofern dir etwas passt und gefällt. Ich kann davon nichts verwenden." Er strahlte und nahm sich zahlreiche Erinnerungsstücke an seine große Liebe mit nach Hause.

Bei genauer Durchsicht hatte ich Briefe im Geheimfach des Sekretärs gefunden, die Frederik an Jacob geschrieben hatte. Trotz meiner Neugierde hatte ich sie nicht gelesen. Denn ich hatte die Handschrift sofort erkannt und wollte mich nicht in Dinge einmischen, die mich nichts angingen.

Diese Briefe legte ich in ein schön verziertes Holzkästchen und überreichte dieses dem Geliebten meines Mannes. „Ich kenne den Inhalt nicht, obwohl ich ihn erahne", erklärte ich.

Er öffnete das Kästchen. Als er erkannte, was es enthielt, stellte er das Kästchen beiseite, ging auf mich zu und nahm mich in seine Arme. „Ich verstehe, dass du erst einmal zurück zu deiner Familie reisen möchtest. Darf ich dich denn besuchen, wenn du wieder in deiner Heimat bist, liebe Freundin?"

„Natürlich, ich wäre dir gram, wenn du mich nicht besuchen würdest."

„Ich bin so froh, dass Jacob und ich mit deiner Hilfe fast ein ganzes wunderschönes Jahr hatten, in dem wir unsere Liebe leben konnten.

Anfangs war ich unsäglich eifersüchtig auf dich, weil du mehr Zeit mit ihm verbringen konntest und auch offiziell zu ihm gehörtest. Doch dann kam ich zu der Einsicht, dass wir beide ein ähnliches Schicksal teilten und es unsinnig war, dich zu beneiden. Denn du hättest genauso viel Grund, auch mich zu beneiden. Vielleicht sogar noch mehr, weil Jacob uns beiden immer wieder versicherte, ich wäre seine große Liebe.

Im Grunde gabst du uns mit deiner schieren Anwesenheit die Sicherheit vor Entdeckung, die wir vorher nie hatten. Wenn ich ehrlich bin, gefiel ich mir auch in der vermuteten Rolle deines Liebhabers." Er schmunzelte.

„Jacob wurde mit dir an seiner Seite so fröhlich, wie ich ihn noch nie erlebt habe. Er fühlte sich befreit von seiner Mutter und konnte das Leben genießen."

Frederik konnte wieder lachen. Das machte mir Hoffnung.

Ein Lichtblick für mich war außerdem ein Brief von Nannerl Mozart. Sie schrieb mir, dass am 16. Dezember in Mailand Wolfgangs Oper Lucio Silla uraufgeführt worden war. Zudem erzählte sie noch von einigen Bällen, die sie schon besucht hatte in dieser Saison, wer wo gewesen war und welche Mädchen bekannter Familien neu in die Gesellschaft eingeführt worden waren.

„... Wolferl wird wohl die nächsten Tage wieder in Salzburg eintreffen. Am 17. Jänner wurde seine Motette „Exsultate, jubilate" in der Theatinerkirche in Mailand aufgeführt, aber die von ihm gewünschte Festanstellung dort lässt sich nicht verwirklichen. Er ist ziemlich deprimiert, weil er an Mailand seine Hoffnungen gehängt hatte. Aber man sagte ihm, er sei zu jung.

Wenn du uns das nächste Mal besuchen kommst, dann musst du zum Hannibalplatz[41] kommen. Wir übersiedeln demnächst in das Tanzmeisterhaus dort. Ich freu mich schon. Dort gibt es einen richtigen Tanzsaal. Endlich genug Platz, wenn wir uns zum Tanzen treffen. Das wird ein Spaß werden ..."

Ich freute mich, einen überwiegend fröhlichen Brief von meiner Freundin erhalten zu haben und schrieb ihr bald zurück. Das war für mich die beste Ablenkung.

Es gab noch viel zu tun. Die Universität, der ich natürlich sofort gemeldet hatte, dass mein Mann verstorben war, fragte an, ob ich so gnädig wäre, den Unterricht übergangsweise zu übernehmen. Sie würden gerade nach einem adäquaten Nachfolger suchen. Ich schrieb ihnen, dass ich das gerne machen würde und vielleicht sogar Jacobs bester Freund diese Aufgabe übernehmen könnte. Er wäre

---

41 *Der Hannibalplatz ist inzwischen zum Makartplatz umbenannt. Dorthin ist die Familie Mozart 1773 von der Getreidegasse übersiedelt.*

schließlich auch ein exzellenter Jurist, der auch manchen Fall gemeinsam mit meinem Gatten bearbeitet hatte.

So reiste ich schon eine Woche später mit Frederik im Schlepptau nach Ingolstadt zu Jacobs Onkel und referierte vor Jacobs Studenten. Die Woche klappte gut. Die Studenten trauerten um einen Lehrer, den sie sehr gemocht hatten und der es unglaublich gut verstanden hatte, ihnen sehr trockene Themen amüsant zu vermitteln, so dass sie alles gut verstanden hatten.

Frederik hatte ein langes Gespräch mit Freiherr von Ickstatt und bekam am Ende die Professur überantwortet. Ich machte die Studenten mit ihm bekannt und er hielt die letzte Vorlesung der Woche.

„Frederik, das hat ja wunderbar geklappt. Sie mögen dich. Du hast ein großes Vorschussvertrauen von den Jungen erhalten, weil du Jacobs bester Freund warst. Wenn du mit ihnen so umgehst wie mit mir, dann hast du ihre Loyalität für alle Zeiten. Jacob wäre sicher stolz auf dich!"

„Danke, liebe Freundin. Du hast mir eine Aufgabe verschafft, für die ich dir immer dankbar sein werde. Es ist wunderbar, den Studenten etwas beizubringen!"

„Glücklicherweise mag dich Jacobs Onkel und wird dir auch in Zukunft ein Zimmer zur Verfügung stellen."

„Bei diesem Mann fühle ich mich wohl, als wäre er mein eigener Onkel. Ich empfinde es als angenehm, hier eine Art Familienanschluss zu haben."

So ging eine Woche in die nächste über. Langsam wurde es auch für mich etwas einfacher, wieder eine Struktur in mein tägliches Leben zu bekommen. Sogar der Verlust von Jacob wog nach und nach etwas leichter.

Ich begann wieder, mich mit anderen Dingen zu beschäftigen. Zum Beispiel las ich die Zeitschriften, die in den letzten Monaten angeliefert worden waren. In den *Frankfurter gelehrten Anzeigen* fand ich eine recht interessante Übersicht der Rezensionen zu der türkischen Bibel, die von David Friedrich Megerlin aus dem Arabischen übersetzt worden war.

Dieser Megerlin musste ein sehr engstirniger Mensch sein. Denn er ließ nichts Gutes an dieser Schrift, welche die Morgenländer Koran nennen und bezeichnete deren Propheten als Antichristen.

Wie kam es eigentlich, dass alle meinten, sie hätten den richtigen und allein seligmachenden Glauben und alle anderen seien Ungläubige? Warum können wir nicht einfach alle nur Menschen sein und respektvoll miteinander umgehen?

Ist es nicht eigentlich der gleiche Gott, an den sich alle Religionen wenden? Der Glaube wird nur bei allen unterschiedlich verpackt. Es gibt verschiedene Gebote und Verbote – über deren Sinn und Unsinn man trefflich streiten kann.

Ich denke, auch unser katholischer Glaube hat im Laufe der Zeit sehr viel Schaden angerichtet. Die ganzen Kreuzzüge – im Namen des Glaubens! Dann die Frau, die dem Mann untertan sein soll. Was soll das alles? Sollte nicht besser die Person, die mit größerer Klugheit gesegnet ist, die Leitung übernehmen, egal, welchen Geschlechts sie ist?

Ist Gott wirklich ein Mann oder nicht vielmehr eine göttliche Energie, die kein Geschlecht hat?

Doch das Glaubensproblem werde sicher nicht ich lösen.

Die gesamte Dienerschaft wusste, dass ich Ende April abreisen würde, um zurück zu meiner Familie zu gehen. Alle waren Jacob und mir gegenüber ehrlich und treu gewesen. Ich hatte für alle gute Stellungen gesucht und gefunden sowie die besten Referenzen für sie geschrieben. Der Majordomus wollte mit zwei Helfern im Haus bleiben und sich darum kümmern. Nur Katharina würde mich begleiten. Sie waren mir alle ans Herz gewachsen und ich spürte jetzt schon, dass es schwer sein würde, loszulassen.

Gedächtnistanz

Am Karsamstag ließ ich in unseren Tanzsaal Jacobs Bildnis aus dem Salon hängen und frische Blumen aus dem Glashaus bringen.

Am Ostersonntag waren Magdalena und Frederik zum Ostermahl in mein Haus geladen. Jacobs Platz war geschmückt zur Erinnerung an ihn.

An diesem Tag bat ich Magdalena, ein paar Menuette auf meinem Pianoforte im Ballsaal zu spielen und Frederik, mit mir zum Gedenken an Jacob zu tanzen. Wir tanzten so, als wäre Jacobs Bild ein Monarch auf seinem Thron, dem wir huldigten. Völlig selbstvergessen verloren wir alle drei uns in Musik und Bewegung. Daher bemerkten wir erst spät, wie nach und nach die gesamte Dienerschaft sich im hinteren Teil des Saales versammelte und mit offenen Mündern zusah.

Als der Tanz vorüber war und meine Leute bemerkten, dass sie entdeckt waren, trat Heinrich Summerer, unser Majordomus, vor.

„Verzeihung, Madame, Es war wunderschön! Solch einen eleganten Tanz wie das Menuett bekommt unsereins oft ein ganzes Leben lang nicht zu sehen und ich glaube für alle zu sprechen, wenn ich sage, dass wir uns alle verzaubern ließen von Ihrem Tanz. Es ist berührend, dass Sie das Andenken unseres verstorbenen Herren in solch einer wunderschönen Weise ehren und deshalb wollten wir uns Ihnen anschließen. Uns allen ist bekannt, wie gerne unser Herr getanzt hat. Die gesamte Dienerschaft hat ihn sehr verehrt, Madame.

Genau wie Sie sprach er uns ohne Ausnahme mit Namen an. Wir wissen alle, dass es nicht allgemein üblich ist in Adelskreisen, die eigene Dienerschaft mit Namen und sogar die jeweilige Lebensgeschichte zu kennen. Deswegen werden einige von uns dieses Haus mit Traurigkeit im Herzen verlassen." Alle nickten heftig zur Bestätigung.

„Ich bitte darum, dass Sie uns unser ungebetenes Eindringen verzeihen."

Ich ging auf den Majordomus zu. „Danke, Heinrich. Es hätte meinem Gatten gefallen, dass ihr alle zugesehen habt. Er war wahrhaftig ein leidenschaftlicher und wunderbarer Tänzer!

Ich weiß, dass mein Jacob nicht gewollt hätte, dass wir ein ganzes Jahr nicht tanzen. Doch andere Menschen denken nicht so wie wir. Darum müsst ihr darüber Stillschweigen bewahren vor Menschen, die nicht unserem Haushalt angehören."

Meine Zofe knickste vor mir „Madame, würden Sie denn vielleicht der gesamten Dienerschaft die Ehre erweisen, sie vor Ihrer Abreise zu Ihren Eltern in ein paar gängige Tänze einzuweisen?"

Damit hatte ich nun gar nicht gerechnet. Aber der Antrag freute mich. „Ja, das würde mir wahrhaftig Freude machen, Katharina." Ich drehte mich zu Magdalena und Frederik um. „Würdet ihr mich dabei unterstützen?" Beide sahen mich überrascht an. Dann jedoch nickten sie lächelnd.

Zur Dienerschaft gewandt, fragte ich: „Spielt denn von euch jemand ein Instrument?" Einer der Stallburschen, Felix Hartinger, trat vor. „Jawohl, Madame. Ich spiele die Fiedel."

„Sie melden sich übermorgen gleich nach dem Frühstück mit ihrer Fiedel bei mir." Er verneigte sich kurz und verließ dann mit den anderen den Raum.

„Das wird wunderbar! Sollen wir ihnen nur die Tänze beibringen, die bei der Dienerschaft üblich sind, oder auch einen der ganz neuen Tänze der Oberschicht, was meint ihr?"

Wir diskutierten darüber, welche Tänze denn angemessen wären und einigten uns auf ein paar Tänze mit schönen Melodien, von denen jedoch der eine oder andere in der Umsetzung schon etwas anspruchsvoll war.

Scheunentanz

Also gab ich Felix nur zwei Tage später eine Unterrichtsstunde, in der er die neuen Melodien auf seiner Fiedel zu spielen lernte. Er hatte nicht gewusst, dass ich Pochette und Violine spiele und war daher ganz begeistert von unserem Zusammenspiel.

Die ganze Sache endete damit, dass wir gemeinsam zum Stall mit angrenzender Scheune gingen und spontan miteinander zum Tanz für die Dienerschaft aufspielten. Im Zuge dessen führte ich gleich einen neuen Tanz ein, der mit Begeisterung aufgenommen wurde.

Es dauerte nicht lange, bis Magdalena und Frederik mit ihren Pferden an der Hand erschienen und einen Platz für ihre Tiere im Stall und für sich selbst in den Reihen der Tänzer begehrten. Der Ruf um immer neue Tänze wurde laut. Dem wurde stattgegeben.

Wir hatten solch eine Freude! Zwischendurch bat ich um eine Pause. „Ich brauche unbedingt etwas zu trinken. Ihr nicht auch?"

Das Küchenpersonal sputete sich, Getränke für alle zu bringen. Es gab nur mit Quellwasser versetzten Fruchtsaft. Magdalena war begeistert. „Ach, wie ist das erfrischend und gut! Bei uns gibt es immer nur Tee, Schokolade, Wasser oder alkoholische Getränke. Ich denke, ich muss mal mit unserem Personal sprechen."

Anfangs war mir aufgefallen, dass die Mädchen und Frauen Frederik anhimmelten und sich kaum getrauten, ihn anzusehen, geschweige denn beim Tanz seine dargebotene Hand zu ergreifen.

Den Männern und Jungen ging es mit Magdalena ähnlich. Doch wurden sie ausnahmslos immer mutiger. Die Frauen beobachteten erst Magdalenas Bewegungen ganz genau und versuchten dann, sich ihre Haltung zu eigen zu machen. Mit der Zeit tanzten sie immer graziler und es wirkte wunderschön.

Auch die Männer nahmen sich ein Beispiel an Frederik. Nach einer Weile hatten einige fließende Bewegungen, die ihren Tanz sehr edel wirken ließ. Es gab ein paar richtige Talente unter ihnen.

Von Beginn an hatten Felix und ich uns abwechselnd auch immer wieder ins Tanzgetümmel geworfen, während der jeweils andere weitergespielt hatte.

„Bravo, Bravo!" rief ich. „Ihr seid wunderbar! Wenn es bei eurem nächsten Tanz mit anderen Dienstboten auch so herrlich aussieht, kann ich wirklich stolz auf meine Leute sein!"

Alle scharten sich um Magdalena, Frederik und mich. Sie dankten uns überschwänglich und knicksten oder verneigten sich zum Abschied. Wir versprachen, vor meiner Abreise noch einmal so einen Abend zu machen, zu dem dann auch Personal aus anderen Häusern zugelassen werden sollte. Meine Freunde sagten sofort zu, ihrem Personal an diesem Abend frei zu geben und ich wollte mich auch bei anderen Häusern dafür einsetzen, dass wenigstens ein paar Leute kommen durften. Zudem reifte ein Plan in mir, den ich schnellstens umsetzen musste.

Zunächst schrieb ich ein paar eilige Briefe in den Süden, dann schickte ich nach einem Schuster, der mehrere Gesellen beschäftigte. Ich bestellte für mein Personal bis in vierzehn Tagen gutes Schuhwerk, das für einen Ballsaal passend wäre und mit dem alle sich auf der Straße sehen lassen konnten. Ob der Schuster alles selbst machen oder weitere Schuster hinzuziehen wollte, sollte seine Sache sein. Ich würde zahlen und handelte gleich einen fairen Preis aus. Eine Anzahlung für das Material machte die Sache perfekt.

Schon ein paar Tage später fand ein interner Tanzabend ausschließlich unter Freunden in Frederiks Palais in der Ludwigstraße statt. Ich war selig, dass ich einen Abend mit meinen Lieblingstänzen in unserem engsten Freundeskreis erleben durfte. Auch an diesem Abend wechselten wir uns beim Spiel ab. Doch die meiste Zeit saß einer unserer Freunde am Pianoforte, der aufgrund einer Kriegsverletzung am Bein Schwierigkeiten mit dem Tanzen hatte.

Ich erzählte unseren Freunden in einer Tanzpause, dass ich einen Tanz- und Musikabend für die Dienerschaft organisierte als mein Abschiedsgeschenk. Wenn sie wollten, könnten unsere Freunde auch ihr Personal kommen lassen – und dazu selbst kommen, falls sie sich nicht zu schade waren, auch mit Dienern zu tanzen.

Manche sahen mich pikiert an. Dann ließ einer der Herren die entscheidende Frage fallen. „Was, ich soll mit der Zofe meiner Frau tanzen?"

„Als ob das schlimmer wäre, als mit deiner Schwiegermutter zu tanzen!" kam prompt von seinem Freund die dazu passende Antwort, dem allgemeines Gelächter folgte.

„Ach weißt du, es sind auch nur Menschen. Und solange du dich anständig verhältst, wird dein Ansehen keinerlei Einbußen haben, sofern du bei ihnen überhaupt einen guten Stand hast."

Ich bat darum, dass an so einem Abend eher schlichte Kleidung getragen würde, diese wäre angemessen und würde den Unterschied zwischen Herrschaft und Dienerschaft nicht so sehr unterstreichen.

Es vergingen noch ein paar weitere Tage, an denen ich zusammenpackte, was ich meinte, für die erste Zeit zu Hause unbedingt brauchen zu müssen.

Dann ließ ich ein paar Gästezimmer richten. Ich wusste nicht genau, wie viele meiner Einladung folgen würden, aber ich wusste, dass ich Besuch bekommen würde.

Ein traumhafter Abschluss

Und dann standen sie in der letzten Aprilwoche alle vor der Tür. Mamma und Christoph, Seraphia mit Heinrich, sowie Nannerl und Wolferl. Wie ich mich freute! Sogleich bat ich sie in den Salon.

„Kind, es freut mich, dass es dir trotz der Trauer augenscheinlich recht gut geht." Mit diesen Worten umarmte mich meine Mutter.

„Du hast hier ein wundervolles Palais. Ich wusste gar nicht, dass du so herrschaftlich residierst. Wenn ich nur im letzten Jahr die Zeit für einen Besuch gefunden hätte!" Seraphia tat es immer noch leid, dass sie meinen Mann nur beim Ball und unserer Hochzeit erlebt hatte und dann nie wieder.

„Kommt erst einmal an. Mein Personal führt euch zu euren Zimmern. Wir haben schon alles vorbreitet."

An jenem Abend war außer uns nur Frederik zum Essen anwesend. Da sich die beiden nur bei der Hochzeit begegnet waren, stellte ich ihn Mamma nochmals vor.

„Mamma, du kannst dich an Frederik von Barby erinnern? Er war Jacobs bester Freund und ist auch mir ein sehr treuer Begleiter geworden, den ich nicht missen möchte."

Frederik verbeugte sich. „Frau von Sommerauer. Ich verdanke Ihrer Tochter sehr viel und sehe in ihr die liebenswerte Schwester, die meine eigene leider nie war."

Als alle ihre Bekanntschaft erneuert hatten, setzten wir uns zu Tisch. Meine Köchin hatte sich selbst übertroffen, so köstlich waren die Speisen.

„Ich glaube fast, sie hofft, dass ich sie mitnehme.", machte ich eine Bemerkung.

„Nein, liebe Freundin, sie will sich bei mir einschmeicheln, weil sie von hier aus zu mir wechselt." Frederik zwinkerte mir zu.

Ich lachte. „Das kann natürlich auch sein. Ich glaube, sie will uns allen eine Freude machen. Und das hat sie auch geschafft."

Nach dem Mahl ließ ich die Köchin holen und lobte sie vor meinen Gästen. Sie strahlte über das ganze Gesicht, als alle ihr zu ihrer Kunst applaudierten.

„Madame, ich hätte das nie ohne meine fleißigen Küchenhelfer geschafft. Sie sind alle wunderbar."

Also wurden auch diese geholt und gelobt, was manche Wange rot färbte. Es war schon spät und meine Gäste waren verständlicherweise müde von der Reise. So gingen wir früh zu Bett.

Am nächsten Tag machten wir erst einmal einen Ausritt. Frederik hatte uns zwei Pferde zur Verfügung gestellt, weil in meinem Stall nicht mehr so viele Reitpferde standen. Er selbst und Magdalena sowie ihr Bruder Friedrich begleiteten uns auf ihren eigenen Rössern. Alle drei würden auch die nächsten Tage den größten Teil der Zeit in meinem Hause verbringen.

Nach einem kurzen mittäglichen Imbiss zogen sich alle erst einmal zum Üben ihres jeweiligen Instruments zurück. Aus beinahe jedem Raum des Hauses hörte man Musik, so schien es mir.

Zum Abendmahl kamen wir wieder zusammen. Es war eine willkommene Pause. Nach dem köstlichen Essen ließ ich Getränke für uns bringen und entließ dann die Dienerschaft. „Ihr werdet sicher noch einiges vorbereiten wollen für den Tanz- und Musikabend übermorgen. Und wir möchten auch ungestört unsere Vorbereitungen durchführen.

Ich bitte die komplette Dienerschaft, sich morgen um 11:00 Uhr hier in der Halle zu versammeln, da ich etwas anzukündigen habe. Es wird nicht lange dauern. Bitte sagt es allen. Für jetzt wünsche ich euch allen einen schönen Abend."

Als wir unter uns waren, wurden sämtliche Instrumente ausgepackt. Wolfgang hatte ein neues *Pianoforte-Konzert in D-Dur* im Gepäck. Wir probten den ganzen Abend mit viel Spaß. Es war noch nicht ganz perfekt, aber mit noch einem Proben-Abend am Folgetag sollten wir es aufführungsreif schaffen. Vor allem, da Nannerl die Tasten des Pianofortes brillant bespielte. Irgendwann beschlossen wir, dieses Stück erst einmal noch ein paar Stunden ruhen zu lassen, da für uns Streicher alles neu war.

Nannerl klatschte in die Hände und verlangte nach etwas anderem, was wir schon beherrschten. „Seraphia und Vic, ich bitte um das *Brandenburgische Konzert Nummer 4* von Johann Sebastian Bach. Ich weiß, dass ihr das wunderbar zu spielen wisst. Es können alle spielen, oder?" Sie wechselte vom Pianoforte auf das Cembalo, das auch in unserem Ballsaal stand.

Mamma übernahm die Solovioline, Wolfgang, Heinrich, Magdalena, Friedrich und Christoph die anderen Stimmen, Frederik spielte seine Bassgambe.

Seraphia und ich stimmten nun auch noch unsere Flöten passend und dann spielten wir. Ich wähnte mich im Himmel. So wunderbar hatte ich mich schon seit Monaten nicht mehr gefühlt.

Aus purer Lust und Laune heraus bat ich auch noch darum, dass wir *Aria Sopra La Bergamasca* in D-Dur von Marco Uccellini spielten. Hier mussten Magdalena und Friedrich passen, weil sie es nicht kannten. Auch bei diesem Stück spielten Seraphia und ich die beiden Hauptstimmen mit den Flöten anstatt mit Violinen.

Magdalena sprang begeistert auf, als der letzte Ton verklungen war. „Oh, dieses Stück ist einfach hinreißend! Es sprüht nur so vor Lebensfreude, wenn ihr es spielt. Das müsst ihr übermorgen unbedingt auch vortragen. Ich glaube, unsere Gäste werden euch zu Füßen liegen! Es wird einfach ein herrliches Fest werden!"

Auch an diesem Abend gingen wir relativ zeitig zu Bett. Entsprechend saßen wir auch wieder alle recht früh am Frühstückstisch. Es folgte ein Spaziergang in der Stadt, um ein paar Besorgungen zu machen.

Kurz nachdem wir wieder zurück waren, kamen auch schon der Schuster und vier Helfer und fast gleichzeitig meine Angestellten in die Eingangshalle.

Ich ließ die Schuhe verteilen. Wir hörten einen Ruf des Entzückens nach dem anderen. Offensichtlich passten fast alle Schuhe wunderbar.

Unser Laufjunge wurde vom Schuster allerdings zuerst an den Brunnen geschickt. Mit donnernder Stimme verkündete dieser. „Wenn ihr wollt, dass eure Schuhe länger als ein paar Minuten schöne Schuhe sind, dann zieht sie nur mit gewaschen Füßen an. Solch dreckstarrende Füße will ich nicht sehen in den neuen Schuhen. Das tut mir in der Seele weh!"

Als wieder Ruhe eingekehrt war, bat ich um Aufmerksamkeit. „Ihr wisst, morgen ist unser großer Tag mit eurem Tanzfest. Ich erwarte von euch, dass am Abend Erfrischungen für unsere Gäste und uns alle bereitstehen und ihr eure besten Kleider tragt – sowie natürlich die Tanzschuhe.

Ich habe mit meiner Familie und meinen Freunden eine Überraschung für euch vorbereitet. Wir hoffen sehr, euch damit erfreuen zu können. Wir selbst hatten schon eine Menge Freude damit."

Auch an diesem Abend wurde geübt und am Ende konnten wir stolz sein auf unseren Fleiß.

Der folgende Tag stand ganz im Zeichen des Dienstbotenballs. Ich hatte ein schlichtes Frühstück angeordnet und zu Mittag waren wir in Frederiks Haus geladen. So hatten meine Dienstboten genug Zeit, sich auf die Vorbereitungen für den Abend zu konzentrieren.

Ich hatte mit meinen Leuten abgesprochen, dass durchgehend jemand an der Haustür stehen würde, um Gäste zu empfangen oder zu entlassen. Hierbei sollten sie sich abwechseln. Alles andere hatte ich dem Personal selbst überlassen.

Um sieben Uhr abends kamen die ersten Gäste. Es waren Magdalena, Friedrich, ihre Mutter und Frederik. Sie hatten einen großen Korb dabei, in dem unzählige ganz schlichte, aber schöne Fächer lagen. Die Stäbe waren aus Holz, der Stoff war einfarbig rot, blau oder grün.

„Die Mädchen und Frauen sollen alle einen Fächer von uns erhalten als Geschenk, damit sie noch lange an diesen Abend denken." Es war Frederiks Idee gewesen. Magdalena hatte die Manufaktur gefunden, welche die Fächer in so kurzer Zeit hergestellt hatte. Sie waren sehr schlicht, aber wirklich hübsch.

Schon trafen auch die ersten geladenen Dienstboten ein und wenig später noch einige unserer Freunde. Alle Damen erhielten ihr Geschenk beim Betreten des Hauses.

Und ungeachtet ihres Standes freuten sich alle Frauen über dieses kleine Präsent.

Niemand von den geladenen Gästen hatte abgesagt, nachdem es die Runde gemacht hatte, wer meine Gäste aus Salzburg waren. Wer die Mozart'schen nicht zu ihrer Wunderkinderzeit gesehen und gehört hatte, hoffte natürlich heute auf einen Ohrenschmaus. Wer sie damals erlebt hatte, wollte mehr von ihnen hören.

Nach nur kurzer Zeit war unser Ballsaal voll und ausnahmslos alle geladenen Gäste hier. Ich bat um Ruhe und stellte mich unter Jacobs Bild, um die Gesellschaft zu begrüßen.

„Liebe Gäste, ich heiße Sie herzlich willkommen im Palais des verstorbenen Grafen Jacob von Falkenstein. Mein Gatte war ein begeisterter Tänzer und jemand, der die Unterschiede zwischen den Menschen nicht vorrangig in deren öffentlicher Stellung sah, daher habe ich heute im Gedenken an ihn zu einem Dienstbotentanz geladen. Mit diesem Abend möchte ich mich persönlich bedanken für die Treue und wunderbaren Dienste unserer gesamten Dienerschaft. Mein Dank gilt auch unseren Freunden, mit denen wir während unserer Ehe wunderschöne Stunden verbringen durften. Denn ich werde in den nächsten Tagen München vorläufig verlassen und wieder zurück in meine Heimat gehen.

Euch und mir zur Freude habe ich weitere Gäste geladen. Zuvorderst meine geliebte Mamma, die berühmte Violinistin Regina von Sommerauer, weiters meine Freunde Anna Maria und Wolfgang Mozart, deren Ruhm als Wunderkinder noch immer in aller Munde ist, meine teure Tante und berühmte Tänzerin Seraphia von Neubauer und ihren Begleiter Heinrich Winkelmayr, meine lieben Freunde Magdalena von Sieghardinger und Frederik von Barby, ferner Magdalenas Bruder Friedrich und meinen absolut unverzichtbaren Zwillingsbruder Christoph von Sommerauer.

Ich möchte nicht viel mehr der Worte verlieren. Nur so viel, dass wir Euch vor dem ersten Tanz ein neues Konzert für Pianoforte und Orchester von Wolfgang Mozart zum Vortrag bringen. Dann werden wir uns mit Spielen und Tanzen abwechseln und Euch zwischendurch noch zwei weitere Musikstücke zu Gehör bringen, die wir selbst sehr lieben.

Bitte sprecht dem Alkohol nur mäßig zu und Männer: lasst eure Hände bei Euch. Denn alle Personen, die sich daneben benehmen, werden sofort und unwiderruflich aus dem Haus entfernt. Unbesehen der Gesellschaftsschicht, der sie angehören.

Keine Angst, niemand von den Dienstboten muss morgen in aller Frühe an die Arbeit. Das ist mit Euren Dienstgebern abgesprochen, dass Ihr am morgigen Tage nicht vor mittags mit Eurer Arbeit beginnen müsst. Nun wünsche ich uns allen einen wunderschönen Abend!"

Applaus brandete auf und die Spannung war förmlich zu spüren. Alle fragten sich, was denn jetzt auf sie zukommen würde.

Für viele unserer Gäste war es das erste Mal, dass sie ein Konzert hörten. Alle lauschten ab der ersten Note wie mit angehaltenem Atem. Es war mucksmäuschenstill im Saal, während wir spielten. Am Ende sah ich viele wässrige Augen. Es wollten die Bravo-Rufe schier kein Ende nehmen.

Mir machte es unendlich viel Freude, diese kindliche Begeisterung in den Gesichtern zu sehen, die sonst zu oft einen verhärmten Ausdruck hatten. Ja, dieser Abend war etwas ganz besonderes – für alle Anwesenden. Das bestätigten auch unsere Freunde.

Einer von ihnen machte dem Fest ein schönes Kompliment: „Ich würde es ewig bereuen, könnte ich diesen Abend nicht erleben. Es ist einfach wundervoll, was hier geschieht, Vic. Erst dachte ich, etwas Profaneres als einen Dienstbotenball könne es nicht geben. Aber du hast mit deiner Familie und deinen Freunden ein Juwel daraus gemacht. Ich war noch nie in einem Ballsaal, in dem so ausgelassene Stimmung herrschte und so viele glückliche Gesichter zu sehen waren. Bis jetzt habe ich nicht einen gelangweilten Ausdruck erspäht. Alles scheint reine Freude zu sein."

Nach einigem Suchen entdeckte ich auch unseren Stallburschen Felix und kämpfte mich zu ihm durch. „Wo hast du deine Fiedel, Felix?"

„Aber Madame, ich kann mich doch nicht mit Ihnen und Ihren Freunden messen."

„Blödsinn. Wir haben hier keinen Wettbewerb. Du kannst wunderbar zum Tanz aufspielen, das hast du hinlänglich bewiesen. Hol deine Fiedel und wir beide spielen deine Lieblings-Anglaise. Das ist ein Befehl." Er zuckte kurz zusammen, ging dann aber seine Fiedel holen.

Mit eingezogenem Kopf folgte mir der Junge zum Pianoforte. Ich sagte den nächsten Tanz an und wir spielten, begleitet von Nannerls grandiosem Spiel. Auch Wolferl und meine Mutter stimmten mit ein. Es wurde ein wunderbarer Vortrag.

Mein schüchterner Stallbursche strahlte übers ganze Gesicht, als ihm unsere gesamte Dienerschaft Beifall zollte. Sie waren stolz darauf, dass einer der ihrigen auf der Bühne stand. Wolfgang klopfte Felix auf die Schulter. „Du kannst nun mit Fug und Recht behaupten, als Fiedler mit berühmten Musikern gespielt zu haben. Darauf kannst du sehr stolz sein. Und ich bin mir sicher, dass noch deine Enkelkinder ihren eigenen Enkeln davon erzählen werden."

Magdalena bat Felix, sie auch zu einem anderen Tanz zu begleiten. Freudestrahlend tat er dies. Später tanzte er dann auch wieder selbst. Er wurde regelrecht belagert von den Zimmer- und Spülmädchen, die etwas von seinem neuen Ruhm abhaben wollten.

Die beiden Flötenstücke mit Orchesterbegleitung in den Tanzpausen begeisterten unsere Gäste restlos. Sogar viele unserer Freunde kannten den Uccellini noch nicht und erzählten später, wie schön sie diese Melodie empfanden.

Seraphia und ich machten Tanzschritte zu unserem Spiel, wie wir es auch zu Hause schon oft gemacht hatten. Dies kam unglaublich gut bei allen an. Wir machten das mehr zu unserer eigenen Freude, aber diese Freude steckte an, wie es schien. Am Ende des Stückes wogte der ganze Saal voller Menschen.

Der Abend war auf der ganzen Linie ein voller Erfolg bei allen, die ihn erleben durften. Es klappte alles wie am Schnürchen. Alle benahmen sich untadelig und es war eine reine Freude, das Glück zu sehen, das in so viele Gesichter geschrieben stand.

Es würde schon bald dämmern, als ich endlich in mein Bett fiel. Ich hielt noch stumme Zwiesprache mit Jacob. Ich war mir sicher, dass er diesen Abend genossen hätte.

Bis Mittag war der Dienstbotentanz mit den berühmten Musikern im Palais des verstorbenen Grafen das Stadtgespräch in München. Daher verwunderte es nicht, dass bei Frederiks Musikabend zwei Tage später dessen Palais völlig überlaufen war.

„Stellt euch vor, es haben sogar hochgestellte Persönlichkeiten nachfragen lassen, ob es denn noch eine Möglichkeit gäbe, dass auch sie eine Einladung bekämen. So etwas ist mir noch nie passiert." Frederik war völlig überwältigt.

Daraufhin erhielten wir eine Einladung des Kurfürsten, mit der Bitte, tags darauf bei ihm ein privates Konzert zu veranstalten. Dies taten wir gerne, da wir hofften, dass es Wolfgang über kurz oder lang nützlich wäre.

Auch der Abend beim Kurfürsten hielt, was er versprach. Wir musizierten mit viel Begeisterung und erhielten einzigartige Rückmeldungen von unserem Publikum. Auch wenn für den Moment kein Auftrag an Wolfgang erging, so war unser Gastgeber doch beeindruckt und hatte nur Lob und Anerkennung für den Komponisten in unserer Mitte. Es war zu spüren, dass ihm das Konzert sehr gut gefallen hatte.

Tags darauf verabschiedete ich mich von jedem einzelnen Mitglied meiner Dienerschaft, welches nicht weiterhin in meinen Diensten bleiben konnte. Jede Person bekam von mir ein zusätzliches Geldgeschenk. Manche fielen mir um den Hals, drückten und herzten mich. Alle bedankten sich für ihr schönstes Erlebnis und wünschten mir viel Glück. Ja, Glück wünschte auch ich allen, die nun eine neue Stellung antreten würden.

Schon in der letzten Woche hatte ich meinem Personal mehr Freiraum gegeben. Sie sollten alle zumindest einige extra freie Stunden und auch den einen oder anderen freien Tag genießen können, bevor ich sie verließ.

Dann reisten meine Familie, die Mozarts und ich gemeinsam zurück nach Reichenhall und Salzburg. Seraphia und Heinrich hatten noch eine andere Verpflichtung in Neuburg an der Donau, wo Seraphia tanzen sollte.

Der Abschied von Frederik war mir viel schwerer gefallen, als ich erwartet hatte. Verdammt, er war der Geliebte meines Mannes gewesen – und trotzdem hing ich an ihm. Es ist eigenartig, wie das Leben manchmal spielt.

Es hatte ein wenig geregnet, aber trotzdem konnten Kutschen noch fahren und wir kamen gut voran. Wir übernachteten auf der Strecke und kamen wohlbehalten zu Hause an.

Die erste Zeit

Da meine Trauer mich immer noch begleitete, dauerte es zwei Wochen, bis ich mich wieder einigermaßen eingewöhnt hatte. Ich hatte zwar nun meine liebe Familie wieder um mich, aber ich vermisste Frederik, Magdalena und Friedrich schmerzlich.

Die Balzjagden, unser Fechttraining und die guten Gespräche gingen mir wirklich sehr ab.

Während des ganzen Gottesdienstes an Christi Himmelfahrt dachte ich an Jacob. Ziemlich genau ein halbes Jahr war es nun her, dass ich meinen Gatten, Liebhaber und Freund verloren hatte. Er war ein wundervoller Mensch gewesen, der mehr Glück verdient hatte, als ihm beschieden war.

Es machte mich froh, dass ich ihm zumindest zu ein wenig Frieden und Freude hatte verhelfen können. Ich dachte an die zahlreichen schönen Stunden, die wir gemeinsam erlebt hatten. Seine Zärtlichkeit fehlte mir, wenn ich ehrlich zu mir war, sowie sein großes Herz und sein fröhliches Lachen.

Und trotzdem hatte ich so viel über ihn nicht gewusst. Er war wahrlich ein bemerkens- und bewundernswerter Mensch gewesen, so vielschichtig.

Zwei Wochen nach seinem Tod hatte ich durch einen weiteren Termin bei Jacobs Notar erst erfahren, dass Jacob jungen Frauen, die unverheiratet schwanger geworden waren und deshalb ihre Stellung und ihr Heim verloren, seine Unterstützung anbot. Er hatte ein kleines Netzwerk von Menschen, die dachten wie er und bei denen solche Frauen ein neues Heim und Arbeit fanden.

Zu diesem Zweck hatte Jacob gemeinsam mit ein paar reichen Witwen eine Stiftung gegründet, welche diesen Frauen auch finanziell über eine schwierige Zeit hinweg helfen sollte. Als Erbin von Jacob war ich nun auch seine Nachfolgerin in dieser Sache.

Nach dieser erhellenden Information hatte ich mich gemeinsam mit Frederik mit den anderen helfenden Menschen – überwiegend waren es Damen – selbst in Verbindung gesetzt. Wir wollten Jacobs Werk in seinem Sinn weiterführen. Auch Magdalenas und Mamma brachten sich mit ein. So haben wir innerhalb kurzer Zeit eine junge Frau in Not in die Dienerschaft meiner Eltern aufgenommen und zwei andere von hier an den Chiemsee vermittelt.

Pfingsten waren wir in Salzburg zur Messe, in der eine wunderschöne Kantate von einem Chor gesungen wurde. *Also hat Gott die Welt geliebt* von Johann Sebastian Bach. Mamma erklärte mir, dass der Text dieses Liedes aus der Feder von Christiana Mariana von Ziegler[42] stammte. Es

---

42 *Die Literatin gründete einen der ersten literarisch-musikalischen Salons in Deutschland. Bach vertonte 9 Texte von Ziegler für Kirchenkantaten.*

sind neun Strophen, die sehr tröstliche Worte um einen liebenden Gott wie einen schützenden Mantel um den Zuhörer breiten.

Kurz nach Pfingsten kam Seraphia für kurze Zeit nach Hause, wo ich sie besuchte. Sie merkte wohl, dass ich ihr einiges erzählen wollte und bat Heinrich und Apollonia, uns alleine zu lassen.

„Ich bin für dich da, Vic, wenn du eine Vertraute brauchst. Die Trauer wird dich sicher noch eine Weile begleiten."

„Ich danke dir für deine Worte. Weißt du, wie froh ich bin, dass ich von dir so viel über die Welt gelernt habe? Deine Erzählungen über die vielen Menschen, denen du schon begegnet bist, haben mir in den letzten eineinhalb Jahren sehr geholfen. Du gehst immer unvoreingenommen auf die Menschen zu. Ich weiß nicht, wie es mir ergangen wäre, wenn ich dich nicht als Vorbild gehabt hätte."

„Du sprichst in Rätseln, Vic."

„Jacobs größte Liebe war nicht ich, Seraphia. Es war Frederik."

Sie erschrak, nahm dann meine Hände in die ihren. „Das hätte ich niemals geahnt. Es tut mir leid für dich."

„Er machte es mir leicht, mich mit der Situation anzufreunden. Er war ein großherziger und wunderbarer Mensch und letztendlich habe ich ihn geliebt. Weißt du, er war mir ein sehr zärtlicher und feinfühliger Liebhaber. Darum setzte ich auch alles daran, ihn glücklich zu sehen. Irgendwann gestand er mir dann auch seine Liebe – auch wenn ich nur an zweiter Stelle stand.

Seine letzten Worte galten Frederik und mir. Er sagte uns, dass er uns beide aus tiefstem Herzen liebte und dankte uns für die schöne gemeinsame Zeit."

„Frederik ist ein sehr gut aussehender und auch liebenswerter Mann. Ich kann ihn gut leiden."

„Ja, das ist er. Anfangs gab es zwischen uns Spannungen. Aber nach und nach wurden wir wirklich gute Freunde. Ich hätte nie geglaubt, dass er mir so ans Herz wächst."

„Hat er dich auch begehrt?"

„Nein, das denke ich nicht. Aber er hat es genossen, die Menschen um uns glauben zu lassen, dass er mein Geliebter ist, als das Gerücht aufkam. Und ich bin ihm eine enge Freundin, die er auch in seine Geheimnisse einweiht."

Seraphia lachte leise. „Ich denke, das war ein kluger Schachzug mit dem Gerücht vor dem Hintergrund, den du mir genannt hast."

„Seraphia, außer uns weiß nur Christoph davon. Er war bei Jacobs Tod dabei. Dabei soll es auch bleiben."

„Selbstverständlich bleibt das unter uns! Mir tut Frederik leid. Er ist ein feiner Mensch und scheint keine Familie zu haben, oder?"

„Doch, seinen alten Vater und älteren Bruder, mit denen er nicht viel Kontakt hat. Frederik lebt von einer jährlichen Apanage aus dem Familienbesitz und seinen Einnahmen als Jurist. Dann gibt es noch eine verheiratete Schwester, deren Mann und ihre zwei Kinder. Aber die sind ziemlich hochnäsig und würden ihn verachten, wüssten sie von seinem Lebenswandel."

„Ich hoffe, du hast ihn eingeladen, uns hier zu besuchen?"

„Ja natürlich, sobald er keine Verpflichtungen hat, wird er kommen. Wir schreiben uns oft. Er ist ein wichtiger Mensch in meinem Leben geworden. Und ich glaube, ich bin genauso wichtig für ihn. Denn ich bin neben ihm die einzige, die seine große Liebe gekannt hat, wie er sie in Erinnerung hat.

Was ich dich nie gefragt habe ... und sei mir bitte nicht böse ... es geht mich ja auch nichts an, aber ... ist Heinrich dein Liebhaber?"

Seraphia lächelte. „Ja, das ist er. Er steht mir nun schon 15 Jahre treu zur Seite und hat sich nie beklagt. Ich liebe ihn sehr. Aber du weißt, dass eine Tänzerin, sobald sie verheiratet ist, nicht mehr viel wert ist auf dem Markt. Heinrich weiß, dass meine große Liebe das Tanzen ist. Mit dieser Konkurrenz allerdings kann er leben."

„Ich hoffe, ich finde auch einen Mann, mit dem ich so leben kann wie du mit Heinrich. Denn ich möchte kein zweites Mal heiraten. Nie mehr möchte ich meine Freiheit aufgeben."

„Ich kann das verstehen. Vic, das wünsche ich dir von ganzem Herzen. Für den Moment kann ich nur sagen, dass ich dir beistehe, wann immer du Hilfe brauchst."

Und was jetzt?

Ich musste in meinem bisherigen Leben schon oft erfahren, dass nur äußerst wenige Menschen – leider auch Frauen – einer Frau zutrauen, selbstständig denken oder handeln zu können. So hatte ich zum Beispiel noch nie einen Klienten hier in der Gegend, weil mir trotz meines Titels *Assessor iuris* abgesprochen wird, dass ich fähig bin, als Juristin zu arbeiten.

Diese Tatsache zerrte an meinen Nerven. Ich wusste, dass ich besser war, als so mancher Mann, aber das interessierte niemanden. Und zwar nur aus einem einzigen Grund: weil ich eine Frau war. Mit meiner Praxiserfahrung konnte ich nicht punkten, denn das hätte in den Augen der Gesellschaft das Andenken meines verstorbenen Mannes oder wahlweise das meines geliebten Bruders beschmutzt.

So kann ich nur im Stillen praktizieren, indem ich mit meinem Bruder ohne das Wissen mancher Klienten zusammenarbeite. Er ist selbst brillant, aber gemeinsam sind wir unschlagbar, wenn das Recht auf unserer Seite ist. Nun gehe ich Mamma im Haus zur Hand und organisiere unsere Dienerschaft.

Ich machte dies alles gerne, aber es war nicht meine Berufung. Ich wollte mein Leben lang immer nur tanzen und auch anderen Menschen die Freude daran vermitteln. Doch davon wollte Pappa nichts hören. Seine Tochter, eine verwitwete Gräfin, als Tanzmeisterin, unerhört.

„Es reicht schon, dass deine Tante so verrückte Sachen macht wie unverheiratet zu bleiben und die ganze Welt mit ihrem Geliebten zum Tanzen zu bereisen. Du wirst das nicht machen!

Was sollen denn die Menschen von dir denken? Oder von mir, wenn ich dir das durchgehen lasse? Heirate wieder, wie jede andere vernünftige Frau! Du bist noch jung und nicht jeder Mann hat so eine grässliche Mutter wie dein verstorbener Gatte."

„Du machst dir also vor allem Gedanken, was andere Menschen von uns denken könnten? Wie armselig! Die denken sowieso, was sie wollen. Wenn sie gut von uns denken möchten, dann macht das keinen Unterschied und wenn sie schlecht von uns denken möchten, finden sie immer etwas, woran sie Anstoß nehmen können, Pappa!

Wenn ein Mann Geliebte hat, wird er gerade deswegen bewundert, wenn eine Frau einen Geliebten hat, wird sie deshalb stigmatisiert. Das ist alles so verlogen."

„Dein Mann hatte meines Wissens keine Geliebte. Das spricht für dich, mein Kind."

„Lass das. Ich bin kein Kind und was weißt du schon von meinem Mann und mir! Vielleicht war er ja nur ein großer Geheimniskrämer? Nicht jeder Mann prahlt mit seinen Geliebten. Außerdem bin ich der Meinung, dass jede Witwe mit ein wenig Vernunft besser die Finger von einer zweiten Heirat lässt, sofern sie es sich leisten kann. Denn nur als Witwe kann sie ihr Leben selbst in die Hand nehmen. Als solche ist sie weder ihrem Vater noch sonst jemandem Rechenschaft schuldig."

„Solange du in meinem Hause lebst, bist du mir sehr wohl Rechenschaft schuldig."

„Dann werde ich dies eben wieder ändern und gehe umgehend zurück nach München, um dort mein eigenes Leben zu leben!"

„Das tust du nicht!"

„Oh doch! Und du wirst mich nicht aufhalten!"

Vater stockte der Atem. Er wusste, dass ich es machen könnte und auch tun würde. Er wechselte das Thema.

„Ist es wahr, dass dieser Frederik von Barby dein Geliebter ist?"

„Nein, das ist nicht wahr. Auch wenn es dich nichts angeht. Es ist mein Leben."

Pah, nach meiner Erfahrung mit einer fürchterlichen Schwiegermutter und Schwager und einem Gatten, dessen Geliebte ein Mann war – auch, wenn ich ihn wirklich von Herzen liebte–, würde ich sicher nicht mehr heiraten.

Die meisten Männer sind meiner Erfahrung nach außerdem wie Gockel. Sobald sie ein weibliches Wesen sehen, plustern sie sich auf, erzählen auf die langweiligste Weise wieder und wieder, wie großartig sie sind und lassen sich bewundern. Unsereins lassen sie jedoch gar nicht zu Wort kommen. Vor allem, wenn sie wissen, dass wir klug sind. Oder sie hören uns nicht zu, weil sie es nicht für wert erachten, unsere Meinung zu hören.

Das Wort einer Frau lassen sie nur gelten, wenn sie der gleichen Meinung sind oder es ihrer eigenen Lobpreisung dient und ansonsten sollten wir möglichst den Mund halten.

Im Falle einer Heirat haben sie alle Rechte über uns Frauen und können uns halten, wie einen Hund, ohne dass jemand dagegen vorgehen könnte. Nicht einmal juristisch! Sollte ich tatsächlich der Liebe einmal verfallen, dann würde ich mir einen Geliebten nehmen wie Seraphia, aber auf keinen Fall mehr heiraten.

Zum Glück unterstützte mich Christoph in meiner Position. Mein Bruder ließ mich nicht ganz die Hoffnung verlieren, dass es durchaus Männer geben würde, die ihre angeborenen Rechte zur Selbstbestimmung auch allen anderen Menschen zugestehen.

Mamma sagte immer, sie wüsste nicht, wie sich die Situation ändern solle, da beinahe alle Männer ja so schrecklich (v)erzogen würden. Von ihren Ammen, Lehrern, Vätern und Müttern würde ihnen ja ständig erzählt, dass sie die

Größten und Besten seien und Frauen keine Bedeutung zukäme.

„Und wenn du einigen von diesen Gebärerinnen zuhörst, sind das nur hübsch anzusehende Puppen, die nie gelernt haben, ihr Gehirn zum Denken einzusetzen, was wiederum die vorherrschende Meinung zu bestätigen scheint."

So der Originalton von Mamma.

Ich warf unserem Pappa so einiges davon noch an den Kopf und er hörte mir tatsächlich zu. Ich merkte, dass er selbst zu überlegen begann, also probierte ich es anders.

„Pappa, du hast mir einmal erzählt, dass dein Vater strikt dagegen war, als du verkündet hast, dein Geschäft zu gründen. Auch aus ähnlichen Gründen. Schließlich sollte man als Adliger nicht als Kaufmann arbeiten und so weiter.

Es war dein Traum und du lebst ihn seither. Niemand konnte dich aufhalten. Warum meinst du, mein Traum wäre weniger wert als deiner?"

In dem Moment rief Mamma, sie bräuchte meine Hilfe. Also verließ ich Pappa. Ich hatte eine ganz kleine Hoffnung, dass sich seine Meinung ändern würde.

Ein Besuch in Salzburg

Um mich auf andere Gedanken zu bringen und um einfach wieder Zeit miteinander zu verbringen, hatte mir Nannerl eine Nachricht mit einer Einladung zukommen lassen. Ich sollte ein paar Tage zu Besuch bei ihrer Familie zu verbringen.

Voller Vorfreude ritt ich gemeinsam mit einem befreundeten Ehepaar aus Nonn nach Salzburg. Nachdem ich mich im Gästezimmer der Mozarts eingerichtet hatte, spielten Nannerl und ich vierhändig am Cembalo. Bei manchen Stücken sangen wir dazu. Wir hatten viel Spaß dabei. Es tat so gut, einmal mit einer Freundin etwas zu unternehmen!

Später machten wir einen kleinen Spaziergang durch die Stadt zur Salzach hin. Wir kamen beim Brauhaus bey der Stiegen[43] vorbei, in dessen Räumlichkeiten es anscheinend hoch her ging. Hier stiegen gerne Durchreisende ab, manche Städter gingen auf einen Krug Bier – oder auch mehrere – hin und andere ließen sich ihren eigenen Krug füllen, um ihn gemütlich zu Hause zu leeren. Meine Gastgeber mochten alle das süffige dunkle Gebräu. Wir standen einträchtig am Fluss nahe der Staatsbrücke und sahen aufs Wasser.

„Ist unsere Heimat nicht wunderschön?" wollte Nannerl wissen. Ich stimmte ihr aus vollem Herzen zu. „Ja, der Fluss, die Berge, das die Stadt umgebende Land – es ist einfach herrlich hier."

Am nächsten Tag war Wochenmarkt[44] und wir zwei Freundinnen stöberten schon früh durch die zahlreichen Stände, an denen verschiedenste Waren angepriesen wurden. Vor allem waren wir vernarrt in den Kranzlmarkt am Ende der Siegmund-Haffner-Gasse, auf dem neben Vögeln auch Zierblumen und Zierkränze angeboten werden. Dort bewunderten wir einmal mehr die wunderschönen Blumen und exotischen Singvögel. Wie gerne hätte ich so einen Vogel zu Hause. Andererseits würde ich so ein wunderbares Wesen nicht in einen Käfig sperren wollen.

Auf unseren Wegen wurden wir auch von den Tönen des Glockenspiels[45] sowie des Salzburger Stiers[46] begleitet.

Nannerl musste noch etwas bei der fürsterzbischöflichen Hofapotheke[47] abholen, was ihr Vater dort bestellt hatte, während ich draußen meiner Leidenschaft frönte: Menschen beobachten. Ich liebe es, mir zu überlegen, wie

---

43 *Das Bräuhaus an der Gstätten wurde 1492 gegründet und war ursprünglich dort, wo jetzt das Haus der Natur steht. Der Stiegl-Keller ist immer noch in der Festungsgasse zu finden. Die „Stiegl Brauwelt" liegt in der Bräuhausstraße 9.*
44 *Heute ist Donnerstags der beliebte Schrannenmarkt bei der St. Andräkirche.*
45 *Es erklang 1703 zum ersten Mal im Glockenspielturm der neuen Residenz*
46 *Das älteste noch in Betrieb befindliche Hornwerk (Walzenorgel) der Welt...*
47 *Zu Mozarts Zeiten im Haus Nr. 7, am Alten Markt, seit ca. 1910 im Haus Nr. 6*

die Leute leben, was sie tun, zu wem sie unterwegs sein mögen und so weiter.

Als wir alle wichtigen Einkäufe erledigt hatten, die uns Frau Mozart und meine Mamma aufgetragen hatten, brachten wir unsere Körbe nach Hause und gingen nochmals los in die Stadt. Zuerst wollte ich zur Brücke am Kai. Dort war das Geschäft von den Mayers[48] zu finden, bei dem unsere Familie Knöpfe, Posamentierwaren und so einiges andere mit Vorliebe erwirbt. Dort findet sich eine herrliche Auswahl an Knöpfen. Es ist immer wieder schön, dort zu stöbern und mir passende Knöpfe und Borten zu neuen und auch alten Kleidern auszusuchen. Ich benötigte einige Haken und etwas Spitze für ein neues Tanzkleid. Wie immer fand ich genau das Richtige.

Wir machten einen Schlenker, um von Westen her durch die ganze Getreidegasse zu flanieren. Ich sollte für Seraphia vom Schmied[49] ein paar Dutzend Hufnägel holen. Denn sie hatte auf Reisen immer welche dabei, falls ein Hufeisen sich lockern sollte und kein Schmied in der Nähe wäre.

Nach unseren Einkäufen setzten wir uns ins „Staigersche Caféhaus"[50] auf eine Tasse Schokolade und ein Stück Kuchen. Ich mag dieses Caféhaus, welches meines Wissens das älteste seiner Art in ganz Österreich ist. Es hat so etwas von internationalem Flair. Die Menschen, die dort verkehren, machen auf mich alles andere als einen alltäglichen Eindruck. Deshalb beobachte ich auch dort unwahrscheinlich gerne das Publikum drinnen wie draußen. Auch

---

48 Der „Knopferlmayer" existiert seit 1758. Das Geschäft zog 1804 ins Alte Rathaus am Kranzlmarkt und ist immer noch eine Sensation.

49 In der Getreidegasse 28 ist schon seit dem 15. Jh. ein Schmiede untergebracht. Seit 1976 betreibt die Familie Wieber die Schlossereiwerkstatt.

50 Gegründet von Johann Fontaine, der am 31. März 1700 die gewerberechtliche Genehmigung zum Ausschank von Schokolade, Tee und Kaffee in der Goldgasse erhielt. 1764 übersiedelte das heutige Tomaselli an den Alten Markt 9 und 10, wo es heute noch ist. Es ist das älteste erhaltene Caféhaus Salzburgs, das älteste innerhalb der Grenzen Österreichs, möglicherweise das älteste ständig bestehende Caféhaus Mitteleuropas.

Nannerl machte einige Bemerkungen, die mich zu Lachen brachten.

„Sieh mal, Vic, vor dem Fenster geht grad eine Dame vorbei, deren Diener einen Hund trägt, der ihr wie aus dem Gesicht geschnitten ähnelt." Ich verschluckte mich fast vor lachen, weil es tatsächlich so war. Ob das schon einmal jemandem aufgefallen war?

Am Abend, als Nannerls Vater von seiner Arbeit als Kapellmeister des Erzbischofs Hieronymus Graf Colloredo nach Hause kam, erzählte er von seiner Zeit an der Universität und dem Quartier im „Löchlbogen"[51], das er vor seiner Heirat übergangsweise bezogen hatte. Er wusste so einige erheiternde Geschichten aus seiner Junggesellenzeit zu berichten. Das hätte ich ihm gar nicht zugetraut, dass er doch einen guten Humor hat. Wie man sich doch täuschen kann, wenn man Menschen nur oberflächlich kennt. Ich genoss die Zeit bei und mit der Familie Mozart und vor allem mit meiner Freundin Nannerl sehr. Es tat mir gut, ein paar Tage von meinem Brüten abgehalten zu werden.

Auf Reisen

Seraphia bemerkte, dass ich in der Situation, in der ich nun steckte, nicht glücklich war.

„Vic, ich denke, du musst hier raus. Magst du Heinrich und mich zu unseren diesjährigen Auftrittsreisen begleiten?"

Nie hätte ich auch nur zu hoffen gewagt, dass Seraphia mir solch ein Angebot machen würde. Das sagte ich ihr auch.

„Na ja, nachdem du nun eine geachtete Gräfinwitwe bist und keine unverheiratete junge Dame, für die man bei jedem Schritt eine Chaperone oder einen sogenannten

---

51 *Heute das Gasthaus „Zum Eulenspiegel", welches als die originellste Gaststätte Österreichs in einem bald 700 Jahre alten Haus beworben wird.*

Anstandswauwau benötigt, kann niemand an solch einer Reise Anstoß nehmen, oder? Außerdem habe ich da ein paar Ideen zu neuen Choreographien[52]. Die muss ich mit jemanden ausprobieren. Und wer wäre da besser geeignet als meine Nichte, die als Kind schon genau das ausgeführt hat, was ich mir gerade gedacht hatte.

Vielleicht können wir ja auch mit Bach und Uccellini im Gepäck einiges bewirken? Was meinst du? Außerdem hat mich Apollonia gebeten, ihre Familie besuchen zu dürfen. Sonst ist sie ja als meine Zofe dabei."

Meine Antwort war, dass ich Seraphia um den Hals fiel.

Schon wenige Tage später brachen wir auf: Seraphia, Heinrich und ich mit meiner Zofe Katharina, die ich aus München mitgebracht hatte und die auf der Reise auch meiner Tante zu Diensten sein würde.

Wir hatten einen geschlossenen Zweispänner und zwei Reitpferde dabei. Wir Frauen hatten praktische Kleidung an, also leichte Reithosen mit ebenso leichten Röcken darüber. Wenn wir ritten, dann nur im bequemeren Männersitz. Solche Strecken würde ich nie im Damensattel[53] reiten wollen. Hier ging es schließlich nicht um einen kleinen Ausritt im Park, sondern um eine anstrengende Reise, bei der wir viele Meilen unterwegs waren.

Unsere erste Station war mein Münchner Stadthaus, in dem wir nur zwei Tage Zeit verbringen wollten. Seraphia hatte für einen Abend ein Engagement in der Residenz bei einem Fest. Ich wollte mit Frederik einiges bereden. Also passte das alles.

Ich hatte natürlich meinem Majordomus geschrieben und unsere Ankunft mitgeteilt. Er und die paar wenigen Diener, die geblieben waren, um sich um das Haus zu kümmern, sollten keinen zu großen Aufwand haben.

---

52 *Geschriebener Tanz: gr. choreos = Tanz und graphein = schreiben*

53 *Erst um 1170 gab es wohl die ersten Sättel mit einem Sattelhorn, die den seitlichen Sitz etwas sicherer machten. Ab dem 14. Jh. saßen adlige Damen im seitlichen Sitz, was aber noch sehr wenig Halt bot. Der Damensattel, wie er heute ist, den gibt es erst seit dem 19. Jh.*

Frederik hatte uns ganz selbstverständlich zu sich zum Essen eingeladen für den Abend unserer Ankunft. „Ihr habt ja nun keine Köchin mehr und ich werde deiner alten und meiner neuen Küchenperle verraten, wen sie da bewirten darf.", hatte er mir geschrieben.

Als wir an meinem Palais ankamen, warteten Frederik und Magdalena schon dort und begrüßten uns überschwänglich. Wir hatten uns ein paar Wochen lang nicht gesehen und daher wieder viel zu erzählen.

Katharina wurde begrüßt, wie ein lange verlorenes Familienmitglied. Wenn sie nicht gerade uns helfen musste, steckte sie mit ihren früheren Kameraden und ihrer besonderen Freundin, der Köchin, die Köpfe zusammen.

Der Abend in Frederiks Palais war herrlich. Wir lachten sehr viel und am Ende machten wir alle gemeinsam Musik. So ein einziger Abend mit guten Freunden, schmackhaftem Essen und Musik entschädigt für viele Wochen, in denen man das Leben als eher mühselig empfindet.

Am nächsten Tag machte ich einige Besorgungen, die mir Mamma aufgetragen hatte. Sie hatte mich darum gebeten, ihr die Sachen direkt mit der Post senden zu lassen. Ich leitete alles in die Wege.

Ab dem Nachmittag war Seraphia mit Heinrich und Katharina in der Residenz wegen des Engagements. Also besuchte ich erst Magdalena, um mit ihr und ihrer Mutter ein wenig zu plaudern. Es blieb sogar noch Zeit für einen kurzen Ausflug mit den Vögeln in die Falkenau. Wie hatten mir diese Ritte gefehlt! Ich war wie meist im Männersattel unterwegs und hatte nur einen einfachen Rock über einer Reithose.

Diesmal war ich allerdings wohl doch sehr unaufmerksam. Magdalena ließ Morgana fliegen. Ich sah dem majestätischen Vogel nach und war wie immer fasziniert. Vor allem, als er wieder im Sturzflug zu uns zurückkam. Mein Pferd dagegen – ein anderes als bei meinen vorigen Jagdausflügen – war alles andere als begeistert, es fürchtete sich, schlug einen Haken und wollte fliehen.

Ganz unelegant hing ich mitsamt dem Sattel plötzlich an seiner Seite. Ich hatte keine Möglichkeit mehr, mich wieder hochzuziehen. Also ließ ich mich letztendlich fallen, während ich es irgendwie schaffte, die Zügel in der Hand zu behalten, was die Flucht des Tieres stoppte. Ich landete etwas unsanft auf der Wiese.

„Verdammt!" stieß ich aus.

Dann kam auch schon die Stimme von Magdalena zu mir durch. „Vic, oje! Ist dir etwas passiert? Kannst du aufstehen?"

Ich machte Bestandsaufnahme. „Nein, also ich bin nicht verletzt und ich kann aufstehen. Ich fürchte nur, ich werde die nächsten Tage eine Kehrseite haben, die in allen Farben schimmert."

Ich konnte schon wieder lachen. „Ich bin selbst schuld. Zum einen dachte ich nicht daran, dass dieses Pferd Morgana nicht kennt, zum anderen wusste ich natürlich, dass der Junge sich aufbläht beim Aufsatteln, aber dass er das so lange durchhält ... schließlich habe ich zweimal den Sattelgurt nachgezogen."

„Naja, wenn der ganze Sattel rutscht, dann gibt es natürlich kein Halten mehr – und das Pferd bekommt noch mehr Angst, weil die Situation so ungewohnt ist."

Am Abend stand ich dann wieder bei Frederik vor der Tür. Er hatte mich eingeladen, nochmals bei ihm zu speisen und außerdem die Bitte geäußert, mit ihm über ein paar juristische Fragen zu diskutieren. Gesellschaftlich war es zwar nicht in Ordnung, dass wir beide uns alleine in einem Raum aufhielten, aber wer sollte davon erfahren? Außerdem war ja Frederik schon lange mein Geliebter, wie die Gesellschaft zu wissen meinte.

Ich erzählte ihm gleich von meinem Missgeschick und er lachte darüber. „Das lässt mich hoffen, dass du die Reise ohne Unfall überstehst. Ich glaube, jeder Reiter landet zwischendurch immer wieder mal unsanft auf der Erde. Du hattest Glück, dass es Wiese und nicht der harte Untergrund in der Stadt war und dass du keine unerwünschten Zeugen hattest."

Schon während des Essens merkte ich, dass mein teurer Freund unseren Verlust sehr viel schlechter verkraftet hatte als ich. Wir behandelten überwiegend juristische Themen und konnten auch zu seiner Zufriedenheit die Fragen klären, die ihn seit einiger Zeit beschäftigt hatten.

Später saßen wir auf einer Bank im rückwärtigen Garten und unterhielten uns über Jacob. Frederik wollte über ihn sprechen.

„Ich kann gar nicht ausdrücken, wie sehr mir Jacob in allem fehlt. Immer konnte ich mit ihm meine Fälle besprechen. Manchmal saßen wir aber auch nur da und unterhielten uns über das Leben, unsere Freunde, den neuesten Klatsch. Seine Nähe, seine Berührungen, das alles fehlt mir so sehr."

„Mir ist bewusst, dass niemand Jacob ersetzen kann. Auch nicht in meinem Leben. Aber du musst nicht auf alles verzichten. Du hast Freunde, mit denen du dich über alles unterhalten kannst. Du hast Freunde, die mit dir gerne juristische Themen besprechen oder dich auch gerne in den Arm nehmen."

Daraufhin schloss ich meinen lieben Freund in meine Arme. Wir beide brauchten diese Art von Nähe sehr. Es dauerte lange, bis wir uns wieder voneinander lösten.

„Frederik, ich kann dich einfach nicht so leiden sehen. Du weißt, ich bin deine Freundin und wünsche mir, dass du wieder glücklich wirst. Ich glaube, du solltest auch mal einige Zeit aus München weg. Magst du uns denn begleiten nach Bayreuth und Erlangen?"

Er umarmte mich nun nochmals und lehnte seinen Kopf bei mir gegen Hals und Schulter, wie er es früher oft gemacht hatte. So saßen wir lange da und sagten nichts.

Ohne, dass wir noch ein weiteres Wort gesprochen hätten, verließ ich nach dieser innigen Umarmung meinen besten Freund und begab mich in mein eigenes Haus.

Am nächsten Morgen machte ich mit Frederik nur einen gemütlichen Ausritt, um meine Kehrseite zu schonen. Anschließend fochten wir zwei Stunden lang miteinander, bis wir beide keine Kraft mehr hatten. Daraufhin stellte sich Frederik mir in den Weg, als ich gehen wollte.

„Ich werde euch nach Bayreuth begleiten. Von dort aus werde ich dann weiterreisen zu den Besitzungen meiner Familie. Ich denke, es ist Zeit, einmal eine Aussprache mit meinem Vater und meinem Bruder herbeizuführen. Wer weiß, wie lange mein Vater noch leben wird. Ich möchte die Missstimmung zwischen uns aus der Welt schaffen."

Ich umarmte ihn und küsste ihn auf die Wange. „Das freut mich! Oh, es wird eine wundervolle Reise!"

Bayreuth

Tags darauf brachen wir dann auf. Katharina und Seraphia mit unserem Gepäck in der Kutsche voraus und Heinrich, Frederik und ich auf unseren Pferden hinterdrein. Da wir gut bewaffnet waren und uns auch in Sichtweite einer Postkutsche bewegten, hatten wir keine weiteren Bedenken. Wir lenkten abwechselnd die Kutsche. Nur Katharina konnte die Kutsche nicht lenken, allerdings war sie des Reitens mächtig.

Am dritten Tag unserer Reise kamen wir wohlbehalten in Bayreuth an. Dort sollte Seraphia vor dem Kurfürsten Christian Friedrich Carl Alexander von Brandenburg-Ansbach und Brandenburg-Bayreuth tanzen. Dieser weilte sonst meist auf dem Jagd- und Landsitz Triesdorf und stattete der Stadt, für die er zuständig war, nur einen Pflichtbesuch ab.

Nach dem Tod des Markgrafenpaares Friedrich von Brandenburg-Bayreuth und seiner Frau Friederike Sophie

Wilhelmine von Preußen war der jetzige Kurfürst in Ermangelung eines männlichen Nachkommens als Neffe des Markgrafenpaares der neue Kurfürst geworden. Seine Frau, Friederike Caroline von Sachsen-Coburg-Saalfeld, lebte getrennt von ihrem Mann auf Schloss Schwaningen.

Alexander von Brandenburg-Ansbachs Cousine, Elisabeth Friederike Sophie von Brandenburg-Bayreuth, war zwar noch mit dem Württemberger Herzog Carl Eugen verheiratet, lebte allerdings seit dem Tod ihrer Mutter wieder in Bayreuth, da ihre Ehe in Scherben lag und sie an den Ort ihrer Kindheit zurück wollte.

Der seltene Besuch ihres Cousins war der Grund für das Fest und ließ dort noch einmal alle Pracht aufleben. Die Stadt ist ohne Zweifel prunkvoll zu nennen. Elisabeths Mutter, Wilhelmine Markgräfin von Brandenburg-Bayreuth[54], war die Lieblingsschwester des Preußenkönigs Friedrich II gewesen. Sie hatte in ihrer Regierungszeit aus einem verschlafenen Provinznest einen der attraktivsten Orte Deutschlands gemacht.

Ich hatte das Glück, bei meinem Spaziergang durch Bayreuth eine ältere Dame zu treffen, die mich ansprach, als ich die Statuen am Dach des Opernhauses bewunderte.

Plötzlich stand sie neben mir und lächelte mich an. „Schön, nicht wahr? Trotzdem kann man sich schlecht vorstellen, welch Prunk hinter dieser Fassade schlummert"

Ich lächelte zurück und zeigte ihr meine Zustimmung.

„Wissen Sie, ich war lange Jahre in Diensten der Markgräfin Wilhelmine – Gott hab sie selig. Sie hat so wundervolle Bauten geschaffen!"

„Sie?" fragte ich zurück.

„Ja, sehen Sie, die Markgräfin hat selbst einige Entwürfe gezeichnet und hatte vor allem die Ideen. Ich sage Ihnen, was sie alleine aus der Eremitage gemacht hat, ein wahres

---

54 Älteste Schwester Friedrichs II. 1751 wurde sie in die römische Accademia dell'Arcadia aufgenommen. Sie war Komponistin, Musikerin (Cembalo, Violine, Laute), Sängerin, Leiterin des Hoftheaters, Schauspielerin, Librettistin, Dramaturgin, Malerin und Gestalterin von Interieurs und Gartenanlagen. Vor allem ihre Memoiren sind interessant zu lesen.

Kleinod. Und Sanspareil, eine Wunderwelt, die sich dem Betrachter bietet."

„Sanspareil? Was ist das? Und vor allem, wo befindet es sich?"

„Zwischen Bayreuth und Bamberg liegt die Burg Zwernitz. Wilhelmine legte dort einen Wundergarten an mit einem Belvedere-Schlößchen[55], einem Ruinentheater und zahlreichen anderen schönen Sachen. Auf den Felsen wurden wunderliche Häuschen gebaut, die als Rückzugsorte dienen sollten. Ich weiß nicht mehr, welche Hofdame es im Jahr 1746 war, die *,Ah, c'est sans pareil[56]'* beim Anblick des Felsengartens ausgerufen hat. Noch im selben Jahr ließ Markgraf Friedrich den Ort Zwernitz in Sanspareil umbenennen."

„Oh, welch schöne Geschichte. Danke, dass Sie mir ihr Wissen zuteil werden ließen."

„Ach, wissen Sie, es gibt hier nicht mehr so viele interessante Menschen wie zu Lebzeiten unserer Markgräfin Wilhelmine. Sie sahen mir so sympathisch aus und ich dachte, ich würde Sie gerne kennenlernen. Seit mein Mann, der Freiherr Karl von Murach, vor fünf Jahren verstarb, bin ich nicht mehr viel unter Leute gekommen."

Mir war diese angenehme Dame sehr sympathisch und sie schien viel zu wissen.

„Das tut mir leid. Mein Name ist Victoria Gräfinwitwe von Falkenstein. Mein Schwager ist nun der neue Graf und ich habe mich von der Familie meines Mannes zurückgezogen. Während meines Trauerjahres hält mich nichts an Orten, an denen ich gemeinsam mit meinem verstorbenen Mann war und mich alles an ihn erinnert. Also bin ich auf Reisen mit meiner Tante und ihrem Tanzpartner. Bis hierher hat uns der beste Freund meines Gatten begleitet. Er will seine Familie in Thüringen besuchen."

Sibylla von Murach lud mich und meine Reisebegleiter zu einer kleinen Gesellschaft drei Tage später ein.

---

55 *In diesem Fall ein Schlösschen mit einer schönen Aussicht = ital. Belvedere.*
56 *Das ist ohnegleichen*

Es wurde ein erfolgreicher Abend für Seraphia und Frederik. Meine Tante bekam zwei weitere Engagements über Gäste, mit denen sie durch unsere neue Bekannte bekannt gemacht wurde. Und Frederik traf einen alten Freund wieder, der inzwischen selbst eine Grafschaft in der Nachbarschaft seines Vaters leitete.

Ich hielt mich an dem Abend zurück, erfuhr aber bei ein paar Spaziergängen mit Sibylla von Murach noch viel mehr über die Geschichte rund um Bayreuth.

Seraphia wusste wie immer mit ihrer Kunst zu begeistern. In unserer Unterkunft übten wir zu zweit und zu viert sehr viele Stunden Tanzen und Musizieren.

Ich war so froh, dass es Frederik durch unsere Anwesenheit viel besser zu gehen schien. Er wurde wieder fröhlicher und schöpfte neue Kraft aus all unseren Unternehmungen. Wir beide übten uns auch immer wieder im Fechten und mit besonderer Begeisterung im Tanz des Menuetts.

Auf Einladung wohnten wir alle gemeinsam mit Sibylla einem Konzert bei, bei dem ein Marsch für irgendein Regiment aus der Feder Prinzessin Anna Amalias von Preußen[57] und Stücke ihrer Schwester Wilhelmine von Brandenburg-Bayreuth und ihres Bruders Friedrich II., sowie die Flötensonate von Anna Bon di Venezia[58] und eine Sinfonie für zwei Oboen, zwei Flöten, zwei Violinen und Basso Continuo von Anna Amalia von Braunschweig-Wolfenbüttel[59] zu Gehör gebracht wurden. Dieses Konzert und andere Veranstaltungen waren zu Ehren des hohen Besuchs des Markgrafen und seiner Verwandtschaft angesetzt.

Durch Sibyllas Intervention erhielten wir Logenplätze. Um möglichst viele Menschen unterzubringen, war der Zuschauerraum unten nicht mit Stühlen bestückt. Ich möchte um kein Geld der Welt diesen Abend missen.

---

57 *Jüngste Schwester Friedrichs des Großen und Äbtissin des Stifts Quedlinburg,*
58 *Musikerin aus Bologna, die 1756 ihre Flötensonate I. dem Markgraf Friedrich von Brandenburg-Culmbach-Bayreuth gewidmet hatte.*
59 *Anna Amalia war Herzogin von Sachsen-Weimar und Eisenach. Sie wirkte als Regentin, Mäzenin und Komponistin*

Das Markgräfliche Opernhaus strahlte im Licht von zahllosen Kerzen. Die Bühne schien endlos zu sein und ihr Aufbau war kunstvoll und raffiniert. Der ganze Aufbau mit den drei Logen-Rängen war aus Holz gebaut. Die edlen Schnitzereien, das viele Gold und die prächtigen Malereien ... Hier ein Engel, dort eine Gottheit, alles sah so edel aus.

Frederik und ich ritten an einem Tag zur Parkanlage *Eremitage* eine halbe Meile oder so außerhalb von Bayreuth. Dieser Park neben dem alten Schloss ist wunderschön angelegt und hat eine beachtliche Größe. Darin befindet sich ein relativ kleines neues Schloss mit Mosaikfassade und einem schönen Springbrunnen mit den verschiedensten Fantasietieren und Göttern, ein Ruinentheater und vieles mehr. Ich war besonders begeistert von dem chinesischen Pavillon, der auf dem „Schneckenberg" steht. Ein zauberhafter Aussichtspunkt. Frederik bevorzugte die untere Grotte mit den Wasserspielen.

Mein persönliches Highlight in diesen Tagen war allerdings ein weiterer Abend im Markgräflichen Opernhaus, in dem eine Wanderbühne die Tragödie „Romeo und Julia[60]" von William Shakespeare spielte. Ich war mit Frederik hingegangen. Zu unserem Glück hatte er eine Loge ergattern können. So konnten zumindest nicht alle Leute beobachten, dass bei uns beiden reichlich die Tränen flossen, als das Stück sich dem Ende zuneigte. Ich konnte mich danach lange nicht fassen. Das Stück hatte mich gerührt, wie schon lange kein anderes. Wir blieben noch lange in unserer Loge und unterhielten uns über das Stück und den Autor, über die Liebe und das Leben.

Das Opernhaus in Bayreuth ist das prachtvollste Opernhaus, das ich bisher gesehen habe. Die Gemälde sind herrlich, genau wie die Schnitzereien rund um die Fürstenloge. Wenn überall die Kerzen angezündet sind, ist es traumhaft schön.

---

60 *Im Bayreuther Opernhaus residierte tatsächlich um die Zeit eine Wanderbühne, die u. a. Romeo und Julia in deutscher Sprache aufführte.*

Die reiche Bürgerschaft hatte außerdem zu einem Ball-abend im Redoutenhaus gleich daneben geladen. Leider konnte ich wegen der Trauerzeit nicht mittanzen. Aber ich ging trotzdem hin und hielt mich dezent im Hintergrund. Ich hatte so manche interessante Gesprächspartner. Frederik verzichtete mir zuliebe auf ein paar Tänze und begleitete mich auf meinem Weg durch den Saal.

Viel zu bald hieß es wieder Abschied nehmen. Dieses Mal von Bayreuth und Frederik. Wir wünschten unserem Freund alles Glück und dass er zukünftig ein besseres Verhältnis zu seinem Vater und seinem älteren Bruder haben möge.

Erlangen

Wir waren wieder unterwegs. Die Pferde litten während der Reise unter den vielen Insekten, die sie an schwülwarmen Tagen nicht in Ruhe lassen wollten. Vor allem die Bremsen waren sehr lästig, weswegen wir an die Kopfstücke Lederbänder anbrachten, damit sich die Pferde der Flut an fliegenden Nervensägen erwehren konnten.

Einmal hatten wir richtig Glück. Seraphia kutschierte, als eines der Kutschpferde von mehreren Pferdebremsen angeflogen wurde. Das Pferd wurde hysterisch und war nahe dran, durchzugehen. Zum Glück konnte Heinrich daneben reiten und die Bremsen verscheuchen, was das Pferd dann wieder beruhigte.

Unsere nächste Station war Erlangen. Dort war Seraphia im Hochfürstlichen Komödienhaus zu mehreren Aufführungen als Tänzerin geladen. Und bei diesen Auftritten sollte ich sie teilweise unterstützen. Da wir hier unbekannt waren und außerdem mit Masken tanzen würden, wollte ich mir diese Gelegenheit zu tanzen, nicht nehmen lassen.

Dieses Theater war schon im Jahr 1719 eröffnet worden. Es hat also schon sehr viel erlebt. Mir gefällt es von der Ausstattung her fast genauso gut wie das Theater in Bayreuth. Irgend jemand hat erzählt, dass im Theater an einem Abend bis zu 6.000 Kerzen abgebrannt werden.

Das Theater, der Redoutensaal und der Marstall befinden sich in einem Gebäudekomplex in der Nähe des Schlossgartens. Es gibt einen Orchestergraben für 40 Musiker. Bauen ließ das Opern- und Komödienhaus der Markgraf Georg Wilhelm von Brandenburg-Bayreuth.

Wir waren von Freunden Seraphias eingeladen, bei ihnen zu wohnen, während wir in Erlangen weilten. In dem mir zugeteilten Schlafzimmer hing ein Jagdstück[61], das mir außerordentlich gut gefiel. Ich fragte beim Nachtmahl die Hausherrin, Philomena, wer denn das Bild gemalt hätte.

„Oh, das ist von einer meiner Freundinnen aus Bamberg, Anna Maria Treu. Die ganze Treu-Familie sind Künstler, müsst ihr wissen. Auch ihre Schwestern Rosalie und Catharina[62] malen sehr stimmige Bilder, allerdings hat sich jede von ihnen auf einem anderen Gebiet spezialisiert. Catharina malt besonders schöne Prunkstillleben und Rosalie wird für ein paar Gemälde von hohen Herren gerühmt."

„Wie wunderbar, eine Freundin zu haben, die so herrlich zu malen weiß!"

„Haben sie schon einmal etwas von der Royal Academy of Arts in London gehört?"

„Ich meine, mich erinnern zu können, eine Notiz im Magazin dazu gelesen zu haben. Das ist aber wohl schon ein paar Jahre her. Wissen Sie mehr darüber?"

„Anna hat mir erzählt, bei der Gründung im Jahre 1768 durch George III. waren vierunddreißig bedeutende Künstler und Architekten dabei. Unter ihnen neben dem wunderbaren Maler Joshua Reynolds auch die Malerinnen Angelika Kauffmann und Mary Moser. Meine Freundin Anna kennt

---

61   *In der Malerei eine Jagdszene oder ein Stillleben mit Wild, Waffen etc.*
62   *Catharina Treu wird 1776 als erste Frau zur Titularprofessorin der Kunstakademie in Düsseldorf ernannt*

wiederum Angelika Kauffmann, die schweizerisch-österreichischer Herkunft ist. Ich verstehe gar nicht, dass Anna in Bamberg bleiben möchte, obwohl es so viele Möglichkeiten auf der Welt gibt für so begabte Menschen wie sie."

Seraphia mischte sich in unser Gespräch ein.

„Du weißt, dass es auch die Académie des Arts in Stuttgart gibt? 1762 wurde Anna Dorothea Therbusch aus Berlin und zu dieser Zeit Hofmalerin von Herzog Carl Eugen, zum Ehrenmitglied berufen. Sie lebt inzwischen in Paris, wo ich ihr einmal bei einem Empfang begegnet bin. Zufällig las ich letztens *Mystification ou histoire des portraits* von Denis Diderot. Stellt euch vor, in diesem Werk spielt die Therbusch sogar eine Rolle, da es auf wahren Begebenheiten basiert."

„Du meinst den Philosophen Diderot, der anfangs gemeinsam mit Jean Baptiste le Rond d'Alembert, später dann mit Louis de Jaucourt und mit Hilfe eines Netzwerkes aus Schreibern diese alles umfassende Enzyklopädie der Wissenschaften, der Künste und des Handwerks herausbrachte? Mein Gatte besaß alle 28 Bände, die bis zum letzten Jahr erschienen sind." Ich war sehr interessiert an der Geschichte.

„Ja, eben diesen meine ich. Soweit ich weiß, hat Diderot eine enge Vertraute, Sophie Volland, wenn ich mich richtig erinnere. Sie scheinen in einem engen freundschaftlichen Verhältnis zueinander zu stehen, wie du und Frederik. Zumindest wurde es mir so zugetragen. Es würde mich nicht wundern, wenn auch sie zu dieser Enzyklopädie beigetragen hätte."

Es ist immer wieder spannend, wer wen kennt und was die Leute so alles wissen. Ich war so froh, mit auf diese Reise gekommen zu sein. Natürlich schrieb ich alle paar Tage an Mamma und an Christoph und erzählte in meinen Briefen, was ich so alles Neues gelernt und wen ich getroffen hatte. Und ich schrieb auch weiterhin Briefe an Nannerl und Magdalena und wöchentlich an Frederik, die alle auch sehr eifrig beantwortet wurden. In seinem ersten Brief erzählte Frederik, dass er mit seinem Vater Frieden gemacht hatte und er nun viel Zeit mit seinem Bruder verbringen würde. Ab August würde er wieder in München weilen.

„... ich bin froh, dass ich nicht der zukünftige Graf sein muss. Mein Bruder macht die ganze Arbeit und kümmert sich um alles, aber der Alte hat die alleinige Macht. Wenn es ihm gefällt, bekommt mein Bruder am Ende gar nichts. Sie reiben sich gegenseitig auf, weil sie in vielen Dingen völlig unterschiedliche Meinungen haben.

Auf der anderen Seite sind sie sich wieder so ähnlich, aber das sehen die beiden nicht.

Ich verstehe nicht, warum Vater nicht einfach alles schon lange übergeben hat und seinen Lebensabend genießt. Er sagt, er ist die Sache leid, kann aber nicht loslassen.

Also versuche ich, so gut ich kann, zu vermitteln zwischen ihnen. Es ist schwierig. Vor allem aus meiner Position des lange nicht beachteten Jüngeren heraus. Aber gleichwohl habe ich das Gefühl, es wäre meine Pflicht, die Situation zu verbessern zum Wohle aller. Denn auch die Dienerschaft ist in Mitleidenschaft gezogen ..."

Sein letzter Brief bisher machte mir Hoffnung.

„ ... in ganz kleinen Schritten scheint sich tatsächlich etwas zu ändern. Ich glaube, Vater begreift langsam, wie sein Verhalten allen schadet und hat sich inzwischen zu ein paar Eingeständnissen bereit erklärt. Er merkt, wie glücklich das meinen Bruder macht und wie es ihm selbst eine Last abnimmt. Ich hoffe jedenfalls darauf, dass er in Zukunft mehr Entscheidungen seinem Sohn und Erben überlässt ..."

Ich schrieb meinem Freund, dass ich ihm weiterhin viel Erfolg bei seiner Vermittlung wünschte und hoffte, dass sein Bruder sein Engagement zu schätzen wusste.

Seraphia und ich probten und probten. Und zwar ein Menuett, bei dem wir beide tanzend mit Violinen[63] die führende Melodie zweistimmig spielten. So ein Menuett von zwei Frauen getanzt und gespielt gab es meines Wis-

---

63 *Für einen großen Konzertsaal ist eine Pochette zu klein wegen ihres geringeren Klangvolumens.*

sens noch nicht. Zumindest haben wir nicht davon gehört. Die letzten zwei Proben hatten wir gemeinsam mit dem Orchester im Theater. Heinrich, unser härtester Kritiker, war begeistert. Zudem wollte Seraphia *Passacaglia* von Georg Friedrich Händel, einen getragenen und edlen Tanz, und wir beide gemeinsam *La Folia* von Arcangelo Corelli tanzen.

„Ihr seht so grazil und elegant aus. Zwei fiedelnde und tanzende Frauen, die sich wie Königinnen bewegen. Es ist wunderschön. Ich denke, das Publikum wird euch lieben."

Er hatte Recht. Die Zuseher waren absolut begeistert. Sie klatschten und johlten lange und wollten uns immer wieder auf der Bühne sehen. Niemand wusste, wer sich hinter unseren kunstvollen Halbmasken und den besonders raffinierten Perücken verbarg, was einen besonderen Reiz ausmachte und mir außerdem half, meine trauernde Witwenposition aufrecht zu erhalten.

An unserem vorletzten Abend wurden wir zu einer Aufführung der Oper *Armida* von Antonio Salieri eingeladen, deren Uraufführung im Jahr meiner Hochzeit in Wien stattgefunden hatte. Ich muss gestehen, dass Opern – obwohl ich sie mag – bei mir oft wie Schlafmittel wirken. Bei ihnen muss ich einfach zu lange still sitzen und das fällt mir sehr schwer. Vor allem, wenn nicht viel passiert. Wenn die Musik recht langsam und still wird, bin ich versucht, einzuschlafen. Ich habe es an diesem Abend geschafft, wach durchzuhalten, aber nur mit Mühe.

Nach der Aufführung habe ich Seraphia gebeten, mir noch etwas mit meinem Italienisch zu helfen. Denn es gab durchaus Passagen, bei denen ich nicht alles verstanden habe. Ich übte fleißig in den folgenden Tagen.

Weiter unterwegs

Wir schickten Katharina mit einem der Pferde und einem Teil des Gepäcks im Gefolge einer Postkutsche nach Hause. Denn von Erlangen aus reisten wir nach Paris und wir mussten überall Zoll zahlen für Personen, Pferde und Gepäck. Wir wollten unsere Reisekasse nicht überstrapazieren. Denn Seraphia und ich können uns gegenseitig Zofe sein. Und bei großen Anlässen finden wir schon eine Lösung.

Die Reise dauerte fast drei Wochen und wir hatten nicht immer das Glück, eine angenehme Unterkunft zu erhalten. So verbrachte ich eine Nacht gänzlich auf einem Sessel sitzend, weil das Bett so offensichtlich vor Bettwanzen und anderem Getier starrte, dass ich mich nicht überwinden konnte, mich hineinzulegen.

Aber wie Seraphia so schön anmerkte: „In deinem Alter verkraftet man so eine unbequeme Nacht noch recht gut. Später wird es zunehmend schwieriger."

Sie hatte das bessere Bett, überließ mir dafür für den folgenden Tag ihren Platz in der Kutsche und saß statt meiner auf meinem Pferd. So konnte ich neben dem kutschierenden Heinrich eine Weile ausruhen.

An ein paar Tagen hatten wir etwas Regen, aber da ich einen Mantel besitze, der durch seine gewachste Oberfläche etwas Wasser aushält, habe ich auch diese Reise gut überstanden. Zwar mit einem kleinen Schnupfen zur Halbzeit, aber sonst ganz munter.

Als wir bei einem großen Kloster übernachteten, wurden wir eingeladen, einer Aufführung von Claudio Monteverdis *Vespro della beata vergine*[64] beizuwohnen. Hierbei handelt es sich um ein Vokalwerk, das mich träumen ließ. Die Kirche, in der wir saßen, war nur spärlich mit einzelnen Kerzen beleuchtet, weshalb mich auch nichts von der Musik ablenken konnte.

---

64   *Als Marienvesper bekannt.*

Es war von der Stimmung her ein wenig wie beim Engelamt oder der sogenannten „goldenen Messe" am Samstag nach der Hl. Luzia bei uns zu Hause. Mancherorts nennt man sie auch Roratemesse. Ein feierlicher Hauch wehte durch den Raum und ich gab mich völlig diesem herrlichen Klang der vielen Stimmen hin.

Da so eine Reise so ganz ohne Unterhaltung langweilig ist, haben wir sehr viel geredet. Ein Stück der Reise begleitete uns ein angenehmer Herr, der sich uns zur eigenen Sicherheit anschloss. Er kam aus Hannover und wollte eine entfernte Tante besuchen. Er erzählte von seinem guten Freund Friedrich Wilhelm Herschel[65] und dessen Schwester Caroline[66].

„Caroline ist Friedrich nach Bath nachgereist, wo er als Komponist und Musiker wirkt. Sie ist ein kleiner Spatz, aber eine sehr begabte Sängerin, die bei seinen Konzerten auftritt. Ich bedaure sehr, dass sie ihrem Bruder nach England gefolgt ist, weil wir als Kinder oft miteinander gespielt haben und uns auch nachher immer gut verstanden haben. Sie ging nämlich täglich ein paar Stunden in die Garnisonsschule und dort haben wir uns kennengelernt. Sie schrieb mir aus Bath. Ich denke, sie ist dort in ihrem Element."

„Ach, Caroline durfte eine Schule besuchen? Da waren aber ihre Eltern sehr fortschrittlich!"

„Na ja, eher der Vater. Nach der Schule musste sie zu Hause im Haushalt helfen. Ihre Mutter bestand darauf."

„Und nun ist er Musiker und sie wurde Sängerin? Das ist wundervoll. Kann es sein, dass die beiden aus einem Musikerhaushalt kommen?"

Er lachte. „Ja, stimmt, bei einem Vater, der Militärmusiker ist, konnte eigentlich nichts anderes herauskommen, nicht wahr? Mit den drei weiteren Brüdern hatte ich in unserer

---

65 *Herschel entdeckt mit selbstgebauten Spiegelteleskopen u. a. den Planeten Uranus.*
66 *Caroline entschied sich gegen eine Karriere als Sängerin und wurde zu einer bedeutenden Astronomin, die von vielen Gelehrten sowie gekrönten Häuptern geschätzt wurde.*

Kindheit nicht so viel zu tun und auch jetzt keinen Kontakt mehr. Aber mit Caroline stehe ich immer noch in Briefkontakt. Ich lasse sie immer alle Neuigkeiten aus Hannover wissen und sie mich alles, was in London und Bath passiert.

Die beiden Geschwister arbeiten nicht nur musikalisch zusammen. Fritz ist ein Mann, der sich sehr für Astronomie interessiert und diese Leidenschaft teilt er mit seiner Schwester. Sie schleift und poliert die Spiegel von Spiegelfernrohren, die sie beide anfertigen. Fritz sagt, diese Aufgabe erfordert absolute Genauigkeit. Caroline ist überaus geschickt darin."

Ich genoss diese Stunden mit unserem Reisegefährten, der nur ein Packpferd bei sich hatte und sich gerne reden hörte. Er war nie langweilig, wusste immer viele Geschichten und erzählte mir auch einige regionale Sagen.

An einem Abend in einer Poststation, in der wir auch Unterkunft gefunden hatten, entdeckte Heinrich ein Cembalo im Schankraum. Da wir und die anwesenden Postkutschenpassagiere noch auf das Essen warten mussten, entschieden wir, etwas Musik zu machen. So packten Seraphia und ich unsere Violinen aus. Dadurch wurde die wegen des Nebels gedrückte Stimmung sehr viel besser und es entwickelten sich sogar Gespräche.

Unter anderem waren ein Kaufmann aus Lübeck dabei und eine adlige Dame aus Mannheim mit ihrer Begleitung. Dazu zwei junge Männer, die auf Grand Tour[67] waren.

Nach dem Essen wurde auf allgemeinen Wunsch sogar noch getanzt und für alle wurde es ein recht angenehmer und lustiger Abend. Wir führten auch unter den Reisenden ein paar neue Melodien und Tänze ein, was allen sichtlich Spaß machte. Seraphia überließ es mir, die Figuren und Tanzschritte anzusagen. Dabei musste ich immer darauf achten, dass ich die nächste zu tanzende Figur so rechtzeitig verkündete, dass alle Tanzenden darauf reagieren und sie auch wirklich tanzen konnten. Inzwischen hatte ich ja glücklicherweise einige Übung darin. An der Musik ist bei

---

67 *Bildungsreise junger adliger Männer, seit der Renaissance üblich.*

den meisten Stücken gut zu hören, wann es einen Wechsel der Figuren gibt.

Am nächsten Morgen trat uns vor unserer Weiterreise der Wirt lächelnd entgegen. „Meine Frau und ich haben den gestrigen Abend sehr genossen. Es war friedlich und es wurde viel gegessen und getrunken. Musik und Tanz haben uns so eine Freude gemacht, dass wir beschlossen haben, Ihnen nicht alles zu berechnen. Wir haben außerdem noch einen Reiseproviant für Sie vorbereitet, weil es uns so gut gefallen hat. Es wäre schön, öfter solche Gäste wie Sie zu beherbergen. Wir danken Ihnen für die wunderbare Abwechslung."

Damit drückte er mir ein großes Tuch voller Köstlichkeiten in die Hand. So hatten wir mit unserer spontanen Idee zahlreichen Menschen Freude bereitet – und am Ende auch noch uns selbst. Unsere Reisekasse war gut gefüllt, trotzdem freuten wir uns über die Geste der Wirtsleute.

Paris im August

Wir kamen endlich gesund und munter in Paris an. Auch dieses Mal halfen uns die Kontakte von Seraphia bei unserer Unterbringung. Wir waren von einem Mäzen eingeladen, wie Madeleine-Sophie Arnould[68] im Hotel d 'Angevillers zu wohnen. Als ich Seraphias Freundin zum ersten Mal sah, war ich begeistert. Sie ist eine schöne Frau mit einem feinen Gesicht. Ihr Wesen gefiel mir auf Anhieb. Sie ist freundlich, hat aber, wenn es darauf ankommt, einen beißenden Witz. Sie hinterfragt gerne und umgibt sich mit Vorliebe mit klugen Köpfen.

---

68 Madeleine-Sophie Arnould war französische Opernsängerin und Salonnière der Aufklärung

Schon am zweiten Tag unseres Aufenthalts wurden wir von Madeleine eingeladen, eine Aufführung mit ihr an der Pariser Oper anzusehen.

In der Pause unterhielt ich mich angeregt mit einer Dame, die in der Loge neben der unsrigen saß. Ihre Gedanken zu Opern und zu Theateraufführungen im Allgemeinen gefielen mir. Sie stellte sich mir als Marquise de Montesson[69] vor. Eine faszinierende Persönlichkeit und außerdem recht gutaussehend.

„Wissen Sie, eigentlich leben mein Gatte und ich auf Schloss Le Raincy. Aber ich wollte unbedingt ein paar Sachen persönlich in Paris einkaufen. Manches mag man einfach nicht der Dienerschaft überlassen, sei sie auch noch so integer. Zudem wollte ich eine Freundin besuchen, die mir sehr teuer ist. Daher machte mein Gatte mir die Freude und ließ mich für ein paar Wochen hierher fahren.

Ich versuche mich in ruhigen Stunden im Schreiben von Theaterstücken. Es ist so schön, sie auf die Bühne zu bringen – auch wenn es vorerst nur unsere eigene ist!"

Meine Gesprächspartnerin sprühte vor Freude. Sie hat Esprit und ich kann sie mir sehr gut vorstellen, wie sie selbstgeschriebene Stücke mit viel Elan aufführt. Wir plauderten eine ganze Weile miteinander und lachten gemeinsam über ein paar Bonmonts[70], die sie fallen ließ

Hinterher erklärte mir Heinrich, der seine Zuträger wieder einmal überall zu haben schien, im Flüsterton, dass meine Gesprächspartnerin die maîtresse en titre[71] von Louis Philippe I. de Bourbon, duc d'Orléans, gewesen war, dem sie im April diesen Jahres in einer morganatischen Ehe[72] angetraut wurde.

---

69 Charlotte-Jeanne Béraud de la Haye de Riou, Marquise de Montesson
70 Humorvolle, geistreiche Bemerkung
71 Offizielle Mätresse
72 Eine Ehe in Adelskreisen, die zwar offiziell geschlossen wurde, aber meist die Frau (oft von niederem Stand) und ihre Kinder aus früherer Ehe vom (Titel-)Erbe ausschloss.

„Stellt euch vor, als Hochzeitsgeschenk erhielt sie Schloss Sainte Assise in Seine-Port. So ein Geschenk hätte ich auch gerne.", erklärte uns Heinrich.

„Dann musst du halt einen reichen Herzog heiraten." Seraphias gewisperte Stimme kam aus dem Hintergrund, von wo sie gerade mit einem Theaterglas versuchte, mehr zu erspähen. Ich musste lachen und verschluckte mich beinahe.

„Heinrich, das weißt du vermutlich noch nicht: Dieser Philippe d'Orléans war ein Gönner der Mozarts bei ihrer Wunderkinderreise nach Paris. Das hat mir Nannerl einmal erzählt, als wir über diese wunderbare Zeit sprachen."

„Wirklich? Nein, das war mir tatsächlich nicht bekannt. Ich bin froh, dass wir dich dabei haben, Vic. Du bereicherst mein Leben immer wieder mit unverhofften Informationen." Er verbeugte sich vor mir mit einem spitzbübischen Lächeln.

„Es geht weiter, ihr beiden Plaudertaschen." Seraphia ermahnte uns, wieder auf die Vorstellung zu achten.

Ich war überwältigt von Madeleines reiner Sopranstimme. Kein Wunder, dass sie der Liebling des Publikums war. Sie spielte zauberhaft und sang sehr ausdrucksstark. Die Verehrer drängten sich nach der Vorstellung vor ihrer Garderobe.

Wieder zurück in unserer Unterkunft sprach ich Madeleine meinen Dank für die Einladung aus und zeigte ihr meine Begeisterung in Form einer herzlichen Umarmung, „Du warst einfach wunderbar auf der Bühne. Du kannst sehr stolz auf dich sein, Madeleine!"

„Ich hoffe, ich darf dich meine Freundin nennen. Danke, Vic. Solches Lob freut mich besonders, wenn es von Menschen kommt, die ich selbst sehr schätze – und wenn ich merke, dass es ernst gemeint ist."

La Reine de la danse

Neben unseren Proben und den Auftritten von Madeleine und Seraphia unternahmen wir möglichst viel gemeinsame Aktivitäten. Wir gingen ins Theater, fuhren aus, waren zu Soireen und literarischen Salons geladen.

Ein paar Tage später trafen wir zufällig im Park Seraphias Freundin Anna Heinel[73]. Sie hatte ein hübsches Gesicht und war ein sehr angenehmer Umgang. Seraphia stellte uns vor.

„Welch Glück, dass ihr dieses Jahr hier seid. Letztes Jahr um die Zeit war ich in London und hätte euch verpasst. Das Wichtigste zuerst. Stell dir vor, Seraphia, ich habe mich mit Gaetano[74] endlich versöhnt."

„Das ist ja wunderbar, wenn ihr euren Zwist endlich begraben habt. Du siehst so glücklich aus, Anna. Ich glaube fast, du bist verliebt. Ist es Gaetano?"

Anna schüttelte fröhlich den Kopf. „Vielleicht. Jedenfalls bin ich froh, dass wir uns verstehen, nachdem er mich vorher immer nur als Konkurrentin gesehen hatte. Das hat mich ziemlich belastet. Ich kann es einfach nicht ertragen, wenn Menschen, die ich bewundere, mich als Feindin sehen.

Ich würde mich so freuen, wenn ihr die nächsten Tage zur Aufführung kommen könnt. Bitte, sagt, dass ihr da sein werdet!"

Wir konnten nur nicken, schon sprudelte es weiter aus Anna heraus.

„Seraphia, du hast mir doch immer erzählt, dass Vic so eine gute Tänzerin ist und auch dein Heinrich vorzüglich tanzt. Ich hätte da so eine Idee." Sie klatschte in die Hände ob ihrer Begeisterung.

---

73 *Anna Friederike Heinel, geboren in Bayreuth, war eine berühmte Tänzerin. An der Pariser Oper wurde sie als „Königin des Tanzes" gefeiert.*

74 *Gaetano Apolline Baldassarre Vestris, italienischer Tänzer und Choreograf, Tanzmeister König Ludwig XVI. und Mitglied der Opéra National de Paris. Er und Heinel heirateten 1792.*

„Kommt bitte morgen Abend zu mir." Sie drückte Seraphia eine Karte in die Hand und schon war sie mit einem Winken dahin.

„Ist deine Freundin Anna immer so ein Wirbelwind?" Seraphia starrte noch immer überrumpelt auf die Karte in ihrer Hand. „Ich glaube schon. Ihre Ideen sind meistens wirklich gut. Und sie bedeuten fast immer viel Arbeit."

Am nächsten Tag fuhren wir hinaus aus Paris. Auf dem Weg trafen wir auf eine offene Kutsche, in der Madeleine Madame Jeanne Du Barry erkannte. Eine schöne Frau, die unseren Informationen zufolge auch ein angenehmes Wesen hat.

„Sie war Kurtisane, bevor sie mit dem Grafen du Barry vermählt wurde. Dieser und sein Bruder schafften es, sie dem König schmackhaft zu machen. Dadurch erhielten beide Männer natürlich mehr Einfluss bei Hofe", erzählte Madeleine.

„Sie sieht sehr gut aus und scheint auch keine zehn Jahre älter als ich zu sein. Um Himmels Willen, wie viele Jahre ist der König älter als sie? 30 oder mehr?" Ich schüttelte mich bei der Vorstellung, einen Greis im Bett zu haben.

„Über 30 Jahre. Ja, wenn man als Frau bei Hofe etwas erreichen möchte, darf man eben nicht zimperlich sein." Madeleines Bemerkung klang sehr trocken. „Sie kann jedenfalls aus dem Vollen schöpfen."

„Danke, das wäre nichts für mich. Ich halte mich dann doch lieber an Männer, die etwa mein Alter haben."

„Welche wiederum mit zunehmendem Alter meist junge Gänse bevorzugen für ihr Bett." Seraphia hatte ja so Recht.

„Ja, schon. Aber es gibt gar nicht wenige Frauen – vor allem in Adelskreisen – die auch ganz schön junge Liebhaber haben", wusste Madeleine zu berichten.

Den Abend verbrachten wir bei Anna. Sie empfing uns in einem Salon, in dem schon mehrere Gäste weilten. An diesem Abend war keine Vorstellung an der Oper. Nach uns kamen noch ein paar weitere Personen an.

„Ach, wie schön, dass ihr hier seid! Nun sind wir endlich komplett und ich kann euch meinen Plan unterbreiten."

Sie stellte alle Anwesenden vor, die sich noch nicht kannten. Mit dabei war der Leiter der Oper, Monsieur Vestris sowie weitere Tänzerinnen und Tänzer, des weiteren einige Musikerinnen und Musiker, Sängerinnen und Sänger, unter ihnen auch Madeleine.

„Mir schwebt Folgendes vor: Wir laden den König und den Hochadel zu einer ganz besonderen Vorstellung ein. Es soll ein Abend mit Musik, Gesang und Tanz werden.

Keine Oper, kein Schauspiel, kein Ballett. Nur eingängige Melodien von großen Komponisten aus ganz Europa in Verbindung mit dem engelsgleichen Gesang unserer Lieblingssängerin Madeleine und ihrer Kollegen, dem Tanz der besten Tänzer der Pariser Oper, des weiteren dem besonders sehenswerten Tanz meiner geschätzten Freundin Seraphia von Neubauer und ihrer Nichte Victoria von Falkenstein sowie ihres Tanzpartners Heinrich Winkelmayr.

Da ich weiß, dass die drei Letztgenannten auch vorzügliche Musiker sind, die ein paar besondere Stücke exzellent beherrschen, würde ich auch um deren Darbietung bitten. Ich stelle mir eine Vorführung vor, bei der ein Höhepunkt dem anderen folgt, eine, die alle Anwesenden verzaubert und nach der ausnahmslos alle glücklich sind, dabei gewesen zu sein. Eine einmalige Darbietung, die nicht wiederholt wird.

Diese Vorführung wünsche ich mir natürlich in der Opéra National de Paris, Salle du Palais-Royal in der Rue Saint-Honoré. Was meint ihr dazu?"

In der folgenden Stunde hagelte es Vorschläge. Alle Anwesenden stimmten zu, ein besonderer Abend wie von Anna vorgeschlagen, wäre eine vorzügliche Idee und man könne doch auch noch dies und jenes verwirklichen. Die Gesichter glühten, die Augen glänzten ...

Es wurde beschlossen, innerhalb von drei Wochen diesen Abend auf die Beine zu stellen. Der Eintritt würde um ein Vielfaches mehr kosten als zu einer normalen Aufführung. Die Hälfte dieser Gelder sollten einem wohltätigen Zweck zugeführt werden. Jeder Mitwirkende würde einen Teil der Einnahmen als Gage erhalten. Dies hieß, es erwartete uns viel Arbeit, aber auch ein fairer Lohn und bei Gelingen mit ziemlicher Sicherheit Ruhm und weitere Engagements.

Nachdem wir den Abend beendet hatten, konnten wir uns nur schwer trennen. Immer wieder hatte jemand eine Idee. Doch Anna beschloss, dass es nun Schluss sein musste und warf uns alle hinaus, um schlafen zu gehen. Schließlich hatte sie am nächsten Tag wieder Aufführung.

Noch in derselben Nacht kam es in der Stadt zu einem großen Unglück. Ich wurde wach durch ein Beben der Erde. Es dauerte nicht lange, war kurz und intensiv. Dann spürte ich nichts mehr. Doch kurz darauf hörte ich Schreie draußen. Auch die anderen wurden wach und wir erhielten von jemandem auf der Straße die Information, dass ein ganzer Straßenzug in der Nähe unserer Unterkunft eingestürzt sei.

Tags darauf sahen wir die eingestürzten Häuser. Es war schrecklich. Wie nach einem Krieg, bei dem alles zerstört wurde. Der Boden hatte nachgegeben und die Häuser waren wie Kartenhäuser in sich zusammen gestürzt und hatten zahlreiche Personen in den Tod gerissen. Es gab viele Verschüttete und die Menschen aus der Nachbarschaft halfen den Überlebenden.

Ich erkundigte mich genauer, wie das passieren hatte können und erfuhr daraufhin, dass unter den äußeren Regionen von Paris ein großes Netz von mittelalterlichen Steinbrüchen existiert, in denen Kalkstein für Bauten wie zum Beispiel Notre-Dame de Paris abgebaut worden war und immer noch abgebaut wird.

Seit sich Paris ausgedehnt hat, ist es im Lauf der letzten Jahrhunderte immer wieder einmal vorgekommen, dass der Untergrund nachgegeben hatte und das eine oder andere Haus oder auch mehr mit in die Tiefe gerissen wurde.

Ich war wirklich froh, dass wir in einem Haus im mittelalterlichen Stadtkern untergekommen waren. Hier gab es wenigstens keine unterirdischen Steinbrüche. Mir taten die vielen Menschen leid, die nun kein Dach mehr über dem Kopf hatten.

Deshalb half ich auch den ganzen Tag mit, einige Verschüttete zu bergen. Es war eine schwere Arbeit, bei der Unmengen von Geröll entfernt werden mussten. Aber am Ende konnten wir Helfer uns freuen, wenigstens ein paar Menschen gerettet zu haben. Ich fiel wie ein Stein ins Bett, weil ich solche Arbeit nicht gewöhnt war.

Ein paar Tage später besuchten wir ein Ballett, in dem Anna die Primaballerina war. Sie ist eine göttliche Tänzerin und selbst Seraphia ist restlos begeistert von Annas besonderer Eleganz und ihren anmutigen Bewegungen. Besonders ihre berühmte *Pirouette à la seconde*[75] war beeindruckend zu sehen.

Gesellschaftstratsch

Unser Aufenthalt in Paris bestand zwar zu einem guten Teil aus Proben und Seraphias Auftritten hier und dort, aber wir hatten auch die Möglichkeit, bei ein paar von Madeleines Gesellschaften überaus interessante Menschen kennenzulernen.

So auch Denis Diderots Vertraute Sophie Volland sowie Jean-Jacques Rousseau. Diderot selbst war leider im Juni zu einer Russlandreise aufgebrochen.

„Die Zarin Katharina II., die eine Mäzenin von Denis ist, hat ihn schon vor über zehn Jahren eingeladen. Nun ist er

---

75 *Eine Drehung, bei der das Spielbein waagrecht zur Seite gehalten wird.*

aufgebrochen, um seine Enzyklopädie auch in Russland zu veröffentlichen", erklärte sie.

Die Volland erzählte uns, dass Diderot wohl zumindest ein Jahr unterwegs sein würde.

„Ich bin gespannt, was er uns danach über die Monarchin erzählen wird. Von ihr heißt es ja, dass sie zahlreiche Liebschaften hat. Angeblich hat sie ein Privatgemach mit Möbeln, die mit Genitalien verziert sind. Ob man das wohl glauben kann?"

Ich meinte dazu: „Naja, sie kann es sich sicher leisten, wechselnde Liebhaber zu haben. Sie hat die Macht. Das machen ja die männlichen Monarchen nicht anders. Aber da ist es normal und kaum jemand spricht darüber. Ob das mit den Möbeln stimmt, werden wir wohl nicht erfahren. Die Vorstellung ist allerdings etwas verstörend."

Einer der Autoren von Diderots Enzyklopädie wusste eine andere Neuigkeit aus Russland zu berichten.

„Wisst ihr eigentlich, dass die Zarin im Juni diesen Jahres die Duldung aller religiöser Bekenntnisse versprach? Ich finde das herrlich. Denn ich habe mich mit allen Glaubensrichtungen ausgiebig auseinandergesetzt. Gemäßigt empfinde ich alle als durchaus akzeptabel. Schlimm wird es vor allem mit den Extremen und durch den Drang zur alleinigen Macht einer – immer der richtigen – Glaubensgemeinschaft über alle Menschen."

Ein anderer stimmte ihm zu. „Ja, habe ich gehört. Aber auch, dass Juden ausgenommen sind. Also ist sie doch nicht so tolerant, wie man meinen möchte auf den ersten Blick."

An einem weiteren Abend war Rousseau nicht dabei, dafür aber Friedrich Melchior Baron von Grimm[76]. Ich kam mit ihm ins Gespräch.

„Baron von Grimm, ich soll Sie herzlich grüßen von den Mozarts. Sie sprechen nur gut von Ihnen und sind Ihnen

---

76 Deutscher u. a. Schriftsteller und Diplomat in Paris. Er veröffentlichte die Geschichte der französischen Literatur in den Jahren 1753 bis 1790 als Correspondance littéraire, philosophique et critique und war an der Enzyklopädie beteiligt. Er weilte vermutlich im Juli 1773 in Berlin.

dankbar, dass Sie Nannerl und Wolfgang bei ihrem Paris-Aufenthalt gefördert haben."

„Wie geht es den Mozartschen denn? Sind sie wohlauf? Die beiden Kinder haben mich tief beeindruckt mit ihrem Spiel. Wann war es? Ich glaube, es war im Jahre 1763. Das sind ja schon wieder zehn Jahre! Jedenfalls bitte ich Sie, von mir einen warmen Gruß zurück nach Salzburg zu nehmen."

„Ja, sie sind wohlauf. Wolfgang hat inzwischen schon einige Erfolge aufzuweisen. Er komponiert wundervoll. Nannerl spielt das Pianoforte immer noch wie ein Engel. Allerdings darf meine liebe Freundin nicht mehr öffentlich auftreten. Ihr Vater erlaubt es nicht und möchte, dass sie heiratet."

Er sah mich verwundert an. „Damit wird ihr Talent verschenkt! Sie war so eine wunderbare Musikerin, wie ich nur wenige erlebt habe. Aber die junge Frau wird wohl dem Wunsch ihres Vaters folgen müssen."

Nun wurde ich ärgerlich. „Ja, wie so viele andere Frauen, die großes Talent haben! Es ist eine Schande, dass Frauen nicht wie Männern zugestanden wird, ihr Leben zu leben. Auch ich musste erst heiraten und wohlhabende Witwe werden, um endlich von diesen Zwängen frei zu sein."

„Das tut mir leid für Sie, meine Liebe. Männer sind nun mal klüger als Frauen. Aber lassen Sie uns jetzt zu den anderen gehen. Die scheinen recht interessante Themen zu haben."

Die Aussage ließ mich nicht kalt. „Von wegen! Das hat gar nichts mit Intelligenz zu tun, sondern mit Machtgier. Darin seid ihr Männer ja Meister. Wenn Männer den Frauen die gleichen Möglichkeiten geben würden, würden sie sich wundern, wie klug die meisten Frauen sind."

Ich kochte innerlich und ließ ihn stehen. Männer meinen immer, die für alle geltende Wahrheit zu kennen. Für sie ist es wichtig, die Macht über alles zu haben. Wer und was darunter leidet, ist ihnen egal. Selbst, wenn es die eigene Frau oder ihre Kinder betrifft, die sie zu lieben vorgeben. Naja, diese werden ja auch mehr als geistloses Eigentum betrachtet, welches man nach dem eigenen Willen formen muss, denn als eigenständige Wesen mit Intelligenz. Ich dachte an Christoph, Jacob und Frederik. Sie waren anders. Ich konnte nur hoffen, dass mehr von dieser Sorte nachwachsen würden. Ich ging kurz hinaus auf die Terrasse, um mich wieder zu beruhigen, bevor ich zu den anderen stieß.

In diesem Kreise erfuhren wir dann auch, dass der in London weilende Benjamin Franklin[77] für einen Eklat gesorgt hatte, der ihm gar nicht gut tat. Er war es, der die sogenannten Hutchinson-Briefe nach Boston geschickt hatte, welche nun vor kurzem gedruckt und öffentlich zugänglich gemacht worden waren.

Über den Bostoner wurde überhaupt viel gesprochen, weil er allerlei interessante Erfindungen gemacht hat und auch sonst ein recht imposanter Mensch zu sein schien.

So wollte er die Menschen von ihrem Aberglauben abbringen, der besagt, dass Blitze eine Strafe Gottes wären. Also versuchte er zu beweisen, dass ein Blitz nichts anderes ist, als sichtbar gewordene Elektrizität.

Bei einem Versuch während eines Gewitters am 15. Juni 1752 gemeinsam mit seinem Sohn ließ er einen Drachen fliegen, an dessen Spitze er Metall angebracht hatte. Von diesem Metall hing eine Schnur, an dessen Ende er einen Schlüssel befestigt hatte. Sein Experiment *(welches nicht nachgemacht werden sollte!)* gelang.

Der Drachen zog mächtige Energien auf sich und am Ende der regennassen Schnur sprangen Funken aus dem Schlüssel. Franklin hatte somit die Elektrizität nachgewiesen, die von der Spitze des Drachens direkt bis zum Schlüssel geleitet worden war. So wurde die Idee zum Blitzableiter geboren, den es inzwischen schon an zahlreichen Gebäuden gibt.

Ich lauschte mit Interesse den Erzählungen der klugen Menschen um mich herum. Benjamin Franklin ist ein sehr

---

77 *Bostoner Drucker, Verleger, Schriftsteller, Naturwissenschaftler, Staatsmann und Erfinder.*

beeindruckender Mann und ich bedauerte, dass er nicht selbst hier war.

Die meiner Ansicht nach spannendste Erfindung von ihm war vor drei Jahren eine Brille, deren zwei unterschiedliche Linsen solcher Art in einen Rahmen montiert werden, dass man damit sowohl in die Nähe als auch in die Ferne alles klar erblicken kann.

Alle außer uns schienen den Herren persönlich zu kennen. Er war wohl auch schon mehrmals Gast bei Madeleines Treffen gewesen.

Ich amüsierte mich doch noch gut. Endlich konnte ich mich einmal wieder mit anderen als Seraphia und Heinrich über alle möglichen interessanten Themen unterhalten. Und immer wieder erfuhr ich Dinge, von denen ich bisher noch nicht einmal geahnt hatte.

Da ich alle Einträge der Enzyklopädie tatsächlich gelesen und mir auch die Abbildungen dazu angesehen hatte, machte ich auf Nachfrage der bei den Abenden anwesenden Autoren hier und dort Bemerkungen zu Details, die mir bei einem Thema gefehlt hatten, bei einem anderen Thema meiner Meinung nach etwas zu kompliziert verfasst waren und so weiter. Natürlich lobte ich auch viel. Denn ich bin immer noch begeistert von dem Gesamtwerk.

Einer der Herren kam auf anatomische Wachsmodelle zu sprechen. Er war offensichtlich von dem Thema völlig fasziniert.

„Es ist sehr schade, dass die Académie des sciences Frauen nicht unterstützt. Denn gerade Marie Marguerite Bihéron ist eine so fähige Frau, die unglaublich originalgetreue Wachsmodelle erstellt. Vor ein paar Jahren stellte sie in der Académie ein sehr detailliertes und naturgetreues Modell einer schwangeren Frau mit einem Fötus aus. Das Modell hatte sogar herausnehmbare Teile."

„Das war mit Sicherheit ein hervorragendes Modell. Aber Wachs schmilzt doch bei Hitze", wandte ein anderer ein.

„Das stimmt, aber Bihéron hat angeblich ein Verfahren entwickelt, das die Festigkeit des Wachses auch bei größerer Wärme gewährleistet. Inzwischen lebt und unterrichtet sie wohl überwiegend in England, weil sie dort von ihrer Arbeit besser leben kann."

„Soweit mir bekannt ist, ist die Bihéron in stetem Kontakt mit Franklin, von dem heute schon die Rede war."

„Bihéron ist nicht die einzige Frau, die eine hervorragende Wachsbildnerin ist. Ich habe auf meiner Italienreise im Zuge meiner Grand Tour Anna Morandi Manzolini kennengelernt. Sie ist bekannt für die anatomisch überaus präzisen Wachsabbildungen. Vor allem von menschlichen Organen und Körperteilen. Ach ja, und sie lehrt sogar als Honorarprofessorin Anatomie an der Universität Bologna. Ich kann mir vorstellen, nicht zuletzt wegen ihr wurde von Papst Benedikt die päpstliche Bulle von 1299 außer Kraft gesetzt, die besagte, dass das Sezieren menschlicher Leichen zu wissenschaftlichen Zwecken Leichenschändung sei."

„Ob die beiden Frauen sich wohl kennen?" Meine Frage verstörte die Männer ein wenig, weil sie die Antwort nicht wussten.

„Ach, das ist mir leider nicht bekannt. Aber ich gehe davon aus, sie wissen zumindest voneinander."

„Da Sie nun ein paar Wochen in Paris weilen: Kennen Sie schon Madeleine Angélique Neufville de Villeroy[78]?"

„Nein, ich habe ihren Namen schon einmal gehört, aber ich weiß nichts über sie."

„Sie ist schon eine ältere Dame und eine bekannte Salonnière[79]. In zweiter Ehe war sie mit dem Marschall Charles François II. de Montmorency-Luxembourg verheiratet. Ihre Salons sind sehr beliebt. Allerdings ist mir zu Ohren gekommen, dass sie Frauen bei ihren Veranstaltungen oft nicht dabei haben möchte, weil sie diese für wenig unterhaltsam hält."

---

78 *Ihr Salon gehörte im Jahr 1775 zu den 10 meistfrequentierten in Europa.*
79 *Gastgeberin z. B. eines literarischen Salons: gesellschaftliches Treffen in privatem Räumen.*

„Wenn das so ist, habe ich kein großes Verlangen, sie kennenzulernen. Dann soll sie mit den Herren glücklich werden."

Einer der Männer lachte. „Na ja, sie hat manchmal eine recht gehässige Zunge. Aber sie ist schön und hat einen wachen Verstand und ich habe auch gehört, dass sie recht natürlich und auch ehrlich ist."

De Villeroy trafen wir nicht, aber wir ergatterten eine Einladung zum Salon von Fanny de Beauharnais[80]. Schon in ihrer Jugend hat sie sich der Poesie und Dichtung verschrieben. Gerade war ihr Werk „Lettres de Stéphanie" veröffentlicht worden. Natürlich gab es sofort Neider, die ihr dies nicht zutrauten und darum den männlichen Gästen ihres Salons zuschrieben, als könne eine Frau keinen korrekten Satz schreiben. Auch sie ist eine bewundernswerte Frau. Sie weiß sich durchzusetzen und hat zahlreiche Anhänger.

Einmal, bei einer anderen Einladung, kam ich mit einer Schriftstellerin ins Gespräch, die unermüdlich für uns Frauen einsteht. Ihr Name ist Madeleine d'Arsant de Puisieux.

„Ich kenne die Schrift *Le Triomphe des dames.* Ich bin sicher, dass dies aus Ihrer Feder stammt und nicht, wie alle Welt zu wissen glaubt, aus der Feder Ihres Mannes", erwähnte ich, nachdem wir uns vorgestellt worden waren.

Sie lächelte mich an. „Mein Mann ist zwar auch Schriftsteller, aber er hat als Rechtsanwalt und Botschafter in der Schweiz so viel zu tun, dass er gar nicht mehr so viel zum Schreiben kommt."

Seraphia gesellte sich zu uns. „Ich habe gehört, dass Denis Diderot über Sie geschrieben hat. Wie spannend!"

Madame de Puisieux war guter Laune. „Ja, das hat er. Uns verband einmal eine innige Freundschaft. Aber wir haben uns schon lange nicht mehr gesehen."

„Derzeit weilt er bei der Zarin in Russland, wie wir unterrichtet wurden", meinte ich.

---

80   *Geboren als Marie-Anne-Françoise Mouchard.*

„Gut zu wissen. Dann muss ich mir ja keine Gedanken machen, er würde mich eventuell nicht aufgetakelt genug irgendwo sehen können." Sie kicherte.

„Apropos Zarin ... haben Sie je die wundervollen Büsten von Marie-Anne Collot zu sehen bekommen? Leider ist unsere Künstlerin vor Jahren mit ihrem Meister nach St. Petersburg gereist und seither war sie hier in Paris nicht mehr gesehen. Schade um dieses Talent!"

„Wer ist das? Von ihr habe ich leider noch nie etwas gehört. Aber ich werde versuchen, noch etwas von ihr zu sehen, bevor wir wieder abreisen." Seraphia war interessiert.

„Eigentlich weiß ich sehr wenig über sie. Sie war schon vor etwa zehn Jahren Schülerin des Bildhauers Étienne-Maurice Falconet. In seinem Atelier hat sie schon bemerkenswerte Büsten geschaffen.

Nun sind die beiden sicher schon über sechs Jahre in Sankt Petersburg wegen eines Auftrags durch die Zarin Katharina II. Es soll sich um eine überlebensgroße Statue von Peter dem Großen handeln", wusste die Puisieux.

Langsam brummte mir der Kopf von den vielen neuen Eindrücken und den zahlreichen Namen, die ich sorgfältig täglich in mein Reisetagebuch notierte. Ansonsten hätte ich sie ja schon lange vergessen.

Ich fand es sehr schade, dass Émilie du Châtelet schon vor meiner Geburt gestorben war, denn ich hätte sie unglaublich gerne kennengelernt. Von ihr wurde immer noch mit größter Hochachtung gesprochen. Sie muss eine sehr interessante Dame gewesen sein.

Émilie war Philosophin, Physikerin, Mathematikerin und Übersetzerin und hat Newtons *Philosophiae Naturalis Principia Mathematica* übersetzt. Sie ging in Männerkleidung ins Café Gradot, dem Treffpunkt der Wissenschaftler, und hatte einige prominente Geliebte, u. a. Voltaire. Dieser sagte über sie: *„Ich habe nicht nur meine Mätresse verloren, ich habe die Hälfte meiner selbst verloren. Sie war ein großer Mann, dessen einziger Fehler war, eine Frau zu sein ..."*

Der für mich bedeutendste Satz von ihr selbst besagt: *„Wenn ich König wäre, ich würde einen Missbrauch abschaffen, der die Hälfte der Menschheit zurücksetzt. Ich würde Frauen an allen Menschenrechten teilhaben lassen, insbesondere den geistigen."*

Jeder einzelne Abend mit all diesen höchst interessanten Menschen war spannend. Ein anderes Mal kam die Rede auf Fechttechniken. Heinrich wurde eine Frage zum Thema gestellt. Doch er verwies auf mich, da es nicht gerade seine Lieblingsbeschäftigung war.

„Nein, meine Herren, dazu kann ich nichts erzählen. In der Kunst des Fechtens stehe ich völlig im Schatten unserer Victoria. Sie ist mit Abstand die bessere von uns." Er lächelte mich an.

Alle blickten auf mich, als käme ich vom Mond oder einem anderen weit entfernten Gestirn. „Ich bin doch nicht die erste Frau, die einen Degen halten kann. Denken Sie an Philippe de la Tour du Pin de La Charce[81] alias Philis de La Charce, die Heldin der Dauphiné! Oder vielleicht an Émilie du Châtelet, die unter dem jetzigen König den Kommandeur der Königlichen Garde, Oberst LeBrun zu einem Wettkampf im Fechten herausforderte.

Also, wer von den Herren möchte seine Klinge morgen mit mir kreuzen? Ich würde mich sehr freuen, wieder einmal trainieren zu können."

Nach kurzer Beratung fand sich ein Herr und wir verabredeten Zeit und Ort am kommenden Tag. Es handelte sich um den jüngeren Sohn eines Barons namens Jaques. Ein angenehmer Mann etwa in meinem Alter.

Zur verabredeten Zeit im Garten unserer Unterkunft fanden sich fast alle ein, die auch am Vorabend bei der Gesellschaft waren. Ich hatte natürlich Hosen an. Jaques hatte stumpfe Waffen organisiert.

„Es mag vielleicht nichts für den Nervenkitzel sein, aber mir liegt daran, dass wir beide wirklich alles geben kön-

---

81 *Franz. Kriegsheldin. Sie erhielt die Gunst Ludwigs XIV. und einen lebenslangen Ehrensold von 2000 Livres.*

nen, ohne uns groß zu verletzen. Ich bevorzuge es, heile Haut zu behalten und hoffe, es geht ihnen genauso."

„Danke für die vorausschauende Maßnahme. Ich wünsche mir ja auch nur ein Training. Schließlich sind wir nicht verfeindet und wollen beide nur unseren Spaß haben. Außerdem wäre eine Verletzung jetzt fatal, vor der großen Aufführung mit Anna Heinel."

Wir begannen eher etwas ruhig und tarierten jeweils das Können des Gegners aus. Irgendwann bemerkten wir beide, dass wir in etwa gleich gut geschult waren und forcierten unsere Angriffe. Jaques Augen blitzten vor Vergnügen und auch ich hatte meine helle Freude an der Übung.

Bei unseren Zuschauern bildeten sich zwei Gruppen, die uns jeweils anfeuerten. Es machte mir große Freude, zu sehen, dass Jaques ähnlich gewandt war wie Frederik und sogar manchmal die gleichen Finten versuchte, die ich jedoch alle schon kannte.

Unsere Begleiter waren so laut, dass irgendwann der Besitzer unserer Unterkunft gemeinsam mit einem Uniformierten Gendarm[82] der Maréchausée[83] angelaufen kam. Sie hatten Angst, es handle sich um einen echten Kampf und wollten einschreiten. Doch Heinrich hielt sie auf.

„Stopp. Bitte lassen sie die beiden. Es sind nur stumpfe Waffen und sie haben nicht vor, sich gegenseitig zu verletzen. Sehen Sie zu und genießen Sie das Kräftemessen. Es ist eine Augenweide."

Keiner von uns schaffte es, den anderen eindeutig zu besiegen. So beließen Jaques und ich es kurz nach dieser Unterbrechung bei einem Unentschieden und gaben uns lachend die Hand.

„Sie sind gut, Madame!"

„Danke, das Kompliment wollte ich ihnen auch gerade machen, Monsieur."

„Madame?" Alarmiert sah mich unser Vermieter an. Erst dann erkannte er mich. „Sie sind das? Mon Dieu! Ich habe

---

82   Bezeichnung kommt von Gens d'armes = gewappnete Edelmänner
83   Militärisch organisierte Polizeitruppe in Frankreich

noch nie eine Frau kämpfen sehen. Das war sehr beeindruckend. Es hat sehr elegant ausgesehen. Fast so elegant wie der Tanz Ihrer Tante."

Der Uniformierte war wohl gleichermaßen beeindruckt. Denn er verbeugte sich vor uns und bedankte sich wortreich für einen außergewöhnlich schönen Fechtstil.

Jaques und ich verbeugten uns vor unserem wunderbaren Publikum und die ganze Gruppe erhielt ein Freigetränk von unserem Vermieter.

Zwischendurch ging ich hin und wieder auch alleine ein wenig flanieren. In diesen Fällen lernte ich fast immer jemanden kennen.

Manche sind hier nicht erwähnenswert. Aber eine Begegnung ist mir vor allem in Erinnerung geblieben. In einem Park, in dem ich mich auf eine kleine Bank setzte, trat eine Frau zu mir und fragte mich, ob sie auch Platz nehmen dürfe. Ich lud sie ein, sich zu mir zu setzen. So kamen wir ins Gespräch.

„Ich habe mir gerade eine Stunde gestohlen. Bei solchen Gelegenheiten komme ich gerne hierher. Wissen Sie, ich bin seit etwa fünf Jahren in Paris. Vorher hatte ich mit meinem Mann – Gott hab ihn selig – eine Gastwirtschaft. Aber das ist einfach nicht meine Berufung. Ich mache mir sehr viele Gedanken über Moral und die Macht der Männer."

„In dem Fall haben wir ein gemeinsames Thema. Auch ich mache mir viele Gedanken darüber", ermutigte ich sie.

„Ich beobachte gerne die Menschen um mich herum und lerne."

Sie sah mich etwas intensiver an. „Leben Sie in Paris?"

„Nein, ich lebe im Süden Baierns, gerade an der Grenze zum Erzbistum Salzburg. Das ist ziemlich weit von hier. Ich bin mit meiner Tante auf Reisen, Seraphia von Neubauer. Und ich selbst bin noch im Trauerjahr um meinen Mann."

„Ah, Ihre Tante habe ich schon tanzen gesehen. Sie hat eine faszinierende Ausstrahlung. Ich habe es als besonderes Erlebnis empfunden, sie zu sehen."

Wir stellten uns vor. Sie hieß Marie Gouze und zu meiner Überraschung fragte sie mich, wie mir der Name Olympe de Gouges[84] gefiele.

„Ich möchte nicht meinen richtigen Namen verwenden für die Schriften, an denen ich gerade arbeite. Also benötige ich ein wohlklingendes Pseudonym.

Sie müssen wissen, mein leiblicher Vater war ein Marquis. Aber der wollte weder für die Kosten seines Bastards noch für meine Mutter aufkommen. Das ist doch himmelschreiende Ungerechtigkeit, finden sie nicht auch?"

„Das ist wohl wahr. Ich hoffe, wir werden noch viel von Ihnen hören und lesen. Auf jeden Fall werde ich Ihre Publikationen lesen, sobald sie erscheinen. Das lasse ich mir nicht entgehen."

Wir unterhielten uns eine Weile über Belanglosigkeiten. Madame Gouze erklärte mir, sie würde jede Gelegenheit nutzen, um ihr Französisch zu verbessern, da sie mit Okzitanisch[85] aufgewachsen war. Ich hatte mich schon gewundert über ihren Akzent, aus dem ich nicht heraushören konnte, wo sie herstammte.

Ich verabschiedete mich und bedauerte es später, nicht länger mit ihr gesprochen zu haben. Ich bin mir sicher, dass die Welt noch von ihr hören wird.

---

84 Sie verfasste u. a. 1791 die Erklärung der Rechte der Frau und Bürgerin und wurde – auch deswegen und wegen ihrer persönlichen Feindschaft mit Robespierre – 1793 hingerichtet.

85 Romanische Sprache in Südfrankreich

Auf der Bühne

Annas Abend war stetig näher gerückt und nun sollte er endlich stattfinden. Ich war sehr aufgeregt. Schon am Morgen war ich völlig aufgelöst. Sogar der König hatte sein Kommen in Begleitung seiner Mätresse, Madame du Barry, angekündigt und seinem Beispiel waren sofort alle kirchlichen und weltlichen Würdenträger gefolgt. Niemand wollte dem König nachstehen. Das heißt, ein paar Tage vorher waren alle Plätze schon völlig ausverkauft.

„Bitte reite eine Runde oder geh spazieren. Wenn du nicht ein wenig von deiner Energie abbaust, wirst du mir am Abend zusammenbrechen, Vic." Seraphia umarmte mich freundschaftlich.

„Ich bin auch aufgeregt, aber das gehört dazu. Bitte mach dich nicht verrückt. Du kannst alles perfekt und das weißt du auch."

Sie wusste, wovon sie sprach. Also folgte ich ihrem Rat und ritt tatsächlich eine Runde aus. Das tat mir gut und schon bald war ich viel ruhiger.

Während meiner Runde traf ich meine Gesprächspartnerin vom ersten Konzertbesuch wieder, die Marquise de Montesson. Sie war in Begleitung eines Herren und freute sich offensichtlich über das Wiedersehen. Sie sprach mich sogleich an.

„Sie sind also noch in Paris. Wie schön! Gehen Sie heute Abend auch zu diesem besonderen Konzert, zu dem sogar der König kommen will? Mein Gatte und ich sind extra für diesen Abend wieder nach Paris gekommen."

Bei den Worten „mein Gatte" himmelte sie den Herren an ihrer Seite an. Also musste dies der Duc d'Orléans sein. Ein imposanter Mann. Sie stellte uns einander vor.

„Meine Freunde Nannerl und Wolfgang Mozart haben mir schon von Ihnen erzählt, Monsieur. Sie sprechen immer noch davon, dass Sie die Familie großzügig unterstützt haben, als sie auf Konzertreise war", sprach ich den Herzog an.

Zu seiner Frau gewandt, meinte ich: „Natürlich werde ich heute Abend dort sein. Meine Reisebegleiter und ich werden sogar Teil der Aufführung sein."

Sie klatschte in die Hände. „Oh, da freue ich mich sehr, Sie auf der Bühne zu sehen! Schau, mein Lieber, nun kennen wir schon eine weitere Dame, die mitwirkt. Ich bin schon so gespannt, was auf uns zukommen wird. Da ich vor Aufregung schon ganz zappelig war, hat mein Mann angeregt, wir sollten ein wenig nach draußen gehen. Wie bin ich froh, dass wir Sie getroffen haben. Viel Erfolg wünsche ich Ihnen allen bei der Aufführung."

Wir trennten uns wieder und ich begab mich zurück zu unserer Unterkunft. Als der Abend kam und wir uns in den Garderobenräumen auf unsere Auftritte vorbereiteten, konnte ich Seraphia nur bewundern. Sie schien die Ruhe selbst zu sein.

„Du bist so ruhig, als wenn dich nichts berühren könnte, Tante Seraphia."

„Ach, wenn du wüsstest. Ich habe die schlimmste Aufregung, die du dir vorstellen kannst. Die meisten Künstler sind vorher sehr aufgeregt. Sobald sie auf der Bühne stehen, ist ihre Aufregung vorbei.

Bei mir ist es anders herum. Ich bin vorher ruhig, aber sobald ich mit einem Fuß die Bühne betrete, zittere ich wie Espenlaub. Glaube mir, das ist nicht lustig.

Aber da ich Künstlerin bin, muss ich wohl damit leben. Es vergeht auch, sobald ich einen guten Start habe, recht schnell wieder. Zum Glück habe ich meist einen guten Beginn."

Nach dieser Erklärung war ich froh, dass ich doch nur unter der allgemein verbreiteten Aufregung vor dem Auftritt litt.

Es ging auch alles gut und es wurde ein wirklich wundervoller Abend mit unglaublich schöner Musik, gefühlvollem Gesang, der auch uns allen hinter der Bühne die

Tränen in die Augen trieb und erhebendem Tanz, dessen Schönheit uns fast schweben ließ – soweit wir die Möglichkeit hatten, ein Auge darauf zu werfen.

Egal, was vorgetragen wurde, die Musik füllte Raum und Herz fast zum Zerspringen. Ob getragen oder fröhlich, die Töne berührten unser Innerstes und entführten uns in Traumwelten, aus denen wir am Ende nicht mehr auftauchen wollten.

Für mich fühlte es sich an, als wären wir alle eins. Eins mit der Menschheit, mit der Natur, dem Göttlichen, dem Universum.

Ich sehe uns als gesegnet, weil wir einmal so etwas erleben durften. Es war, als ginge alles von alleine. Alle Mitwirkenden erzählten hinterher, dass sie keinerlei Anstrengung verspürt hatten und sich alles anfühlte, als würde es einfach nur fließen. Das Gefühl hatte ich auch sehr stark.

Mein Favorit des Abends war das Klagelied *Lascia ch'io pianga* aus der *Oper Rinaldo* von Georg Friedrich Händel. Madeleine sang es engelsgleich. Dazu tanzten Anna und Gaetano formvollendet eine *Sarabande à deux*.

Nach dem letzten Stück war es still im Zuschauerraum. Der Vorhang fiel und es war immer noch Stille. In dem Moment wurde mir bewusst, dass es schon seit den ersten wenigen Vorträgen mucksmäuschenstill im Operngebäude gewesen war.

Erst nach gefühlt zwei Minuten begann ein Applaus in der Königsloge. Andere fielen mit ein. Anfangs verhalten, dann mehr. Ein Applaus, der sich immer weiter steigerte und nicht aufhören wollte. Der Vorhang wurde wieder hochgezogen und wir verbeugten uns alle vor dem König.

Als wir uns wieder aufrichteten, sahen wir, dass alle standen. Sogar der König stand und klatschte wie besessen. Die Bravo-Rufe wurden immer lauter und ich fühlte mich rundum glücklich.

In dieser Nacht blieben alle Künstler in der Oper. Zuerst gab es einen Empfang zu Ehren des Königs, bei dem alle Mitwirkenden dem obersten Regenten auf dessen Wunsch vorgestellt wurden. Anna strahlte, weil ihre Idee ein solch durchschlagender Erfolg war. Vestris sah sie ganz verliebt an und wir waren uns sicher, dass diese beiden eines Tages ein verheiratetes Paar sein würden.

Erst lange nach Tagesanbruch, als wir endlich in unsere Unterkunft kamen, schrieb ich einen Brief an Christoph und erzählte ihm darin detailliert, was alles geschehen war. Auch an Frederik und Magdalena schrieb ich und übermittelte ihnen meine Begeisterung für unseren Paris-Aufenthalt, der sich nun dem Ende zuneigte.

An unserem letzten Sonntag erfuhren wir von einer besonderen Aufführung in einer weniger bekannten Kirche in Paris, die wir besuchten. Es handelte sich um die Motette *Spem in alium*[86] des Engländers Thomas Tallis aus dem letzten Jahrhundert. Sie ist für acht Chöre à fünf Stimmen geschrieben und ein ganz besonderer Hörgenuss. Mein Geist schwebte beim Hören des Gesangs in anderen Sphären. Die Akustik des Kirchenraums half dem Klang, zur höchsten Geltung zu kommen.

Ich kann es nicht beschreiben, was in mir vorging. Jedenfalls regte sich in mir Dankbarkeit für alles Schöne, das ich schon erleben durfte. Ich fühlte mich gesegnet, dass ich ein solch privilegiertes Leben habe und kaum irgendwelche unüberwindbaren Probleme kenne. Sogar die Trauer um Jacob wurde bei der Musik viel leichter zu ertragen.

Weiter, weiter ...

Nun reisten wir nach Wien weiter. Unser Weg führte uns über Stuttgart und München – mit einem kurzen Aufenthalt in meinem Palais, den wir für die Wäsche von uns und

---

86 *Hoffnung auf einen anderen. Für alle Interessierten hier noch ein Tipp zu Alessandro Striggio: Missa sopra Ecco sì beato giorno.*

unseren Kleidern nutzten. Wir waren einen Monat unterwegs für diese lange Strecke.

Dieses Mal ging wiederum nicht alles glatt. Einmal saßen wir für zwei Tage fest, weil ein Kutschrad brach.

An einem anderen Tag kamen wir von oben bis unten schlammverspritzt bei unserer Unterkunft an. Eines der Pferde verlor ein Hufeisen und musste neu beschlagen werden. Dann riss beim Kutschengespann eine Leine, die schnellstens ersetzt werden musste. Heinrich fiel vom Pferd und verstauchte sich einen Knöchel. Nebenbei schillerte sein Rücken nach ein paar Tagen in allen Farben.

Es war nicht lustig und ich bewunderte Seraphia immer mehr, weil diese jahrein, jahraus viel reisen musste für ihre Engagements. Ich verstand langsam auch Mamma, die inzwischen ganz froh war über ihr Arrangement mit Pappa und nicht mehr so viel reiste.

Auf unserer Reise besuchten wir natürlich auch immer wieder eine Messe. Ich bin zwar nicht der Meinung, dass ich sündige, wenn ich zwischendurch eine Messe nicht mitfeiere, aber ich liebe Kirchengebäude. Sie sind für mich Orte der Stille, der Kontemplation und irgendwie auch des Miteinanders.

Beim Volksgesang haben alle Anwesenden das gleiche Recht. Und weder Geld noch Einfluss können eine schöne Stimme erkaufen.

Es war ein Sonntag im September und offensichtlich wurde an dem Ort, an dem wir rasteten, eine Wallfahrt abgehalten. Die abschließende Messe wurde von einem italienischen Ensemble begleitet und ich war völlig verzaubert von dieser beindruckenden Musik. Auch Seraphia und Heinrich schwelgten.

Die Musik trieb uns die Tränen in die Augen. Die Sängerin war ein Alt mit kräftiger Stimme und die Musiker hatten offensichtlich ein untrügliches Gespür für die Musik und die Akustik des Bauwerks.

Wir hatten nach der Messe im nahen Gasthaus glücklicherweise die Möglichkeit, mit den Musikern zu sprechen, die uns gerne Auskunft gaben.

„Sie haben heute *Nisi Dominus* von Antonio Vivaldi[87] gehört. Vivaldi war in unserer Heimat Italien ein großer Komponist, bevor er vor etwa 30 Jahren mehr und mehr in Vergessenheit geriet. Seine Musik entspricht nicht mehr dem aktuellen Geschmack, aber wir finden manche Stücke von ihm absolut hörenswert. Wie diese Messe."

Ja, ich hatte schon von Vivaldi gehört. Mamma spielte ein Stück von ihm oft und gerne.

„Es war herzergreifend, wie eure Sängerin die Musik interpretiert hat. Die Begleitung hatte genau die richtige Intensität. Habt Dank für diese herrliche Stunde!" Ich schwebte immer noch ein wenig über dem Boden.

Wir hatten Zeit und Möglichkeit, die Noten zu kopieren. Heinrich hatte immer vorbereitetes Notenpapier dabei, da es viele Musikstücke gab, die in gedruckter Form entweder gar nicht oder nicht einfach zu erwerben waren. So taten wir das auch mit vereinten Kräften und freuten uns über einen weiteren Schatz in unserem Gepäck.

Herbstliches Wien

Auch in Wien, wo Seraphia weitere Engagements hatte, kamen wir wohlbehalten an. Dort lebte eine Schwester von Heinrich, die gut verheiratet war und uns gegen eine mäßige Gebühr Unterkunft mit Familienanschluss anbot. Inzwischen hatten wir schon Mitte Oktober. Das Wetter war uns jedoch gewogen. Es war immer noch frühherbst-

---

87 *Vivaldis Musik geriet schon zu seinen Lebzeiten immer mehr in Vergessenheit. Erst im 20. Jh. wurde sie wieder populär.*

lich warm und die Wälder zeigten sich in einer berauschenden Farbenpracht.

Seraphia und ich hatten auch in dieser Stadt ein paar gemeinsame Auftritte, bei denen wir tanzten und zugleich die Violine oder die Pochette spielten. Es kam gut an beim Publikum und wir konnten unsere Kasse weiter aufbessern. Zudem hatte Seraphia mehrere Engagements im Theater und einigen Fürstenhäusern, für die sie reich entlohnt wurde.

Heinrichs Schwester und ihr Freundeskreis buchten mehrere Tanzstunden bei uns, um die allerneuesten Tänze zu üben, welche wir von unserer Reise mitgebracht hatten.

Zudem erhielten wir einige Einladungen. Unter anderem wurden wir auch von Marianna von Martines[88] zu einer musikalischen Soiree geladen, wo wir auch etwas beitragen sollten. Nannette, wie sie genannt wurde, war erst in diesem Jahr in die *Accademia Filarmonica di Bologna* aufgenommen worden, was eine sehr hohe Auszeichnung für Komponisten darstellt.

Sie spielte wie eine Göttin auf dem Cembalo und hatte zudem eine herrliche Singstimme. Ich wollte unbedingt wissen, wer ihr Cembalo-Lehrer war und fragte sie danach.

„Joseph Haydn hat bei uns im Haus gewohnt und mir schon früh Unterricht gegeben. Ich habe enorm viel bei ihm gelernt. Ein angenehmer Mensch. Im Moment arbeitet er als Kapellmeister für die Grafen von Esterházy. Wir sehen uns nur noch selten, obwohl er teilweise in Wien ist. Er ist ein sehr guter Komponist und Musiker."

„Ja, ich habe schon ein paar Stücke von ihm gehört. Wirklich ein hervorragender Komponist. Aber das sind Sie ja offensichtlich auch, liebe Nannette. Sonst wären Sie sicher nicht in die Akademie aufgenommen worden."

Sie wurde leicht rot. „Ach, es gibt so viele wirklich gute Musiker und Komponisten. Bald jede kleine Stadt hat einen davon vorzuweisen. Ich finde, ich habe nichts gemacht, was nicht andere auch könnten."

---

88 *Ihre Klaviersonaten in E-Dur und A-Dur wurden 1760 in einer Anthologie des Musikverlegers Johann Ulrich Hafner (1711–1767) veröffentlicht.*

„Das ist es, was wir Frauen falsch machen. Wir denken immer, andere wären ebenso gut wie wir. Männer dagegen denken, sie seien der Nabel der Welt und jeder von ihnen ein Genie. Männer machen immer Werbung für ihre Kunst – und sei sie noch so nichtssagend oder sogar enttäuschend." Es empört mich immer wieder, wie klein wir Frauen uns selbst machen.

„Da ist etwas Wahres dran", meinte Nannette.

„Außerdem sehen wir Komponisten und Musiker immer nur als männlich an. Obwohl es mindestens genauso gute Komponistinnen und Musikerinnen gibt. Auch wenn die Anzahl immer noch sehr gering ist von denen, die überhaupt die Chance erhalten, etwas zu lernen und noch geringer von denen, die dann auch wirklich bekannt werden."

„Ja, da stimme ich Ihnen auch zu."

„Also, ich könnte zwar zu Ihren Kompositionen sicher eine Tanzchoreografie ersinnen und dazu mit meiner Pochette spielen, aber komponieren, das habe ich noch nie probiert. Ich denke, ich muss auch nicht." Wir lachten beide.

„Sie sind doch auch mit den Mozarts bekannt, oder? Ich habe die Familie kennengelernt und muss sagen, ich mag es, mit Wolfgang vierhändig zu spielen. Er ist ein großartiger Musiker und mit so viel Fantasie."

„Ja, er ist tatsächlich ein Schatz. Aber seine Schwester Nannerl steht ihm am Pianoforte in nichts nach. Meiner Meinung nach haben sie einen ähnlichen Witz – nur, dass der von Nannerl etwas feiner ist."

Nannette wurde zu einer kleinen Gruppe von Gästen gerufen und ich flanierte noch etwas alleine durch den üppig ausgestatteten Raum. An den Wänden hingen sehr naturgetreu gemalte Landschaftsbilder.

An dem Abend war ein junges Mädchen anwesend, das mich faszinierte. Maria Theresia von Paradis[89] war blind, spielte aber exzellent auf dem Pianoforte. Wenn sie so

---

89 *Paradis war ab 1775 als Pianistin in Wien sehr populär und gab zahlreiche Konzerte.*

weiter übt, dachte ich, wäre sie bald eine bekannte Pianistin. Einfach bewundernswert, wie sie ohne Augenlicht so sicher die Tasten bediente.

Es waren selbstverständlich auch Männer vor Ort, die zeigten, was sie konnten. Aber das war ja für uns alle eine Selbstverständlichkeit.

Ich fühlte mich plötzlich klein und unbedeutend bei so vielen wunderbaren Künstlerinnen und Künstlern. Und schon war ich wieder in dieser Frauen-Falle gefangen, die ich vorher angesprochen hatte. Ich bin zwar nicht weltberühmt und werde es vielleicht auch nicht werden. Aber ich bin gut in dem, was ich mache und brauche mich nicht hinter anderen zu verstecken. Trotzdem stelle ich immer wieder mein eigenes Licht unter den Scheffel, selbst wenn es grad mal niemand anderer für mich erledigt – was leider auch immer wieder der Fall ist.

Irgendwann fragte Seraphia in die Runde, wer denn eines unserer Flöten-Paradestücke begleiten könne. Es meldeten sich tatsächlich mehrere Personen für den Bach. So hatten wir ein kleines, aber feines Orchester, das uns zum Brandenburgischen Konzert begleitete. Seraphia und ich spielten unsere Flöten mit Begeisterung und rissen auch das Publikum mit.

Unsere Gastgeberin kam anschließend zu mir. „Ihr mögt ja vielleicht beide keine Komponistinnen sein, aber ihr seid sehr gute und gefühlvolle Musikerinnen. Euer Zusammenspiel ist so mitreißend, dass ich mich in eine andere Sphäre versetzt wähnte. Eure Tanzschritte hier und dort – einfach bezaubernd! So eine Aufführung habe ich noch nie gesehen."

Kurz darauf sprach der Herzog von Innpruck Seraphia an. „Liebste Madame von Neubauer, wenn ich gewusst hätte, dass sie auch so wundervoll Flöte spielen können, dann hätte ich sie von Beginn an auch in dieser Disziplin für die Aufführung am Freitagabend gebucht! Darf ich Sie beide denn bitten, gegen eine weitere großzügige Entlohnung auch dieses Stück zu spielen an diesem besonderen Tag, der dem Geburtstag meiner Gattin gewidmet ist?"

Wir verneigten uns beide vor dem Herzog, der uns seine Begeisterung offen zeigte. Seraphia meinte, es gäbe da noch ein weiteres Stück, das wir speziell für die Herzogin spielen wollten. „... Hierzu wird uns Herr Winkelmayr am Cembalo begleiten. Es ist ein recht kurzes Stück, aber es sprüht vor Lebensfreude und wird den Herrschaften mit Sicherheit gefallen."

„Alles, was Sie wollen. Entscheiden Sie selbst, was sie beitragen zu dem Ehrentag meiner Gattin. Ich werde Sie in jedem Fall fürstlich entlohnen. Ach, das wird ein herrliches Fest."

Er klatschte begeistert in die Hände und entfernte sich wieder mit einer selbstzufriedenen Miene und ließ uns beide mit neuer Energie zurück.

So wurde es denn abgemacht, dass wir auch den Uccellini spielen und unser Parade-Menuett tanzen würden. Das hieß nochmals üben. Aber ich freute mich sehr darauf. Und unsere Reisekasse stand außerdem dadurch weiter unter einem guten Stern.

Auf dieser Reise hatte ich das erste Mal in meinem Leben mein Können gegen einen guten Lohn eingetauscht und ich war überaus zufrieden mit mir. Ich hatte eigenes Geld! Das fühlte sich so besonders an. Jetzt konnte ich endlich nachvollziehen, wie sich Christoph gefühlt haben muss, als er für den ersten Fall, den er übernommen hatte, bezahlt worden war.

Überhaupt wusste ich jetzt, welche Befriedigung es sein konnte, für einen Dienst gut entlohnt zu werden. Kein Wunder, dass so viele Männer vor Selbstzufriedenheit nur so strotzen.

Schon in Paris hatten wir noch ein weiteres Stück geübt, das nun auch aufführungsreif war. Mit Heinrich am Cembalo, mir an der Violine und Seraphia mit ihrer Traversflöte. Es handelte sich um den ersten Satz *Allegro assai* aus dem *Flötenkonzert in D-Dur* von Friedrich dem Großen.

Tags darauf waren wir nachmittags bei einer Gräfin eingeladen. Sie war eine äußerst arrogante Frau, deren Namen ich mir nicht gemerkt habe. Was sie zu erzählen hatte, war jedoch sehr interessant, auch wenn sie sich damit nur wichtig machen wollte.

„Wissen Sie, mein Mann und ich waren mit die ersten, die den Elefanten sahen, als er 1770 in die Menagerie[90] von Schloss Schönbrunn[91] gebracht wurde."

„Von diesem Elefanten haben wir schon gehört. Aber noch niemand konnte mir sagen, aus welchem Land er kommt." Seraphia legte schon immer großes Interesse an Tieren an den Tag. Sie wollte wissen, ob es ein indischer oder ein afrikanischer Elefant war.

„Soweit ich weiß, wurde er von mindestens einem Inder begleitet. Es ist ein beeindruckend großes Geschöpf mit unheimlich dicken Beinen und einem Rüssel, mit dem es Dinge tragen kann und den es zu Hilfe nimmt, um Nahrung zu seinem großen Maul zu bringen.

Das Tier ist etwa so groß wie zwei Reitponys übereinander, würde ich sagen. Aber es wiegt mindestens acht Mal so viel. Ich würde mich nicht trauen, ihm zu nah zu kommen, aus Angst zerstampft zu werden.

Schwerfällig ist das Wort, das mir dazu einfällt. Einfach nur schwerfällig. Ich dachte immer, ein Elefant hätte größere Ohren. Aber diese sehen gar nicht so aus wie auf den Bildern, die ich vorher gesehen habe."

„Vielleicht waren die Bilder von einem Elefanten aus Afrika. Die haben sehr große Ohren, wie mir ein Herr erklärt hat, der auf einer Afrika-Expedition war. Dagegen haben die asiatischen Elefanten kleinere Ohren. Für uns erscheinen sie beide riesig."

„Sei es, wie es sei. Es war jedenfalls ein beeindruckendes Erlebnis, dieses riesige Tier zu sehen. Dagegen sind all

---

90 Der heutige Zoo von Schönbrunn ist der älteste durchgehend bestehende Zoo der Welt. Bis 1778 war er der kaiserlichen Familie und deren Besuch vorenthalten, dann wurde er zumindest sonntags auch für die Bevölkerung geöffnet.

91 Schloss Schönbrunn und der dazugehörige Park wurden ab 1743 in der heutigen Form um- bzw. ausgebaut. Der Park ist seit 1779 öffentlich zugängig.

die exotischen Vögel, Äffchen und das andere Getier in der Menagerie einfach nur winzig."

Sonst hatte die Gräfin wenig zu erzählen, was wert war, sich zu merken. Den Elefanten hätte ich allerdings auch gerne gesehen. Aber es war keine Zeit mehr. Ich musste mich damit zufrieden geben, zu wissen, dass es sich um einen indischen Elefanten handelte.

Der Geburtstag der Herzogin von Innpruck wurde mit einem rauschenden Fest im Oberen Belvedere-Schloss[92] und im Garten mit den schönen Brunnen zum Unteren Belvedere hin gefeiert. Ich denke, sie wurde 40 Jahre alt.

Glücklicherweise war das Wetter noch einigermaßen warm. Abends wurde es zwar schon ziemlich frisch, aber noch konnte man es als das letzte Aufbäumen des Spätsommers betrachten. Es waren zahlreiche hochrangige Damen und Herren aus dem Adel anwesend. Auch aus Kirche und Militär sah man viele Würdenträger.

Des Nachmittags, als das Wetter noch schön sonnig und warm zu nennen war, flanierten die Gäste im Garten und bestaunten die immer noch üppig blühenden Blumen und die teilweise schon bunt gefärbten Bäume und Sträucher.

Manche genossen auch auf der zur Stadt gewandten Seite die Aussicht über Wien. Mittig war der Stephansdom zu sehen. Auch Karlskirche und Salesianerkirche waren links und rechts davon prominent im Bild.

Während der Tafel fanden dann viele musikalische Darbietungen statt. Nicht nur wir sollten glänzen, sondern auch andere Musiker und Tänzer von Weltrang, die der Herzog für die Feierlichkeiten versammelt hatte.

Wir konnten den Tag als sehr großen Erfolg für Seraphia und auch für unsere kleine Gruppe werten. Es war überwältigend, wie begeistert das Publikum alles aufnahm, was ihm vorgesetzt wurde. Entgegen der weit verbreiteten Unart des Publikums, während eines Vortrags zu schwatzen und zu lachen – und dies sogar im Theater – wurde beim Geburts-

---

92 *Belvedere gehörte seit 1754 zum Hofärar (materielles u. immaterielles Vermögen eines Staates), aber über seine Nutzung entschieden weiterhin die Habsburger.*

tag der Herzogin aus Hochachtung vor der kunstliebenden Gastgeberin tatsächlich allen Musikern gelauscht. Ich empfand dies als sehr wertschätzend und angenehm.

Es war schon dunkel draußen, als alle Gäste, Musiker und Tänzer nach draußen gebeten wurden. Alle, auch die Dienerschaft, sollten miterleben, was dort vor sich ging. Auf der Fläche unter einer Art Terrasse vor und zwischen Gartenanlage mit Brunnen sollte es eine Aufführung geben.

Hinter uns auf dem Balkon stellte sich ein ganzes Orchester auf. Seraphia strahlte plötzlich. „Wenn ich die Besetzung ansehe, ahne ich, was jetzt kommt. Dass ich das noch erleben darf!" Sie strahlte wie bei der Erfüllung eines Herzenswunsches.

Es war fürwahr eine sehr unübliche Besetzung, die sich vor unseren Augen aufbaute: über Zwanzig Oboen, neun Hörner, neun Trompeten, dreizehn Fagotte, Kesselpauken und Streicher.

Ich konnte damit nichts anfangen. „Und, was kommt? Ich weiß es nämlich nicht."

Seraphia lächelte mich fröhlich an. „Wenn ich mich nicht irre, werden wir die *Feuerwerksmusik* von Georg Friedrich Händel zu hören bekommen."

Kurze Zeit später begannen auch schon die Trompeter und die Pauken, unterstrichen von den Streichern. Aber nicht nur die Musik begann. Während Seraphia noch begeistert den Musikern zugewandt stand, zupfte ich sie am Ärmel. „Schau!", rief ich begeistert.

Eine erste Rakete war in den Himmel gestiegen. Ihr folgten zahlreiche andere in den schönsten Farben. Die folgenden Minuten erhellte den Himmel ein beinahe perfekt zur Musik komponiertes Feuerwerk. Von den Anwesenden kamen die üblichen Ausrufe wie „Ah" und „Oh", es wurde ausgiebig gejubelt. Zum Ende der *Ouvertüre* gab es einen fulminanten Abschluss des Feuerwerks. Doch das war noch nicht das Ende der Vorführung.

Wo die wichtigsten Gäste versammelt waren, war die Umgebung der Brunnen mit Fackeln und Laternen beleuchtet. Dort tauchten plötzlich zwei Reiter auf ihren weiß leuchtenden Lipizzanerhengsten[93] zwischen den Brunnen auf. Sie zeigten passend zur Musik einen Tanz auf Pferden. Es sah unglaublich elegant aus. Sie ritten ein *pas de deux* par excellance[94], bis die Musikteile *Bourrée* und *La paix* vorbei waren.

Zum *La Réjouissance* kamen noch weitere sechs Reiter dazu, die sich zwischen den bepflanzten Gartenflächen verteilten. Von ihnen sahen wir Übungen aus der hohen Schule der Reiterei. Sie zeigten *Levaden, Piaffen, Pesaden* und *Kapriolen* und alles, was das Kriegspferd eines kriegsführenden Herrschers können musste oder zumindest in der Vergangenheit können musste, um dem Herrscher ein möglichst langes Überleben zu garantieren.

Ich war völlig überwältigt von dieser Aufführung und war sehr froh, dass ich das miterleben durfte. Seraphia und ich hielten uns an den Händen und waren einfach nur glücklich, genau jetzt an genau diesem Ort zu sein. Es war höchster Genuss, dieses alles zu sehen und zu hören.

Da die Herzogin eine begeisterte Reiterin war und die hohe Schule der Reitkunst beherrschte, hatten sich ihr zu Ehren ihr Rittmeister und seine Freunde aus der kaiserlich-königlichen Stadtreitschule zusammengetan, um ihr eine Freude zu bereiten. Ja, es war eine Freude – nicht nur für die Jubilarin, die in Begeisterungsstürme ausbrach.

Beschwingt und mit uns und der Welt zufrieden kehrten wir in unsere Unterkunft zurück.

Bevor wir Wien wieder verließen, gingen wir noch ins Theater. Und zwar in das Theater nächst der Burg[95] am Michaelerplatz. Dort wurde Wolfgangs *Ascanio in Alba* gegeben. Er hatte es als Auftragsarbeit für die Hochzeit des Erzherzogs Ferdinand von Österreich mit Prinzessin Maria

---

93 *Die Wiener Hofreitschule gibt es schon seit dem 16. Jh. Die Lipizzaner kamen später dazu.*

94 *Pas de deux kommt aus dem Ballett und ist ein Duett. Im Pferdesport wird ein pas de deux spiegelbildlich geritten. Dieses hier wird in höchster Vollendung aufgeführt.*

95 *Das heutige Burgtheater existiert erst seit 1888 in der Wiener Ringstraße.*

Beatrice von Este komponiert – nach einem Libretto von Abbate Guiseppe Parini.

Ich war sehr beeindruckt, wie unser Freund Wolfgang mit seinen damals gerade mal 15 Jahren dieses zweieinhalb Stunden dauernde Werk innerhalb von nur ein paar Wochen geschaffen hatte.

So hatten wir einen angenehmen Abschluss unseres Wien-Aufenthalts, wie er besser nicht hätte sein können.

Wieder daheim

Wir hatten Glück, dass wir uns Mitte November auf die Rückreise begaben. Erst war das Wetter noch richtig herbstlich. Aber ab Linz spürten wir schon einen unangenehmen Schneewind über uns hinziehen. Der Schnee erreichte uns endlich, als wir kurz vor Salzburg waren und zwang uns, noch eine Nacht bei unserer Verwandtschaft zu bleiben, bevor wir die letzten knapp drei Meilen im Schneetreiben nach Hause antraten.

Es gab ein großes Hallo, als wir wieder nach Hause kamen. Uns wurde erst einmal Zeit gelassen, unsere Habseligkeiten auszupacken beziehungsweise unsere Mitbringsel zu sortieren, da wir ja Personal hatten, das sich um das Übrige kümmerte. Außerdem gab es ein heißes Bad, welches ich sehr genoss.

Am Abend saßen wir dann alle um einen Tisch zum Essen. Seraphia, Heinrich und ich wurden gebeten, alles zu erzählen, was sich ereignet hatte. So ließen wir unsere komplette Reise noch einmal Revue passieren und freuten uns über die eifrigen Zuhörer, die an unseren Lippen hingen.

Nach diesem Abend ging ich mit einem Gefühl der Zufriedenheit und Dankbarkeit ins Bett. Ich hatte eine wundervolle und aufregende Zeit erlebt und war nun wieder sicher zu Hause angekommen. Was wollte ich denn mehr?

Während der ruhigen Zeit, die nun folgte, erzählte Pappa mir einige Dinge, die im Laufe des Jahres passiert waren und an mir vorbeigegangen waren. So zum Beispiel, dass der Fels namens Nocken in der Salzach bei Laufen gesprengt worden war.

„Ich weiß beim besten Willen nicht mehr, wann genau das geschehen ist. Aber auf jeden Fall in diesem Jahr."

„Ja, das ist eine sehr gute Sache. Es sind ja oft genug Schiffer durch eine Kollision mit dem Nocken nördlich der Landzunge in der Salzachschleife umgekommen. Aber wie machen sie es nun mit den Wasserstandmessungen? Hatten die nicht auch was mit dem Nocken zu tun?"

„Das stimmt, eigentlich war der Nocken der wichtigste Messpunkt für den Wasserstand. Ich bin mir aber sicher, es wurde eine adäquate Lösung gefunden. Durch die Sprengung des Hindernisses, das sowohl bei Hochwasser als auch bei Niedrigwasser eine Gefahr für alle Salzschiffe war, ist den Schiffern sehr geholfen.

Wusstest du eigentlich, dass sich der Stadtname Laufen aus dem althochdeutschen Wort loufa für Stromschnelle herleitet? Das hat mir bei meinem letzten Besuch in dem Ort ein kluger Mann erzählt."

Wir wurden kurz unterbrochen, weil unser Hausmädchen Nina uns eine Karaffe Wein brachte.

„Ach, was ganz Wichtiges ist noch passiert. Zum einen hat Papst Clemens XIV. den Jesuitenorden verboten. Das Geld des Ordens wurde für die Reformen unseres Kurfürsten und das Schulwesen verwendet, wie man so hört. Dann wurden außerdem die Feiertage in Baiern reduziert. Und zwar auf zweiundzwanzig Stück."

„Aber es wurden doch schon im letzten Jahr Feiertage gekürzt. Vorher waren es 124 Tage. Die Apostelfeste wurden abgeschafft und noch ein paar weitere. Danach waren es noch etwa 100 Tage. Und jetzt sind es nur noch 22? Das ist ein sehr großer Einschnitt in unser aller Leben!"

„Naja, wer weiß, wie gut oder schlecht die Einhaltung kontrolliert wird. Das werden wir ja sehen."

Pappa und ich hatten immer interessante Gespräche. Aber er musste natürlich auch viel arbeiten. Er hatte viel Korrespondenz zu erledigen. Manchmal half ich ihm mit seinen Briefen an verschiedene Händler auf der ganzen Welt.

Ich las nebenbei die drei Bände von Gottfried Tauberts[96] *Rechtschaffener Tantzmeister, oder, gründliche Erklärung der frantzösischen Tantz-Kunst,* die in Leipzig im Jahre 1717 erschienen sind.

Diese Lektüre geht nur häppchenweise. Männern wird immer nachgesagt, sie würden nicht viele Worte machen. Aber ich glaube, dieses Gerücht verbreiten sie vor allem selbst. Herrje, dieser Tanzmeister hat vielleicht viel zu sagen. Er tut sehr gerne seine Meinung in vielen wohlgesetzten Worten kund, wie ich denke. Aber es ist auch amüsant – vielleicht auch deshalb, weil er so viel abschweift.

Taubert wettert in seinem Vorwort gegen sogenannte „Tanz-Pfuscher" und „Stümpler", dass dies schon ein vergnüglicher Grund ist, das Werk zu lesen.

Pappa konnte gar nicht nachvollziehen, dass ich das Buch las. Sein Mantra bei dem Thema war: „Du als Mitglied der besseren Gesellschaft wirst das nicht tun. Schon gar nicht als Frau. Als dein Vater könnte ich so einem Ansinnen niemals nachgeben. Warum liest du also solche Bücher?"

„Pappa, mein Leben ist der Tanz! Damit habe ich auch schon Geld eingenommen auf unserer Reise. Ich habe sowohl unterrichtet als auch auf der Bühne getanzt. Ich liebe es, eigenes Geld zu haben. Es macht mir so viel Freude. Und ich habe nicht vor, wieder zu heiraten. Aber ich möchte auch niemandem auf der Tasche liegen."

„Du bekommst doch eine jährliche Apanage von der Familie deines verstorbenen Mannes. Du hast ein Stadthaus in München. Du brauchst nicht zu arbeiten, wie eine von niederem Stand."

---

96 *Der erste Band ist in Google Book zu finden.*

„Ich würde auch gerne als Juristin arbeiten. Aber das trauen mir die Leute nicht zu, weil ich eine Frau bin. Außerdem macht mir der Tanz noch viel mehr Freude. Es gibt so viele verknöcherte und altmodische Tanzmeister. Warum sollte ich als Frau nicht diesem ehrbaren Beruf nachgehen? Ich wäre weder die erste noch die einzige in diesem Fach."

„Nein, nein und nochmals nein. Meine Tochter arbeitet nicht für Geld."

„Gut, wenn du mir nicht deinen Segen gibst, dann werde ich im nächsten Frühjahr zurück nach München gehen und es dort versuchen. Denn Pappa, bei allem Respekt, ich bin kein junges und unverheiratetes Mädchen mehr. Ich bin eine Witwe und als solche habe ich das Recht, selbst über mein Leben zu entscheiden. Wenn das nicht hier im Schoß meiner Familie möglich ist, dann werde ich mich von der Familie zurückziehen und in München mein eigenes Leben leben."

„Darüber ist noch nicht das letzte Wort gesprochen, Vic!" Pappa verließ wutschnaubend den Raum.

Als wenn ich Hufschmied werden wollte. Was ist Verächtliches daran, zu tanzen? Es ist eine achtbare Beschäftigung, die auch von den allerhöchsten Personen unserer Gesellschaft ausgeübt und gewürdigt wird. Außerdem habe ich schon von einigen Tanzmeisterinnen im Ausland gehört. Das macht mir jedenfalls Mut.

Als ich beim dritten Buch von Taubert angelangt war, fand ich folgende Zeilen, die von manchen Tanzmeistern als Voraussetzungen beschrieben wurden, welche überhaupt einen Tanzmeister ausmachten. Taubert hält dagegen[97]:

„Es geben einige Maitres, welche ex Luciano mit aller Gewalt prätendiren, daß ein rechtschaffener Maitre de Dance nothwendig müste studiret, und absonderlich in der Historie, Geographie, Mathematique, Anatomie, Poesie, und Logique, ja in der Mahler-Kunst, und Französischen Sprache, wie auch in Reiten und Fechten etwas rechtes gethan haben; weil diese Disciplinen alle bey der Subtilité der zierlichen Tantz-Kunst

---

97   *Text aus einem Nachdruck von 1976. Heimeran Verlag München.*

hauptsächlich erfordert würden. Denn, es wäre bei weitem nicht genug, daß ein Maitre, vermöge seines guten Naturels und fleißiger Ausarbeitung, eine propre Manier und nobles Air zu tantzen hätte; sondern er müste auch particulierement ein guter Philosophus, und von klugem Verstande seyn, damit er nicht allein bey der Composition und Verfassung derer mancherley kunstlichen Ballets, als ein guter Logicus und Historicus, alles aus einem hohen Inventions-Fache herzunehmen, als ein verständiger Mahler eine richtige Copie und Abriß von dem ganzen Werck zu machen, als ein wohlgeübter Mathematicus alle seine Schritte und Figuren nach den Mathematischen Grund-Sätzen in ihren proportionirten Linien, Triangulen, Quadraten, gantzen und halben Circuln, accurat abzumessen und formiren, als ein wol-belesener Historicus eine jede tantzende Nation nach ihren Sitten und Habiten auszukleiden wisse; sondern er müste auch bey dem Tantzen selbst, als ein wol-erfahrner Anatomicus, genau verstehen, wie diese, oder jene Gliedmassen bey einer jedweden Haupt-Motion ihre Articulation und Gelencke hätten, und was eigentlich für Musculen bey denen so wol streiffen, als gebogenen Schritten, wenn man die Beine, Knie und Füsse flectiret, extendiret, adduciret, und abduciret, ingleichen bey dem Porte les Bras die Arm-Schiene und Ellenbogen aufwarts, unterwarts vor- und rückwarts moviret und führet, gebrauchtet würden. [...]

Allein! Mich deucht, daß dieses ein wenig allzuweit aus dem rechten Wege gegangen, und sich vergangen heisset. Denn, ob ich gleich nicht läugne, daß diese Dinge alle ihren Nutzen bey dem Tantzen haben; so muß ich doch auch gleichwol sagen, daß sie durchaus keine Requisita Essentialia, sondern nur Adjumenta, Ornamenta und Oblectamenta der vorhandenen Tantz-Profession seyn. Sie werden nicht hauptsächlich dabey erfordert, sondern es sind die meisten derselben nur Kleinigkeiten, dadurch sich ein Maitre vor andern, welche ausser dieser Prodession kaum lesen und schreiben gelernet, qualificiren, und consequenter bey denen Verständigen mehr insinuiren, als in seiner Tantz-Kunst perfectioniren kan."

Wenn ich so darüber nachdachte, konnten Christoph und ich trotz dieser Vorgaben gut leben. Ich konnte nicht so gut zeichnen, aber Tanzschritte brachte ich auch noch aufs Papier. Von den anderen genannten Voraussetzungen hatte ich zumindest etwas Ahnung.

Bis wir uns ein wenig umsahen, hatten wir tatsächlich schon wieder Dezember. Mein Trauerjahr war nun um und ich durfte wieder offiziell tanzen, ohne aus der Gesellschaft ausgegrenzt zu werden. Allerdings mussten wir erst einmal die tanzlose Weihnachtszeit hinter uns bringen.

Als sich der Tag des Unfalls jährte, musste ich natürlich viel an Jacob denken. Ich schrieb einen langen Brief an Frederik und lud ihn ein, mit uns Weihnachten zu verbringen. Aber dann wurde der Schnee mehr und mehr. Irgendwann kam ein Brief von ihm zurück, mit der Nachricht, dass er angesichts des Wetters die Feiertage mit Magdalena und ihrer Familie feiern würde.

Zu Weihnachten dekorierten wir das Haus mit viel Grün. Überall hingen Tannen-, Ilex- und Mistelzweige im Haus. Eines unserer Serviermädchen hatte ein Händchen für solche immergrünen Arrangements und machte diese Arbeiten auch gerne. Sie wurde für ein paar Tage von ihren üblichen Aufgaben freigestellt, um sich um die Dekoration zu kümmern. Ihr war erlaubt, in der ihr zugestandenen Zeit von den Resten des Materials auch Dekoration für ihre Familie und Freunde oder auch für den Verkauf anzufertigen. Sie dankte uns diese Erlaubnis mit wirklichen Wunderwerken.

Um die Christmette zu feiern, begaben wir uns zur Pankraz-Kirche, die hoch auf dem Pankrazfelsen bei Karlstein thront und weithin sichtbar ist. Es war eine Herausforderung, die Höhe zu erklimmen, obwohl schon viele fleißige Hände den Weg freigeschaufelt hatten. In solchen Momenten wäre ich gerne ein Mann. Die haben nicht so viel Stoff um die Beine, der sie behindert und können wacker ausschreiten. Ich trug zwar unter meinem Mantel nur ein einfaches, warmes Kleid, wie die Bäuerinnen es tragen, aber trotzdem ist es hinderlich, wenn man einen verschneiten Berg hinaufgehen soll.

Nicht nur deshalb war ich sehr dankbar, dass Männer aus unserer Dienerschaft unsere Instrumente den Berg hochtrugen. Ich kam etwas entspannter an, weil ich nichts tragen musste, außer meinem eigenen Gewicht. Trotzdem war ich ins Schwitzen gekommen. In der Kirche war es dafür ziemlich frostig. Aber ich war ja darauf vorbereitet und hatte ein extra Tuch dabei.

Die Bauern und Häusler der Umgebung fanden sich alle oben kurz vor Mitternacht vor dem Kirchlein ein und es herrschte eine herrlich festliche und erwartungsfrohe Stimmung.

Mamma, Christoph und ich begleiteten den Organisten mit unseren Violinen. Weihnachten war für mich immer etwas Magisches. Und ich freute mich jedes Mal wie ein kleines Kind, wenn ich zu diesem Gefühl auch für andere etwas beitragen konnte. Wir tauchten ein in unsere Musik und mit uns die Gottesdienstbesucher.

Der Priester hielt eine wirklich gute Predigt, die zu Herzen ging und die Kerzen gaben dem Gotteshaus ein warmes Licht. Nach der Mette sah ich nur strahlende Gesichter um mich herum.

Hinterher standen wir alle draußen im Schnee und sahen in den Nachthimmel. In ein paar Tagen würde der Mond voll sein und auch jetzt schon war er ziemlich hell. Es schien, als wolle niemand nach Hause gehen. Die Stimmung der Anwesenden war einfach traumhaft – als wenn jeder einen kleinen Blick in den Himmel getan hätte und dieses Bild festhalten wollte.

„Das Recht der Frauen ist in den Händen
der Männer meist übel gewahrt."

Anita Augspurg,
Juristin (1857–1943)

1774

Der Jahreswechsel war recht ruhig in unserer Familie. Wir besuchten die Messe in der Nonner Kirche, weil es nochmals heftig geschneit hatte und der Weg nach St. Pankraz uns zu anstrengend erschien.

Ich las sehr viel und schrieb Briefe. Außerdem unternahm ich mit Christoph ein paar gemütliche Ausritte in der Gegend. Soweit es irgendwie ging, bei dem vielen Schnee. Aber die Pferde wollten schließlich bewegt werden.

Nun komme ich endlich zum Ausgangspunkt zurück. Nur wenige Tage nach der schon eingangs erwähnten Schlittade in Salzburg kam ein Brief von Frederik.

Liebste Freundin Vic,
ich hoffe, dieser Brief wird rasch den Weg zu dir finden. Bei uns ist alles immer noch tief verschneit. Die Welt sieht einfach herrlich aus mit diesem weißen Überwurf. Die Stadt ist viel stiller und alles, was vorher hässlich war, strahlt in einem reinen Weiß! Naja, zumindest dort, wo keine großen Schornsteine Ruß verteilen. Nach einer Weile sieht deren Umgebung eher trostlos aus.

Obwohl ich den Frühling über alles liebe, kann ich doch auch dem Winter eine besondere Schönheit zugestehen. Mit warmer Wollkleidung gefällt es mir sogar, auszureiten. Die Pferde haben Spaß am Schnee und sind lebendig und spritzig.

Du fehlst mir, Vic. Ich habe derzeit keinen Fechtpartner, der mir ebenbürtig wäre und warte mit Sehnsucht auf unser nächstes Zusammentreffen. Nicht nur wegen des Fechtens. Auch der geistige Austausch mit dir ist mir immer ein besonderes Vergnügen. Briefe können persönliche Unterhaltungen nicht wettmachen.

Du hast mich gelehrt, auch unsere deutsche Literatur zu schätzen. Es gibt unter unseren Dichtern und Denkern bemerkenswerte Köpfe. Hast du zum Beispiel schon das Gedicht „Der Bauer an seinen durchlauchtigen Tyrannen" von Gottfried August Bürger, das letztes Jahr erschienen ist, gelesen? Ich lege es bei.

Ich musste natürlich an Jacob denken und daran, dass es auch beim Adel sehr unterschiedliche Menschen gibt: die gütigen und mitfühlenden, gerechten, die über die Konsequenzen ihrer Taten nachdenken und abwägen und jene, welche andere ohne Rücksicht ausbeuten für ihre persönlichen Vorteile. Jacob gehörte zu der ersten Kategorie, sein Bruder Leonhard, wie man hört, zur zweiten.

Mir tun die Leute leid, die auf den Besitzungen der Grafschaft leben und arbeiten. Leonhard ist ein übler Sklaventreiber und seine Mutter ist keinen Deut besser. Warum nur musste Jacob so früh sterben? Ich hätte seinen Leuten noch viele Jahre ein friedliches und gutes Auskommen gewünscht.

Aber nun zu anderen, erquicklicheren Dingen.

Stell dir vor, ich bin durch einen Zufall in den Besitz von zwei Bänden Noten mit Triosonaten einer gewissen Mrs Philarmonica[98] gekommen, die mir sehr gefallen. Ich werde sie kopieren und dir demnächst zukommen lassen. Ich bin mir sicher, sie werden deiner Familie gefallen. Ein Klient von mir konnte nicht die ganze Summe für seinen Rechtsstreit aufbringen, aber er bot mir für den Restbetrag diese Noten von seinem Vater an, der Violinist beim Kurfürsten gewesen war. Da ich diesen Klienten wegen seiner Integrität schätze, er völlig unmusikalisch ist und die Noten für mich tatsächlich einen Wert haben, habe ich dieser Art von Bezahlung zugestimmt.

Ich war mit Magdalena und ihrer Familie schon bei verschiedenen Tanzveranstaltungen. Seitdem du nicht mehr hier bist, ist sie eine meiner bevorzugten Tänzerinnen. Sie hat so eine Leichtigkeit und es ist eine Freude, mit ihr zu tanzen, weil sie kaum einen Fuß falsch setzt. Außerdem ist sie eine intelligente Frau mit eigener Meinung, was ich – wie du weißt – sehr schätze.

Wenn du das nächste Mal in München weilst und uns besuchst, würde ich gerne wieder einen Tanz für meine Dienerschaft veranstalten. Ich finde, sie haben es zumindest einmal im Jahr verdient, so einen Ball für sich zu haben. Bist du wieder dabei? Ich brauche dich vor allem für die Vorbereitung, sprich die

---

98   *Bis heute unbekannte Komponistin des Spätbarock.*

Tanzstunden, damit auch alle mit Freude mitmachen können.
Du bist so eine wunderbare Lehrerin. Bei dir lernen sogar aus-
gewiesene Trampel zu tanzen.
   Nun muss ich meinen Brief beenden, weil ich mich für einen
weiteren Ball ankleiden muss.
   Ich wünsche dir und deiner Familie eine schöne Zeit!
In tiefer Verbundenheit,
Dein Freund Frederik

Ich freute mich über den regen Austausch mit meinem
Freund. Es schien ihm gut zu gehen. Nach dem Besuch bei
seiner Familie im letzten Sommer habe ich das Gefühl, er
ist viel entspannter. Sein Vater und er sprechen wieder miteinander und mit seinem Bruder hat er auch wieder ein
gutes Verhältnis. Dieser hat nun auch Frederik als seinen
Rechtsbeistand für seine Belange hinzugezogen.

Weihnachten hatte Frederik bei Magdalenas Familie verbracht. Meine beiden lieben Freunde haben mir nach den
Feiertagen einen gemeinsam verfassten Brief geschickt. Das
hatte mich sehr gefreut. Vor allem, weil Magdalena offensichtlich einen Verehrer hat. Ein Franz von Cottenau. Ich bin
ja gespannt, ob Magdalena sich mit ihm verheiraten wird.

Wann immer möglich, traf unsere Familie sich mit
unseren Freunden, um zu tanzen. Wir probten in kleinen
Compagnien und gingen oft gemeinsam auf die Bälle der
Umgebung. Da in unserer Familie nur geübte Tänzerinnen und Tänzer waren, wurden wir auch fleißig eingeladen. Manchmal konnte es allerdings auch zur Belastung
werden, zu den begehrten Tänzern zu gehören. Vor allem,
wenn die Partner noch viel lernen wollten oder mussten.

Auch bei den Mozarts im Tanzmeistersaal ihrer Wohnung gab es nochmals einen kleinen und feinen Maskenball, der uns einen schönen und lustigen Abend brachte.

Entwicklung in Amerika

Der Tag Anfang Februar begann nach meinem Empfinden langsam und träge. Es war vom Licht her schon nach 9:00 Uhr und ich war schon länger wach, konnte mich aber nicht überwinden, aufzustehen, denn mein Raum war nicht geheizt. Langsam kitzelte mich die Sonne durch das Fenster meines Schlafzimmers in der Nase und ich streckte mich wohlig in meinem kuschelig warmen Federbett. Ich überlegte, was ich an diesem Tag machen würde.

Christoph war für ein paar Tage zu einem Freund in Laufen geritten. Die beiden wollten eine Abendgesellschaft besuchen, auf die ich keine Lust hatte. So würde ich mich heute alleine beschäftigen. Aber zuerst wollte ich frühstücken.

Dann gab ich mir einen Ruck und erhob mich. Rasch tappte ich ins durch den Kachelofen im Erdgeschoß einigermaßen geheizte Ankleidezimmer und machte mich zurecht. Mein erster Weg danach führte ins Frühstückszimmer. Dort hatte der Kachelofen schon eine wohlige Wärme verbreitet und ich fand Pappa am Tisch sitzend und in seiner Korrespondenz lesend. Er sah entgegen seiner Gewohnheit nicht auf, als ich den Raum betrat.

„Guten Morgen Pappa."

Keine Reaktion von seiner Seite. Ich näherte mich ihm. „Was nimmt dich denn so gefangen?"

Vater schreckte kurz auf und sah mich an, als wenn er gerade aus einer anderen Welt aufgetaucht wäre.

„Bin ich jetzt erschrocken! Guten Morgen, Vic. Ich habe von Herrn Krümmelbein Post erhalten. Er hat Neuigkeiten aus der neuen Welt. Wir haben ja schon öfter gehört, dass sich die Kolonien dort gegen England als Mutterland stellen und auf Unabhängigkeit pochen. Und nun haben anscheinend einige Leute offen rebelliert.

Am 16. Dezember letzten Jahres stürmten mehrere wie Indianer gekleidete Männer drei Schiffe im Hafen von Boston und haben die Fracht über Bord geworfen. Es waren Schiffe und Tee der East India Company, die gehörten noch nicht einmal der Krone selbst. Drei Schiffe – stell dir die Menge an Tee vor ... und den Wert der Ware! Fast ein Viertel davon soll grüner Tee gewesen sein."

Natürlich, Pappa sah die wirtschaftliche Katastrophe als allererstes als Kaufmann, der er war.

„Die Engländer und Amerikaner immer mit ihren Maskeraden. Zu welchem Zweck taten die Männer das? Wenn alles Privatbesitz war, können sie ja kaum die Krone treffen, oder?"

„Hm, ich denke, das hat eher damit zu tun, dass die East India Company im letzten Jahr das Monopol auf Teeimport in die Kolonien erhalten hat. Aber auch damit, dass die Steuern an England gehen sollen."

Das war natürlich eine bedeutende Information. „Ich kann mir vorstellen, dass das Anliegen der Kolonien, ihre Unabhängigkeit zu erlangen, nach so einer Aktion auch von König Georg III. und dem Parlament ernst genommen wird. Es braucht oft eine krasse Vorgehensweise, um ernst genommen zu werden."

„Ja, das ist wohl wahr. Aber so viel guten chinesischen Tee einfach vernichten! Wir werden sicher erfahren, welche Konsequenzen die Briten daraus ziehen."

Ich legte ihm von hinten die Arme auf die Schultern. „Solange nicht deine Ware betroffen ist, können die Amerikaner sich gerne gegen ihr Mutterland auflehnen."

Er schüttelte den Kopf und legte seine Hände auf meine Arme.

„Unsere Schiffe sind auf anderen Wegen unterwegs. Aber es ist immer eine Zitterpartie, bis alle wieder im Hafen sind und die Ladung gelöscht ist."

Ja, das verstand ich. Ich drückte ihn nochmals und setzte mich dann, um mein Frühstück zu essen und Tee zu trinken. Ich liebe vor allem grünen Tee! Nebenbei las ich in einem Buch von 1752, das ich immer als Lückenfüller herumliegen hatte: *Das neue gelehrte Europa.* Denn das

Wochenblatt, aus dem ich üblicherweise auch jedes Wort las, war noch auf Pappas Platz. Ich wollte es ihm nicht entreißen, obwohl er noch mit der Korrespondenz beschäftigt war.

Tanztee

Über den Winter verbrachte Tante Seraphia meist ihre Zeit in ihrem Häuschen auf unserem Anwesen oder bei Freunden in der näheren Umgebung. So konnten wir uns oft treffen, um zu tanzen. Nicht nur auf den Bällen in Salzburg und Reichenhall, sondern auch bei ihr im Salon oder in unserem Tanzsaal, um neue und alte Tänze zu lernen oder uns neue Choreographien auszudenken.

Vor solch einem ungezwungenen Tanznachmittag bei Seraphia las sie Christoph und mir einen Brief vor, den sie erst ein paar Stunden vorher erhalten hatte:

Liebste Freundin Seraphia,
ach, ich denke so oft und gerne an euren Besuch im letzten Jahr. Unser gemeinsamer Abend in der Oper ist immer noch Thema bei unterschiedlichsten Veranstaltungen. Wir haben ein Zeichen gesetzt und die Menschen verzaubert.

Die Neuigkeit, die eigentlich keine mehr ist, ist, dass Gaetano und ich ein Paar sind. Wir haben im jeweils anderen unsere Liebe gefunden und sind glücklich. Ob wir jemals heiraten werden steht in den Sternen. Aber im Moment ist es nur wichtig, dass wir zusammen sind.

In meinem letzten Brief an Sie[99] habe ich schon erwähnt, dass ich für kurze Zeit nach London reisen würde, um dort bei einem privaten Fest für Königin Charlotte aufzutreten.

---

99 *Der Brief ist von der Anrede her so geschrieben, wie es eigentlich damals normal war. Also auch unter Freunden in Sie-Form.*

Es war ein richtiges Abenteuer. Stellen Sie sich vor, statt in einem der üblichen einfachen Herbergen oder Gasthäuser hat man mich in einem neu eröffneten „Grand Hotel"[100] in Covent Garden untergebracht. Ich bin mehr als hingerissen von dieser Unterkunft.

Es handelt sich um ein herrschaftliches Haus und ich hatte das Gefühl, bei adligen Freunden untergekommen zu sein. Jeder Gast hat eine Suite zur Verfügung und alles ist gut beheizt. Der Luxus ist beachtlich. Die Betten haben Daunendecken und das Mobiliar ist wie bei unseren adligen Freunden.

Im Erdgeschoss gibt es die üblichen Räume für die Allgemeinheit, aber viel edler, als ich es je bei einer der sonstigen Reiseunterkünfte erlebt habe. Alles ist gemütlich und luxuriös eingerichtet. Allein der Familienanschluss fehlte, obwohl diese Tatsache dadurch wettgemacht wurde, dass alle Gäste besonders guter Laune waren und durchaus gemeinsam diniert haben.

Das Personal ist geschult und sehr dezent. Es liest den Gästen förmlich jeden Wunsch von den Augen ab. Ich hoffe, diese Idee des Grand Hotels macht Schule und es wird bald in allen größeren Städten solche Häuser geben.

Das Fest selbst war opulent von der Ausstattung her. Es waren zahlreiche große Künstlerinnen und Künstler vor Ort, die vorzügliche Vorführungen gaben. Es war für mich eine gute Möglichkeit, zu beobachten und dazuzulernen.

Ich wünschte, Sie wären dabei gewesen, um dies erleben zu können.

Ein besonderes Stück aus Paris war Mademoiselle Françoise Prévost[101] gewidmet, die, wie Sie wissen, etwa 30 Jahre Prima Ballerina der Pariser Oper gewesen war und deren Ruhm auch jetzt noch viele überstrahlt. Selbstverständlich wurde dieses Tanzstück mit dem zu ihrer Zeit üblichen Schuhwerk getanzt. Dies war sehr anstrengend, da wir es nicht mehr gewöhnt sind.

---

100 Das erste Grand Hotel der Welt war vermutlich das Grand Hotel in Covent Garden, das am 25. Januar 1774 von David Low, einem Friseur, eröffnet wurde. Hôtel war das franz. Wort für die Stadthäuser der Adeligen bzw. Hostel altfranzösisch für Beherbergungsbetrieb.

101 Françoise Prévost (ca. 1680–1741), französische Primaballerina an der Pariser Oper und Lehrerin an der Académie royale de danse.

Sie können gar nicht erahnen, wie dankbar ich der leider schon verstorbenen Marie de Camargo[102] bin, dass sie den absatzlosen Tanzschuh eingeführt hat und wir Balletttänzerinnen uns im Normalfall nicht mehr mit den vorher üblichen Absatzschuhen abplagen müssen.

Nun bin ich wieder auf dem Rückweg – fragen Sie nicht nach dem Zustand der Straßen, es ist schrecklich! – nach Paris, wo meine Anwesenheit ab März wieder vertraglich gewünscht wird.

Nächstes Frühjahr werde ich voraussichtlich in Bayreuth sein und meine Familie besuchen. Wo sind Ihre künftigen Engagements? Es wäre schön, wenn das Schicksal uns einmal wieder an denselben Ort führen würde, um ein Treffen möglich zu machen.

Ich bewundere Ihre Kunst und würde gerne noch mehr von Ihnen lernen. Ich bin so froh, dass Sie mich im Beschluss, Tänzerin zu werden, bestärkt haben. Denn meine Profession macht mich wahrhaft glücklich.

Bitte grüßen Sie Victoria und Heinrich von mir recht herzlich.

Ihre Ihnen sehr verbundene Freundin

Anna Friederike Heinel

Christoph sprang auf. „Ein Brief von *La Reine de la danse*? Ach, wie exquisit!" Dann blickte er mich mit leuchtenden Augen an.

„Weißt du, dass sie zwei Jahre jünger ist als wir? In Bayreuth geboren und nun in Paris die *Königin des Tanzes*." Er machte eine eher missglückte Pirouette.

„Natürlich weiß ich das. Ich habe ja schon mit ihr getanzt. Und ich habe dir erzählt, dass sie eine schöne Frau ist und wirklich ein tanzender Engel."

Dann sah mein Bruder Seraphia wieder an. „Sie soll die *Pirouette à la seconde* vollkommen tanzen. Habt ihr die auch gesehen?"

---

102   Marie Anne Cupis de Camargo, bekannt als Marie Camargo (1710–1770).
        Die französische Tänzerin führte u. a. den absatzlosen Tanzschuh und die Technik
        des Entrechat quatre (Sprung) im Ballett ein.

Unsere Tante lächelte ihren Neffen an. „So eine Schwärmerei habe ich von dir ja noch nie erlebt. Ja, selbstverständlich haben wir sie letztes Jahr bei unserem Aufenthalt in Paris gesehen – auch mit ihrer Pirouette. Sie ist eine fantastische Tänzerin und trägt diesen Ehrentitel nicht umsonst."

Ich amüsierte mich einstweilen, weil Christoph so begeistert war von einer Frau, die er noch nie getroffen hatte. So etwas kannte ich an ihm nicht. Aber dann wurde ich ungeduldig.

„Und sie ist glücklich mit ihrem Gaetano, der doppelt so alt ist wie sie."

„Musst du mich immer so hart zurück in die Wirklichkeit holen, Schwesterchen?"

Ich drückte meinen Bruder kurz an mich und platzierte einen Schmatz auf seine Wange.

„Kommt, lasst uns tanzen. Der alte Playford[103] wartet auf uns. Bei dem ist es auch egal, wie alt er ist. Die Tänze sind immer noch einmalig – Wo ist eigentlich Heinrich?"

In dem Moment wurde die Tür geöffnet und Heinrich trat wie aufs Stichwort ein. Hinter ihm folgten Appolonia, unser Majordomus Johannes und die Geschwister Susanne Schiffelholz und Severin Schadwell, unsere Nachbarn. Der verwitwete Severin hatte vor ein paar Monaten seine Schwester und ihren Mann bei sich aufgenommen, da das Haus für eine Person viel zu groß war und Susannes Mann, höherer Beamter im Staatsdienst, hierher versetzt worden war. Ihr Mann war kein großer Tänzer und war froh, dass sein Schwager für ihn einsprang, wann immer seine Frau zu tanzen verlangte.

Nun war also unsere Truppe komplett und wir konnten tanzen. Wir wollten uns mit der Begleitmusik abwechseln. Denn spielen und tanzen gleichzeitig ist ganz schön anstrengend bei geübten Paaren. Außerdem ist die Pochette weit entfernt davon, ein Konzertinstrument zu sein. Welch ein Spaß war es für uns alle! Es gibt nichts Schöneres, als

---

103   John Playford (1623–1686), englischer Musikverleger, veröffentlichte ab 1651 zahlreiche Sammlungen mit Tanzbeschreibungen und den dazugehörigen Melodien.

mit Menschen zu tanzen, die etwa den gleichen Kenntnisstand haben. Da muss nicht viel geschoben, gezogen und verbessert werden.

Wir machten gerade zum ersten Mal Pause, als es an der Haustür stürmisch klopfte. Heinrich sah Seraphia an, welche nur eine Augenbraue hob und dann die Schultern zuckte. Sie wusste also nichts von einem weiteren Besuch.

Heinrich musste gerade die Tür geöffnet haben, als auch schon eine kräftige Männer-Stimme ein Lied aus einer Oper trällerte. Die Mozarts waren also gekommen. Wie schön!

Wolfgang stürmte den Salon und wählte sich fröhlich singend sofort eine Tanzpartnerin, während Nannerl mich vom Piano-Schemel schubste und ohne weiteres Zögern begeistert auf die Tasten schlug. Wolfgang verteilte zweifelhafte Komplimente wie ein übereifriges Blumenmädchen an alle Anwesenden.

Als nur wenige Minuten später noch einmal der Türklopfer betätigt wurde, standen unsere Eltern vor der Tür. Beide waren sie auch begeistere Tänzer und sie waren diejenigen, welche die Mozartgeschwister für ein paar Tage eingeladen hatten.

Wir tanzten eine ganze Weile, bis es wieder klopfte. Diesmal stand draußen die Hälfte unseres Personals, beladen mit Körben, in denen sich Speisen und Wein häuften. Sie wurden mit Hallo empfangen. Mamma hatte einiges richten lassen. Wir hungrigen Tänzer stürzten uns sofort darauf und leerten die Teller und Schüsseln in der darauffolgenden Stunde.

Danach tanzten wir weiter, etwas gemäßigter nach dem sättigenden Mahl. Seraphia und ich wechselten uns ab, die Tanzschritte der weniger bekannten Stücke anzusagen, bis sie allen geläufig waren. Zwischendurch passte wieder jemand nicht auf und es gab ein Knäuel von Tänzern, die nicht mehr wussten, wohin, was zu einer Lachsalve führte.

Wir hatten so viel Spaß, dass mir irgendwann sogar der Bauch wehtat vor lachen.

Wir würden nur noch drei Bälle besuchen können, bevor am 16. Februar Aschermittwoch war und damit die Fastenzeit begann, in der solch große Freuden nicht mehr erlaubt waren.

Nochmals Tea Party

An einem Morgen Anfang März war es draußen schon recht frühlingshaft.

Pappa und ich trafen wieder beim Frühstück zusammen, während Mamma und Christoph noch schliefen. Er wedelte mit einem Brief, nachdem er mir einen guten Morgen gewünscht hatte.

„Ein weiteres Schreiben von meinem lieben Freund und Partner Krümmelbein. Er hat Nachricht erhalten, dass es auch in Philadelphia einen Vorfall mit einer Teelieferung[104] gegeben hat. Nur neun Tage nach der Maskerade in Boston.

Es betraf wieder ein Schiff der East India Company und es handelte sich um die wohl größte Ladung Tee, die je von ihr verschifft worden war."

„Wurde hier auch die ganze Ladung vernichtet?"

„Nein. Dort waren sie gnädiger. Dem Kapitän wurde gedroht, ihn zu teeren und zu federn, wenn er nicht sofort wieder nach England verschwinde mit dem verdammten Kraut. Er hat wohl die Warnung ernst genommen und ist tags darauf, ohne die Ladung zu löschen, wieder ausgelaufen, zurück nach England.

Ich bin ja sehr neugierig, wie sich die Sache dort weiter entwickelt und ob es tatsächlich in eine Unabhängigkeit mündet."

„Das ist wirklich eine spannende Sache. Wann wirst du eigentlich wieder aufbrechen nach Hamburg in dein Kon-

---

104   *Über das Jahr 1774 hinweg gab es 10 „Tea Parties" in Amerika.*

tor? Die Straßen sind inzwischen alle aper, wie man hört, und das Wetter sollte eine Weile halten. Ich sehe doch, dass du schon ganz unruhig bist und los willst."

„Ach, du kennst die Anzeichen schon? Das wollte ich dir sowieso sagen. Ich werde übermorgen früh mein Gepäck auf die Postkutsche schnallen lassen, aber selbst nebenher reiten. Das Wetter sieht beständig aus und ich denke, die Strecke zu reiten wird für mich bequemer sein, als in diesen oft ungenügend gefederten Gefährten, in denen man sich nicht selten den sowieso engen Platz mit ungewaschenen Personen teilt – oder solchen, die nach Rauch stinken.

Eure Mamma wird nach Pfingsten auch nach Hamburg kommen und dann bis zum Winter bei mir bleiben. Mit eurer Mamma ist schon alles besprochen. Sie soll übrigens am Ostermontag ein Konzert in Salzburg spielen. Ich bin sicher, ihr werdet die Osterfeiertage bei ihrem Bruder und seiner Familie verbringen. Um Pfingsten hat sie zuerst einen großen Auftritt in München und danach eine Konzertreihe in Rosenheim zu spielen. Von dort aus wird sie wohl gleich weiter in den Norden reisen."

Die Tür ging auf und Nina kam mit einer Tasse heißer Schokolade, die sie servierte. Mit Genuss trank ich die morgendliche Köstlichkeit, die ich meist ein- bis zweimal die Woche statt des Tees zum Frühstück zu mir nahm, in kleinen Schlucken und träumte ein wenig vor mich hin.

In der Zeit, in der Pappa in Hamburg weilte, würde Mamma sicher wieder mehr Engagements in der Umgebung haben. Oft begleiteten Christoph und ich sie. Wenn es nur in Reichenhall war, konnten wir dann noch am gleichen Abend wieder nach Hause reiten bzw. fahren. Anfang April würde das Osterfest sein, dann würde eine eher langweilige Zeit beginnen. Seraphia war vor drei Tagen schon aufgebrochen und Pappa würde in Kürze auch nicht mehr hier sein.

Also würden sich Christoph und ich uns wieder mehr um die Ausbildung unserer Pferde kümmern. Das übernahmen wir gerne selbst, weil wir so gerne mit diesen herrlichen Geschöpfen arbeiten.

In diesem Jahr würden wir auch endlich wieder ungehemmt tanzen gehen können. Ich hatte vor, Ende Mai nach München zurückzugehen und mich dort als Tanzmeisterin zu etablieren – ob es Pappa passte oder nicht.

Anton Adner

Kurz darauf kam Johann herein und meldete einen frühen Besucher.

„Herr Adner[105] fragt an, ob Sie wieder Holzspielzeug abnehmen wollen, Herr von Sommerauer."

„Ach ja, der alte Herr kommt gerade richtig. Führe ihn zu uns. Er soll mit uns frühstücken."

Pappa schmunzelte. „Der Spitzbub weiß einfach immer, wann ich wieder nach Hamburg abreise. Er ist noch nie zu spät gekommen."

Adner betrat das Zimmer mit einem lauten und fröhlichen „Guten Morgen, liebe Leut'. Ich dank euch recht herzlich für die Einladung, die ich wie immer gern annehm."

Er stellte seine Kraxe voll mit Holzwaren neben Pappas Platz, setzte sich dann ihm gegenüber und rieb sich die Hände in Vorfreude, wie er es immer tat. Ich kannte Anton Adner schon seit meiner Kindheit und konnte den etwas verschrobenen alten Mann gut leiden. Er hatte immer eine Menge Anekdoten zu erzählen.

Ich war schon bei seiner Ankündigung aufgestanden und hatte ihm einen Teller mit allen Leckereien zusammengestellt. Diesen stellte ich nun vor ihn hin. Als Kinder hatten Christoph und ich unseren Gast tatsächlich bei sei-

---

105   *Anton Adner (* angeblich 1705–1822) war der älteste Einwohner des Berchtesgadener Talkessels. Der Hausierer war mit seiner Kraxe weit unterwegs, um überwiegend heimische Holzwaren zu verkaufen.*

nen halbjährlichen Besuchen Onkel Anton genannt. Seit wir von unserem Studium der Juristerei zurück sind, ist er einfach der Anton.

„Dank dir schön, Mädel. Hast dich wieder eingelebt hier? Ist einfach am schönsten daheim, gell?"

„Ja, das stimmt, wobei mir die ländlichen Gegenden am Inn schon auch gefallen. Auch die Isar ist ein schöner Fluss. Nur das Leben in der Stadt hat für mich auf Dauer nicht den Reiz. Das könnte aber auch daran liegen, dass meine Schwiegermutter in München zu nah ist."

„Bist halt auch a Landkind, genau wie ich. Auch wenn du a reiches Landkind bist und ich a armes, gell Vic?"

„Wird wohl so sein. Wo geht's dieses Frühjahr hin, Anton?"

„Kommt jetzt auf deinen Vater an. Wenn er mir die ganze War' abkauft, dann muss ich noamoi nach Berchtolsgaden und neue holen. Da werden sich meine Holzschnitzer freun. Wenn nicht, dann schau ich erst amoi in Reichenhall, ob sich Kunden finden. Aber danach will ich gen Laufen laufen. Dort is a Witwe kurz hinterm Nocken, die mir immer viel abkauft um die Jahreszeit. Die verscherbelt das ganze Zeug dann an die Schiffer, die bei ihr vorbei kommen."

Ich ließ ihn nun erst mal essen und Pappa sah sich die Ware an. Johann kam nochmals mit einem großen Becher Schokolade für Anton. In seinem Kielschatten schwamm Christoph herein. Ein großes Hallo zwischen ihm und unserem Besucher folgte.

„Was willst für alles?" Dieser einfache Satz von Pappa nach einer Weile gab den Auftakt für ein Geschachere zwischen den zwei Männern, bei dem es einfach nur eine Freude war, zuzuhören.

Im Grunde lief es immer gleich ab, aber sie hatten beide einen großen Spaß am Ablauf. Erst nennt Adner eine horrend hohe Summe. Daraufhin meint Pappa, das sei schließlich alles nicht versilbert, sondern nur Holzware und gibt ein sehr niedriges Preisangebot ab. Dann preist Adner die einzelnen Stücke und die Qualität des jeweiligen Schnitzers an, worauf mein Vater etwas erhöht.

Das geht mindestens eine halbe Stunde hin und her, in der die Gesichter der beiden Kaufmänner glühen vor Belustigung und am Ende zahlt Pappa einen sehr fairen Preis, den Adner üblicherweise in der Region nicht erhält, wie er selbst sagt. Aber im Norden gibt es einige Händler in den Handelsstädten, die tatsächlich noch mehr für die Ware aus Berchtolsgaden zahlen. Letztendlich sind beide Männer höchst zufrieden mit dem Geschäft.

Christoph und ich saßen daneben und amüsierten uns genauso, wie die beiden Herren. Wir lachten bei Adners bairischen Kraftausdrücken, die wir in den letzten Jahren bei ähnlichen Gesprächen gelernt hatten und nahmen uns wie immer fest vor, uns einen neuen zu merken. Als Mamma den Raum betrat, war die spannende Szene schon vorbei. Anton erhob sich und verbeugte sich ehrerbietig vor ihr.

„Guten Morgen, gnädige Frau. Sie sehen heute wie der Sonnenschein höchstselbst aus. Ich freue mich, Sie wohlauf anzutreffen."

Mamma schmunzelte. „Sie alter Süßholzraspler. Es ist schön, auch Sie gesund wiederzusehen. Da haben Sie ja wieder Glück, meinen Mann noch hier vorzufinden. Seid Ihr Euch schon handelseinig geworden?"

„Ja, mein Schatz, ich habe ihm alles abgekauft und er wird heute noch den Rückweg nach Berchtolsgaden auf sich nehmen müssen, um neue Ware zu besorgen."

„Ich bin überzeugt, dass du etwas finden wirst, was er mitnehmen kann, um nicht mit einer leeren Kraxe wandern zu müssen?" Sie hob eine Augenbraue und sah Pappa scharf an.

„Ja, Herr Adner, ich hätte da tatsächlich eine kleine Lieferung an euren Probst, die erst gestern von meinem Geschäftspartner hier eingetroffen ist. Es sind einige Gewürze, die bei uns bestellt wurden. Ich gebe Ihnen ein Schreiben mit und sie werden dort für die Lieferung bezahlt werden."

Wie besprochen wurde es gemacht. Die Holzware wurde von einem Bediensteten gut verpackt für den Transport auf der Postkutsche und der Hausierer wurde nach einem sehr üppigen Frühstück mit den Gewürzen und dem Brief für die Probstei ausgestattet und wanderte wieder zurück nach Berchtolsgaden.

Am übernächsten Tag reiste Pappa ab. Es wurde wieder ruhig am Hof und alles ging einen etwas langsameren Gang.

Von Frederik kam wieder einmal ein Brief. Er erzählte von allen Veranstaltungen, die er besucht hatte und vieles mehr. Allerdings fand sich auch ein sehr interessanter Abschnitt darin.

... Übrigens war ein Freund von mir, den du noch nicht kennst, ein paar Jahre in Italien. Er ist gerade wieder heimgekehrt und hat mir erzählt, dass am 12. Januar der Vulkan Vesuv wieder ausgebrochen ist. Er war zufällig in der Nähe auf dem Gut eines Verwandten, als der Vulkan Feuer spuckte. Ich zitiere hier in etwa seine Beschreibung:

„Den ganzen Vortag hatten sich die Tiere schon merkwürdig verhalten. Die Vögel sangen nicht und schienen vor irgend etwas zu fliehen. Viele flogen nach Osten an unserem Hof vorbei. Auch unsere Schafe legten ein unübliches Gebaren an den Tag. Sie waren unruhig und fühlten sich offensichtlich unwohl. Auf der großen Weide standen die Schafe alle am dem Vesuv am weitesten entfernten Ende. So war es auch mit den Pferden.

Irgendwann begann die Erde zu beben. Dieses Beben wurde immer bedrohlicher. Es erhob sich ein Dröhnen und es wurde dunkel. Der Berg spuckte glühend rote Lava über seinen Kraterrand und über der ganzen Region hing eine dunkle Wolke aus Asche. Glücklicherweise liegt der Hof meines Onkels östlich des Vesuvio und auf einer nicht unerheblichen Anhöhe, weshalb wir nicht zu sehr beunruhigt sein mussten, als wir die Ausmaße des Ausbruchs sahen. Dennoch waren wir alle heilfroh, als sich der Berg wieder beruhigte. Die Asche setzte sich in den fol-

genden Tagen auf alles nieder und färbte die Gegend grau und schwarz. Es war kein schöner Anblick.[106]"

Osterzeit

Karfreitag Morgen. Ich saß am Frühstückstisch bei unseren Verwandten in Salzburg. Christoph kam mit einem undeutlichen „Guten Morgen" auf den Lippen hereingestürmt. Er setzte sich und begann sogleich zu essen, als wenn er mehrere Tage nichts mehr erhalten hätte.

„Was liest du denn so Interessantes, Schwesterherz?"

„Der Erzbischof hat verlauten lassen, dass jedermann, der am Sonntag in die Messe im Dom kommt, auf dem Nachhauseweg ein Schmalzgebäck erhält."

„Das ist mal ein Wort! Finde ich sehr großzügig."

„Das heißt aber auch, dass du nach der Messe sehr schnell sein musst, um noch so eine Nudel zu ergattern. Das heißt, du musst dich strategisch optimal in eine der letzten Bänke ganz innen zum Gang hinsetzen."

In dem Moment kam Onkel Josef in den Raum. Er sah sich um, erblickte uns und wünschte uns einen guten Morgen.

„Onkel, Colloredo lässt Sonntag nach der Messe Schmalzgebäck an alle verteilen. Ist das nicht eine schöne Geste?" Christoph löffelte nebenbei sein weiches Ei.

„Oh, das ist eine angenehme Nachricht. So gefällt mir das."

Da betrat auch Tante Maria den Frühstücksraum und die Nachricht wurde von den Männern wiederholt. Ich konnte nicht umhin, in mein Journal zu schmunzeln und sie muss es gesehen haben. Denn sie lachte leise.

---

106   Jakob Philipp Hackert malte den Ausbruchs des Vesuvs 1774. Die Verwüstung hielt sich offensichtlich in Grenzen.

„Ach, ihr Lieben, ich weiß schon, wenn es ums Essen geht, glaubt ihr gerne an die Freigiebigkeit eines Erzbischofs. Aber da heute ein besonderes Datum auf dem Kalender steht, denke ich, dass euch Vic einfach nur in den April geschickt hat."

Sie zwinkerte mir zu und setzte sich, um sich eine Tasse Kaffee einzuschenken.

„Wie, das stimmt gar nicht mit dem Schmalzgebäck? Das wird eine fürchterliche Rache nach sich ziehen, Schwesterherz." Christophs Ärger war gespielt, denn er lachte dabei. Ich sah ihm an, dass er sich ärgerte, dass er nicht derjenige gewesen war, dem so etwas eingefallen war.

Am Sonntag waren wir alle schon früh im Dom, da Mamma mit dem erzbischöflichen Orchester das *Osteroratorium* von Johann Sebastian Bach spielen sollte. Mamma liebt die Musik dieses Komponisten neben der von Georg Friedrich Händel besonders.

Die Aufführung war herrlich anzuhören und rührte mich zu Tränen. Mamma war zwar nur eine Musikerin in einem Orchester, aber es kam auf das Spiel jedes Einzelnen an.

Anschließend an die feierliche Messe bat unsere Tante zu einer heißen Schokolade und kleinen Küchlein. Wir blieben die Nacht bei unseren Verwandten und hatten erhebende Gespräche über Gott und die Welt.

Nach der Messe am Ostermontag machten wir uns erst einmal auf den Nachhauseweg. Die Natur begann bereits zu grünen und zu blühen und jeden Tag kamen neue Blüten hervor. Es war einfach schön, dies zu sehen.

An der Saalach sammelte ich auf dem Weg nach Hause auch noch eine Menge Bärlauch. Unsere Köchin freute sich über die unerwartete „Lieferung" und bereitete uns sogleich ein mit Bärlauch gewürztes Abendbrot zu.

Es folgten einige Wochen mit geschäftiger Betriebsamkeit. Mamma war oft unterwegs. Teils begleiteten wir sie, teils blieben wir zu Hause. Wir trainierten unsere Pferde in allen Disziplinen, gingen zu Tanz- und Musikveranstaltungen und hatten auch sonst viel zu tun.

Christoph hatte einen neuen Fall, bei dem er meiner Hilfe nicht bedurfte und ich las die Reiseberichte von Charles Burney. Dieser englische Komponist und Organist hat unter anderem Frankreich und Italien bereist und schrieb seine Erlebnisse zum Thema Musik nieder.

Er berichtete, dass es zum Beispiel in Venedig eine Musikschule der Mendicanti gäbe, wo alle Instrumente von Frauen gespielt würden. Er verwendet für diese Musikerinnen keine der gängigen Attribute, die gemeinhin für männliche Musiker verwendet werden, wie präzise, beeindruckend, genial, brillant oder andere. Nein, er spricht da eher von niedlich. Dies zeigt mir, dass er den meisten Frauen, die eine Kunst erlernt haben, auf keinen Fall die Wertschätzung entgegenbringen möchte, wie Männern, die sicherlich nicht begabter sind.

Ganz anders reagiert er bei Marianne Martines. Denn er schreibt, sie wäre die vollkommenste Sängerin, die er je gehört hatte. Sie singt ja wirklich sehr schön und hier bin ich auch davon überzeugt, dass er etwas von Musik versteht.

Ich sprach Christoph darauf an und fragte ihn, woher eine solche Einstellung der Männer kommen könnte. Er erbat sich von mir Zeit, um darüber nachdenken zu können. Es dauerte mehrere Tage, bis ich eine Antwort bekam. Diese gefällt mir zwar absolut nicht, aber sie klingt plausibel.

Christoph hatte mit mehreren Freunden gesprochen, weil er die Sache selbst ergründen wollte. Er kam zu dem Schluss, dass alle Männer zu allen Zeiten Männer als die Norm betrachten. Der Mensch ist gleich Mann. Frauen sind die Abweichung von der Norm und daher wird ihnen nichts zugetraut, ihnen werden keine Rechte zugesprochen und sie müssen sich dem Mann unterwerfen.

„Vic, ich sehe das auch als keinen guten Ausgangspunkt für etwa eine Ehe. Aber das liegt wohl vor allem daran, dass ich von Mamma anders erzogen wurde, als andere Männer. Unsere Mamma war in manchen Bereichen immer schon mein großes Vorbild und ich könnte sie mir nicht als Untergebene unseres Pappas vorstellen. Weil sie es auch nie war. Sie trug mit ihren Auftritten auch immer zum Familienvermögen bei."

„Und trotzdem will Pappa mich nicht als Tanzmeisterin sehen."

Christoph umarmte mich herzlich. „Ich hatte vor seiner Abreise nochmals mit ihm gesprochen. Ich glaube, ich habe ihm einiges zu denken gegeben, liebe Schwester."

Literarischer Salon

Christoph und ich waren eingeladen zu einem literarischen Salon in einem Bürgerhaus in Reichenhall.

Einer der dort anwesenden Herren mit unglaublich angenehmer Stimme las aus dem Briefroman „Die Leiden des jungen Werther" von Johann Wolfgang von Goethe vor. Ich hätte ihm stundenlang zuhören können – selbst wenn es ein Text gewesen wäre, der mir bei weitem nicht so gut gefallen hätte.

Ich mag Goethes Roman und werde ihn mir selbst auch besorgen. Er verwendet seinen Kopf wahrlich, um zu denken und nicht nur, um die Worte anderer nachzuplappern. Und er tut in seinen Texten seine Meinung kund. Zum Beispiel in seiner Rede über den bösen Humor:

„... Ist es nicht genug, dass wir einander nicht glücklich machen können, müssen wir auch noch einander das Vergnügen rauben, das jedes Herz sich noch manchmal selbst gewähren kann? Und nennen Sie mir den Menschen, der übler Laune ist

und so brav dabei, sie zu verbergen, sie allein zu tragen, ohne die Freude um sich her zu zerstören! Oder ist sie nicht vielmehr ein innerer Unmut über unsere eigene Unwürdigkeit, ein Missfallen an uns selbst, das immer mit einem Neide verknüpft ist, der durch eine törichte Eitelkeit aufgehetzt wird? Wir sehen glückliche Menschen, die wir nicht glücklich machen. Und das ist unerträglich ..."[107]

Diesen Dichter würde ich gerne kennenlernen.

Selbstverständlich wurde nach dem Vortrag über den jungen Dichter gesprochen. „Die Cousine meiner Tante wohnt in Koblenz und kennt die Familie La Roche. Sie behauptet steif und fest, dass der junge Goethe die Lotte des Werther nach dem Vorbild der Maximiliane La Roche beschrieben hat. Die beiden sind nämlich Freunde. Nur geheiratet hat sie schon im Januar einen mehr als doppelt so alten Kaufmann. Ich glaube, er heißt Brentano oder so ähnlich."

Die Sprecherin war eine entzückende alte Dame. Ohne eine richtige Tratschtante zu sein, gab sie gerne interessante Informationen weiter. Sie freute sich besonders, wenn sie positive Neuigkeiten verkünden konnte. Dinge, die anderen Menschen schaden könnten, behielt sie gemeinhin für sich. Das machte sie mir überaus sympathisch. Sie war klein und zierlich, immer elegant gekleidet und hatte vor Lebensfreude sprühende Augen, obwohl ihre schneeweißen Haare und ihre tiefen Lachfalten im Gesicht zeigten, dass sie schon ein beachtliches Alter haben musste.

Goethes „Götz von Berlichingen" wurde kürzlich in Berlin uraufgeführt. Darüber unterhielt man sich natürlich auch. Ich konnte dazu nichts beitragen, hörte aber mit gespitzten Ohren zu.

Außerdem wurde aus der im letzten Jahr erstmaligen herausgegebenen Zeitschrift „Der Teutsche Merkur" von Hofrath Christoph Martin Wieland eine Fortsetzung seines satirischen Romans „Die Abderiten – eine sehr wahrscheinliche Geschichte" vorgetragen. Wieland schreibt einen Stil,

---

107 Aus: „Die Leiden des jungen Werther" von J. W. Goethe.

den ich gerne mochte. Seine Texte sind geist- und humorvoll. Diesen Roman werde ich auf jeden Fall verfolgen.

Da es seit diesem Jahr auch eine literarische Zeitschrift gibt, die speziell an uns Frauen gerichtet ist, wurde selbstverständlich auch aus der *„Iris. Vierteljahresschrift für Frauenzimmer"* vorgelesen. Obwohl ich es gut finde, dass es endlich auch eine Zeitschrift für die Damenwelt gibt, fällt auf, dass darin fast alle Texte von Männern geschrieben sind. Ich hoffe, das wird sich in Kürze ändern.[108]

Die anwesenden Damen und Herren diskutierten anschließend jeweils einige Zeit über die Texte. Dazwischen setzte sich eine Dame ans Pianoforte, es wurden Häppchen gereicht. Es waren neue Eindrücke bei entspannter Gesellschaft.

Ein schwerer Schlag

Wir hatten gerade Mitte Mai – kurz vor Pfingsten – und waren ausreiten. In ein paar Tagen wollten wir aufbrechen nach München, weil Mamma ja dort vor dem Kurfürsten spielen sollte und anschließend noch bei ein paar Konzertabenden in Rosenheim. Ich freute mich schon darauf, meinen Freund Frederik wiederzusehen. Außerdem wollte ich wenigstens bis August dort bleiben und mein Glück versuchen. Auch, wenn ich dadurch wieder nicht dem Leonhardiritt in Holzhausen beiwohnen konnte, den ich doch immer schon einmal erleben wollte.

„Vic, ich dachte, du kommst gleich. Wo also bleibst du?"

Typisch mein Bruder. Ihm kann nichts schnell genug gehen. Dass ich mit einem völligen Anfänger unterwegs war, hatte er wohl schon wieder vergessen.

---

108   *Schon ab der 2. Ausgabe gab es Texte von Sophie von La Roche und anderen Frauen. La Roche war 1783/1784 mit „Pomona für Teutschlands Töchter" die erste weibliche Herausgeberin einer Zeitschrift.*

„Ich weiß, dass vieles neu für dich ist und du dir erst mal alles ansehen musst. Aber bitte vergiss dabei nicht, einen Fuß vor den anderen zu setzen. Schau, du hast im Gegensatz zu mir sogar vier Stück – und noch dazu sehr lange. Das geht auch etwas flotter! Na kommt schon, Kleiner." Ich sprach dem Wallach gut zu und drückte ihn in die Flanken, so nahmen wir die Kurve, hinter der Christoph wartete.

Der prustete ob meiner letzten Worte. „Kleiner ist gut."

Bei meinem jungen Reittier handelte sich um das mit Abstand größte und schwerste Pferd im Stall. Normalerweise habe ich eine Vorliebe für eher grazile und wendigere Pferde, aber dieses große und liebenswerte Jungtier hatte ich in dem Moment, in dem es den Hof betrat, ins Herz geschlossen. Der Wallach war so neugierig und hatte überall seinen „Schnabel" drin bzw. dran. Man konnte nicht neben ihm stehen, ohne dass er an Haaren oder Kleidung herum knabberte. Manches musste man regelrecht vor ihm retten. Vor allem Lederzeug. Deshalb wollte ich einen Teil seiner Ausbildung selbst übernehmen.

„Da sind wir schon! Der Kleine musste sich erst mit einer bösen Pfütze vertraut machen. Die wollte ihn garantiert anspringen."

Christoph lachte mich aus. „Na ja, ist ja sein erster Ausflug ins Gelände. Bisher kennt er unter dem Sattel nur den Platz hinter dem Stall. Dafür ist er sowieso ziemlich entspannt, wie ich das sehe." Christoph lächelte zuerst das Pferd und dann mich an.

„Das empfinde ich auch so. Er ist ein lieber Kerl, der alles richtig machen will. Der Bub hat einen wunderbaren Charakter. Und er ist unheimlich verspielt und verschmust."

„Ihr seht beide recht glücklich aus, wenn ich seine Miene richtig interpretiere."

Nun war es an mir, zu prusten. Ich stellte mir gerade ein dümmliches Grinsen im Gesicht meines Pferdes vor.

Nach einem entspannten Galopp über die Wiese kamen wir erhitzt und zufrieden wieder am Haus an. Dort stand ein Reisewagen und einige Bedienstete rannten wie aufgescheucht herum.

Plötzlich trat der Majordomus aus dem Haus und sah uns. Er winkte zwei Burschen herbei und lief dann auf uns zu. Er sah mitgenommen aus. „Bitte, lassen Sie die beiden für ihre Pferde sorgen und kommen sie mit mir. Es ist etwas Schlimmes passiert."

Sofort stieg Angst in mir auf. Noch hatte ich ja keinen konkreten Anhaltspunkt, aber es musste wirklich beängstigend sein. Denn so verstört hatte ich unseren Johannes noch nie gesehen. Ich kannte ihn nur als Mann mit Stahlnerven, den nichts aus der Ruhe bringen konnte.

„Bitte in den Salon", rief er uns noch hinterher.

Ich sah, dass auch Christophs Hände zitterten, als wir beide auf die Salontür zueilten. Ich nahm kurz seine Hand und drückte sie. Er sah mich an, nickte und öffnete dann die Tür. Als wir eintraten, sah ich als erstes Herrn Krümmelbein, den geschätzten Mitarbeiter unseres Vaters, kalkweiß am Fenster stehen. Er hatte im ersten Moment, als er sich uns zuwandte, einen leeren Blick, der mich erschaudern ließ.

„Gut, dass sie beide hier sind. Ich habe gerade ihren Vater gebracht. Er ist in einer sehr schlechten Verfassung und wurde in sein Bett geschafft. Ihre Mutter ist jetzt bei ihm. Sie bittet Sie, an ihrer Stelle mit mir zu sprechen. Nach dem Arzt wurde geschickt. "

Ich trat auf den Mann zu und bat ihn, sich zu setzen. „Du auch, Christoph."

Nina kam mit einem Tablett heißen Tees herein. Ich schenkte ein. Dankbar nahm Herr Krümmelbein eine rauchende Tasse und seine Gesichtszüge glätteten sich ein wenig. Er nahm einen Schluck und setzte dann die Tasse wieder ab.

„Nun, ihr Vater hat einen Zusammenbruch erlitten und ist seitdem in seinen Bewegungen sehr eingeschränkt.

Die Ärzte sind sich sicher, es wird wieder werden, aber es braucht Zeit. Ich war in einer Zwickmühle und konnte mich erst nicht entscheiden, ob ich eine Eilmeldung an Ihre Frau Mutter senden oder mich gleich mit ihrem Vater auf die Reise machen soll. Dann habe ich mich für die Reise entschieden. Denn die paar Tage ändern nichts an seiner Situation und ich wollte, dass ihr Vater nach Hause kommt. Denn hier hat er bessere Pflege. Außerdem benötige ich Anweisungen von Ihrer Mutter, weil ihr Vater diese im Moment nicht selbst erteilen kann. Er hat Probleme mit dem Sprechen und auch mit dem Schreiben."

Ich malte mir das Schlimmste aus und Christoph ging es wohl genauso. Er wetzte auf dem Sessel hin und her, als wolle er den Stoff bezwingen.

„Herr Krümmelbein, können Sie uns sagen, wie es dazu gekommen ist?", fragte Christoph.

„Es ist eine Tragödie. Ich hoffe für uns alle, dass uns ein Plan für die Rettung des Geschäfts ihres Vaters einfällt. Ich habe mir schon den Kopf zermartert, aber ohne ihre tatkräftige Hilfe hätte alles keinen Sinn."

Christoph stoppte Herrn Krümmelbein. „Bitte erzählen sie von vorne. Was ist passiert?"

Der Mann rang die Hände. „Ja, nun, ihr werter Herr Vater hatte schon seit zwei Jahren einen Compagnion, den Herrn Wappler[109]."

„Das ist uns bekannt. So ganz scheint Pappa ihn aber nicht in alle geschäftlichen Dinge integriert zu haben."

„Stimmt, er war nur mit bestimmten Geschäften betraut."

Er wurde unterbrochen. Johannes kam mit der Karaffe Cognac und Gläsern, gefolgt von einem Lakaien mit einer riesigen Portion belegter Brote und Teller und Nina mit einer weiteren Kanne Tee.

Nun wurde Christoph rührig. Er schenkte uns allen ein und animierte Krümmelbein dazu, etwas vom Brot zu sich zu nehmen.

---

109   umgangssprachliches, österr. Schimpfwort u.a. für einen unfähigen Menschen, der vorgibt, kompetent zu sein. Hier ein Name, der Programm ist.

Auch ich bemerkte, wie hungrig ich war und langte zu. Nach einiger Zeit fuhr Krümmelbein fort.

„Wie gesagt, der Wappler. Dieser schien anfangs recht kompetent zu sein, aber wir sind alle einem Schaumschläger und Nichtsnutz aufgesessen, wie wir jetzt wissen. Er wurde zudem selbst von einem Schwindler eingewickelt, den ihr Vater vorher schon abgewiesen hatte.

Wappler machte trotzdem Geschäfte mit ihm, ließ sich von den guten Konditionen blenden und nun verschwand eine komplette Schiffsladung an Gewürzen und Tuchen auf Nimmerwiedersehen und damit ein großer Teil vom Kapital des Geschäfts und auch Geld von unseren Kunden, die durch Wappler zu einer Investition überredet worden waren.

Als die Sache ans Licht kam, verschwand Wappler über Nacht, vermutlich aus Angst vor den Folgen seiner Tat, und nun muss ihr Vater für alles gerade stehen. Die Neuigkeit hat ihn niedergeworfen. Ich konnte glücklicherweise mit den meisten Kunden sprechen. Sie wollen uns Zeit geben, weil ihr Vater immer ehrlich zu ihnen war und sie in ihm einen ehrbaren Geschäftspartner sehen, der keine Schuld trägt. Aber der Aufschub ist natürlich nicht unbegrenzt. Daher benötige ich von ihnen Unterschriften, Vollmachten und auch sonstige Hilfe.

Wir müssen uns einen Schlachtplan für die nächsten Schritte überlegen. Es geht um mächtig viel Geld. Zum Glück sind die Anteile an den Lieferungen von Bayern nach Hamburg nicht betroffen, weil darauf Wappler keinen Zugriff hatte. Ich sehe eine kleine Chance für die Zukunft, weil außerdem vor meiner Abreise noch ein Schiff mit Garn und Stoffen angekommen ist.

Allerdings muss die neue Ware zu einem großen Teil erst noch gewinnbringend verkauft werden. Ich habe Muster von allem dabei."

Herr Krümmelbein sah müde aus. Ich verständigte mich durch Blicke mit meinem Bruder.

„Lieber Herr Krümmelbein. Ich danke ihnen – auch im Namen der ganzen Familie und unserer Dienerschaft –

dass Sie unseren Pappa nach Hause gebracht haben. Sie sind von der Reise erschöpft und haben sich Ruhe verdient. Ein heißes Bad sollte für Sie nun bereit stehen und ein Zimmer ist auch für Sie gerichtet. Lassen sie uns morgen weiter über alles sprechen. Denn für uns war es auch ein Schock und den müssen wir erst verdauen. Ich wünsche Ihnen eine gute Nachtruhe."

Ich fühlte seine Erleichterung, als er einen schwungvollen Diener machte. „Ich bin so froh, dass sie beide alles so gefasst aufgenommen haben. Ich hatte schon die schlimmsten Befürchtungen ..." Er sah niedergeschlagen aus.

Christoph, der manchmal so wunderbar emotional handelt, umarmte den Mitarbeiter unseres Pappas spontan. Im ersten Moment war Krümmelbein stocksteif, aber dann erwiderte er die Umarmung. Sie schien ihm gut zu tun. Der sonst so steife Herr schien diese Umarmung zu brauchen. Seine Augen wurden feucht vor Rührung. Ich wandte mich ab und schenkte mir noch eine Tasse Tee ein.

Als die Tür hinter Krümmelbein zufiel, umarmte Christoph auch mich. Wir standen nur da und schöpften Kraft daraus, nicht alleine zu sein. So, wie wir es seit unserer Kindheit gewohnt waren.

Mamma betrat den Raum. Ohne ein Wort zu verlieren, winkten wir sie zu uns und nahmen sie in unsere Umarmung mit auf. Sie weinte und wurde richtig von Schluchzern geschüttelt. Erst langsam ebbten die Schluchzer ab und sie sah uns mit tränennassen Augen an.

Dann machte sie sich frei und setzte sich. Sie griff zu einem Brot. Wir störten sie nicht. Es war wichtig, dass sie aß. Denn unsere Mamma würde ihre ganze Kraft benötigen.

Nach ein paar Minuten begann sie zu sprechen. „Euer Pappa ruht jetzt. Bitte lasst ihn schlafen und geht erst morgen zu ihm. Der Arzt sagt, euer Pappa wird wieder genesen, aber es wird längere Zeit dauern, bis er wieder sein Geschäft übernehmen kann. Wie ist unsere wirtschaftliche Lage? Gibt es Hoffnung?"

Christoph erklärte. „Laut Herrn Krümmelbein gibt es noch einen Hoffnungsschimmer. Dazu benötigen wir aber Kunden, die einen guten Preis für Ware bezahlen, die vor seiner Abreise angekommen ist. Er hat Muster dabei. Die Kunden, die in das verlorene Unternehmen Geld investiert haben, gewähren Zahlungsaufschub, wie er sich versichert hat."

Ich überlegte und gab mir dann einen Ruck. „Ich habe mein Stadthaus in München. Ich werde versuchen, es zu einem guten Preis zu vermieten. Gleich morgen früh schreibe ich meinem Notar dort und Frederik. Die beiden sollen sich darum kümmern.

Außerdem habe ich die Apanage meines Gatten. Ich werde darum bitten, sie auf Pappas Geschäftskonto anzu-weisen."

„In dem Fall haben wir eine mehr als gute Chance, wenn ich meine Ersparnisse von den Rechtsstreitigkeiten meiner Klienten noch dazulege. An dein Geld hatte ich gar nicht gedacht, Vic." Christoph sah schon viel hoffnungsfroher aus. Doch dann besann er sich. „Und deine Pläne?"

„Die Familie ist jetzt wichtiger. Wenn Pappa wieder zurück zu seiner alten Form gefunden hat, ist noch genug Zeit, diese zu verwirklichen."

Christoph drückte mich noch einmal an sich. „Du bist die beste Tochter, die ein Vater haben kann. Das werde ich ihm auch sagen."

Mamma nickte gedankenverloren. Dann richtete sie sich auf und hob den Kopf hoch.

„Christoph, bitte veranlasse, dass sich die komplette Dienerschaft in Kürze hier einfindet. Ich möchte nicht, dass Gerüchte die Runde machen und außerdem sind alle betroffen und sollen daher auch wissen, was geschehen ist. Und zwar, bevor sie schlecht schlafen, weil sie nichts wis-sen und sich Schauermärchen ausdenken.

Victoria, dich bitte ich, sobald wir morgen mehr wissen, Nachrichten an unsere Verwandten zu senden. Sie sollen vor dem Klatsch wissen, wie es um uns steht. Wenn Herr Krümmelbein, den ich als sehr verlässlich kennengelernt habe, sagt, wir haben eine Chance, dann nutzen wir sie auch bestmöglich. Wir werden uns in der nächsten Zeit erst einmal einschränken müssen und uns auch von dem einen oder anderen Wertgegenstand, Pferd und vielleicht auch Dienstboten trennen müssen. Ich bin nicht gewillt aufzugeben!"

„Erst vor zwei Tagen hat ein Bekannter Interesse an unserem jungen Wallach gezeigt. Er kann ihn jedoch nicht selbst ausbilden und hat auch keinen Stallmeister, der gut genug wäre für diese Qualität von Pferd. Ich werde mal erfragen, was er zahlen will – für Pferd und Ausbildung." Christoph trommelte mit seinen Fingern auf den Oberschenkeln.

Auf mein gefauchtes „Bitte!" hörte er auf zu klopfen und sah mich verlegen an. Er wusste, dass ich das nicht ertrug. Es war seiner Nervosität geschuldet und ich konnte ihm gar nicht böse sein. Er stand auf und kam der Bitte unserer Mutter nach.

Innerhalb kürzester Zeit waren alle Dienstboten mit überwiegend ängstlichen Gesichtern versammelt im Salon. Sie hatten sicher schon darauf gehofft, mehr zu erfahren.

Mamma ergriff das Wort, als alle ruhig waren und sie erwartungsvoll ansahen.

„Es hat sicher schon die Runde gemacht, dass mein Mann ernsthaft erkrankt aus Hamburg gebracht wurde. Der Auslöser dafür ist ein fingiertes Geschäft, dem sein Partner aufgesessen ist. Es steckte viel Geld darin, das nun verloren ist."

Ein bestürztes Raunen ging durch die Dienerschaft.

„Noch haben wir keinen Grund, aufzugeben. Mein Gatte wird nach und nach wieder genesen und es ist auch nicht alles verloren. Vorrangig ist es nun wichtig, dass wir darum kämpfen, dass das Geschäft meines Mannes überlebt – und wir alle mit ihm! Dafür sind wir angewiesen auf eure Hilfe.

Spart, wo ihr könnt und wo es sinnvoll ist. Gebt uns Information, wenn ihr erfahrt, dass jemand etwas aus unserem Besitz haben möchte und einen guten Preis zahlen will. Kauft nur das Nötigste – auch an Lebensmitteln. Ich möchte, dass mein Mann stärkende Brühe von Rind und Huhn bekommt. Aber wir anderen werden vorerst kein Fleisch essen und auf Dinge verzichten, die Luxus sind.

Es wird in nächster Zeit keine größeren Einladungen geben und auf aufwendiges Gebäck und Pralinés können wir auch gut verzichten – außer, es gibt zahlungswillige Abnehmer dafür.

Nur, wenn wir alle zusammenhelfen und umsichtig sind, dann können wir noch größeres Unglück abwenden.

Sollte jemand von ihnen ein gutes Angebot für eine Arbeitsstelle erhalten, ist es ihm oder ihr freigestellt, noch am gleichen Tag zu gehen. Sobald es uns wieder gut geht – ich hoffe sehr auf die Zukunft – kann jeder wieder zurückkommen. Jeder wird seine Bezahlung erhalten sobald wir es schaffen. Ich kann nur noch nicht versprechen, wann das sein wird.

Handwerkeraufträge, die nicht zwingend notwendig sind, müssen gestoppt und die Auftragnehmer von schon erledigter Arbeit unter Umständen um Stundung gebeten werden."

Nach der Ansage von Mamma begann ein Raunen und Diskutieren unter der Dienerschaft.

Der Stallmeister trat vor. „Madame, mit Verlaub, wir haben im Stall eine Stute, die enorm schnell ist. Wir glauben, sie könnte Preise gewinnen. Einer der Herren in der Stadt beteiligt sich doch immer an solchen Rennen. Und er hat viel Geld, wie man hört."

„Gute Idee. Nennt mir den Namen des Herren und ich setze mich mit ihm in Verbindung." Christoph war sichtlich erfreut über den Vorschlag. Ich wusste, dass ihm an dem Tier sowieso nicht viel lag, weil die Stute einen schwierigen Charakter hatte.

Daraufhin meldete sich einer der Hausdiener. „Dürfen wir uns um das Loch im Dach über der Küche vom Sturm letzter Woche selbst kümmern? Der Kammerdiener des Herrn ist in solchen Sachen sehr geschickt und ich könnte ihm helfen. Ich habe zu Hause auch solche Arbeiten erledigt."

Mamma strahlte. „Danke für eure Vorschläge. Ja, bitte, macht alles selbst, was möglich ist und ihr euch zutraut. Es wird sicher niemand gerügt, der arbeitet, nur, weil es nicht seine eigentliche Aufgabe betrifft. Aber bitte seid vorsichtig auf dem Dach. Ich danke dem Himmel, dass wir so wunderbares Personal haben. Danke an jeden von euch. Wir werden diese Krise gemeinsam überstehen, da bin ich mir ganz sicher."

Wir waren wirklich glücklich zu nennen, solche Menschen in unseren Diensten zu haben. Sie waren ohne Ausnahme loyal und arbeitswillig.

Trotzdem – in dieser Nacht schlief ich schlecht. Ich träumte ganz wilde Sachen von Seeräubern und anderen Gaunern, die sich anderer Leute Dinge aneigneten, sowie untergehenden Schiffen. Das Meer war bedeckt mit den schönsten und kostbarsten Tuchen und die Fische machten sich daran, mit unseren Garnen diese riesigen Bahnen Stoff zu vernähen. Es sah von oben aus, als würde ein neuer Erdteil entstehen.

Noch vor dem Schlafengehen hatte ich zwei dringende Briefe geschrieben, die schnellstens nach München gebracht werden mussten.

Tags darauf nahmen wir alle ein für unsere Verhältnisse spätes Frühstück ein und setzten uns anschließend mit Herrn Krümmelbein zusammen.

Er sah etwas erholter aus als gestern und mir fiel zum ersten Mal auf, dass er ein gutaussehender Mann im Alter meines verstorbenen Gatten war. Nur der Bart, den er trug, wollte einfach nicht zu ihm passen. Dieser machte ihn sehr alt. Aber mir stand es nicht an, ihn darauf aufmerksam zu machen.

Geschäfte in Frauenhand

Pappa hatte immer schon seine Geschäfte mit Mamma besprochen, wenn er zu Hause war. So hatte sie genug Ahnung davon, wer die üblichen Kunden waren, was wie viel Geld brachte und wer welche Stoffe gerne zu guten Preisen abnahm.

Durch ihre Kontakte zu den Salzburger und Reichenhaller Schneidern und Näherinnen und ihre Aufenthalte in den Häusern der Adligen als Musikerin blieb ihr kein Trend verborgen.

Unsere Tante Seraphia trug auch immer schon ihren Teil zum Geschäft meines Vaters bei, indem sie von ihren Aufenthalten in London, Paris, Mannheim, Bamberg, Bayreuth, Wien, Moskau und Prag berichtete und welche Mode sich dort gerade großer Beliebtheit erfreute. Mein Aufenthalt in München hatte geholfen, Bekanntschaften zu machen und zu vertiefen und diese würde ich auch nutzen.

Vor allem auf Mammas weitere Mitarbeit war Herr Krümmelbein angewiesen, der die Muster zeigte. Es handelte sich um außergewöhnliche Stoffe in leuchtenden Farben und feinste Garne für verschiedene Zwecke. Wir sahen uns gemeinsam alles an und beratschlagten eine Weile über die Ware, bevor Mamma sich wieder an Herrn Krümmelbein wandte.

„Beste Qualität. Ich weiß schon, wer ein Kleid mit diesem Stoff tragen wird und wer mir diese Garne hier mit Kusshand abnehmen wird. Ja, Herr Krümmelbein, uns fällt tatsächlich zu fast jedem Muster jemand ein, der dafür geradezu geschaffen ist."

Mammas Freude war ansteckend. „Christoph, schick bitte gleich jemanden mit diesen Mustern hier zum Schneider in Reichenhall. Er hat die passende Kundschaft dafür. Er kennt das Vorgehen. Einen anderen Kurier brauche ich zu den besten Schneidern und Näherinnen in Salzburg. Ich werde sofort Begleitbriefe für alle Adressaten vorbereiten. Vic, wie sieht es mit der Herrschaft in München aus?"

„Ich setze mich umgehend wieder an den Schreibtisch. Die Briefe an den Notar und an Frederik liegen im Foyer bereit, Christoph. Johannes wird sich darum kümmern. Ich weiß ein paar Leute, die an unserer Ware sicher Interesse haben."

Mamma strahlte Herrn Krümmelbein an. „Wir werden einen guten Erlös erzielen und damit schon die erste Hürde schaffen. Erzählen sie uns bitte, welche Unternehmungen geplant waren und welche nächsten Schritte sie uns raten, Herr Krümmelbein."

Offensichtlich überrascht über Mammas Tatkraft teilte der Angesprochene mit, welche Ein- und Verkäufe schon geplant waren und was er sich überlegt hatte für die nächste Zukunft. Der gute Mann sah nun schon etwas hoffnungsvoller aus als am Vortag.

Mamma und er hatten noch ein paar rechtliche Fragen an Christoph und mich, um die wir uns sofort kümmerten, während sie weitere Punkte besprachen.

Ich schrieb mehrere Briefe an verschiedene Bekannte, die uns entweder mit Auskünften oder durch Abnahme von Waren helfen könnten. Natürlich musste ich alles in Worte packen, die nicht darauf schließen ließen, dass wir in Schwierigkeiten steckten. Ich pries die Ware als genau passend an und dass nur sie darin gut aussehen würden oder so ähnlich.

Nur bei Frederik war ich ehrlich gewesen. In meinem Brief an ihn hatte ich geschildert, wie es um uns stand. Ihn bat ich auch darum, sich um Krümmelbein zu kümmern und diesen in München bei seinen Geschäften nach Möglichkeit zu unterstützen.

Des weiteren schrieb ich auch mit ehrlichen Worten an Magdalena und bat sie um ihre tatkräftige Unterstützung. Sie war in Sachen Mode immer etwas ihrer Zeit voraus und dadurch ein Vorbild.

Meine Briefe wurden augenblicklich zur Poststelle gebracht, denn die Postkutsche sollte nur wenige Stunden später starten.

Tags darauf wurden zahlreiche weitere Papiere unterzeichnet und bezeugt.

Uns gingen innerhalb von drei Tagen Bestellungen aus Salzburg und Reichenhall zu. In München würde Krümmelbein noch weitere Post in meinem Stadthaus erwarten, in welchem er nächtigen sollte.

Mit all dem, weiteren Empfehlungen sowie einem reichen Reiseproviant und vielen guten Wünschen wurde der treue Herr Krümmelbein schon wenige Tage nach seiner Ankunft wieder verabschiedet zu seiner beschwerlichen und langen Reise an die Elbe mit Zwischenstopp in München.

Aus einem ersten Impuls heraus wollte Mamma bei unserem siechen Vater bleiben und ihre Auftritte in München und Rosenheim absagen. Aber dann hatten wir sie überredet, es doch zu machen.

„Mamma, du wirst für diese Auftritte sehr gut bezahlt. Wir brauchen das Geld jetzt und können es uns nicht leisten, darauf zu verzichten. Also mach es. Soll jemand von uns dich begleiten? Christoph oder ich bleiben gerne hier und kümmern uns um Pappa. Wir haben schon darüber gesprochen. Wir wollen, dass du spielst. Und keine Widerrede, Mamma. Pappa wird es gut gehen."

Also stieg unsere Mutter mit Herrn Krümmelbein in die Postkutsche und Christoph begleitete sie reitend. Ich war traurig, Frederik nicht sehen zu können, aber ich gab ihnen noch einen herzlichen Brief an ihn mit. Ich war schon gespannt, was sie erzählen würden. Vor allem über Rosenheim.

In Rosenheim steht nämlich seit den ersten Jahren dieses Jahrhunderts ein Badehaus nahe der Loreto-Kapelle mit angeblich heilender Wirkung. Ein Herr Wolfgang Jakob Ruedorffer hat es errichten lassen und lange betrieben. Nach ihm führte es sein Sohn, Johann Jakob. Dieser verkaufte das Bad 1770 an seinen Schwiegersohn, den Weinhändler Franz Carl Gaigl.

Besagter Gaigl hat nun mitgewirkt, dieses Jahr für besondere Gäste eine Konzertwoche nach den Pfingsttagen zu veranstalten. Es sollten namhafte Musiker aus Bayern kommen und ihr Können zeigen.

Während also Mamma und Christoph unterwegs waren, hatte ich zu Hause alle Hände voll zu tun mit der Organisation der Dienerschaft und der Pflege von Pappa. Er schlief viel. In seiner wachen Zeit las ich ihm oft vor. Pappa tat sich sehr schwer mit dem Sprechen.

Um einen Satz zu sagen, brauchte er oft sehr lange. Aber ich versuchte, mir meine Ungeduld nicht anmerken zu lassen. Er war in Gedanken oft bei Mamma, das merkte ich. Aber er hatte, wie wir, auch darauf bestanden, dass sie die Einladung, beim Kurfürsten zu spielen, nicht ausschlagen durfte.

Bei gutem Wetter ließ ich Pappa in den Garten hinaus tragen. Dort stand in einer sonnigen, aber von Wind geschützten, Ecke ein Lehnstuhl, in den wir ihn gemütlich packten, damit er frische Luft bekam. Ich unterhielt ihn dort, bis er wieder müde wurde und schlafen wollte.

Dann besprach ich alle alltäglichen Aufgaben und die Pläne mit unserer Köchin Johanna und dem Majordomus Johannes und hörte mir von anderen Mitgliedern unseres Haushalts ihre Ideen und Probleme an. Ich bin immer noch froh, dass sich alles leicht lösen ließ.

Glückliche Wendung

Die etwa zwei Wochen waren für uns alle erstaunlich rasch vorbei. Mamma hatte eine ansehnliche Summe Geldes für ihre Solisten-Auftritte sowie für ihre Mitwirkung in

Rosenheim erhalten und ich hatte Pappa in der Zwischenzeit gut unterhalten.

Mein Bruder unterrichtete mich natürlich gleich nach seiner Heimkehr über die Neuigkeiten aus München.

„Dein Freund Frederik hat tatsächlich für dein Stadthaus schon eine Baronin gefunden, die im Herbst einziehen möchte und ab Juni bezahlen wird. Sie wird auch gleich alle Bediensteten, die noch da sind, mit übernehmen."

„Das sind ja sehr gute Neuigkeiten! Wie sieht Frederik aus? Wie geht es ihm?"

„Es geht ihm sehr gut und er sieht blendend aus. Mamma und ich waren ja nur drei Tage dort. Aber Frederik und ich fanden Zeit für ein längeres Gespräch. Von dir spricht er immer sehr wertschätzend und ich kann ihn inzwischen wirklich sehr gut leiden. Ich glaube, dich liebt er auf eine besondere Weise. Wir haben einmal zusammen gefochten und sind auch eine Runde an der Isar geritten.

Mit Krümmelbein scheint er sich auch recht gut zu verstehen. Beide sind immer bereit, uns zu helfen. Was sind wir doch für eine glückliche Familie. Es gibt so viele Menschen, die uns wohl gesonnen sind!" Christoph drückte mich ganz fest und wirbelte mich durchs Zimmer.

„Wie war Rosenheim?" Diesen Markt kannte ich nicht gut und über das Heilbad wusste ich herzlich wenig.

„Eher behäbig. Aber die Konzerte waren richtig gut. Und auch gut besucht. Dafür, dass man Rosenheim nicht mit München vergleichen kann, muss ich sagen, dass ich sehr überrascht war von der hohen Qualität, die dort geboten wurde.

Ich traf dort unseren Studienkollegen Wendelin. Mit ihm war ich die meiste Zeit unterwegs, in der Mamma mich nicht benötigte oder ihre Ruhe haben wollte. Die Umgebung ist recht schön. Wir hatten eine Vesper dabei und ritten an den Simssee. Der ist nur etwa eine Meile entfernt."

Freunde wie Gold

Ich wurde wach, als gerade die Morgendämmerung begann. Eine einzelne Amsel tschilpte vor meinem Fenster. Es schien mir, als würde diese ein Konzert anstimmen, bei dem jede dieser kleinen Vogelkehlen zu Bestform auflief. Kurz darauf war es draußen ein Singen und Tirilieren, dass es eine wahre Freude war.

Inmitten des Vogelkonzerts schlief ich noch einmal für etwa eine Stunde ein. Später machte ich mich ausgehfertig, ritt eine einsame Runde zum ungenannten See und ging dann frühstücken. An meinem Platz lag ein Brief von Frederik, der wohl an dem Morgen schon gebracht worden war. Ich brach das Siegel und las die an mich adressierten Zeilen.

Liebste Freundin Vic,
fühle dich ganz fest umarmt von mir, denn schon zum zweiten Mal bist du meines Glückes Schmied. Ja, du liest richtig und ich liebe dich dafür.

Aber das für dich Wichtigste zuerst. Ich habe eine Mieterin für dein Stadthaus gefunden. Doch das weißt du ja schon von Christoph.

Die Dame ist eine verwitwete Baronin mit zwei Kindern und möchte das Haus nur im Winter nutzen, aber ganzjährig dafür bezahlen. Mit deinem Preis ist sie einverstanden. Ist das nicht ein kleines Wunder?

Deiner Bitte entsprechend werde ich also demnächst deine und Jacobs verbliebene persönliche Habseligkeiten zusammenpacken und in mein Haus bringen lassen, damit die Baronin bei ihrer Ankunft ein aufgeräumtes Haus vorfindet.

Bevor euer Herr Krümmelbein eintraf, hatte ich ein paar Stunden alleine dort. Sei mir nicht böse, dass ich deine hier verbliebenen Kleider nochmals alle betrachtet habe. Viele Erinnerungen an unsere wunderbaren Tanzabende kamen mir wieder ins Gedächtnis. Es war eine so glückliche Zeit mit dir und Jacob.

Ich fand auch das Kleidungsstück, das du damals für mich schneidern hast lassen. Die Erinnerungen haben mich überwältig. Du fehlst mir so sehr, auch wenn wir in ständiger Korrespondenz miteinander stehen.

Andreas Krümmelbein wurde von mir also willkommen geheißen. Um seine Mission bestens erfüllen zu können, habe ich ihm meinen Beistand angeboten. Bisher war er erfolgreicher, als er es sich geträumt hatte. Alle Welt möchte eure Stoffe haben! Auch ich habe ihm etwas abgekauft. Du wirst staunen!

Da wir zu einer edlen Gesellschaft geladen wurden und er nicht die passende Garderobe vorweisen konnte, habe ich mir die Freiheit genommen, ihm einige von Jacobs Kleidungsstücken zu verpassen. Die beiden haben genau die gleiche Statur. Du weißt, dass ich so etwas nicht leichtfertig mache. Jedenfalls leiste ich ihm Gesellschaft, bis ich ihn in ein paar Tagen wieder sicher in einer Kutsche nach Hamburg weiß. Wir sind gute Freunde geworden.

Du wärst erstaunt, wenn du ihn jetzt sehen würdest. Ich habe ihm einen Besuch beim Bader verordnet, der einen neuen Menschen aus ihm gemacht hat. Nun muss ich sicher bei den Damen seine Konkurrenz fürchten (ein Scherz).

Sobald ich hier alles Wichtige erledigt habe, werde auch ich abreisen und euch besuchen, um endlich deiner wiederholten Einladung nachzukommen. Sag niemandem etwas von meiner Ankunft. Ich möchte nicht, dass ihr irgend etwas speziell für mich vorbereitet.

Ach ja, um auf das Glück zurückzukommen ... Parallel dazu wird über deinen Notar eine Zahlung eines erklecklichen Betrages von 950 Gulden eingehen, den ich letzten Samstag beim Pharo[110] gewonnen habe. Ich hoffe, er wird helfen, eure finanzielle Not zu lindern.

Wir sehen uns bald. Ich freue mich darauf, dich wieder in die Arme schließen zu können, meine liebste Freundin.

In herzlicher Verbundenheit

Dein Freund Frederik

---

110 Pharo oder Faro ist ein Kartenspiel mit 2 Decks à 52 französische Karten, das zu der Zeit sehr viel und oft auch um hohe Einsätze gespielt wurde. Meist gab es bei Ballveranstaltungen auch Spielräume.

Ich las den Brief zweimal durch und lächelte in mich hinein. Über die guten Neuigkeiten freute ich mich so sehr, dass ich Christoph rief und mit ihm zum Schlafzimmer unseres Vaters stolzierte.

Gerade kam ein Hausmädchen heraus. „Ihr Herr Vater ist wach."

Ich steckte den Kopf durch die Tür und sah Pappa aufrecht sitzen. Mamma sprach zu ihm. Dann sah er mich und deutete mit erfreuter Miene auf die Tür. Mamma drehte sich um. Christoph und ich betraten das Zimmer.

Ich wedelte mit dem Brief in meiner Hand. „Es gibt gute Neuigkeiten. Frederik hat geschrieben. Er überträgt uns seinen Pharao-Gewinn von 950 Gulden. Was sagt ihr jetzt?"

„Dein Freund Frederik ist ein herzensguter Mensch. Der Himmel segne ihn." Mamma klatschte in die Hände und sah weit entspannter aus, als noch vor ein paar Minuten. Auch Pappa bekam einen weicheren Zug um die Lippen. „Danke ihm" brachte er mühsam hervor. Noch tut er sich schwer mit dem Sprechen, aber wir verstehen ihn schon viel besser und es geht auch etwas schneller.

Wir verließen unsere Eltern wieder, um Pappa nicht zu ermüden.

Von Seraphia kam ein Brief aus Paris. Sobald Johannes ihn mir überreichte, ging ich in mein Zimmer und las ihn bei einer Tasse heißer Schokolade.

Liebste Vic,
ich danke dir, dass du mich sofort verständigt hast, was die Krankheit deines Vaters und den nun anstehenden Einsatz von euch allen betrifft. Selbstverständlich werde ich versuchen, hier am Hof Kunden für eure Waren zu gewinnen. Das wird mein wichtigstes Anliegen neben meinen Tanzterminen sein. Ich habe schon die ersten Kunden im Auge.

Übrigens war ich am 19. April hier in Paris in die Oper geladen von einem meiner Bewunderer hier. (Heinrich war ein wenig eifersüchtig. Aber ich konnte ihn wieder besänftigen mit besonders intensiver Zuwendung.) Es wurde „Iphigénie en Aulide" von Christoph Willibald Gluck unter der Leitung des Komponisten uraufgeführt. Man hörte im Vorfeld munkeln, dass Gluck die Künstler sehr hart kritisierte, bis alles nach seinen Vorstellungen war. Das griff sie in ihrer Eitelkeit an, da die Franzosen im Allgemeinen schon sehr von ihrem Können überzeugt sind. Doch es hat sich gelohnt. Die Vorführung war exquisit.

Marie Antoinette soll auch sehr angetan gewesen sein. Sie ist Glucks Gönnerin, soweit mir bekannt ist.

Dabei fällt mir ein, dass bei der Hochzeit von Maria Antonia Walpurgis Symphorosa von Bayern und Friedrich Christian von Sachsen im Jahre 1747 meines Wissens auch eine Oper von Gluck gespielt wurde. Diese Fürstin wirkt übrigens als Kunstmäzenin.

Sie ist erfolgreiche Komponistin, Opernsängerin im Sopran sowie Malerin und Dichterin und spielt hervorragend Cembalo. Außerdem wurde sie im Jahr ihrer Hochzeit in die Accademia dell'Arcadia in Rom aufgenommen, eine international tätige literarische Akademie. Eine sehr interessante Frau, die ich vor ein paar Jahren einmal in Dresden bei einer ihrer eigenen Opern-Aufführungen erleben durfte.

Habt ihr auch schon davon gehört, dass am 6. Mai in Weimar die Wilhelmsburg abgebrannt ist? Es muss ein gewaltiges Feuer gewesen sein, welches durch einen Blitzschlag in einen Küchenkamin ausbrach. Nur noch Turm und Torbau sind vorhanden. Eine tragische Sache und ein Verlust für die Stadt. Ich bin gespannt, ob der junge Herzog Carl August das Schloss wieder neu errichten lässt.

Ich tanzte einmal als junge Frau bei einem Fest dort vor Herzog Ernst August II., Constantin von Sachsen-Weimar und Eisenach und seiner Gattin Anna Amalia. Das Schloss – und vor allem auch die Anlagen rund herum – war sehr beeindruckend.

Stell dir vor, es gab in der Wilhelmsburg sogar einen Aufritt[111] bis in die zweite Etage. Zur einen Seite gelangte man in die Himmelsburg (die Kirche) zur anderen Seite hin in den vierzig Meter langen Fest- und Gardesaal in ovaler Form. Ein prächtiger Raum mit schlanken Marmorsäulen und einer umlaufenden Galerie.

Die geladenen Gäste bevölkerten den Festsaal. Es war eine große Tafel dort aufgebaut. Die Musiker standen im Stockwerk darüber um die ovale Deckenöffnung, die mit einer Balustrade versehen war. Die Akustik war wirklich hervorragend.

Was jedoch am meisten Aufsehen erregte, war die außergewöhnliche Laterne, welche die Tafel von oben beleuchtete. Leider kann ich sie gar nicht mehr beschreiben. Ich weiß nur noch, dass der Gesamteindruck wirklich beeindruckend war.

Es gab auch einen Rittersaal in der Wilhelmsburg. Ernst August gründete den Hausorden vom Weißen Falken im Jahr 1732 und ließ dort die Portraits der Gründungsmitglieder aufhängen. Ich denke, es war deren Versammlungsort. Was diese Ritter vom Weißen Falken sich auf die Fahne geschrieben haben, ist mir nicht bekannt. Damit habe ich mich nicht befasst. ...

Sie schrieb noch von ein paar Gerüchten und anderen Neuigkeiten, die allerdings nicht so wichtig waren. Die Grüße von Anna, Madeleine und all den anderen Bekannten freuten mich ganz besonders.

Sonnwendtanz

Mamma entschied kurzfristig gemeinsam mit uns, am Sonnwendtag unseren jährlichen Tanzabend unter Freunden zu veranstalten. Wir wollten Normalität zeigen, was für das Geschäft wichtig sein würde.

---

111 *Man konnte tatsächlich bis hoch in den zweiten Stock auf dem Pferd reiten.*

Was es vorher noch brauchte, war ein Übungsabend für alle, um die neuesten Tänze einzustudieren.

Wir nannten zwar keinen Ballsaal unser eigen, aber es war warm und wir ließen nicht das erste Mal von unserer Dienerschaft einen Tanzboden im Garten verlegen. Das Holz lagerte alles in der Remise und unsere Leute hatten schon Routine darin, alles perfekt vorzubereiten. Es wurden Fackeln gemacht und Sturmlaternen aufgestellt sowie Lampions aufgehängt.

Die Musiker blieben im Haus, bei offenen Türen zum Garten, der von zwei Räumen aus zu betreten war. Beide Räume wurden beleuchtet, sodass der Lichtschein unseren Tanz draußen zusätzlich erhellen konnte.

Unter Freunden war es üblich, dass jeder Haushalt etwas zum Gelingen beisteuerte. Entweder musikalischer oder kulinarischer Art. So kam es, dass sich an diesem Abend ein recht beachtliches Orchester zusammenfand, und auch das Buffet immer üppiger wurde.

Fast alle unsere Freunde von und um Reichenhall und sogar aus Salzburg waren gekommen. Am meisten erfreute uns die Anwesenheit der Mozarts. Wolfgang flirtete mit allen anwesenden Damen. Er pflügte beim Tanz wie ein Wirbelwind durch die Reihen, immer einen flotten Spruch auf den Lippen.

Wir tanzten bis in den frühen Morgen und begrüßten die aufgehende Sonne mit einem fröhlichen Tanz.

Tags darauf kam ein neuer Brief von Krümmelbein an Pappa.

... Von Wappler und dem verschwundenen Geld gibt es immer noch keine Spur. Aber unsere Gläubiger sind nach der großen Zahlung besänftigt und bleiben unserem Geschäft treu. Sie trauen dem alten von Sommerauer und kaufen auch zukünftig bei ihm.

Sie können dankbar sein für eine so wunderbare Familie und treue Freunde, die sich dermaßen für Ihr Geschäft einsetzen. Ich hatte schon Angst, mir eine neue Stellung suchen zu müssen. Doch diese war unbegründet, wie sich nun zeigt. Ich bin stolz, mit Ihrer Familie zusammenarbeiten zu dürfen. Sie sind alles fähige und verständige Menschen.

Die Arbeit mit Ihrer Gattin empfinde ich als reine Freude. Sie sollten sie auch nach Ihrer völligen Genesung mehr einbeziehen in die Geschäfte. Madame hat sehr gute Ideen und auch ein Gespür für den Handel von Tuchen. Das ist es, was manchem unserer Konkurrenten fehlt: Der geschäftliche Sinn einer Frau.

Am 01.06. trat eine Sperre des Bostoner Hafens in Kraft. Die „Intolerable Acts" sind die englische Reaktion auf die Boston Tea Party im letzten Jahr. Nur gut, dass dies uns nicht direkt betrifft.

Gestern kam die neue Lieferung an Tuchen aus dem Orient. Ich freue mich, Ihnen mitteilen zu können, dass ich für die Hälfte schon bindende Verträge habe und wir nur noch auf das Geld und die Abholung der Ware warten müssen. Auch die Münchner Kunden, die von Ihrer Tochter empfohlen wurden, sind teilweise Gold wert. Denn von drei von ihnen kamen schon Folgeaufträge für bestimmte Stoffe und die dazu passenden Garne in beachtlicher Menge. ...

Dancing Playford

Seraphia war auf dem Weg von Paris nach Prag für ein paar Tage zu Hause. Sie hatte mich alleine zu sich gebeten. „Ach Vic, ich bin untröstlich über die Umstände, die euch in Nöte gebracht haben.

Du bist mir lieb wie eine Tochter und ich weiß, dass du deine Familie nach Kräften unterstützen wirst, bis dein Pappa aus den größten finanziellen Schwierigkeiten wieder heraus ist. Daher habe ich ein Angebot an dich. Ich habe einen großen Schatz, von dem kaum jemand weiß, weil er für mich sehr wertvoll ist. Ich möchte, dass dies auch dabei bleibt."

Ich starrte meine Tante an und nickte nur sehr ernst.

„Daher werde ich dir, und nur dir, Zugang zu meinem Schatz gewähren. Du wirst dir die Essenz daraus aneignen und mit deinem Bruder gemeinsam dieses Wissen an eure Kunden weitergeben."

Völlig verwirrt, starrte ich immer noch. Was wollte sie mir sagen? Welche Kunden meinte sie?

Seraphia wollte etwas sagen, sah mich dann aber auffordernd an und sagte: „Komm einfach mit!"

Ich stieg mit ihr in das Obergeschoß und betrat zum ersten Mal ihre ganz private Schlafkammer. Dann nestelte sie einen Schlüssel aus den Falten ihres Kleides hervor und schloss die große Truhe auf, die eine Wand zwischen zwei Fenstern beherrschte.

Mit einer Geste auf den Inhalt meinte sie dann: „Dies ist mein großer Schatz, der mir schon viele Türen geöffnet hat und auch dir und Christoph helfen wird."

Ich blickte auf die alten Bücher, die sicher schon einige Jahrzehnte auf dem Buckel hatten und allesamt ziemliche Gebrauchsspuren aufwiesen. Dann erkannte ich einen Namen und wusste in dem Moment, um was es sich handelte. Hier lagen alle Tanzbücher meiner Tante gut verwahrt. Mir war der Titel „The Dancing Master" von John Playford ins Auge gestochen. Die letzte erweiterte Auflage davon war 1728[112] erschienen und die vorhandenen Exemplare waren heutzutage nicht leicht aufzutreiben und außerdem exorbitant teuer. Ich selbst besaß nur einen Band und hatte mir schon immer Zugang zu den übrigen gewünscht. Ich ging vor der Truhe auf die Knie.

„Dies sind die gesamten Tänze, die von Playford gesammelt wurden in der Originalausgabe von 1651 bis zur letzten Auflage von 1728. Alle etwa 900 Tänze. Ich habe ein paar Kunden, die auch in diesen Tänzen unterrichtet werden möchten. Aufgrund eurer derzeitigen Situation werden Christoph und du das übernehmen."

---

112 *Alle Ausgaben zusammengenommen, beschreibt der Dancing Master 1.053 Tänze inklusive Melodie, 186 Melodien ohne Tanz und 3 Lieder.*

„Oh, du bist einfach die beste Tante, die man haben kann!" Ich umarmte Seraphia und setzte mich dann.

„Das kommt mir sehr entgegen, da ich dieses Jahr viele andere Engagements habe und somit meist unterwegs bin. Diese Auftritte sind wesentlich besser bezahlt, als die Tanzstunden hier. Also ist es für mich ein finanzieller Vorteil, dass ihr die Tanzstunden an meiner Stelle macht. Wenn ihr die Kunden übernehmt, gehen sie wenigstens nicht zu einem anderen Maître de Dance[113] und falls ihr eines Tages doch nicht mehr weitermachen wollt, kann ich es wieder machen.

Es ist mit eurem Vater schon besprochen. Trotz euer beider Vorarbeit war es nicht ganz einfach, ihn zu überzeugen. Aber er ist letztendlich mit allem, was hilft, die Familie und das Geschäft zu retten, einverstanden. Allerdings vorerst nur, wenn du mit Christoph gemeinsam arbeitest, Vic."

„Hauptsache, ich kann unterrichten!"

„Natürlich geht ihr nur zu den besten Familien. Ich habe mit euren ersten Kunden die Preise – die üblichen – schon für euch ausgehandelt. Ihr beide seid fähig, dies zu tun und werdet am Montag beginnen. Ich bin überzeugt von eurem Erfolg. Zu eurem großen tänzerischen Können kommt, dass ihr auch menschlich genau die richtigen für so eine Aufgabe seid. Und euer Alter wird euch außerdem helfen. Denn viele der Schüler sind Kinder oder Jugendliche. Mit denen werdet ihr beide besonders gut zurecht kommen."

Ich war überwältigt und musste erst einmal meinen Mund schließen, der immer noch offen stand.

„Liebste Tante Seraphia, weißt du, dass du mir gerade einen meiner ganz großen Herzenswünsche erfüllt hast? Ich habe mir schon immer vorgestellt, wie wunderbar es wäre, Zugang zu allen Bänden von Playford zu haben. Und ich wollte schon immer wie du andere Leute im Tanz unterrichten."

Ich rappelte mich auf, drückte sie ganz fest an mich und gab ihr einen Kuss. „Du bist unser Schutzengel. Vielen Dank für dein Vertrauen. Wir werden dich nicht enttäuschen."

---

113 *Französich für Tanzmeister*

Feierlich übergab sie mir den zweiten Schlüssel für die Truhe. „Ich werde ihn hüten wie meinen Augapfel, Seraphia! Danke vielmals!"

Wir beratschlagten sofort, welche der allgemein recht verbreiteten Tänze wir mit unseren Kunden möglichst bald einstudieren sollten. Seraphia zeigte mir dann noch einige Tänze mit sehr eingängigen Melodien, welche mir noch nicht bekannt waren.

„Hast du schon alle irgendwann einmal getanzt?"

„Du wirst lachen, bei unserer Ausbildung hat sich unsere Balletttruppe in den Kopf gesetzt, alle einmal durchzutanzen. Ich glaube, wir haben es tatsächlich so ziemlich geschafft. Geholfen haben uns zwei befreundete Musiker, die alles vom Blatt spielen konnten und auch die nicht notierten Tänze zu einem großen Teil aus anderen Quellen kannten." Sie bückte sich nochmals und griff in einen anderen Teil der Truhe.

„Hier, diese nimmst du gleich mit und eignest dir die Tänze an. Das sind die neuesten Kontratänze[114], die im Land gerade Verbreitung finden. Die müsst ihr natürlich können."

Es war ein Packen handgeschriebener und gedruckter Zettel bzw. Heftchen, teilweise mit Zeichnungen der Tanzfiguren und genauen Beschreibungen. Dazu stand, zu welchem Musikstück der Tanz choreografiert worden war.

In den letzten Jahrzehnten hatten immer mehr bekannte Melodien aus beliebten Opern ihren Weg in die Tanzsäle Europas gefunden. Alle Komponisten, die etwas auf sich hielten, komponierten Tänze, um ihre eigene Bekanntheit zu steigern und ihr Schaffen nicht nur auf den Opern- oder Konzertsaal zu begrenzen.

---

114 *Übersetzt „Gegeneinander-Tanz". Zwei Paare stehen sich gegenüber und tanzen Figuren miteinander – in Perioden von 8 Takten.*

Tanzmeisterin

Nach wie vor benötigten unsere Eltern die Unterstützung von Christoph und mir. Wir schrieben Briefe, knüpften Verbindungen, entwarfen oder überprüften Verträge und kümmerten uns auch darum, dass alles rund um unser Heim wie gewohnt lief. Mamma war meist bei Pappa.

Trotzdem: schon in der darauffolgenden Woche hatten wir unsere erste Tanzstunde in einem Bürgerhaus in Reichenhall. Dort gab es sieben Kinder bzw. Jugendliche, die in den Tanz eingeführt werden sollten. Wir begannen die erste Einheit mit den Grundschritten. Das ging bemerkenswert schnell, denn unsere Schüler wollten alle lernen. Ich vermutete ja, anfangs, um uns schnell wieder los zu werden. Sie hatten alle ein bemerkenswert gutes Gespür für Rhythmus.

So konnten wir schnell ein paar einfache Kreistänze mit unseren Grundschritten probieren. Ich merkte dabei schon, dass es den Mädchen und Buben zunehmend Spaß machte. Da es sich um vier Mädchen und drei Jungs handelte, spielte ich meist meine Pochette und Christoph tanzte mit, damit es sich zahlenmäßig gut ausging. Zwischendurch setzte ich mich auch an das Pianoforte im Übungsraum. Wenn wir etwas zeigten, machten Christoph und ich das als Paar.

Bereits in der Woche darauf probierten wir die erste *Anglaise*[115] mit unseren Schülern.

„Nein, nein, die Dame steht gegenüber. Es gibt eine Damenreihe und eine Herrenreihe. Diese beiden Reihen stehen sich gegenüber."

Es dauerte eine Weile, bis alle es verstanden.

„Ja, genau so. Ich bin das Orchester. Hier bei mir ist oben. Nun fassen sich die ersten vier zu einem Kreis. Das Paar, das mir am nächsten steht, ist Paar eins. Alle anderen kom-

---

115 *Anglaise, die in einer langen Doppelreihe getanzt wird. Die Mönner stehen den Frauen gegenüber. Zu einem Set gehören immer 4 oder 6 Personen. Bei jedem Durchgang bzw. jeder Strophe wandern die Paare um einen Platz weiter, sodass immer wieder neue Tanzpaare aufeinander treffen.*

men nach und nach als Paar zwei dazu. Wer ist Paar eins? Hände hoch."

Überraschenderweise meldete sich das richtige Paar.

„Genau. Sie tanzen nach unten. Die anderen sind die Zweier-Paare. Diese tanzen nach oben. Das Zweier-Paar, das oben angelangt ist, pausiert einmal und tanzt dann als Paar eins wieder nach unten. Dasselbe gilt für das unten angelangte Einser-Paar. Das tanzt nach einer Pause als Zweier-Paar wieder nach oben. Sobald das erste Einser-Paar als Zweiter-Paar wieder oben angekommen ist, ist der Tanz zu Ende."

Sieben erwartungsvolle Augenpaare waren auf mich gerichtet.

„Genau deshalb wird sich jeder nicht nur merken, was er bzw. sie gerade zu tun hat, sondern auch, welche Schritte das andere Paar in der Zwischenzeit macht."

Die Augen weiteten sich bei manchem Schüler.

„Alles nicht so wild, wir gehen das jetzt langsam an. Schritt für Schritt. Zuerst machen wir alles in der jetzigen Aufstellung. Dann wechseln wir die Positionen und üben erneut."

Christoph und ich zeigten Schritte und Figuren.

„Was, ich soll mit einem Herren diese *Handtour* tanzen?" maulte einer der Burschen.

„Wenn Ihr niemals einem anderen Herren die Hand geben oder mit ihm ein *Dos-a-dos* tanzen wollt, dann solltet Ihr jetzt sofort den Tanz aufgeben und euch vielleicht besser auf die Jagd oder die Astronomie spezialisieren.

Es ist nun mal so, dass wir mit beiden Geschlechtern agieren. Beim Fechten ist das auch ähnlich wie ein Tanz mit einem Gegner. Da würdet Ihr ja wohl auch nicht kneifen, oder?

Solange wir mit Würde tanzen, wird dies weder unsere Stellung in der Gesellschaft noch eine bestehende Achtung vor uns angreifen. Ludwig XIV. war ein leidenschaftlicher Tänzer und ein großer Herrscher."

Der Junge war etwas besänftigt und blieb auf seinem Platz. Es wurde weiter getanzt.

Nach einiger Zeit unterbrach ich. „Bitte, meine Herren, mehr Haltung bei der Referenz. Ihr seht ja aus, wie nasse Säcke, die jemand über die Mauer zum Trocknen gehängt hat." Ein Kichern schüttelte die Jugendlichen. „Ihr beugt den Oberkörper nach vorne, ohne einen Buckel zu machen."

„Und die Damen gehen zwar in die Knie, aber sie machen keinen Diener. Rücken gerade! Sonst könnte es sein, dass eine Dame mit ihrer Kammerzofe verwechselt wird. Ihr müsst würdevoll aussehen."

Auch die Anglaise lernten unsere Schüler recht schnell. So schnell, dass sie unbedingt ihren Eltern zeigen wollten, welche Fortschritte sie schon gemacht hatten.

Also wurde über den Majordomus angefragt, ob diese gewillt waren, einer kurzen Aufführung beizuwohnen. Sie kamen und sahen sich mit zunehmend stolzem Ausdruck die Fortschritte ihrer Kinder an.

„Ach, wie gut unsere Kinder schon tanzen können! Es sieht sehr erhaben aus, finde ich." Die Dame des Hauses klatschte nach der Darbietung und strahlte.

„Die beiden jungen Leute haben es erstaunlich schnell geschafft, aus unserem wilden Haufen gesittete Tänzerinnen und Tänzer zu machen. Das hätte ich nicht gedacht."

Zu uns gewandt fügte der Herr an: „Sie haben mich angenehm überrascht. Wir werden Ihre Dienste weiterhin in Anspruch nehmen und Sie auch weiterempfehlen." Er sprach nun Christoph an: „Wie geht es Ihrem Herrn Vater?"

Christoph sprach mit ihm, während ich noch mit der Dame des Hauses eine kurze Unterhaltung führte. Wir hatten unsere Sache gut gemacht.

Mein Bruder und ich spazierten in bester Laune nach Hause. Wir waren zu Fuß, da es nicht sehr weit war.

„Schwesterchen, dein Spiel auf dem Pianoforte wird immer besser!"

„Und deine Referenz wäre eines Kaisers würdig. Du siehst sehr gut aus, wenn du tanzt. Wenn du nicht gerade mein Bruder wärst, würde ich mich vielleicht sogar in dich verlieben." Er grinste.

„Wir bekommen von dem Hausherrn ein Empfehlungsschreiben. Ist das nicht wunderbar? Die Sache macht mir sehr viel Freude."

Dieses Empfehlungsschreiben legten wir nur eine Woche später Pappa vor. Es waren anscheinend die Stimmen unserer jungen Schüler mit eingeflossen. Denn es war wahrhaftig ein Dokument, das die Freude an der Teilnahme an unserem Unterricht widerspiegelte. Ich hatte den Eindruck, dass Pappa stolz war, obwohl er sich dazu nicht äußerte.

Alte Philosophen

Pappa hatte sich immer schon Neuerscheinungen von einigen Philosophen zusenden lassen.

Nun kam ein Päckchen an mit einem Buch von Johann Gottfried Herder mit dem Titel „Auch eine Philosophie der Geschichte zur Bildung der Menschheit". Ich stürzte mich sofort darauf und las es in den Abendstunden Pappa vor.

Dabei machte ich mir so meine Gedanken zu den gelehrten Texten. So musste ich dem Herrn Herder Recht geben mit seiner Feststellung über Ägypten:

„... Nun kam eine Industrie auf, wie sie der selige, müßige Hüttenwohner, der Pilger und Fremdling auf Erden, nicht gekannt hatte: Künste erfunden, die jener weder brauchte noch zu brauchen Lust fühlte. ..."

Hatte ich doch zu meiner Zeit in München erlebt, wie sich in den Geschäften Dinge stapelten, deren Sinn sich mir nicht erschloss und die meiner Meinung nach unsere Welt einfach nicht brauchte.

„... Die Welt wurde weiter: Menschengeschlechter verbundner und enger. Mit dem Handel eine Menge Künste entwickelt, ein ganz neuer Kunsttrieb insonderheit, für Vortheil, Bequemlichkeit, Üppigkeit und Pracht! ..."

Bei manchen Absätzen überlegte ich, wie diese denn beispielsweise in hundert Jahren gelesen werden würden. Würde man dem Text Herders immer noch zustimmen können oder wäre zu der Zeit schon wieder alles ganz anders?

Da ich merkte, dass Pappa durch den Text eher etwas ermüdete, nahm ich ein Werk von Christoph Martin Wieland zur Hand, welches wir beide schon kannten und nochmals genießen konnten: *Musarion oder Die Philosophie der Grazien*. Darin kamen auch ein paar Philosophen vor, die überraschend menschlich agierten.

Pappa und ich genossen diese Stunden. Und für Mamma war es eine Erleichterung, wenn sie wusste, dass sie ungestört Zeit für geschäftliche Arbeiten oder für ihre Violine hatte.

In diesen Tagen fiel ich sozusagen über einen Artikel in einem alten Magazin, der Pappa sehr amüsierte. Dort wurde von einem Franzosen erzählt, der vor etwa zweihundert Jahren gelebt hatte und Leibarzt eines Kardinals war. Mit diesem Kardinal reiste er nach Holland und Italien und war somit an mehreren Meeresküsten, wo er mit Vorliebe Meerestiere beobachtete. Guillaume Rondelet erzählte unter anderem von einem Haifisch, in dessen Magen eine komplette Ritterrüstung gefunden wurde.

„Was meinst du, Pappa: War der Ritter selbst auch mit dabei, als die Rüstung ihren Weg ins Maul des Hais fand? Und hat Rondelet die Gebeine des Ritters auch mit gefunden?" Pappa kicherte vor sich hin.

„Aber das verrät der Text leider nicht. Vielleicht war der Besitzer der Rüstung auch schon verdaut." Ich lachte.

Wir spekulierten stundenlang, aus welchem Jahrhundert und welchem Land die Rüstung gewesen sein könnte und wie alt und groß wohl der Ritter gewesen war, dem sie gehört hatte. Welcher Helm war wohl dabei? Wie sahen die Handschuhe aus? Hatten die Knieschienen Spitzen oder nicht?

Genauso spekulierten wir über die Art und Größe des Hais. Wir wussten nur, dass es verschiedene Arten gab von recht handlich bis sehr groß, aber beide hatten wir noch nie einen Hai gesehen. Wir hatten viel Spaß dabei.

Pappa hat mir feierlich einen Vertrag überreicht, der aussagt, dass er mir das Geld von meiner Apanage und der Vermietung meines Palais nach und nach wieder zurückzuzahlen würde. Selbstverständlich muss ich das nicht alles wieder haben, aber ich finde es von ihm sehr anständig, dass er dies gemacht hat. Denn es würde mich schon sehr beruhigen, wenn ich selbst auch wieder etwas Geld zur Verfügung hätte.

Besuch

Dann traf Frederik bei uns ein. Ich umarmte ihn stürmisch, als er in den Salon geführt wurde.

„Vic! Bin ich froh, dich zu sehen!" Frederik drückte mich ganz fest an sich. Er platzierte einen Kuss auf meine Wange.

Mutter schaute im ersten Moment ein wenig pikiert.

„Victoria, wusstest du von diesem Besuch?"

„Ja, Mamma. Es ist alles vorbereitet. Frederik möchte hier keine kulinarischen Wunderwerke erleben, sondern mich besuchen. Er weiß um die etwas angespannte Lage. Ich habe euch ja von seinem Brief erzählt."

„Ich habe Vic gebeten, niemandem etwas zu sagen, damit kein Aufwand betrieben wird wegen mir."

Nun stand Mamma auf und bot ihm ihre Hände. „Sie sind herzlich willkommen, Herr von Barby. Und auch nochmals vielen Dank für das Geld aus Ihrem Gewinn, das Sie uns überlassen haben. Das hilft uns ungemein."

„Danke für die freundliche Aufnahme, Madame von Sommerauer."

„Mamma, bitte vergib mir, dass ich dir Frederik gleich wieder entreiße. Komm, ich zeige dir meine Stute, von der ich dir immer vorgeschwärmt habe. Und du musst unbedingt den Kleinen sehen. Er ist verkauft, aber wir haben ihn noch in Ausbildung hier. Der Wallach ist so ein wundervolles Pferd. Er hat uns einen Batzen Geld gebracht. Du wirst ihn mögen, den Schlawiner."

„Aber Vic, lass deinen Besuch doch erst einmal ausruhen!" Mamma sah mich tadelnd an.

„Danke, Frau von Sommerauer. Aber das ist schon in Ordnung. Ich freue mich so sehr, Vic wiederzusehen, dass ich jetzt auch gar nicht ruhen möchte." Frederik verbeugte sich artig vor meiner Mutter.

Ich zog Frederik hinter mir her und er amüsierte sich über mich.

Zwischen Haus und Stall blieb ich stehen. „Tut mir leid, dass ich dich nicht einmal verschnaufen lasse. Aber ich platze regelrecht vor Neugierde. Du und Krümmelbein?"

„Ja, ich und Andreas. Ich habe ihn von diesem unsäglichen Seemannsgestrüpp befreit, das manche Bart nennen. Er sieht umwerfend aus. Ich wollte ihm Gesellschaft leisten, weil er ja alleine in einer fremden Stadt war. Als erstes zerrte ich ihn zum Bader[116]. Wir unterhielten uns lange und intensiv. Schon in den ersten Tagen bemerkte ich erfreut, dass ich einen neuen Freund gefunden hatte. Daraufhin verpasste ich ihm die Kleider von Jacob. Er sieht edel darin aus. Fast so umwerfend wie Jacob selbst.

Ich half ihm bei den Verhandlungen mit ein paar Leuten, denen du schon geschrieben hattest und machte ihn mit neuen Kunden bekannt. Das hat sehr geholfen, eine Vertrauensbasis zu erreichen, die er alleine keinesfalls bekommen hätte.

Irgendwann in der zweiten Woche bemerkte ich, wie er mich immerzu beobachtete. Ich fragte ihn, warum er das tue und er antwortete mir, dass er schöne Menschen immer gerne betrachte. Und plötzlich lagen wir uns in den Armen und küssten uns.

---

116 Bader bzw. Barbier: Er war für die Körperpflege zuständig und zudem meist Wundarzt bzw. Arzt der kleinen Leute.

Später erzählte ich ihm von Jacob. Er sagte, er hätte dich immer schon bewundert, aber nun, mit seinem neuen Wissen um dich, würde er dich geradezu verehren. Er stimmte zu, dass ich dir – und nur dir – von uns erzählen dürfe. Zuerst wollte er nicht, aber ich habe ihn überzeugt, dass ich so eine Entwicklung niemals vor meiner besten Freundin geheim halten könnte. Ich bin glücklich. Auch wenn wir uns länger nicht sehen werden."

„Ich freue mich so sehr für dich, lieber Frederik." Damit hängte ich mich bei ihm ein und wir gingen die restliche Strecke zum Stall. Er war begeistert von unseren Pferden und bat darum, den Kleinen reiten zu dürfen, was ich ihm natürlich ermöglichte.

Frederik und ich lieferten uns ein kleines Rennen in der Saalachau und er war hingerissen von unserem Jungpferd.

„Ich wäre fast versucht, ihn zu kaufen. Ich hoffe, er kommt in gute Hände. So ein Pferd ist wie eine Lebensversicherung. Der Junge will um jeden Preis gefallen und reagiert sehr sensibel."

Ein paar Tage später ritt ich mit Christoph und Frederik in die Stadt. Dort trafen wir auf zahlreiche Bekannte. Manche, die nicht zu unserem engeren Freundeskreis zählten, hatten mich seit vor meiner Hochzeit mit Jacob nicht mehr gesehen und brachten mich auf den neuesten Stand in ihren Leben.

Die interessanteste Nachricht, die wir erfuhren, war dennoch nicht aus der Stadt, sondern, dass am 10. Mai der französische König Ludwig XV. gestorben war.

„Und noch am selben Tag wurde sein Enkel Ludwig XVI. zum König proklamiert. Er ist doch mit dieser Österreicherin verheiratet, einer Tochter von Maria Theresia. Mir fällt ihr Name gerade nicht ein."

„Du kannst dir auch nichts mehr merken. Das ist doch die Maria Antonia oder Marie Antoinette, wie sie sich jetzt nennt."

„Ja, stimmt, so heißt sie, die Kaiserstochter, die nun wohl Königin in Frankreich wird."

Es wurde viel getratscht und gelacht und abends nahmen wir gemeinsam an einem kleinen, privaten Ball teil.

Es war eine schöne Zeit mit Frederik. Durch die neue Liebe hatte er auch wieder neuen Elan und er strahlte eine Freude aus, die ich das letzte Mal am Morgen vor Jacobs Tod an ihm gesehen hatte. Ich freute mich auch für unseren Herrn Krümmelbein. Denn der hatte immer so einen etwas traurigen Ausdruck in seinen Augen gehabt, der mir aufgefallen war. Ich war mir sicher, dass auch dieser sich verändert hatte mit der neuen Situation.

Obwohl Christoph und ich so einige Tanzstunden zu geben hatten, blieb uns noch genügend Zeit für Vergnügungen mit Frederik und anderen Freunden.

Wir machten einen Tanznachmittag mit Freunden, Kunden und Nachbarn, zu dem auch die Mozart-Geschwister kamen.

Wolfgang stürmte schon einige Zeit vor Beginn herein. „Ich habe einen herrlichen Tanz komponiert. Vic und Christoph, ich brauche dafür passende Figuren. Nicht zu einfach bitte!"

Wir machten uns sofort daran, eine Choreografie zu erstellen, was uns Freude bereitete.

Wir übten neben dem Stück von Wolfgang ein paar weniger bekannte Tänze ein. Die Stunden vergingen viel zu schnell. Auch Frederiks Aufenthalt ging dem Ende zu.

Felsentheater Hellbrunn

Nach zwei Wochen seines Besuches hatte Frederik Christoph und mich zu einem besonderen Ausflug eingeladen. Denn es gab einen öffentlichen Opernabend im Felsentheater des Schlosses Hellbrunn. Gegeben werden sollte die Oper *L'infedeltà delusa* von Joseph Haydn.

Wir ritten schon tags zuvor nach Salzburg zu unseren Verwandten und gleich am Morgen weiter zum Schloss Hellbrunn. Frederik hatte unter der Hofgesellschaft einen guten Freund aus Studienzeiten. Dieser hatte ihn ursprünglich eingeladen und auf Frederiks Bitte durfte er uns mitbringen.

Der Erzbischof selbst wurde erst für ein paar Tage später dort erwartet, da er noch in der Stadt zu tun hatte. Somit war es eine ungezwungene Gesellschaft, die sich bei unserer Ankunft in Hellbrunn dort herumtrieb.

Frederiks Freund, Willibald von Dachsbeck, empfing uns um die Mittagszeit vor dem Schloss. Unsere Pferde wurden den Stallburschen übergeben und Frederik stellte uns seinem Freund vor.

„Willi, hier sind meine guten Freunde Victoria, Gräfinwitwe von Falkenstein, und ihr Bruder Christoph von Sommerauer."

„Willkommen in Schloss Hellbrunn! Ich habe schon lange gehofft, dich mal hier begrüßen zu können, Frederik. Wir haben uns ja schon Jahre nicht mehr gesehen."

„Ich bin zu Besuch bei den von Sommerauers und dachte, ich nutze die Gunst der Stunde. Da du so von dem Felsentheater geschwärmt hast und meine Freunde auch so gerne neue Erfahrungen machen, freut es mich umso mehr, dass wir alle gemeinsam hier sein können."

Wir spazierten nach einem kleinen Imbiss durch das Areal der Wasserspiele, die vor etwa 150 Jahren durch den Bauherrn Erzbischof Markus Sittikus angelegt worden waren. Es hatten sich uns noch ein paar Bekannte von Willi angeschlossen. Es war eine recht lustige Gesellschaft.

Unser neuer Bekannter wusste ziemlich viel zu erzählen über die Wunderwerke, die ein längst verstorbenes Genie sich hier erdacht hat.

Ich zitiere die nächsten Zeilen aus meinem Brief an Tante Seraphia.

Als allererstes führte uns Willi vom Schlosspark her zu einem ganz außerordentlichen mechanischen Theater, das im Auftrag von Erzbischof Andreas Jakob Graf Dietrichstein von 1748 bis 1752 gebaut wurde. Wir standen davor und bewunderten lange die vielen Details dieses Wunderwerkes der Handwerkskunst.

Verschiedene Handwerker wurden bei ihrem Tagwerk gezeigt. Es wurde gesägt, gehämmert, geschlachtet und vieles mehr. Dazu sahen wir Soldaten und Menschen verschiedener Stände, also von Bauern bis zu Adligen. Es gab immer wieder etwas neu zu entdecken in diesem erstaunlich großen Theater, in dem sich so viel bewegt.

„Es sind 141 bewegliche und 52 unbewegliche Figuren. Ihr braucht also nicht zu zählen. Ich habe mich lange mit dem Mann unterhalten, der die Mechanik wartet. Es handelt sich dabei wie bei einem Uhrwerk um zahlreiche Zahnrädchen, Drähte und Wasserräder. Er hat es mir gezeigt auf der Rückseite. Einfach faszinierend", erklärte Willi.

Um den Lärm des Antriebs-Wasserwerkes zu übertönen, spielt das Theater auch noch eine Orgel. Es kann aus drei Stücken vom Hofkapellmeister Johann Ernst Eberlin ausgewählt werden. Wahrlich ein Meisterwerk der Mechanik. Ich konnte gar nicht genug bekommen von diesem Anblick. Wir standen wirklich da, wie kleine Kinder, die mit großen Augen vor einem Verkaufsstand mit den schönsten Spielsachen stehen.

Aber nun weiter. Der Rest des Areals mit den Wasserspielen ist auch höchst interessant. Es gibt fünf kleinere Grotten mit Wasserautomaten mit den Themengebieten Handwerk und Mythologie.

Dann gibt es noch ein paar größere Grotten. Ganz zauberhaft ist meiner Meinung nach die Vogelsanggrotte. Drei verschiedene Vogelstimmen sind dort täuschend echt zu hören. Sie entstehen durch Wasser- und Trockenpfeifen. Aber auch die Neptungrotte mit der Augen rollenden Fratze, die eine lange Zunge ihrer Nase entgegenstreckt, ist herrlich. Und ich liebe die Midasgrotte, in der ein Wasserstrahl eine goldene Krone hebt und in der Höhe hält.

Willi kennt sich inzwischen mit der Mechanik dort bestens aus und hier und dort wurden wir von plötzlichen Fontänen überrascht, die er in Gang setzte. Sogar aus den Spitzen der Geweihe von den Hirschköpfen, welche die Eingänge zieren, spritzte uns das Wasser entgegen. Aber da es ein sehr warmer Tag war, war alles eitel Freude und Gelächter.

*Da ich nun schon Willis Humor und den des Erbauers zu
kennen glaubte, hütete ich mich, mich mit an den Fürstentisch
zu setzen. Ich schützte einen beginnenden Sonnenstich vor und
begab mich in den Schatten. So kam es, dass ich die einzige in
unserer illustren Runde war, die keine nasse Kehrseite hatte, als
wir das Areal verließen. ...*

Gegen Abend nun wanderten wir mit ein paar Dienern,
die Körbe mit Essen und Getränken trugen, zum Stein-
theater, um uns die Opernaufführung anzusehen. Da die
Handlung in der Toskana spielt, passte der Ort der Aufführung einfach perfekt. Ich fand es auch erfrischend, eine
Oper zu sehen, in der keine Götter vorkommen. Es war ein
Genuss für Augen und Ohren.

Wir Zuschauer schmausten derweilen ganz gemütlich
und freuten uns an dem lauen Sommerabend. Einzig die
kleinen Mücken wurden am Ende richtig lästig, als wir uns
im langsam schwindenden Licht auf mit Fackeln beleuch-
teten Pfaden zwischen den Wiesen wieder zurück zum
Schloss begaben. Bei manchen sah es wie ein grotesker
Tanz aus, wenn sie versuchten, nach den Biestern zu schlagen. Das amüsierte mich so sehr, dass ich fast nicht darauf
achtete, wie viele Blutsauger mich anfielen. Im Endeffekt
war es gar nicht so schlimm, wie ich dachte.

Das letzte Dämmerlicht brachte die drei Männer und
mich am erzbischöflichen Wildtiergarten vorbei zur
bischöflichen Sommerresidenz in Anif[117]. Willi war dort
Gast und hatte es arrangieren können, dass auch wir dort
nächtigen konnten. Es handelt sich um einen recht schlichten Bau. Als Schloss hätte ich es nicht betitelt.

Wir wurden von einem gutaussehenden Herren in unserem Alter erwartet. „Willkommen auf Schloss Anif. Willi,
es freut mich, dass du doch einmal hierher gefunden hast
– und auch noch so sympathische Gäste mitbringst!"

Die beiden umarmten sich herzlich und klopften sich dabei
gegenseitig auf den Rücken, wie das Männer gerne tun.

---

117 *Heute sieht das Wasserschloss Anif eher wie ein Traum aus Zuckerguss aus. Es ist
leider in Privatbesitz.*

„Guten Abend, lieber Konrad. Ja, ich freue mich auch, dich endlich mal wieder zu sehen, alter Freund. Ich habe meinen lieben Freund Frederik von Barby mitgebracht. Ich denke, du kannst dich noch an ihn erinnern? Victoria, Gräfinwitwe von Falkenstein war die Gattin seines besten Freundes Jacob. Und hier haben wir noch Christoph von Sommerauer, Vics Zwillingsbruder.

Freunde, dies ist Konrad von Ehrenfels, der hier den Laden am Laufen hält. Wir kennen uns von der Universität in Ingolstadt. Allerdings hat er Medizin studiert und ich Philosophie. Hin und wieder sind wir miteinander etwas trinken gegangen. War immer recht lustig mit ihm!"

„Glaubt ihm nicht alles! Willi erzählt gerne Geschichten. Und zwar nicht nur philosophische."

„Ja, ja, aber was du mir glauben musst, ist die Tatsache, dass du gerade drei exzellenten Juristen gegenüberstehst. Also pass auf, mein Lieber. Vic ist nämlich die Frau, die damals auch in Ingolstadt studiert hat und die wir zu unserem Bedauern nie kennengelernt haben, weil wir diesen verdammten Ball versäumt haben. Wegen dieser fohlenden Stute, bei der ich dir helfen sollte. Ich glaube, schon damals warst du mehr auf Tiere fokussiert."

Konrad lachte. „Kann sein, mein Freund. Aber der Abend war sehr nett mit den ganzen Stallburschen und du hattest danach ein Techtelmechtel mit dieser Kammerzofe." Willi verdrehte die Augen und ich musste mich beherrschen, nicht zu lachen.

Konrad sah uns drei nun neugierig an. Vor allem blieb sein erst überraschter, dann bewundernder Blick lange an mir hängen.

„Über Sie habe ich schon die wildesten Geschichten gehört. Rund um den Chiemsee wird erzählt, dass das Grafenpaar zu Falkenstein unerkannt als Straßenmusiker in Endorf erschien und alle Leute zum Tanz animierte. Stimmt das?"

Ich lachte. „Ja, das ist wahr. Es war allerdings nicht meine Idee. Aber es war ein prächtiger Abend!"

Konrad bat uns ins Innere des Schlosses.

„Habt ihr schon gegessen oder mögt ihr noch eine Kleinigkeit?"

Willi antwortete für uns alle. „Ich glaube, wir bringen alle noch etwas unter, trotz der Speisen im Theater."

Wir bekamen ein einfaches und wunderbares Nachtmahl aus frisch gebackenem Brot mit zartem Rindfleisch und verschiedenen Käsesorten, dazu Erdbeeren sowie einen vorzüglichen Burgunder vorgesetzt.

Der Raum, in dem uns das kredenzt wurde, wirkte gemütlich mit den dunkelroten Tapeten und der Tisch hatte genau die richtige Größe für unsere Gesellschaft. Die Stühle waren gepolstert und sehr bequem.

„Konrad, was macht ein Arzt in der Sommerresidenz der Bischöfe, wenn der Bischof gar nicht hier ist?" Frederik wunderte sich.

„Ach, das ist ganz einfach. Ich bin nämlich nicht nur Arzt für Menschen, sondern auch für Tiere. Habe nach meinem Studium in Ingolstadt noch ein weiteres an der „Lehrschule zur Heilung der Viehkrankheiten" in Wien absolviert. Der Bischof hat einen Leibarzt, der immer um ihn sein muss. Ich dagegen bin teilweise für die Menschen im Dienst des Bischofs und teils für seine besonders wertvollen Tiere zuständig.

Da wir hier im Moment sowohl einen kranken Haushofmeister als auch einen verletzten Jagdhund haben, bin ich ohne meinen Dienstherren Ferdinand Christoph von Waldburg-Zeil in Anif, bis beide wieder genesen sind. Bis dahin ist vermutlich auch der ganze Hof hier. Deshalb ist es gut, dass ihr gerade jetzt zu Besuch gekommen seid. Später hätte ich euch wohl kaum hier unterbringen können und außerdem keine Zeit gehabt."

„Ich stelle es mir sehr interessant vor, wenn man Menschen und Tiere gleichsam behandeln kann und ihnen damit hilft, sich wieder besser zu fühlen. Das ist doch sicher eine sehr befriedigende Sache, oder?" Ich war interessiert an Konrads Profession.

„Oh ja, es ist sehr schön, zu sehen, wie es nach einer Verletzung oder Krankheit wieder bergauf geht. Aber leider gibt es auch Schattenseiten. Wie vermutlich jeder sehe ich nicht gerne ein Wesen sterben. Aber das kommt mit meinem Beruf, dies zu erleben.

Manche Tiere muss ich auch selbst erlösen von Schmerzen und Verfall. Das schlimmste Erlebnis war für mich bisher, als ich meinen geliebten Jagdhund Brutus erschießen musste, nachdem er von einem Wildschwein schwer verletzt worden war."

Ich musste an Jacob denken und wurde schlagartig traurig. Konrad merkte sofort, dass meine Stimmung sich geändert hatte.

„Was ist dir, Vic? Habe ich etwas Falsches gesagt? Es tut mir leid, wenn ich deine zarten Gefühle mit meiner Schilderung verletzt habe." Konrad sah mich erschrocken an.

„Es liegt nicht an dir und auch nicht an den Schilderungen an sich. Du konntest nicht wissen, dass mein Mann durch den Angriff eines Wildschweins so schwer verletzt wurde, dass er nur Minuten später verstarb. Die Erinnerung schmerzt mich immer noch. Es war ein schrecklicher Moment, als wir seinen Tod miterleben mussten."

Konrad wurde ebenfalls bleich. „Wenn ich das geahnt hätte ... es tut mir schrecklich leid, dass ich diese Erinnerung wieder ans Tageslicht gezerrt habe mit meiner unbedachten Bemerkung. Bitte verzeih mir, dass ich diesen Fauxpas begangen habe."

Frederik, der links von mir saß, nahm meine Hand auf seiner Seite und drückte sie freundschaftlich, sprach dann auch zu Konrad. „Ja, es war ein schwarzer Tag für uns alle. Jacob war mein bester Freund seit Studienzeiten. Aber woher hättest du es wissen sollen."

Ich musste mich nun beschäftigen. Da ich vorher schon ein Cembalo in einer Ecke stehen sehen hatte, deutete ich darauf. „Darf ich?"

„Aber selbstverständlich, liebe Vic. Vor allem, wenn es dir hilft, wieder auf andere Gedanken zu kommen."

Ich setzte mich an das Instrument und spielte eine lustige Weise, die ich von Nannerl gelernt hatte. Dann stimmte ich noch ein Studentenlied an und sang den Text mit. In der nächsten halben Stunde standen die Männer um mich herum und wir sangen gemeinsam einige der alten Lieder, die uns an unsere Studienzeiten in Ingolstadt erinnerten.

Es wurde doch noch ein sehr netter Abend und Konrad erzählte von einigen lustigen Abenteuern mit Tieren.

„Ich sitze also nach der anstrengenden Behandlung eines Arbeiters, der sich die Hand mit einer Säge halb abgetrennt hat, auf der Bank in der Sonne, als plötzlich ein großer Hund um die Ecke saust. Bis ich überhaupt reagieren kann, sitzt dieser auf meinem Schoß und leckt mir das Gesicht ab. Starr vor Schreck sitze ich also dort mit einem Hund von etwa 130 Pfund[118] auf dem Schoß. Ich versuche, ihn irgendwie abzuwehren, als ein Knabe in meine Richtung rennt und immer „Kuno, Kuno!" ruft.

Als er vor mir steht, zerrt er den Hund von mir herunter. ‚Tut mir leid, Herr. Kuno riecht Blut mindestens aus zwanzig Klaftern[119] Entfernung.' Er sieht mich an und grinst. ‚Zumindest ist Ihr Gesicht jetzt vollkommen sauber. Wenn auch nicht Ihre Kleidung.' Schimpfend mit dem Bluthund entfernt er sich wieder."

Wir lachten, als wir uns die Situation bildlich vorstellten.

Christoph und ich sprachen über unsere Studienerlebnisse und Frederik von seiner letzten Begegnung mit seinem Bruder. Willi hatte ein paar amüsante Geschichten vom Salzburger Hof beizusteuern.

Erst spät gingen wir alle gesättigt und zufrieden in unsere Betten.

Da die Herren noch nicht auf waren, als ich am Morgen das Erdgeschoss erreichte, machte ich einen kleinen Rundgang im Garten und ließ mich von meiner Umgebung völlig verzaubern. Konrad gesellte sich schon bald zu mir. Ich fühlte mich in seiner Gegenwart sehr wohl.

---

118 *Ein Pfund waren damals ca. 360 Gramm*
119 *Ein bayer. Klafter zu 6 Fuß waren 1,751155 Meter.*

Er zeigte mir ein paar schöne Ecken mit einem Pavillon, einem kleinen Teich, hier einer versteckten Bank, dort einem Baum mit einer Schaukel.

„Vic, ich möchte nicht aufdringlich erscheinen, aber ich würde sehr gerne wissen, ob ich euch einmal besuchen kommen darf. Ich bin froh, euch alle kennengelernt zu haben. Es ist so wundervoll, Menschen um sich zu haben, mit denen man sich über alle Themen unterhalten kann und die einen ähnlichen Humor besitzen, wie man selbst."

Ich nickte. „Wir würden uns freuen, dich als Gast begrüßen zu dürfen."

In der Sekunde hörten wir Willis Ruf. Er kam auf uns zu. „Wir möchten nicht ohne euch frühstücken, aber dass die Eier kalt werden, ist uns auch zuwider. Nun kommt schon, ihr beiden. Der Garten läuft euch nicht davon."

Gerade, wo es interessant wurde, musste er uns unterbrechen. Immer das Gleiche! Nach einem ausgiebigen Frühstück ritten wir wieder nach Hause zurück. Willi und Konrad begleiteten uns bis nach Berchtolsgaden. So hatten wir noch einige Zeit, um uns zu unterhalten. Konrad und ich schafften es aber nicht, unser Gespräch fortzusetzen. Ich teilte ihm allerdings unsere Adresse mit und wie er uns finden konnte.

Speisen alfresco

Nur ein paar Tage später machten wir einen Ausflug. Dazu waren auch Willi und Konrad eingeladen. Frederik wurde von mir in der Chaise[120] kutschiert, Christoph ritt mit Willi und Konrad nebenher. Bei schönstem Sommerwetter bewegten wir uns in dieser Zusammenstellung erst nach Reichenhall.

---

120 *Leicht gebaute, zweisitzige Kutsche mit beweglichem halbem Verdeck.*

Da sowohl Christoph als auch ich fasziniert sind von den zwei Gradierhäusern auf dem Traunfeld, die mit einem Steg verbunden sind, zeigten wir diese unseren Besuchern natürlich. Auch diese standen absolut hingerissen vor dem gut fünfundsechzig Fuß[121] hohen und zweimal etwa fünfzig Ruthen[122] langen Konstrukt. Gerade im Sommer fand ich die Luft dort sehr angenehm. Meiner Meinung nach ein wenig vergleichbar mit der Luft im Hafen Hamburgs. Ein wenig feucht und aromatisch-salzig.

Die Gradierhäuser hier wurden zur Energieeinsparung erbaut. Durch das Herabrieseln des Wassers über die Schwarzdornzweige wurde der Salzgehalt der Sole erhöht, man sparte sich den viel Holz benötigenden Siedeprozess.

In der direkten Nachbarschaft der Gradierwerke, beim früheren Schloss Achselmanstein, in dem seit ein paar Jahren eine Baumwoll-Stickerei untergebracht war, stießen unsere Freunde Katharina und Michael Tonhauser auch in einer Chaise zu uns. Michael war Oberstleutnant mit einem eigenen Bataillon und hatte gerade Heimaturlaub.

Gemeinsam fuhren und ritten wir weiter nach Marzoll, wo die Familie Lasser zu Lasseregg zum Speisen *alfresco*[123] geladen hatte.

Aber erst wollten unsere Gastgeber und ein Paar aus der Gmoa[124] noch mit uns gemeinsam einen kleinen Ritt bis an die Stadtgrenze Salzburgs unternehmen. Alles war grün und bunt. Überall in den Wiesen blühten die schönsten Blumen. Einfach herrlich, der Sommer. Auf Höhe von Marzoll hatten wir statt des im Frühjahr intensiven Bärlauch-Geruchs den Duft von frisch geschnittenem Gras in der Nase, der von den Wiesen her wehte.

Bei unserer Rückkehr wurden wir im Schlosshof des Schlosses Marzoll empfangen. Ein paar Bedienstete kümmerten sich um unsere Pferde und wir wurden in den

---

121 1 Bayer. Fuß = 0,2918592 Meter
122 1 Ruthe = 10 Fuß = 2,918592 Meter
123 Speisen im Freien. Der Begriff Picknick wurde erst später geprägt.
124 Die Gmoa ist heute zweigeteilt in das österreichische Großgmain und das bayerische Bayerisch Gmain.

Schlossgarten geführt, wo auf einer Wiesenfläche zwischen den Obstbäumen ein herrliches Angebot an Speisen auf uns wartete. Es gab verschiedene Fleischarten, gebratenes Gemüse, Brot, Käse, kleine Kuchen und Obst. Wir ließen uns nieder und empfingen jeder ein Glas Champagner aus der Hand eines livrierten Dieners. Es sah alles so stilvoll aus.

Es wurde geschlemmt und gelacht. Irgendwann sprang ich auf und holte meine Pochette aus der Chaise. Während ich den Obstgarten erneut betrat, spielte ich einen Tanz. Alle sprangen auf und die Lassers klatschten begeistert in die Hände.

„Was für eine wundervolle Idee! Genau das hat uns jetzt noch gefehlt. Lasst uns tanzen!"

Wir tanzten Anglaisen und Quadrillen, aber auch Tänze für sechs Personen, wie zum Beispiel *Upon a summers day*, den wir alle sehr gerne tanzten.

Es war ein herrlicher Nachmittag. Solche Tage mit Freunden sind wahrlich ein Geschenk. Wir tanzten lang bekannte Tänze, übten mit viel Freude neue Tänze.

Nach nunmehr fast drei Wochen brach unser Freund Frederik wieder auf nach München und lud Christoph und mich ein, ihn zu besuchen und bei ihm zu wohnen.

„Jetzt, da du dein Stadthaus vermietet hast, brauchst du ja Begleitung für einen Besuch. Ich hoffe, das hält euch nicht ab. Ich habe meine Zeit hier mit euch sehr genossen, meine Freunde. Danke für eure Gastfreundschaft."

„Gastfreundschaft ist gut. Du hast die einfachsten Speisen bekommen und uns auch noch Geld gegeben. Danke mein Freund. Du bist ganz tief in meinem Herzen verankert." Ich umarmte Frederik und legte meinen Kopf an seine Brust.

Auch unsere Mutter verabschiedete sich ganz herzlich von Frederik. Er war so aufmerksam gewesen und hatte ihr auch mit Pappas Geschäften geholfen. Sie und Pappa hatten meinen höflichen und liebenswerten Freund auch in ihr Herz geschlossen.

Ich saß ganz gemütlich im Garten unter dem Schatten einer Eiche und las. Nach einiger Zeit kam Pappa zu mir. Er benützte seit seiner Krankheit einen Stock, um sicherer zu gehen, aber wenigstens konnte er sich wieder eigenständig fortbewegen.

Er setzte sich zu mir. „Du willst lesen, nicht wahr?" Es klang ein wenig wie eine Entschuldigung, weil er mich in meiner Einsamkeit störte.

„Nein, Pappa, das Buch läuft mir nicht davon. Wenn du etwas Interessantes zu erzählen hast, lege ich es gerne weg und höre dir zu."

„Hm, da muss ich erst überlegen." Pappa schwieg ein paar Minuten, während ich wartete.

„Ich glaube, ich habe dir nie erzählt, dass ich einmal einen richtigen Mohren kennengelernt habe."

Ich legte das Buch auf meinen Schoß. „Wirklich? Nein, das hast du mir noch nicht erzählt. Wann und wo war das?"

„Es war auf einer Reise nach Halle um 1745. Ich war noch ein junger Bursche und war von meinem Onkel mitgenommen worden. Als dieser ein wichtiges Gespräch mit einem General dort hatte, hieß er mich, derweilen im Park zu warten. Dort begegnete ich dem Mann. Er hatte von oben bis unten dunkelbraune Haut und dazu schwarz-gelocktes Haupthaar. Er setzte sich neben mich auf die Bank und stellte sich mir vor, als ich mich entschuldigte, ihn so frech angestarrt zu haben.

Der Mann hieß Anton Wilhelm Amo und war ein sehr gelehrter Mann. Er kam aus Ghana in Afrika und konnte mindestens fünf Fremdsprachen sprechen. Amo hat die Philosophie und die freien Künste studiert und sogar promoviert. Ein sehr angenehmer Mensch. Leider hatte er selbst eine Verabredung und verließ mich sehr bald wieder."

„Das passt ganz zu dem, was mir Seraphia erzählt hat. Sie hat über eine Londoner Freundin erfahren, dass diese im letzten Jahr bei einem literarischen Treffen in einem hohen Haus in London weilte, wo eine afrikanische Frau zu Gast war, die Gedichte schreibt. Phillis Wheatley[125] genoss in Boston in Amerika eine sehr gute Erziehung und möchte nun mehr von ihrer Poesie veröffentlichen, wie es hieß."

„Was uns wiederum zeigt, dass entgegen der landläufigen Meinungen auch schwarze Menschen und Frauen intelligent und bei entsprechender Erziehung sehr gebildete Leute sind."

Wir saßen noch eine Weile in angenehmem Schweigen unter der Eiche und warteten darauf, dass wir zum Essen gerufen wurden.

Der Brief

Knapp zwei Wochen nach unserem letzten Ausflug mit Frederik und unseren Freunden kam ein Brief. Adressiert war er an Christoph. Als er ihn – noch am Frühstückstisch – öffnete, fiel ein zweiter Brief heraus. Das war nicht ungewöhnlich, denn jeder von uns bekam hin und wieder Briefe, in denen noch ein zweiter für ein anderes Familienmitglied enthalten war.

Nur der Absender war in diesem Fall bemerkenswert. Es war Konrad von Ehrenfels. Er bedankte sich bei Christoph nochmals für die Einladung zur Ausfahrt und meinte, ihm hätte der Ausflug mit unseren Freunden sehr gefallen. Er hatte sich in der Runde sehr wohl gefühlt.

Der Brief an mich brachte mich zum Staunen.

Liebste Victoria,
schon bei unserem ersten Treffen in Anif war ich sehr beeindruckt von Deiner Person. Doch nun, nach unserem zweiten Treffen im Kreise eurer Freunde muss ich immerzu an Dich denken. Du bist in meinen Augen eine schöne Frau und ein ein-

---

125 *Die erste afroamerikanische Dichterin, deren Werke veröffentlicht wurden.*

fach wundervoller Mensch. Dass Du nicht dem Bild der Frauen entsprichst, welche von der Gesellschaft als Vorbilder gehandelt werden, ist sehr erfrischend und ich glaube, es ist mit der wichtigste Grund, warum ich mich zu Dir hingezogen fühle.

Ich weiß, Du hast mir zu verstehen gegeben, dass Du an einer festen Verbindung mit einem Mann – zumindest vorerst – nicht interessiert bist. Das akzeptiere ich und frage daher bescheiden, ob an Deiner Seite noch ein Platz für einen weiteren guten Freund ist? Ich würde mich geehrt fühlen, mich Dein und Christophs Freund nennen zu dürfen.

Bitte erlaube mir, Dich und Deinen Bruder zu einem Ball in seiner Sommerresidenz in Anif einzuladen, den der Bischof im September gibt. Es ist ein Maskenball zum Theaterspiel „Sommernachtstraum" des Engländers William Shakespeare. Kennt ihr es?

Ich würde mich sehr freuen, wenn Ihr kommen würdet. Ich werde jedenfalls als Puck verkleidet mit einer zauberkräftigen Blume dort erscheinen.

Im Gasthaus nahe des Schlosses habe ich zwei Kammern für Euch reservieren lassen. Bitte lasst mich also recht bald wissen, ob Ihr kommt.

In tiefer Verehrung
Konrad von Ehrenfels

Ich erzählte Christoph, dass Konrad uns zum Ball eingeladen hatte. Er war sofort Feuer und Flamme. Vor allem mochte er das Thema des Balles.

„Es ist eines meiner Lieblingsstücke. Auch, wenn ich es bisher nur gelesen habe. Du magst es doch auch, oder, Schwesterchen? Außerdem, wenn du Konrad auch nur ein wenig magst, darfst du diesen liebeskranken Mann nicht enttäuschen. Er verehrt dich schon seit unserem ersten Treffen."

Da wusste Christoph eindeutig mehr als ich. So schnell ich bemerke, wenn jemand in meinem Bekanntenkreis verliebt ist; wenn es mich selbst betrifft, bin ich ziemlich unsensibel.

Ja, ich mochte Konrad. Er war ein interessanter Mensch. Er hatte Humor und tanzte auch gut und gerne. Ferner war er ein exzellenter Fechter. Von ihm konnte ich noch einiges lernen. Und das wollte ich auf jeden Fall.

„Ja, ich würde gerne hingehen. Schreibst du ihm, dass wir kommen?"

„Natürlich, Schwesterherz. Ich möchte doch nicht, dass du ins Gerede kommst."

Almer Wallfahrt

Am 24. August[126] – zum Tag des Hl. Bartholomäus – fand auf der Halbinsel Hirschau im Königssee jährlich die Almer Wallfahrt statt. Es gab eine große Messe für alle Wallfahrer, bei der wir spielen sollten. Bedeutende Honoratioren aus Baiern und Salzburg waren beim Fürstpropst[127] Franz Anton Josef von Hausen-Gleichenstorff geladen und diese waren natürlich schon seit ein paar Tagen im Jagdschloss neben der Kirche St. Bartholomäus zu Gast.

Also fanden wir uns am Dienstag in Schönau am Königssee ein und nächtigten dort in einem uns von unserem Auftraggeber zugewiesenen Gästehaus. Wir spazierten abends noch am Ufer des Königssees entlang und suchten dort die Plätze mit der besten Aussicht auf den See auf. Die Stimmung war wunderschön und der Abend lau.

Am Mittwochmorgen, einem strahlenden Sommertag, begaben wir uns mit unseren Instrumenten zur Bootsanlegestelle.

Dort wartete schon ein Boot auf uns, das uns übersetzen sollte. Das ganze Bergmassiv, das den Königssee umgibt, ist höchst beeindruckend. Auf der einen Seite der Jenner,

---

126 Die Wallfahrt ist – zumindest jetzt – immer am Samstag nach dem 24. August.

127 Berchtesgaden war eine Fürstpropstei. Im Landesherrn vereinten sich geistliche und weltliche Macht.

auf der anderen, hinter Bartholomäus, unserem Ziel, ragt die Ostwand des Watzmanns und an ihrem Fuß die Eiskapelle auf.

Als Mensch fühlte ich mich extrem klein und verletzlich auf diesem großen und tiefen See inmitten dieser mächtigen Berge. Wie der See wohl von dort oben aussehen mag? Bestimmt hat man vom Gipfel des Watzmann[128] eine prächtige Sicht auf den Sonnenaufgang und den Sonnenuntergang über den Alpen.

Mamma und Christoph saßen auch nur staunend in dem Boot, das von zwei Schönauer Fischern gerudert wurde.

Obwohl ich den See schon gesehen hatte, war ich noch nie auf ihm gewesen und als die Wallfahrtskapelle St. Bartholomäus in Sicht kam, geriet ich in Entzücken.

„Schau, Christoph, ist die Kirche nicht beeindruckend vor dieser Bergkulisse?"

„Ja, herrlich! Schau dir das Ensemble an. Der Bau hat zwei verschiedene Zwiebeltürme! Das gefällt mir."

Ich wendete mich an unsere Ruderer.

„Wissen sie mehr über die heute stattfindende Wallfahrt?"

Einer von den beiden nickte und gab uns Auskunft.

„Diese Wallfahrt gibt es schon seit 1635, hat meine Großmutter gesagt. Sie wurde als Dank für die überstandene Pest von Salzburger Bürgern gegründet. Die Wallfahrer kommen von Maria Alm im Pinzgau herüber über den Funtensee und durch das Steinerne Meer. Der Weg ist sehr anstrengend. Ich glaube, sie sind an die zehn Stunden unterwegs.

Großmutter wusste auch, dass zu den Anfängen der Wallfahrt die Pilger über den See setzten und dann weiter zur Kirche in Dürrnberg wanderten. Aber am 23. August 1688 sind beim Übersetzen hier auf dem Königssee über 70 Pilger ertrunken. Deshalb ist seit damals das Endziel der Wallfahrt St. Bartholomäus."

---

128 *Die Erstbesteigung des Watzmann war im August 1800.*

„Oje, die vielen Leute!" Mamma taten die Ertrunkenen leid.

„Es war sicher sehr tragisch, aber es ist schon sehr lange her.", beschwichtigte unser Schiffer.

„Wenn Sie die Zeit haben, sollten sie zur Waldkapelle St. Johann und Paul gehen. Die ist auch sehr schön – und nur einen Fußweg von einer Viertelstunde von Bartholomäus in Richtung Eiskapelle entfernt."

„Herzlichen Dank für diese Information. Aber was ist denn schon wieder die Eiskapelle?" Diesmal war Christoph neugierig.

„Die Eiskapelle wird ein großes Schneefeld genannt, das auch den Sommer über nicht schmilzt. In ihm ist immer ein großer Hohlraum, deswegen wird es Kapelle genannt. Seien Sie aber bitte vorsichtig, denn es ist dort nicht ungefährlich. Betrachten Sie es besser mit einem gesunden Abstand."

Mamma drehte sich zu uns. „Kinder, wir sind sehr früh dran und wenn der Fürstpropst nicht noch eine andere Aufgabe für uns hat, können wir vorher noch zu dieser Johann und Paul-Kapelle gehen. Was meint ihr?"

Für Abstecher irgendwelcher Art sind Christoph und ich immer zu haben.

Die beiden Schiffer waren auch Fischer. Sie wollten uns später am Tag wieder abholen. Wir verabschiedeten uns von ihnen und gingen erst einmal zur Kirche St. Bartholomäus.

Auf der großen Wiesenfläche davor wimmelte es schon von Menschen. Und man sah, dass immer noch weitere dazu kamen. Das waren also die Wallfahrer aus Maria Alm. Etwas weiter hinten sahen wir eine Menge an verschiedenen Fieranten, die ihre Waren anpriesen. Vor allem Fisch und Brot von den Leuten aus der Schönau, aber auch Bier und andere Getränke, kleine Reliquien, Rosenkränze und Kreuze. Einen Schuhmacher meinte ich auch zu erspähen, der sicher einiges an Arbeit hatte mit den Schuhen der Wanderer.

An der Kirche wurden wir von einem Bediensteten des Fürstpropst begrüßt, der sofort Mamma ansprach.

„Ich hoffe, Sie haben gut geruht und hatten eine ruhige Überfahrt, Madame. Ich zeige Ihnen alles."

Der Mann zeigte uns die Empore, auf der wir spielen sollten und hatte auch einen Krug Wasser und Becher für uns vorbereitet.

„Sie haben noch mehr als genug Zeit bis zur Messe. Brauchen Sie noch etwas?"

Wir ließen uns die Räumlichkeiten zeigen, wo wir uns erleichtern konnten und erzählten von unserem Vorhaben, die kleine Kapelle kurz zu besuchen. Also schickte der Mann nach einem Jungen namens Sepperl, der uns begleiten sollte.

„Sepperl, das sind unsere Musiker. Bring sie bitte zu St. Johann und Paul. Sie wollen die Kapelle sehen. Und keine großen Umwege, hörst du? Die Damen und der Herr dürfen zur Messe nicht zu spät sein, sonst könnte es dir schlecht ergehen."

Der aufgeweckte Junge sprang fröhlich vor uns her den Weg entlang. Es war ein schöner Pfad durch einen Wald. Nach nur einer kurzen Strecke waren wir an unserem Ziel. Die Kapelle ist recht schön, aber auch klein.

Ganz nah bei der Kapelle zeigte uns Sepperl vier Quellen. „Wir sagen Fieberbrunnen dazu. Die alten Leut' meinen, dass ihr Wasser heilkräftig ist. Ob das stimmt, kann ich nicht sagen. Ich hab' noch kein Wunder erlebt. War auch nicht krank. Aber schmecken tut es gut, das Wasser."

Auch ohne ein Wunder ließen wir uns das frische Quellwasser schmecken. Es hielt, was Sepperl versprochen hatte. Nach einer kurzen Andacht in der Kapelle gingen wir wieder zurück und wurden unserem Auftrag bei der Messe gerecht.

Bevor wir wieder von den gleichen Fischern zurück über den Königssee geschippert wurden, bekamen wir ein vorzügliches Essen in einem Nebenraum des Jagdschlosses.

Wir übernachteten noch einmal in der Schönau und sattelten am nächsten Tag die Pferde für den Heimritt.

Am Chiemsee

Die meisten Familien waren über den Sommer in diversen Sommerresidenzen oder auf Besuch bei Verwandten. So hatten wir gerade kaum Kunden für Tanzstunden. Christoph hatte einen Münchner Klienten, den er aufsuchen sollte. Also beschlossen wir beide, für ein paar Tage nach München zu reisen. So konnte ich Frederik auch wieder besuchen.

Wir schickten unsere Koffer mit der Post und ritten selbst mit einem kleinen Gepäck hinterdrein. Ich ritt im Herrensitz mit einem sehr weit geschnittenen Rock. Denn wenn ich weite Strecken im Damensattel sitzen muss, bekomme ich Rückenschmerzen.

Was von uns Frauen nur wegen der Schicklichkeit verlangt wird, ist meiner Meinung nach unverschämt. Am Chiemsee machten wir Halt im Ort Prien, welcher von den Vorfahren meines verstorbenen Mannes gegründet worden war.

Im Gasthaus dort mietete mein Bruder zwei Zimmer für eine Übernachtung an. Am Abend saßen nun Christoph und ich in der Gaststube, als ein junges Mädchen das Essen brachte. Sie sah mich an, knickste tief und stammelte „Madame, es ist schön, sie wohlauf zu sehen. Wir vermissen Sie und unseren Herrn, also ihren verstorbenen Gatten, sehr. Sein Bruder ist ganz anders als er. Er war nur einmal ganz kurz hier. Wir haben Angst vor ihm."

Zum Glück erinnerte ich mich an ihr Gesicht. Sie hatte auch im großen Gutshof aufgetragen, als ich mit Jacob und Frederik diesen besucht hatte.

„Danke. Oje, ich weiß leider deinen Namen nicht mehr. Ja, ich vermisse meinen Gatten auch sehr."

„Natürlich wissen sie meinen Namen nicht mehr. Sie haben mich ja auch nur kurz gesehen damals. Ich heiße Kathi."

Ich zeigte auf Christoph. „Mein Bruder, Christoph von Sommerauer, begleitet mich nach München, wo ich hoffentlich ein paar Bekannte aus meiner Zeit als verheiratete Frau wieder treffen werde."

Kathi knickste nun auch vor Christoph, der sie anlächelte. „Sie haben meiner kleinen Schwester Liesl bei ihrem Besuch mit ihrem Gatten und seinem Freund eine Puppe geschenkt, weil sie so viel weinte wegen des Todes unserer Mutter. Liesl hat sie immer noch ständig bei sich und liebt sie abgöttisch. Recht herzlichen Dank nochmals, Madame."

„Ja, jetzt fällt es mir wieder ein. Die kleine Schwester Liesl. Ein sehr hübsches und liebes Kind. Wenn ihr wieder Besuch von Leopold, dem neuen Grafen, bekommt, dann denke bitte daran, dass er allen Mädchen und Frauen nachstellt, die hübsch sind. Er verspricht vermutlich viel, wird aber sicher kaum etwas davon halten. Und ich bin mir sehr sicher, dass er sich auch ohne Einwilligung nimmt, was immer er will. Ich empfehle, es zu vermeiden, alleine mit ihm in einem Raum zu sein.

Sollte ein Mädchen guter Hoffnung werden – egal, von welchem Mann, der es nicht heiraten möchte oder kann und es die Stellung verlieren, dann kann ich ihm vermutlich helfen mit einer neuen Stellung woanders.

Aber auch, wenn jemand von euch ein juristisches Problem hat, dann meldet euch einfach bei uns.

Ich bin im Normalfall in Reichenhall zu finden bei der Familie von Sommerauer." Ich gab ihr eine Karte von mir.

„Danke Madame. Ich werde es mir merken und es auch allen anderen sagen." Sie knickste wieder und schob die Karte in ihre Tasche.

In dem Moment rief die Wirtin unwirsch nach Kathi. Sie klopfte schon ungeduldig mit einem Fuß. Kathi lief an ihr vorbei und flüsterte ihr dabei was zu.

Ich winkte der Wirtin. „Tut mir leid, dass ich Kathi von ihrer Arbeit aufgehalten habe", rief ich. Darauf verneigte sie sich kurz und zog sich zurück.

Kaffeehaus

Am nächsten Abend kamen wir in München an. Wir wurden von Frederik herzlich empfangen. Es war eine Freude, ihn wiederzusehen.

Nach einer angenehmen Nacht war unser Gastgeber voller Energie.

„Kommt, liebe Freunde, jetzt werden wir uns erst mal gemeinsam in der Stadt zeigen und dann gehen wir auf eine Tasse Kakao in den Hofgarten unter den Arkaden! Ein Venezianer hat erst kürzlich eine Konzession erhalten, coffe, chocolats, lemonats und andere wunderbare refraichissements zu verkaufen. Ihr werdet sehen, dass es dort herrliche Sachen gibt[129]."

Wir machten die Runde zu Fuß, wie von ihm vorgeschlagen. Überhaupt gingen wir alle drei gerne zu Fuß. Für die Pferde empfand ich es persönlich als Zumutung, wenn man nur ein paar Häuser weiter ritt und dann wieder stoppte. Und stoppen mussten wir auch zu Fuß oft genug, weil uns immer wieder Menschen begegneten, die einer von uns kannte und mit denen wir wenigstens ein paar höfliche Worte austauschten.

So kam uns auch ein schlanker Mann mit fließenden Bewegungen entgegen, der wohl ungefähr in Frederiks Alter war und mir auf Anhieb nicht unsympathisch war.

Frederik war erfreut, ihn zu sehen und stellte ihn uns vor.

„Dies ist Andreas Dominikus Zaupser. Er wurde gerade zum Expeditor[130] und Hofgerichtsrat[131] ernannt. Ich habe euch schon von seiner Schrift *Bedenken über einige Punkte des Criminalrechts* erzählt, die er letztes Jahr veröffentlicht hat. Sehr aufschlussreich. Müsst ihr unbedingt noch lesen.

---

129 *Der Gründer des jetzigen „Tambosi" am Odeonsplatz war der kurfürstliche Lottokollekteur Giovanni Pietro Sarti aus Venedig, genannt Pantalon*

130 *Bediensteter der Kanzlei einer Behörde, der für die Protokollierung und Registrierung des Schriftverkehrs u.v.m. zuständig war.*

131 *Beisitzer eines Hofgerichts*

Mein Freund Andreas arbeitet übrigens auch an einem *Idiotikon*[132] *des Bairischen in Ober- und Niederbaiern sowie der Oberpfalz.* Auf das bin ich schon sehr gespannt!"

Andreas sah Christoph an. „Sie sind wohl auch Jurist, Herr von Sommerauer?"

Frederik strahlte uns alle an. „Wir sind alle Juristen. Auch Victoria hat in Ingolstadt ihren Abschluss gemacht. Sie stellt so manchen unserer Berufskollegen in den Schatten, wenn es um Logik und Genauigkeit geht."

Erstaunen und definitiv Zweifel lagen in Zaupsers Gesicht. „In dem Fall würde ich mich gerne einmal mit Ihnen unterhalten, Madame."

„Nur in dem Fall? Um mich zu prüfen? Um zu sehen, ob mein armer weiblicher Geist tatsächlich dem göttlich männlichen nacheifert? Sie sind zu gütig, Herr Zaupser." Ich konnte einfach nicht anders, als schnippisch zu reagieren.

Er ging ob meines Angriffs tatsächlich einen Schritt zurück. „Madame erscheinen mir sehr angriffslustig ..."

Frederik fiel ihm ins Wort. „Mit gutem Grund. Vic ist es verständlicherweise leid, als Frau immerzu herabgewürdigt zu werden, als wäre sie kein eigenständig denkender Mensch, wie wir Männer. Sie muss nicht geprüft werden. Sie ist brillant. Das können Sie mir glauben. Ich kenne Vic immerhin schon ein paar Jahre."

Zaupser war ein Mann von Intelligenz. Aber er brauchte ein paar Sekunden, um sich zu fassen. „Bitte verzeihen Sie mir, Madame. Es lag nicht in meiner Absicht, Sie oder Ihre geistigen Fähigkeiten zu hinterfragen oder gar auf eine niedere Stufe zu stellen."

„Ich weiß, Ihr Männer seid es so gewohnt, niemals mit weiblicher Intelligenz konfrontiert zu werden und Frauen nur allerhöchstens als Schmuckstück oder als lästig zu sehen, dass Ihr Euch auch keine Gedanken darüber macht, dass es anders sein könnte, als Euch das immer erzählt wurde."

---

132 *Früherer Begriff für Wörterbuch – Beschreibung eines Idioms.*

Frederiks Bekanntem wurde die Sache offensichtlich zu heiß. Er schob eine wichtige Verabredung vor, verabschiedete sich und entfernte sich schnellen Schrittes.

Als wir uns wieder getrennt hatten, legte Christoph seine Hand auf meinen Arm. „Er würde dich gerne zerlegen, das habe ich ihm richtig angesehen. Ich verstehe deinen Groll. Aber das werden wir so schnell nicht ändern."

„Du meinst, dieses grenzenlose Erstaunen und den großen Zweifel aller Männer, die erfahren, dass Victoria studiert hat?

Langsam nervt es mich ehrlich gesagt auch. Schließlich wissen wir ja, dass Frauen genauso genial sein können wie Männer – sofern man ihnen die Möglichkeit bietet." Frederik stand ganz auf meiner Seite.

Ich strahlte die beiden Männer an. „Danke, dass ihr mich versteht. Das ist mir sehr viel wert." Ich hakte mich bei beiden unter und wir führten die Runde fort.

Der Ausschank im Hofgarten hielt, was Frederik versprochen hatte. Ich hatte mich für eine Limonade entschieden und war ganz begeistert von dem feinen und fruchtigen Geschmack.

Am nächsten Tag wurde der Besuch von Frederiks Freund Willi angekündigt. Es war ein großes Hallo, als er erschien.

Er hatte eine Einladung zu einer besonderen Soiree für uns alle. Dort wurde die Ouvertüre von Georg Philipp Telemanns *Hamburger Admiralitätsmusik* sowie eine Auswahl aus Jean-Baptiste Lullys Werke gespielt. Besonders gefiel mir der *Marche Royal*. Dieses Stück ist wirklich königlich und ich liebe die Hörner und Pauken sehr.

Neuigkeiten hatte Willi auch mit im Gepäck. „Vic, wie ich wiederholt gehört habe, hast du auf meinen Freund Konrad sehr großen Eindruck gemacht. Ich denke, er wird alles daran setzen, dich wiederzusehen."

„Ach, was du nicht sagst." Christoph tat gelangweilt. „Er hat uns eingeladen zum Ball des Bischofs von Chiemsee auf dessen Anifer Anwesen."

Nach diesen schönen Tagen in München reisten wir wieder nach Hause und fuhren fort, Tanzstunden in der Region zu geben.

Der Ball des Bischofs

Christoph und ich machten uns auf den Weg nach Anif über Berchtolsgaden. Es war noch recht warm und der Ritt durch die Wälder und an den Lehen in Bischofswiesen und Berchtolsgaden vorbei war wunderschön. Immer wieder bin ich begeistert von der schlafenden Hexe, die von beiden Seiten des Bergmassivs relativ gleich aussieht, und den völlig unterschiedlichen Ansichten des Watzmanns, die sich dem Reisenden von verschiedenen Winkeln aus unterschiedlich präsentieren. Doch auch der Untersberg, den wir zum Teil umrundeten, beeindruckt mich jedes Mal von Neuem. Vereinzelt hatten die Bäume schon etwas herbstlich gefärbte Blätter.

„Ach, wie leben wir doch in einer herrlichen Gegend!"

„Ja, das stimmt wohl. Es ist ein Privileg, inmitten dieser Berge, Seen und Flüsse leben zu dürfen. Wenn ich dagegen an Hamburg denke ... auch schön, aber alles flach und viel Heide. Naja, unsere Wälder waren sicher auch schon schöner, als noch nicht so viel abgeholzt wurde. Aber zum Salzsieden wird das Holz dringend benötigt."

Wir sahen einen majestätischen Hirschen, der ein Stück vor uns dahinstolzierte. Hier und dort scheuchten unsere Pferde einen Vogel auf. Meist Wachteln oder Fasanen.

„Magdalena würde es hier gefallen, glaube ich. Ich sollte sie nochmals einladen. Was meinst du?"

„Tu das bitte, Vic. Sie ist eine überaus angenehme Person, mit der man sich wenigstens gut unterhalten kann. Nicht so eine nichtsnutzige Stadttrine. Ich würde gerne mehr über die Falknerei wissen. Das letzte Mal, als ich mit ihr sprach, erzählte sie mir mehr darüber. Du kennst das ja vermutlich alles schon. In der Beziehung beneide ich dich tatsächlich ein wenig. Du warst schon mit ihr auf Jagd und hast erlebt, wie ihre Falken und das Adlerweibchen Wild erbeutet haben. Ich beneide dich um dieses Privileg." Christoph klang fast neidisch.

Hörte ich da mehr als nur ein wenig Interesse an der Falknerei heraus? Ich nahm mir vor, Magdalena mit dem nächsten Brief eine konkrete Einladung zu senden.

Wir vertrieben uns die restliche Anreisezeit mit Unterhaltungen und Wortspielen, wie wir es immer gerne taten. So kamen wir am Nachmittag in Anif an und bezogen unsere Kammern.

Nach einem guten Teller Eintopf legten wir uns hin und ruhten noch ein paar Stunden.

Konrad hatte mir auf meine Bitte hin eine Zofe aus dem Ort organisiert. Diese half mir beim Ankleiden und frisierte mich perfekt. Sie war ein wahrer Schatz. Ich hätte nicht gedacht, dass sich so ein Gespür für das Ganze und vor allem so eine Expertise in dieser bäuerlichen Magd verbarg.

Mein Kostüm für den Ball zum Thema *Sommernachtstraum* bestand aus einem von Katharina umgearbeiteten älteren Kleid aus Münchner Zeiten. Der Stoff war grün, sehr leicht und ich hatte zierliche Flügel aus einem mit zartgelbem Stoff bespannten Drahtgestell am Rücken und goldene Seidenblumen im Haar. Außerdem trug ich eine feine Spitzenmaske, die nur meine Augen und meinen Mund frei ließ. Ich war also die Dienerin der Feenkönigin.

Christoph ging als verwunschener Bottom mit einem Eselskopf aus Pappmaché. Er sah zum Verlieben aus – der Eselskopf. Eindeutig nicht das intelligenteste aller Grautiere. Das war genau nach dem Humor meines Bruders.

Wir betraten den Ballsaal, als er in etwa halb voll war. In dem eher schlichten Raum mit kunstvoll bemalten Wänden war schon eine illustre Gesellschaft versammelt. Die fröhliche Stimmung nahm uns gleich ein. Christoph hatte den Saal ein paar Minuten vor mir betreten und ich mit einer kleinen Gruppe von Damen. So konnten wir nicht in Verbindung gebracht werden. Wir würden sowieso den dritten Tanz gemeinsam tanzen und uns bis dahin umsehen und ein wenig flanieren.

Ich entdeckte Konrad recht bald in der Nähe unseres Gastgebers, des Bischofs. Er trug ein abenteuerliches Kostüm aus verschiedenen Stoffen mit Pluderärmeln wie aus der Renaissance und passende, enge, zweifarbige Beinkleider. Seine Maske zeigte einen lachenden Elf und er hielt eine große Seidenblume mit verschiedenfarbigen Blütenblättern in der Hand und tat so, als würde er hin und wieder einen Gast verzaubern. Das musste er sein.

Ich merkte, wie seine Augen immer wieder über die Menge schweiften. Vielleicht suchte er nach uns? Ich hatte ihm geschrieben, dass ich auf jeden Fall den zweiten und den letzten Tanz auf dem Programm für ihn freihalten wollte. Daher hatte ich im Moment noch Spaß daran, dass Konrad weder Christoph noch mich erkannt hatte.

Für den ersten Tanz wurde ich von einem etwas pummeligen, aber fidelen Oberon aufgefordert. Er war ein überraschend wendiger und guter Tänzer mit fließenden Bewegungen. Er wollte herausfinden, wer ich denn sei, aber ich lachte nur und sagte ihm, er würde doch sehen, dass ich eine Fee wäre. Damit musste er sich zufrieden geben.

Nach dem Tanz bedankte er sich artig bei mir und bat um einen später angesetzten *Deutschen*, den ich ihm zusagte.

Konrad stand immer noch suchend da. Ich ging eine kleine Schleife und näherte mich ihm von der Seite.

„Master Puck, ihr habt mir diesen Tanz versprochen, wie ich glaube."

Konrad drehte sich zu mir. Obwohl ich nicht viel von seinem Gesicht sah, bemerkte ich die Freude, die er ausstrahlte. „Ja, fürwahr, das habe ich mit Vergnügen. Es freut mich sehr, euch zu sehen, liebe Fee." Er bot mir seine Hand und wir stellten uns in die Reihe der Tanzwilligen.

Es gab nicht viele Möglichkeiten, sich zu unterhalten bei diesem Tanz, aber Konrad schickte mir Blicke, die mir viel über seine Bewunderung, aber auch seine Sehnsüchte erzählten. Seine Berührungen komplettierten das Bild und ich wusste, dass ich diesen Mann näher kennenlernen wollte. Ob trotz oder wegen seiner Anziehungskraft auf mich, das konnte ich nicht sagen. Ich mochte ihn, wusste aber nicht recht, wie ich zu einer engeren Verbindung mit ihm stand.

Obwohl der Tanz wirklich lange dauerte, war er viel zu schnell vorbei für meinen Geschmack. Wir verabredeten uns noch für die nächste Pause in der Punschecke.

Danach hatte ich einen Tanz mit Christoph, der, während wir auf den Einsatz der Musik warteten, wieder die Sprache auf Magdalena brachte. „Zum Glück weiß ich, dass ich den Tanz genießen kann, weil meine Partnerin eine so gute Tänzerin ist.

Mein erster Tanz war eine Qual. Die Dame war so zurückhaltend, dass sie sich weder mit mir zu sprechen traute noch wirklich vorwärts tanzte. So etwas ist mühsam. Die zweite war etwas zu geschwätzig für meinen Geschmack. Aber nun ist alles gut. Schade, dass Magdalena nicht hier ist. Ihr hätte es auch gefallen!"

„Oh, mein lieber Bottom, das tut mir wirklich leid. Ich hatte zwei gute Tänzer und meinen Spaß mit den beiden. Und nun kann ich mich nochmals völlig entspannen. So macht mir das richtig Freude. Du hast Recht. Magdalena würde dieser Ball sicher gefallen. Ich hoffe, sie besucht uns bald."

„Wirst du sie einladen, Schwester?"

„Sie weiß, dass sie immer hier willkommen ist. Aber ich werde nochmals eine konkrete Einladung aussprechen, wenn dich das beruhigt."

„Ja, bitte mach das. Sie ist so eine Frau, die mir gefallen würde, weil sie mir ebenbürtig ist. Und ich weiß, dass du sie auch sehr magst." Er lehnte sich zu meinem Ohr, was mit seiner Maske gar nicht so einfach war. „Mir würde übrigens Konrad auch gefallen, Schwesterherz."

Beschwingt tanzten wir weiter.

Konrad war später mein Partner bei einem *Menuett*. Ich genoss seine Nähe und dass er ein so guter Tänzer ist.

Die Nacht war viel zu schnell vorbei und als es schon fast hell wurde, brachte uns eine Kutsche zu unserer Unterkunft zurück, wo wir beide zufrieden in unsere Betten fielen.

Konrad hatte mich gebeten, bei unserem Heimweg kurz in der Sommerresidenz Halt zu machen. Er wollte uns noch ein Stück des Weges begleiten. Wir machten ihm die Freude, die auch unsere war. So hatten wir bis hinter Bischofswiesen angenehme Gespräche mit einem neuen und immer noch höchst interessanten Freund.

Nachrichten

Pappa las das neueste monatliche Magazin und rief mich zu sich. „Schau!" Und wirklich, er hatte eine Neuigkeit gefunden, die uns noch nicht zugetragen worden war. Papst Clemens XIV. war am 22. September verstorben. Er war ab März schon krank gewesen.

„Wer wird nun nachfolgen?" Das war die größte Frage. „Eines war gut am Papst Clemens", meinte ich. „Er ließ in den Kirchen Sopranpartien auch von Frauen singen und nicht nur von Kastraten[133], wie es viele vor ihm taten.

Außerdem durften Frauen auch wieder auf den Bühnen des Vatikans auftreten. Das rechne ich ihm hoch an. Er war also nicht der schlechteste Papst, den wir bisher hatten, denke ich."

„Da hast du sicher Recht, Vic. Es war, glaube ich, Papst Innozenz XI., der die Frauen im letzten Jahrhundert aus der kirchlichen Musik verbannte. Gib mir mal das Buch dort drüben."

Ich reichte ihm das Buch. Er blätterte konzentriert.

---

133 *Während seiner Amtszeit wurden jährlich noch etwa 4000 Knaben kastriert.*

„Ah, da ist es! Folgendes sagte er am 4. Mai 1686: ‚*Die Musik schadet in höchstem Maß der für das weibliche Geschlecht ziemlichen Bescheidenheit, weil sie dadurch von ihren eigentlichen Geschäften und Beschäftigungen abgelenkt werden*‘.“

Daraufhin blätterte ich weiter. „Nun, was der Musikkritiker und Komponist Johann Mattheson, dazu sagt: ‚... *dass wir die Gabe Gottes mit Füßen treten, wenn wir unter wichtigen heuchlerischen Vorwänden kein Frauenzimmer zur Kirchenmusik lassen* ...‘ Das ist ganz in meinem Sinn. Kluger Mann, dieser Mattheson.“

„Wir werden sehen, wer der nächste Papst wird. Aber das wird noch eine Weile dauern“, meinte Pappa dazu abschließend.

Ich freute mich, dass mit Pappa wieder ein richtiges Gespräch möglich war. Er sprach zwar immer noch langsam und bedächtig, aber es wurde immer besser. Er, der früher zu den absoluten Schnellsprechern gehört hatte, weil er so viele Gedanken möglichst auf einmal ausdrücken wollte, war gezwungen worden, sich zurückzunehmen.

Wer nun Papst werden würde, war mir herzlich egal. Dass es Pappa wieder richtig gut ging, war mir viel wichtiger. Ich denke, er versteht mich inzwischen besser.

Magdalena

Dann kam Magdalena auf meine Einladung hin zu Besuch. Ich freute mich sehr, meine beste Freundin wieder in die Arme schließen zu können.

„Meine Mutter lässt euch herzlich grüßen und Friedrich ist sehr traurig, dass er wegen seines Studiums nicht mitkommen konnte. Mein Bruder spricht immer von dir, Vic. Er sagt, wir beide seien in seinen Augen die einzigen Frauen außer unserer Mutter, die er sich als wirkliche Freunde vorstellen kann."

Die ersten paar Tage war Christoph noch mit einem Freund auf einer Jagd, zu der Johann Josef Joachim Ferdinand von Schidenhofen in Triebenbach geladen hatte. Ich kannte Joachim schon lange, aber er war nie ein Mensch, mit dem mich eine besonders innige Freundschaft verband. So bedauerte ich nicht, dass Magdalena und ich uns unsere Zeit anders vertrieben.

Wir ritten nach Salzburg und waren bei den Mozarts zu Gast. Nannerl und ich spielten vierhändig am Pianoforte, während Magdalena mit ihrer angenehmen Altstimme dazu sang. Wir wechselten ein wenig durch und hatten viel zu lachen, bis Frau Mozart uns Kakao und Kuchen kredenzte.

Die ganze Familie gesellte sich zu uns. Wolferl erzählte, dass er viel zu tun habe. „Ich habe dieses Jahr schon Messen komponiert, ein Konzert für Fagott und vieles mehr. Mir sind auch ein paar Themen für Serenaden eingefallen, die ich noch notieren muss. Nun habe ich auch noch einen Auftrag vom Kurfürsten Maximilian, der eine neue komische Oper für den Münchner Fasching haben möchte. Im Dezember werden Vater und ich dann nach München zur Uraufführung[134] fahren. Also hat unser Münchenaufenthalt doch Früchte getragen. Das habe ich dir zu verdanken, Vic. Ich erinnere mich überhaupt gerne an unseren Besuch dort. Er hat mir sehr viel Freude gemacht."

„Ja, es war wirklich eine großartige Sache, euch als Unterstützung zum Dienstbotenball zu haben. Die ganze Stadt hat tagelang von nichts anderem gesprochen."

Auch ich hatte Neuigkeiten zu erzählen. „Christoph und ich haben Seraphias Tanzkundschaft übernommen und noch einige neue Schüler dazu bekommen. Es macht uns viel Freude, die meist jungen Menschen zu unterrichten. Sie lernen so unheimlich schnell und mit viel Begeisterung."

---

134 *Diese wurde mehrmals verlegt und fand am 13.01.1775 im Redoutenhaus an der Prannergasse statt.*

„Kann ich mir gut vorstellen. Vermutlich macht es auch euren Schülern mit euch viel mehr Spaß als mit manch verknöchertem Tanzmeister, dem ich schon begegnet bin. Dabei möchte ich nichts gegen deren Können sagen. Sie sind einfach oft viel zu steif und ihr beide strahlt selbst so eine Freude aus. Eure eigene Begeisterung ist sehr ansteckend. Das habe ich selbst auch schon erlebt!"

Über diese Einschätzung habe ich mich sehr gefreut und daher Wolferl umarmt und meinem alten Freund einen Schmatz auf die Wange gegeben.

Wir unternahmen gemeinsame Spaziergänge und ich gab Nannerl noch einige Ratschläge, wie sie besser mit einem Pferd zurecht kommen würde. Wir machten einen Ausflug nach Hellbrunn und ich bemerkte die Unsicherheit von Pferd und Reiterin. Einmal ging Nannerl der Gaul sogar durch.

„Großen Kreis reiten und kleiner werden, bis er stehen bleibt, Nannerl!" rief ich ihr nach. Meine Freundin schaffte es, oben zu bleiben und irgendwann stand ihr Ross.

„Dieses Pferd hat keinen Respekt vor dir. Du musst ihm zeigen, dass du der Anführer bist, Nannerl. Dein Reittier wird jedes Mal versuchen, wie weit es bei dir gehen kann. Nur wenn du ihm zeigst, dass du hier den Takt angibst und niemand anders, wird es für dich ein angstfreier Ausflug werden, weil dich das Tier auch als Anführer akzeptieren kann.

Du musst ihm eindeutige Befehle geben. Wenn du nicht weißt, was du machen willst, dann fühlt sich das Pferd auch unsicher und möchte dadurch selbst führen, weil es sich in dieser Rolle sicherer fühlt.

Du bist einfach zu gut für diese Welt, liebe Freundin. Nur, wenn du klare Ansagen machst und dein Pferd auf dich hört, darfst du es auch loben und es beschmusen, wenn du willst. Wenn es macht, was es will, wirst du nichts dergleichen tun! Das ist eine ernst zunehmende Anweisung, meine Liebe!"

Wir sahen uns das Wildgehege des Erzbischofs gleich neben dem Schlosspark an. Dort gab es Gämsen, Fasanen, Steinbockmischlinge und viel Damwild. Sogar weiße Hirsche waren zu entdecken. Alles war schön angelegt.

„Ach, wäre doch jetzt Morgana hier bei mir. Ihr würde diese Gegend sicher gut gefallen." Magdalena hatte Sehnsucht nach ihrem Adlerweibchen.

„Ja, vor allem die Auswahl an Wild würde ihr zur Nase stehen. Aber ich denke, da bekämt ihr beide ein Problem mit dem Erzbischof." Wir lachten ob der Vorstellung, dass Morgana einen Bock des Erzbischofs erlegen würde. Möglichst auch noch in der Menagerie[135] von Hellbrunn

Nannerl wollte alles über Magdalenas Vögel wissen, was ich ihr noch nicht erzählt hatte. Magdalena erzählte also und bekam ganz rote Wangen. Sie war in ihrem Element.

Schon am Ende unseres Ausfluges saß Nannerl sehr viel sicherer im Sattel und das Pferd benahm sich recht ordentlich. Die beiden hatten beschlossen, es noch einmal in der ursprünglichen Rollenaufteilung zu probieren.

Wir verabschiedeten uns wieder von den Mozarts und ritten nach Hause. Dort war auch schon Christoph eingetroffen.

Er begrüßte Magdalena mit einem Überschwang, den ich nur selten an meinem Bruder erlebt habe. Den ganzen Abend und auch am folgenden Tag scharwenzelte er um meine Freundin herum und sie ließ es sich anscheinend gerne gefallen. Er fragte sie über die Falken und die Jagd aus, interessierte sich für ihr Zeichentalent und machte ihr andauernd Komplimente.

Magdalena hatte während ihres Aufenthalts das Zimmer neben meinem und sie nutze mit mir ein Ankleidezimmer. Dort war es durch den Kachelofen relativ warm und so kam es, dass wir vor dem Zubettgehen noch auf einem geräumigen Schemel saßen und uns unterhielten.

„Dein Bruder ist ein sehr charmanter Mann, Vic. Ich mag ihn sehr gerne."

---

135 *Aus der Menagerie wurde der heutige Zoo von Hellbrunn*

„Ich habe das starke Gefühl, dass dies auf Gegenseitigkeit beruht, liebe Magdalena. Ich glaube, er möchte dir den Hof machen und dir eine Heirat antragen – wenn du das willst. Aber erzähl mal, was ist eigentlich mit diesem Franz von Cottenau, von dem Frederik geschrieben hat?"

„Auch ihn kann ich gut leiden. Er hat Witz und ist ebenso charmant. Aber er kann sich so gar nicht für unsere Vögel begeistern. Und wenn ich ehrlich bin, könnte ich mich an keinen Mann binden, der die Falknerei ablehnt und als gefühlsduselige Narretei abtut.

Er ließ schon durchblicken, dass er solche Grillen, wie er es nennt, bei seiner Gattin nicht gestatten würde. Das nimmt seiner Meinung nach zu viel Zeit in Anspruch. Er möchte eine Frau mit feinen Talenten. Hier gefällt ihm meine Malerei recht gut. Dass ich lieber ein Federspiel[136] nähe als eine Tischdecke besticke, ist ihm ziemlich egal."

„Verstehe ich das so richtig, dass dieser Franz nur eine Frau akzeptiert, die das macht, was er sich vorstellt?"

„Ja, ich glaube schon. Einerseits sieht es so aus, dass er mich irgendwie auch bewundert, aber er würde mich gerne nach seinem Willen formen. Nein, das ist kein Mann für mich."

„Ich verstehe dich nur zu gut, Magdalena. Nach meiner Bekanntschaft mit meiner angeheirateten Familie sehe ich mir meine Freunde schon sehr genau an. Lass diesen Franz lieber ziehen. Egal, wie viel Einfluss und Geld er hat. Das kann niemals das aufwiegen, was er dir an Freiheit raubt. Ich kann mir auch nicht vorstellen, dass du dich widerstandslos fügen würdest. Das kann nur in Konflikt enden.

Ich kann dir eines versichern: Ich würde mich freuen, dich als meine Schwägerin zu haben. Und ich würde meinem Bruder die Hölle heiß machen, wenn er dich respektlos behandeln würde. Das kannst du glauben."

---

136 *Eine an einem langen Lederband befestigte Beuteattrappe für die Ausbildung eines Greifvogels. Sie besteht aus einem Lederkörper, auf dem beidseitig Flügel von dem Flugwild aufgebracht sind, welches bejagt werden soll.*

Magdalena umarmte mich herzlich. Dann sah sie mich wieder schelmisch an. „Was ist eigentlich mit Konrad?"

Ich spielte mit einem Seidenband, das ich von meinem Frisiertisch genommen hatte. „Ach ja, Konrad. Er ist schon ein Schatz und ich habe ihn sehr gerne. Aber ich bin mir nicht ganz sicher, ob ich eine Verbindung zu ihm eingehen soll. Ich wollte nicht noch einmal heiraten und mein Entschluss steht auch immer noch fest. Das habe ich ihm auch schon zu verstehen gegeben.

Ich glaube, wir brauchen beide noch einige Zeit, um uns klar zu werden, was wir wirklich möchten. Selbst, wenn wir uns entscheiden, eine Verbindung ohne Trauschein einzugehen – wo sollten wir uns denn treffen?"

„Das ist tatsächlich ein Problem. Er hat keinen eigenen Besitz und in deines Vaters Haus würde es auch nicht gehen."

„Dir wünsche ich jedenfalls von ganzem Herzen, dass du einen liebevollen und aufmerksamen Gatten bekommst, so wie ich einen hatte. Einen, der dich mit sich nimmt und dir Wonnen schenkt, von denen du dir, bevor du es wirklich erlebt hast, keinen Begriff machen kannst. Ich kann mir vorstellen, dass Christoph dieser Mann sein kann.

Ich habe mit ihm offen über das Thema Liebe gesprochen und ich denke, dass er Jacob sehr nahe kommt in der Art, damit umzugehen. Was natürlich nicht heißen soll, dass er mir erzählen wird, was in seinem eigenen Bett geschieht."

Ich überlegte kurz, bevor ich weitersprach.

„Selbst wenn du Christoph ehelichen solltest, der wirklich eine ehrliche Haut ist und keine Frau übers Ohr hauen würde, empfehle ich dir: Mach diesen Schritt nur mit einem Vertrag, der deinen Besitz in deiner persönlichen Obhut belässt. Das würde ich übrigens jeder Frau raten. Ich bin dir dabei gerne behilflich."

„Danke für diesen guten Rat. Ich schätze dich nicht nur als herzliche Freundin, sondern auch als vortreffliche Juristin, Vic." Meine Freundin war ganz ernst.

Magdalena kaute auf ihrer Unterlippe.

„Raus damit. Was willst du wissen?"

„Bitte erzähl mir, was dir an der körperlichen Liebe gefällt. Was tut die Frau und was macht der Mann genau? Ich weiß bisher nicht viel darüber, wie vermutlich die meisten unverheirateten Frauen."

„Und viele der verheirateten Frauen wissen auch nicht sehr viel mehr, glaub mir. Die kennen nur den mechanischen Akt, aber nicht die Lust, die man dabei empfinden kann." Ich erzählte ihr, wie es mit Jacob gewesen war. Was wir getan hatten, wenn wir intim waren. Ich beschrieb ihr meine Empfindungen und die Lust, die sich einstellte bei einem sensiblen Mann, der wollte, dass auch die Frau auf ihre Kosten kam.

Außerdem erzählte ich ihr, dass ich wusste, dass mein Bruder während unserer Zeit in Ingolstadt eine Geliebte hatte, die ihm viel beigebracht hatte. „Ich habe sie sogar einmal kennengelernt. Sie war nicht von hohem Stand, aber eine sehr patente und sympathische Person, die man einfach gern haben musste. Kurze Zeit später hat sie geheiratet und seitdem ist mir nichts bekannt, dass es da eine bestimmte Frau gibt in Christophs Leben."

Es war schön, eine Vertraute zu haben, der ich solch intime Dinge erzählen konnte. Magdalena war mir eine sehr teure Freundin geworden und ich hoffte wirklich, das aus ihr und Christoph ein Paar würde.

Soweit es irgend möglich war, ließ ich deshalb fortan die beiden Turteltauben alleine. Sie sollten sich richtig beschnuppern. Ich wusste, dass mein Bruder die Situation nicht zu Magdalenas Nachteil ausnutzen würde und so hielt ich mich nur insofern bereit, wenn die beiden irgend etwas in der Öffentlichkeit unternehmen wollten.

Mamma war mit Magdalena im Bilde und hatte zudem mit Christoph ein ernstes Gespräch. Doch dann ließ auch sie die beiden alleine. Wir mussten keine Angst haben, dass mein Bruder übergriffig werden würde. Er war ein wohlerzogener Mann, der eine Frau nicht willentlich in der Öffentlichkeit kompromittieren und ihr auch sonst nicht zu nahe treten würde, wenn sie das nicht explizit wünschte.

Als Magdalena uns wieder verließ, waren sie und Christoph ein Paar. Sie hatten sich allerdings darauf geeinigt, dass sie mit einer offiziellen Verlobung warten würden, bis das Geschäft unseres Vaters wieder stabil sein würde. Wir glaubten, dass es bis dahin nur noch etwa ein halbes Jahr dauern würde.

Erinnerung an eine Hexe

An einem Oktobertag fand ich Mamma gedankenversunken im Salon sitzen.

„Geht es Pappa wieder schlechter?"

Natürlich dachte ich erst an meinen Pappa, der doch in den letzten Tagen so einen guten Eindruck gemacht hatte.

„Nein, Vic, es geht ihm gut. Ich muss nur immer um diese Zeit im Jahr an einen sehr traurigen Tag meines Lebens denken."

„Was ist an dem Tag passiert?"

„Vor 24 Jahren wurde eine 16-jährige Dienstmagd auf der Schranne in Salzburg als Hexe hingerichtet. Zuerst wurde sie durch das Schwert getötet und dann auf dem Scheiterhaufen verbrannt."

„Und du hast das gesehen?" Ich bin immer wieder entsetzt, was Menschen einander antun. Teilweise einfach nur aus Bosheit oder Neid. Wie können nur Leute, die an einen gerechten Gott glauben, gleichzeitig selbst so ungerecht sein!

„Damals war ich gerade bei meinem Bruder Josef in Salzburg zu Besuch. Ich war nicht bei der Hinrichtung. Aber ich kam einen Tag später am Scheiterhaufen vorbei und mir wurde von dem Geruch übel, der von ihm ausging. Das arme Ding!"

„Ich kenne den Fall nicht. Erzähl bitte mehr darüber", bat ich meine Mutter.

„Maria Pauer war eine Dienstmagd beim Höllschmied Jakob Altinger in der Katharinenvorstadt in Mühldorf am Inn. Ihr wurde vorgeworfen, mit dem Teufel im Bunde zu sein. Angeblich ließ sie Werkzeug herumfliegen und die Fensterläden schlugen von selbst auf und zu. Sie war über neun Monate in Haft. Zuerst in Mühldorf und dann in Salzburg. Ich mag mir gar nicht vorstellen, was das junge Mädchen alles erleiden musste, bis es vom Scharfrichter erlöst wurde. Wie grausam die Menschen sind!"

Ich umarmte Mamma. „Ich verstehe, dass dieses Erlebnis dich auch nach so vielen Jahren nicht kalt lässt. Und dafür liebe ich dich, Mamma!"

Über Hexenprozesse hatten wir in unserem Studium selbstverständlich auch gehört. Ein paar Daten dazu fielen mir nun wieder ein.

„1756 war auf Baierischem Boden bisher der letzte Hexenprozess. Und zwar wurde die 15-jährige Veronica Zerritsch in Landshut hingerichtet. Als Waise, die vom zweiten Mann ihrer Mutter verstoßen worden war, hatte sie kein schönes Leben und musste teilweise betteln. Als Kindsmagd wurde sie mit einem Messer an der Wiege ergriffen und gestand später, einen Pakt mit dem Teufel geschlossen zu haben. Ich möchte nicht wissen, was sie ihr alles angetan haben, dass sie ein solch verzweifeltes Einge-ständnis machte."

Mamma schüttelte es jetzt richtig.

„Weißt du eigentlich, dass sogar noch 1769, also vor gerade mal fünf Jahren, eine *amtliche Instruktion zum Male-fiz-Inquisitions-Prozess* bei den kurbaierischen Landgerich-ten eingeführt wurde?"

„Im Ernst?" Mamma war entsetzt.

„Doch, Mamma. Die Menschen werden nicht klüger. Wenn, dann werden sie grausamer. Es gibt die genauesten Belehrungen über alles, was Zauberei, Hexerei oder Schwarzkunst betrifft."

„Und ich dachte immer, in unserer Zeit hätten die Menschen doch schon einen gewissen Grad von Aufgeklärtheit erreicht. Aber dem ist anscheinend nicht so. Wenn etwas nicht so läuft, wie man erwartet, muss immer jemand anderes schuld sein. Das ist doch eine vorsintflutliche Weise zu denken."

„Natürlich ist es das. Während meiner Münchner Zeit habe ich alte Ausgaben des *Churbaierischen Intelligenzblatts*[137] von Tante Cilia gefunden. Darin waren sehr interessante Inserate veröffentlicht, die sich mit der Hexenfrage befassten. Die zahlreichen Schriften dazu hatte die Tante sich alle gekauft und auch aufgehoben. Sehr interessant. Es mutet fast wie ein Krieg[138] an, der zu dieser Frage wütet.

Wenig später habe ich auf einem offiziellen Empfang des Kurfürsten einen Theatinerpater kennengelernt, der auch ein fleißiger Autor in dieser Sache war. Er heißt Ferdinand Sterzinger und versucht, den törichten Aberglauben auszumerzen. Ich denke, er hat einen schweren Stand.

Wir unterhielten uns ein wenig über das Gesetz und er meinte, gerade in Baiern wäre es sehr schwer, irgendwelche Veränderungen durchzusetzen, was man schon merken könne an der Tatsache, dass auch die Gesetzes-Reform durch den *Codex Iuris Bavarici Criminalis* 1751, den *Codex Iuris Bavarici Iudiciarii* 1753 sowie den *Codex Maximilianeus Bavaricus Civilis* 1756 nicht viel Bedeutendes geändert hat.

Aber lass uns bitte jetzt zu angenehmeren Themen übergehen, damit du wieder aus deiner deprimierten Stimmung herausfindest."

Diese Unterhaltung mit meiner Mutter kreiste noch einige Tage sehr intensiv durch meine Gedanken. Ich wollte ergründen, wie Menschen so grausam sein können,

---

137 *Seit 1765 erscheinendes monatliches Blatt mit Handelsnachrichten, amtl. Verlautbarungen sowie gelehrte Abhandlungen etc.*
138 *Tatsächlich spricht man einige Jahre später vom Bairischen Hexenkrieg.*

kam aber auf keinen grünen Zweig mit meinen Überlegungen. Manches bleibt für mich einfach unbegreiflich.

Besuch in München

Ein paar Tage später verabschiedete ich mich gemeinsam mit meiner Zofe Katharina von meiner Familie, um in München Besuche zu machen. Frederik wollte wieder so einen Dienstbotenball organisieren und bat mich, ihm bei der restlichen Organisation und der Durchführung zu helfen. Zudem hatte ich persönliche Gründe. Zum einen wollte ich zuvorderst meine lieben Freunde wieder treffen. Ferner hatte ich vor, der Baronin in meinem Palais einen Höflichkeitsbesuch abzustatten.

Außerdem wollte ich ein paar hochgestellte Persönlichkeiten besuchen und ihnen die Waren meines Vaters schmackhaft machen. Krümmelbein hatte schon wieder Muster geschickt. Katharina nahm ich mit, weil sie mir teils hilfreich sein konnte und außerdem gerne ihre beste Freundin besuchen wollte, die nun als Frederiks Köchin arbeitete.

Ich war eingeladen, bei Magdalenas Familie zu wohnen, während ich in der Stadt war. So war ihr Haus mein zweites Ziel. Zuerst setzte ich Katharina bei Frederik ab. Diese war glücklich, dass ich ihr die Zeit ließ, ihre Freundschaft mit der Köchin zu erneuern.

Da der Hausherr gerade nicht zu Hause war, ritt ich weiter zu Magdalena. Ich wurde warm willkommen geheißen. Auch von den jüngeren Geschwistern von Magdalena, Angelika und Joseph. Angelika war seit ein paar Monaten verheiratet und zu Besuch bei ihrer Familie, während ihr Gatte die Zeit mit seinen Freunden verbrachte.

„Unser Friedrich ist noch in Ingolstadt, aber in ein paar Tagen wird er für kurze Zeit nach Hause kommen. Um nichts in der Welt möchte er Frederiks Ball versäumen." Die Hausherrin umarmte mich zur Begrüßung.

„Ich habe übrigens euren Freund von Barby heute zum Abendessen eingeladen. Er verbringt öfter Zeit hier und ist für mich schon fast wie ein weiterer Sohn geworden. Er ist ein sehr angenehmer junger Mann und meinen beiden Ältesten in wahrer Freundschaft verbunden. Wir begleiten ihn gerne zu Bällen. Er ist ein exzellenter Tänzer und überhaupt nicht aufdringlich."

„Ich kann es kaum erwarten, Frederik in meine Arme zu schließen. Ich bin wirklich glücklich, so wunderbare Freunde wie euch alle zu haben."

Ich hatte gerade noch Zeit, mich frisch zu machen und umzuziehen, bevor wir uns alle im Speisezimmer versammelten.

Beim Essen hatten wir viel Spaß. Jeder von uns wusste etwas zu erzählen. Ich überbrachte für alle Grüße von meiner Familie und an Magdalena und Frederik auch von anderen gemeinsamen Bekannten aus Reichenhall.

Wir sprachen über die Vorbereitungen des Balles. Was war alles schon passiert? Was fehlte noch? War etwas vergessen worden? Wer sollte von den restlichen Punkten was übernehmen?

Der Redoutensaal in der Prannerstraße war gebucht, Getränke und Essen war ebenfalls bestellt, sowie Kerzen und Blumenschmuck. Mamma und Christoph wollten auf jeden Fall kommen. Wir machten noch ein paar weitere Pläne und waren schon im Vorfeld begeistert.

Nach dem Essen scheuchte Magdalenas Mutter uns beide und Frederik in einen kleinen und gemütlichen Salon. „Wir lassen euch noch eine Weile alleine. Ihr habt sicher unter Freunden einiges zu besprechen."

Kaum waren wir alleine, zog ich einen Brief aus den Falten meines Kleides. „Ich möchte dich nicht länger schmoren lassen, Magdalena." Damit übergab ich ihr das Schreiben meines Bruders.

„Von Christoph? Oh, wie hatte ich schon sehnsüchtig darauf gewartet." Sie setzte sich in eine Ecke und begann zu lesen, nachdem sie das Siegel erbrochen hatte.

„Frederik, kommst du morgen mit mir zu meiner Mieterin? Ich möchte ihr einen kurzen Besuch abstatten und sehen, ob sie mit allem zufrieden ist."

„Natürlich komme ich gerne mit dir. Meinst du, wir könnten danach in meinem Haus eine Fechtübung absolvieren?"

„Morgen nicht, mein Freund. Ich möchte möglichst schnell ein paar Besuche wegen des Geschäfts meines Vaters machen. Aber den Tag danach freue ich mich am späten Nachmittag auf eine Übungsstunde mit dir."

Meine liebe Freundin saß inzwischen mit verklärtem Gesicht da und drückte den Brief an ihr Herz.

„Christoph schreibt, dass er dich liebt und nichts sehnlicher wünscht, als endlich mit dir vereint zu sein", war meine Prognose.

„Wie kannst du nur etwas anderes in Erwägung ziehen?" meinte Magdalena mit einem entrückten Gesichtsausdruck.

Wir unterhielten uns noch eine Weile, dann verließ uns Frederik und wir gingen zu Bett.

Tags darauf holte mich mein Freund mit einer Chaise ab, um mit mir zu meinem Palais zu fahren. Ich hatte meiner Mieterin eine kleine Notiz geschickt, dass ich ihr einen kurzen Besuch abstatten wolle und sie war einverstanden gewesen.

Die Baronin war eine beeindruckende Persönlichkeit. Sie begrüßte uns fröhlich und lud uns ein, mit ihr einen Happen zu essen. „Wissen Sie, ich bin üblicherweise sehr viel mit mir alleine. So genieße ich jede Art von Besuch, der mir neue Einblicke ins Leben bringen kann."

Sie erzählte, dass sie für nächsten Sommer eine Einladung nach Schottland angenommen habe und sie daher die Miete meines Hauses nicht über das Jahr verlängern würde.

„Ich fühle mich in diesem Palais allerdings sehr wohl und man merkt, dass es von guten Menschen bewohnt wurde. Ich spüre viel Freude, aber auch Trauer hier in diesen Wänden. Wollen Sie mir erzählen, was geschehen ist? Ich habe nur Gerüchte gehört und weiß nicht, was davon wahr ist."

Ich war überrascht, dass diese Frau sich als so feinfühlig herausstellte. „Die Tante meines Mannes hat lange in diesem Haus gewohnt. Sie war eine sehr freundliche Frau mit Freude am Leben. Sie ist im Alter von vierundsiebzig Jahren verstorben. Nach ihr bewohnten mein Gatte und ich das Palais. In der Zeit hat es viel Glück und Freude erlebt. Bis Jacob ein knappes Jahr später durch einen Jagdunfall sein Leben verlor. Ich blieb noch ein paar Monate hier. Jacobs Tod liegt nun fast zwei Jahre zurück."

„Dann stimmt es doch. Es tut mir leid wegen Ihres Verlustes. Ich wünsche Ihnen noch viel Glück und Liebe in diesem Leben, meine Liebe. Obwohl ich Sie nicht wirklich kenne, bin ich überzeugt, dass Sie es verdient haben."

Wir verließen die Baronin in gutem Einvernehmen. Da Frederik sich den Tag für mich freigehalten hatte, begleitete er mich noch zu weiteren Personen der höheren Gesellschaft, denen ich die neuesten Stoff- und Garnmuster brachte, weil sie Interesse an Pappas Ware bekundet hatten.

So lernte mein Freund noch ein paar weitere Personen etwas besser kennen. Ich pries überall Frederiks Geschick als Jurist an. Dies tat ich mit gutem Gewissen, denn er war wirklich gut. Er hatte ein profundes Wissen und einen sehr wachen Verstand. Er wusste, wie man Gegner regelrecht zerlegen konnte.

Auch am nächsten Tag machten wir ein paar Besuche. Danach fochten wir in seinem Haus. Ich hatte extra dafür Männerkleidung mit mir. Wenn ich auch schon im Kleid geübt hatte, waren mir unkomplizierte Hosen dafür wesentlich lieber.

Ein paar Tage später kam Magdalenas Bruder Friedrich wieder nach Hause. Er umarmte alle Familienmitglieder stürmisch, wie es seine Art war. Auch ich wurde von ihm gedrückt, als gehörte ich dazu. Etwas schien sich in seinem Auftreten verändert zu haben. Ich kam nur nicht drauf, was.

Beim gemeinsamen Essen fiel mir dann auf, dass Friedrich in den letzten Monaten noch ein ganzes Stück männlicher geworden war. Noch vor einem Jahr bemühte er sich sehr, weltmännisch zu wirken – was ihm bei seinem sehr jugendlichen Aussehen nicht immer gelang. Jetzt hatte er eine solche Ausstrahlung ganz ohne weitere Bemühungen. Er wirkte nun ganz wie der Mann, der er nach der Zahl seiner Jahre nun war. Ich freute mich über seine klugen Bemerkungen zu verschiedenen Themen. Er war nicht nur dem Aussehen nach ein Mann geworden, den man ernst nehmen musste. Friedrich stand inzwischen kurz vor dem Abschluss seines Medizinstudiums.

Frederiks Ball

Einen Tag vor dem Ball kamen Mamma, Christoph und Nannerl in München an.

Frederik und ich hatten auch dieses Mal wieder etwas Besonderes für den Ball ersonnen. Alle Dienstboten-Gäste, die nicht schon wegen ihrer Stellung welche hatten, erhielten einfache, weiße Stoffhandschuhe von uns.

Wir hatten für ein paar Neuankömmlinge auch noch ein paar Fächer vom letzten Jahr übrig.

Im Ballsaal war das Podium mit den Musikern anfangs hinter einer großen Stoffbahn verborgen.

Anders als bei den formellen Bällen des Adels waren die Gäste hier recht pünktlich. Alle wollten diesen Abend von Beginn an miterleben. Das freute uns sehr.

Frederik begrüßte die Gäste von der Treppe aus mit fester Stimme.

„Willkommen beim diesjährigen Dienstbotenball. Wie viele von euch wissen, hat im letzten Jahr die Gräfinwitwe meines besten Freundes Jacob von Falkenstein zu seinen Ehren einen Ball für unsere Bediensteten abgehalten, der ein unglaublicher Erfolg war. Dieses Jahr habe ich eingeladen zu solch einem Ball und ich freue mich, dass Sie alle so zahlreich gekommen sind.

Der Abend beginnt mit zwei Kompositionen, die Ihnen von einem Orchester hinter dieser Stoffbahn gespielt wird. Danach werden Sie natürlich auch einen Blick auf das Orchester werfen können, wenn es zum Tanz für uns aufspielt.

Nun wünsche ich Ihnen allen einen wundervollen Ballabend. Genießen Sie Musik und Spiel."

Das Spiel setzte ein und die Ballbesucher lauschten einem der Violinkonzerte von Maddalena Sirmen und der Ouvertüre zu *Sofonisba* aus der Feder von Maria Teresa Agnesi Pinottini.

Nach den beiden Stücken brandete Applaus auf. Noch während der Bravo-Rufe fiel der Stoff vor dem Orchester. Ich hörte viele überraschte Ausrufe. Denn im Orchester saß nicht ein einziger Mann.

Die Tanzmusik wurde angestimmt und schnell wogte der ganze Saal mit unzähligen tanzenden Menschen. Es war eine Freude, die vielen fröhlichen Gesichter zu studieren. Allerdings hatte ich nicht viel Zeit dafür. Ich hatte zahlreiche Tänzer. Zwischendurch spielte ich die Violine oder die Flöte.

Eine neue Liebschaft

Zwei Tage nach dem Ball war ich mit Magdalena und Friedrich auf der Beizjagd, also der Jagd mit Falken. Ich durfte selbst auch mein Glück versuchen mit Sahib, dem Falkenterzel. Er schlug einen Hasen und ich war glücklich über unseren Jagderfolg. Magdalena und Friedrich beglückwünschten mich mit ehrlicher Freude.

An diesem Nachmittag begleitete mich Friedrich zu Frederik. Wir wollten gemeinsam fechten.

„Ach, da würde ich mich nur langweilen. Ich bleibe lieber hier und lasse Morgana fliegen." Magdalena entschied, zu Hause zu bleiben.

Als wir nach zwei Stunden Übung in verschiedenen Konstellationen erschöpft in Frederiks Salon saßen, ließ Frederik für uns eine Stärkung richten, die wir uns mit gutem Appetit schmecken ließen.

Daraufhin verließ uns Friedrich kurz, um aus seinen Satteltaschen etwas zu holen. Da wandte sich Frederik an mich.

„Ich glaube, du brauchst langsam wieder einen Liebhaber, liebe Vic. Jacob ist nun schon fast zwei Jahre nicht mehr bei uns, aber bei dir tut sich einfach nichts. Anscheinend nicht einmal mit Konrad. Wobei ich auch nicht denke, dass ihr wirklich zueinander passt."

Ich seufzte. „Ja, das stimmt leider. Na ja, das mit Konrad brauche ich gar nicht groß zu überlegen. Wir mögen uns zwar richtig gerne, aber mir fehlt bei ihm etwas. Ich weiß nicht. Es gibt außerdem keinen Platz, an dem wir uns treffen könnten."

„Es gibt da jemand anderen, der schon seit ein paar Jahren schwer in dich verliebt ist und dich auf Händen tragen wird. Dazu wüsste ich genau den passenden Platz, an dem ihr euch ungestört treffen könntet."

Ich sah ihn neugierig an. „Wen meinst du?"

„Bemerkst du denn wirklich nicht, dass Friedrich dich immer ansieht wie ein verliebtes Mondkalb?"

Friedrich?

„Aber er ist erst einundzwanzig Jahre alt!"

„Also zwei Jahre jünger als du. Na und? Meinst du, er hätte zu wenig Erfahrung? Das glaube ich nicht. Bei seinem Aussehen laufen ihm sicher die Mädchen in Scharen hinterher. Dass er da nicht hin und wieder zugreift, kann ich mir nicht vorstellen. Außerdem ist er ein wirklich liebenswerter Mensch."

Der jüngere Bruder meiner besten Freundin, von dem mir erst kürzlich aufgefallen ist, dass er nun wirklich erwachsen geworden war? Der junge Mann, auf dessen Können ich so stolz war? Der, den ich herzlich gern hatte? War es wirklich die Möglichkeit?

„Du magst ihn doch?"

„Aber natürlich, das ist keine Frage!" Ja, ich mochte Friedrich sogar sehr gerne. Er gehörte zu meinem Leben wie Frederik und Magdalena. Ohne ihn fehlte mir definitiv ein wichtiger Bestandteil meines Lebens. Allerdings hatte ich ihn noch nie als einen Kandidaten für eine Liebschaft in Betracht gezogen.

Mir fiel plötzlich mein Tanz mit ihm bei einem Ball vor zwei Jahren ein. Als er mir versichert hatte, dass Bella mich vermissen würde. Nun fiel der Groschen. Natürlich! Er wollte mir damit sagen, dass er mich vermisste! Jacob hatte es damals schon gesehen und mich sogar darauf aufmerksam gemacht. Ach, was war ich für ein Schaf, dass ich das selbst nicht bemerkt hatte. Aber zu der Zeit war ich noch verheiratet und gab auf liebeskranke Reden von jungen Burschen einfach nichts. Ich hatte ihn zu der Zeit einfach nicht ganz ernst genommen. Er war ja nur der Bruder von Magdalena.

„Ich glaube du hast Recht!"

„Was immer du entscheidest. Ich wollte dich nur wissen lassen, dass ihr euch jederzeit in meinem Hause treffen könnt und ich euch auch dein Schlafzimmer immer zur Verfügung stelle. Du könntest es auch jetzt schon benützen."

Ich umarmte ihn stürmisch und gab ihm einen freundschaftlichen Kuss. Was gibt es schöneres als Freunde, die einem Sicherheit in schwierigen Situationen geben?

„Du bist ein wahrer Freund, Frederik. Dafür liebe ich dich."

„Das freut mich zu hören!"

Als Friedrich wieder zurück war, sah ich ihn mit anderen Augen und bemerkte zum ersten Mal, dass er mich mit einem ähnlichen Blick musterte, wie es Jacob immer getan hatte. Ja, bemerkte ich, er war ganz sicher verliebt in mich. Aber er war schüchtern, weil er nie etwas angedeutet hatte oder er wollte nicht unsere Freundschaft aufs Spiel setzten. Ich wusste es nicht.

Etwas später signalisierte mir Frederik, dass er, wenn ich es wolle, den Raum verlassen würde. Ja, ich wollte es. Er ging, um seinen Worten nach etwas Wichtiges zu erledigen. Ich war mir sicher, er würde ohne Aufforderung nicht wiederkommen.

Ich setzte mich neben Friedrich auf das Kanapé. Er sah mich erwartungsvoll und neugierig an. Ich nahm seine Hände in die meinen. Sein Gesichtsausdruck wechselte, plötzlich errötend, zu fragend, aber ließ mir weiterhin die Führung.

„Kannst du mir verzeihen, liebster Friedrich, dass ich es so lange nicht verstanden habe, was dich umtreibt? Frederik musste mir nachhelfen. Er wies mich darauf hin, dass du in mich verliebt bist. Eigentlich war mir das schon lange bewusst, aber ich wollte die Tatsache wohl nicht an mich heranlassen."

Ich sah auf unsere Hände und ließ seine daraufhin mit der rechten los, um sanft über sein Gesicht zu streicheln.

„Ich bin mir nicht sicher, ob ich in dich verliebt bin. Aber ich verspreche, es herauszufinden." Mit diesen Worten neigte ich mein Gesicht seinem entgegen und senkte meine Lippen auf die seinen. In der nächsten Sekunde umfingen mich Friedrichs starke Arme. Ja, es fühlte sich sehr gut an. Sein Seufzen klang erlösend.

Unser Kuss wurde nach und nach intensiver und ich vergrub eine Hand in Friedrichs Haaren, während die andere seinen Rücken entlang auf Wanderschaft ging. Er küsste gut und ich fühlte mich großartig.

Langsam stieg in mir ein Gefühl der Vorfreude auf. Meine erogenen Zonen am ganzen Körper schienen zu kribbeln und in meinem Unterleib stieg ein lange nicht mehr gespürtes Bedürfnis auf, das sich nicht einmal bei Konrad gemeldet hatte, den ich nun auch sehr gerne hatte. Aber er hatte es nicht geschafft, bei den paar Küssen, die auch wir geteilt hatten, mein Innerstes zu berühren, so wie es nun Friedrich mit einer überraschenden Leichtigkeit schaffte.

Ich überlegte nur kurz: Was spräche dagegen, wenn wir uns sofort zurückzögen? Ich war wegen der Fechtübung immer noch in Männerkleidern, die ich leicht ohne fremde Hilfe an- und ausziehen konnte. Meine Frisur war an dem Tag nur ein Zopf.

Also wand ich mich sanft aus Friedrichs Umarmung, stand auf und zog ihn sodann mit mir. Willig ließ er sich führen. Wir erklommen die Treppe in den ersten Stock und betraten den Schlafraum, der mir bei meinen früheren Besuchen stets zur Verfügung gestanden hatte. Als erstes fiel mir eine frische Rose auf dem Bett auf. Auch ein munteres Feuer brannte im Kamin. Auf einem Tisch standen eine Karaffe Wein und zwei Gläser

Ich lächelte. Frederik hatte mehr gewusst als ich. Ich pries meinen Freund, der mir endlich die Augen geöffnet hatte, im Stillen.

Auch Friedrich hatte Rose und Feuer erspäht. „Ein Lob auf gute Freunde, die wissen, was wir brauchen!", sagte er.

Er sah mich mit strahlenden Augen an. „Ich liebe dich schon, seit ich dich kennengelernt habe. Victoria, dich zu lieben ist meine Bestimmung und von dir geliebt zu werden mein innigster Wunsch."

Die intimen Details behalte ich hier lieber für mich. Das soll privat bleiben. Doch ich kann sagen, die Erfahrung mit

Friedrich berührte mich bis ins Innerste. Er ist ein sehr aufmerksamer und zärtlicher Liebhaber.

„Ich fühle mich wie ein vollkommener Anfänger bei dir. Aber es gefällt mir sehr gut, was ich gerade lerne." Er sah mich an. „Du bist so schön, Vic. Dies ist ein Traum, der gerade wahr wird. Bitte weck mich nicht so schnell."

Wir ruhten ein wenig aus und lagen eng umschlungen auf dem Bett.

„Friedrich?"

„Ja, Liebste?"

„Du bist ein wichtiger Teil meines Lebens, den ich nicht missen möchte. Ich denke, wir passen auch im Bett gut zueinander. Du gibst mir ein formidables Gefühl. Als wäre etwas, das zerbrochen war, wieder ganz. Heute früh dachte ich noch, ich würde alleine bleiben und jetzt ..."

„Das ist gerade der glücklichste Moment meines Lebens, Liebste. Es hat sich also gelohnt, die ganzen Jahre zu warten." Zärtlich ließ er seine Finger durch meine Haare gleiten und über meinen Rücken und strich dann leicht über meinen Po.

Nach einer weiteren gefühlten kleinen Ewigkeit der Zärtlichkeiten, sprach er weiter.

„Ich hatte immer Angst, dass du mich nicht haben willst, weil ich jünger bin als du. Deshalb habe ich auch nie Anstalten gemacht, dir näher zu kommen. Ich hätte es nicht ertragen, wenn du mir die Freundschaft gekündigt hättest, die mir doch so überaus wichtig war. So existenziell wie das Atmen selbst."

Als Antwort küsste ich ihn. „Du warst mir von Beginn an sehr wichtig. Ich habe nur bis heute nicht verstanden, wie wichtig." Wiederum tauschten wir ein paar Küsse.

„Alle Frauen vor dir, das war alles nichts im Vergleich mit dem Erleben heute. Körperliche Vereinigung, ja, aber nicht mit solch überwältigenden Gefühlen. Jetzt erst weiß ich, wie es sich anfühlen kann, wenn beide mit dem Herzen dabei sind. Ich glaube, ich habe gerade den Himmel gesehen."

„So richtig weiß ich das auch erst seit heute. Jacob und ich hatten sehr hohe gegenseitige Achtung und wir hatten auch viel Freude an der körperlichen Vereinigung, aber es war trotzdem ganz anders. Ich danke dir für diese einzigartige Erfahrung, Friedrich."

Es war eine wahrhaft großartige Erfahrung mit diesem Mann, den ich noch vor einem Tag nur als guten Freund bezeichnet hätte.

„Meinst du, dass wir uns auch morgen eine gemeinsame Stunde stehlen können, Vic?"

„Da die Zeit mit dir für mich besonders ist, werde ich alles daran setzen, dass wir uns bis zu meiner Abreise so oft wie möglich treffen können", erklärte ich.

Friedrich gab mir nochmals einen Kuss, der mir erzählte, was er spürte.

Kurz darauf kleideten wir uns an und verließen dann, gemeinsam mit Katharina, Frederiks Haus.

„Katharina ..."

„Ich weiß Madame, von mir wird niemand auch nur ein Wort erfahren. Ich bin froh, dass Sie beide endlich zueinander gefunden haben. Es wurde aber auch Zeit! Mir tat der liebeskranke Herr schon richtig leid."

Ich lachte. „Anscheinend wusste es jeder, nur mir war es nicht bewusst."

„Und mir hat es wohl jedermann angesehen." Friedrich war überrascht. „Und ich dachte, ich hätte meine Gefühle unter Kontrolle."

„Sie haben es gut versteckt. Aber manchmal konnte ich einen sehnsüchtigen Blick erhaschen, der verraten hat, was in Ihnen vorgeht." Katharina war eine gute Beobachterin.

Friedrich und ich waren überein gekommen, dass wir uns vorerst möglichst nichts anmerken lassen wollten. Er wusste, dass ich nicht mehr heiraten wollte und sagte, er wäre auch mit einer geheimen Liebschaft zufrieden. Wichtig war ihm nur, dass ich ihn liebte.

In den folgenden Tagen fanden wir immer wieder eine Möglichkeit, uns bei Frederik einzufinden und intensive

Stunden in meinem Schlafzimmer zu verbringen. Katharina war uns eine willige Helferin. Sie profitierte davon, weil sie viel Zeit mit ihrer Freundin verbringen konnte.

Friedrich, Magdalena sowie ihre Mutter und ich waren bei Frederik zum Essen eingeladen. Wir hatten einen sehr schönen Abend mit guter Unterhaltung und sogar Musik. Während des Essens saß Frederik neben mir und neckte mich immer wieder verstohlen, weil Friedrich und ich uns sehr bemühten, uns wie immer zu verhalten. Es sprach für uns, dass Magdalena und ihre Mutter nichts merkten.

Friedrich verkündete, dass er bei Frederik übernachten würde, weil sie beide am morgigen Tage gemeinsam etwas unternehmen wollten.

Am nächsten Tag verbrachte ich den Vormittag mit meiner Freundin und ritt dann alleine los, um ein paar Besuche zu machen.

Nur, diese hatte ich schon längst alle absolviert. Ich ritt auf ein paar Umwegen zu Frederik. Dort verlebte ich noch einmal einen unvergleichlichen Nachmittag mit Friedrich im Bett. Wir waren verliebt und glücklich.

Wir drei hatten ausgemacht, dass ich meine Korrespondenz mit Friedrich in die Post an Frederik integrieren würde und die Briefe zurück auch über unseren unverzichtbaren Freund laufen würden.

Tags darauf verabschiedete ich mich von Magdalenas Familie. Auf dem Weg zur Poststation musste ich nochmals an Frederiks Haus vorbei.

Dort wollte ich Katharina abholen, die sich auch noch von der Köchin verabschieden wollte. Ich hatte noch relativ viel Zeit und war nicht überrascht, als mich im Salon nicht Frederik begrüßte, sondern Friedrich. Sofort, als wir uns küssten, regte sich meine Lust in einem Ausmaß, das ich nicht geahnt hätte.

Wir liebten uns ein letztes Mal zum Abschied. Wir würden uns einige Wochen nicht wiedersehen.

Katharina und ich hatten eine ereignislose Heimreise. Ich saß meist auf dem Pferd und träumte vor mich hin. Dass mir so etwas noch einmal passieren würde, hatte ich nicht gedacht. Ich war glücklich.

Heimkehr Seraphia

Wie immer kam alle paar Tage ein Brief von Frederik. Nur, dass nun immer noch einer von Friedrich dabei war. Ich freute mich über diese romantischen Liebesbriefe, die ich auch stets mit viel Leidenschaft beantwortete.

„Wann kommt eigentlich Tante Seraphia? Was meinst du, sitzt sie in der Kutsche oder auf dem Pferd?"

„Du kennst doch unsere Tante! Ich denke, sie kommt geritten, während Heinrich und Apollonia in der Kutsche sitzen. Ihrem letzten Brief zufolge sollten sie Ende der Woche hier sein."

„Das passt gut. Ich muss nämlich vorher noch mit Mamma die Bücher durchgehen, während du dich um die neuen Bestellungen kümmerst."

Ich wurde wieder ernst. „Ich kann mir nicht vorstellen, wie Pappa aus seiner Profession als Kaufmann so viel Freude ziehen kann."

„Auch ich kann es nicht nachvollziehen. Aber eine Zeitlang müssen wir da wohl noch durch. Ich bin froh, dass ich beim Studium ein großes Augenmerk auf das Handelsrecht gelegt habe. Das hilft mir zumindest, die rechtliche Seite des Geschäfts zu verstehen."

„Die Beschäftigung an sich stört mich gar nicht besonders. Aber wenn ich nicht das Tanzen auch noch hätte, würde es mir keine Freude machen."

Wenige Tage später – es war fast schon spätherbstlich nasses Wetter – wurde eine völlig vermummte, offensichtlich durchnässte und über und über mit Schlamm bedeckte Gestalt von Johannes eingelassen.

Ich riss die Tür der Bibliothek auf flog der Angekommenen mit einem Freudenschrei um den Hals, als sie gerade den Mantel ausgezogen hatte. „Tante Seraphia! Willkommen zu Hause!"

Wir drückten und herzten uns, bis wir beide nach Luft schnappten. Erst dann sahen wir uns richtig an.

„Auf die Begrüßung von dir habe ich mich so gefreut, dass ich zuerst hierher kommen musste, bevor ich mich in meinen eigenen vier Wänden frisch mache." Sie drückte mich nochmals ganz fest und dann stand sie vor mir und strahlte mich förmlich an. Seraphia war immer noch eine Schönheit. Ich liebe und bewundere sie, weil sie trotz ihres Ruhms und der Bekanntschaft mit den Mächtigen der Welt noch ihre nüchterne Sichtweise und Natürlichkeit bewahrt hat.

Manchmal erzählt sie von anderen Tänzerinnen und Tänzern, die hier und dort bei kleinen Fürsten engagiert sind und inzwischen deren Gehabe so angenommen haben, dass sie nicht einmal mehr mit ihr sprechen, obwohl Seraphia am französischen und preußischen Hof und sogar vor der Erzherzogin von Österreich und Königin von Ungarn und Böhmen, Maria Theresia, und nicht zuletzt vor dem russischen Zaren getanzt hat.

„Ein Teil eurer Bestellungen bei Krümmelbein ist letzte Woche angekommen. Katharina hat schon alles an seinen Platz geräumt – soweit sie es wusste – und unser Johann hat tüchtig einheizen lassen, damit du es bei dem kalten Regen gemütlich hast. Ich soll dich von Mamma und Christoph herzlich grüßen. Sie freuen sich schon darauf, dich und Heinrich zum Abendessen zu sehen. Im Moment sitzen sie über einigen Zahlen und finden hoffentlich bald den Fehler. Ach ja, bitte sag Apollonia, sie ist eingeladen, mit der Köchin zu speisen. Sie und Johann wollen von ihr einen Reisebericht haben."

„Da wird sie sich freuen. Dann lassen wir meine Schwester und ihren Sohn weiter über Zahlen brüten und ich begebe mich in mein eigenes Häuschen. Wir sehen uns dann beim Abendessen. Bis später. Ach, wie ich mich auf ein heißes Bad freue!" Dabei drehte sie sich um und winkte mir noch kurz zu, bevor sie wieder in ihren nassen Mantel schlüpfte, den Johannes weit von sich hielt, und das Haus wieder verließ.

Zum Abendessen traf sich die gesamte Familie im Speisezimmer. Pappa spricht seit seiner Krankheit weniger an der Tafel und lässt uns mehr erzählen. Mir hat er erst vor ein paar Tagen gesagt, dass er erstaunt war, zu bemerken, dass er auf diese Weise noch viel über seine Familie und deren Ansichten dazu gelernt hat.

Seraphia erzählte ein paar Anekdoten aus den vergangenen Monaten und brachte uns mehrmals zum Lachen. Es war schön, dass alle wieder wohlbehalten zu Hause waren.

Gefallene Mädchen

Als ich ein paar Tage später von einem Ausritt zurück kam, drückte sich in der Nähe des äußeren Tores eine recht hübsche junge Frau herum. Ich konnte mich erinnern, sie schon einmal gesehen zu haben. Aber wo?

Sie sah mir ins Gesicht mit einem traurigen Ausdruck in den Augen, dass ich es nicht über mich brachte, einfach zu passieren. So grüßte ich sie zuerst knapp, zügelte aber dann mein Pferd und stieg ab.

Sie verbeugte sich tief vor mir. „Madame, ich komme in höchster Not zu Ihnen und hoffe, dass sie mir einen Ausweg zeigen können."

Ich war unangenehm berührt, so voller Unterwürfigkeit angesprochen zu werden. Und nun fiel es mir auch wieder ein. Ich hatte sie im Hause eines Edlen in Reichenhall gesehen. Seine Frau hatte einmal zu einer Soireé eingeladen. Ich glaube, sie war dort Zimmermädchen.

Ich zog sie aus ihrer Verbeugung hoch. „Komm erst mal mit mir. Ich bringe das Pferd zum Stall und dann können wir uns unterhalten."

Willig ließ sie sich von mir mitziehen. Ich übergab die Zügel meines Rosses an den Stallburschen Friedrich den Kleinen und wollte dann meine Schritte zum Haupthaus lenken. Das Mädchen fasste mich am Arm.

„Nein, bitte Madame, lassen Sie uns draußen sprechen. Hier kann ich besser reden." Die junge Frau bat mich inständig.

„Na gut, dann lass uns einfach zum Pavillon gehen. Dort können wir uns setzen und es zieht wenigstens nicht."

Sie trottete neben mir her und setzte sich dann in unserer verglasten Sommerlaube ohne Widerstreben auf die Bank, faltete ihre Hände in den Schoß und machte den Eindruck eines Lamms auf der Schlachtbank.

„So, nun erzähle, was dir auf dem Herzen liegt. Ich höre dir zu und danach überlegen wir gemeinsam, was zu tun ist."

„Mein Name ist Franziska. Ich war bei Familie Montag die letzten fünf Jahre angestellt als Zimmermädchen. Ich habe mich dort immer wohl gefühlt und meine Arbeit erledigt, ohne je eine Rüge zu erhalten.

Im Mai kam Besuch von einem Bruder des alten Herrn. Ein feister Mann mit kalten Augen, vor dem ich mich von Anfang an ängstigte."

Sie begann zu schluchzen und rang um Fassung.

„Er hat dir nachgestellt?"

Ein heftiges Nicken war die Antwort. „Ich floh vor ihm, wo immer er auftauchte. Aber eines Tages kam er in sein Zimmer, als ich gerade seinen Kamin schürte. Er verschloss die Tür und … und …" Wieder heftiges Schluchzen.

„Er hat sich ohne deine Einwilligung genommen, was er wollte und nun bist du schwanger", vermutete ich und breitete die Arme aus. Franziska drückte sich an mich und weinte ein Weile an meiner Schulter. Ich konnte mir gut das Ende der Geschichte vorstellen. Sie war schließlich nicht die erste, die Hilfe suchend unser Haus aufsuchte.

„Ja, Ich habe mich gewehrt und geschrien. Aber er hat mich nicht aus seinen Klauen gelassen. Und danach hat er überall erzählt, dass ich ihm nachgestellt hätte und er mir nur einen Gefallen getan hätte. Meine Herrschaft hat mich nun, da meine Schwangerschaft fest steht, aus dem Haus gejagt. Sie meinen, ich sei ein verderbtes Weib und gefallenes Mädchen. So etwas wollen sie nicht in ihrem Haus haben.

Was habe ich denn verbrochen, dass ich nun dastehe ohne Arbeit und Referenzschreiben und mit einem Kind unter dem Herzen von einem Mann, den ich zutiefst verabscheue?

Ich wollte meinem Leben ein Ende setzen, aber die Köchin hat mich davon abgehalten, eine Dummheit zu begehen. Sie meinte, ich solle zu Ihnen gehen. Wenn auch Sie und Ihre Familie mir nicht helfen können, wäre es immer noch früh genug für diesen Schritt."

Ich konnte Franziska nur bedingt Hoffnung machen. „Franziska, ich kann dir helfen, indem ich dir wieder eine Stellung verschaffe. Und zwar am Chiemsee, in Rosenheim, München oder Augsburg bei Menschen, die dich mitsamt Kind aufnehmen werden und nicht dich dafür verantwortlich machen. Deine neue Umgebung wird dich nicht als gefallenes Mädchen sehen, sondern als Frau, deren Gatte verstorben ist."

„Ich möchte dieses Kind nicht!"

„Das kann ich durchaus verstehen, aber da steht uns das Gesetz im Weg. Ich riskiere weder Arbeits- noch Zuchthaus, um dir zu helfen, tut mir leid. Aber ich kann dir anbieten, dass du für ein paar Tage bei uns bleibst und dann, wenn alles geklärt ist, in eine neue Stellung gehst. Es wird sich jemand finden, der eine arme schwangere Witwe aufnehmen möchte."

„Das würden Sie für mich tun? Oh danke, Madame."

Franziska ging vor mir auf die Knie.

„Bitte, steh wieder auf. Ich helfe dir, wie ich jeder anderen Frau in deiner Situation helfen würde. Ich empfinde es als ehrlos, wie manche Männer sich verhalten. Aber wenn sie Einfluss und Geld haben, dann sind ihnen leider ihre Opfer ausgeliefert. Wie gerne würde ich dies ändern!"

Mit dem Netzwerk von Jacob schafften wir es, Franziska innerhalb weniger Wochen in eine neue Stellung zu vermitteln. Sie hatte sich in der Zeit bei uns nützlich gemacht und wir konnten ihr sehr gute Referenzen ausstellen. Außerdem nahm es meine Mutter in die Hand, die Dame des Hauses, in dem Franziska vorher gearbeitet und so eine schlechte Behandlung erfahren hatte, dazu zu überreden, ihr auch ein gutes Zeugnis auszustellen.

Ich weiß nicht, wie sie es geschafft hat, aber ich weiß, dass Mamma manchmal unangenehm überzeugend sein kann.

Casanova

Seraphia und ich hatten es uns am Kachelofen gemütlich gemacht. Die Kälte war überraschend schnell gekommen. Die Bergspitzen waren schon weiß.

„Tantchen, du hast mir schon lange mal versprochen, von diesem Italiener zu erzählen, von dem das Gerücht geht, dass er jede Frau, die nicht bei drei die Flucht ergriffen hat, besitzen muss. Da alle außer Haus sind, bitte ich dich nun darum, mir mehr über ihn zu verraten."

Seraphia zwinkerte mir verschwörerisch zu. „Ja stimmt, das hatte ich versprochen. Er heißt Giacomo Casanova alias Chevalier de Seingalt[139]. Im Karneval 1768 meine ich war es, als ich ihn bei einem Ball in der Nähe von Augsburg kennenlernte.

Er ist ein äußerst interessanter Mann. Giacomo spielt sehr gut Violine, er hat auch schon als Orchestermusiker

---

139 *Giacomo Girolamo Casanova, 1725–1798, venezianischer Schriftsteller, Abenteurer und Frauenheld*

gearbeitet. Soweit ich weiß, ist er etwa 5 Jahre älter als dein Vater."

„Das mag ja alles sein, aber wie ist er so als Mann und – hast du ihn näher kennengelernt?"

„Du bist ganz schön neugierig, meine Liebe. Wenn dein Vater je erfahren würde, was ich dir alles schon über die Beziehung zwischen Mann und Frau erzählt habe, als du erst zarte 10 Jahre alt warst, er hätte mir die Tür ..."

Ich fiel meiner Tante ins Wort. „Dann würde er aber von mir erfahren, dass mir dieses Wissen schon viel Kummer erspart hat – vor allem im Zusammenhang mit meinem verstorbenen Gatten! Nun erzähl bitte weiter."

„Giacomo ist ein Charmeur, zweifelsohne, und ein kluger Kopf. Seinen eigenen Angaben nach kann ihm kaum eine Frau widerstehen. Doch ich fühlte mich erotisch nicht zu ihm hingezogen. Vielleicht legte er es auch nicht darauf an, weil er unsere Unterhaltung über Gott und die Welt zu sehr genoss oder ihm zu dem Zeitpunkt eine andere Eroberung wichtiger war. Ich weiß es nicht.

Jedenfalls hatten wir mehrere längere Zusammenkünfte, bei denen ich ihn zu schätzen lernte. Ich kann ihn gut leiden und half ihm auch schon aus einer misslichen Lage. Natürlich hatte es mit einer jungen Frau zu tun.

Wir stehen in losem Briefkontakt miteinander und berichten uns hin und wieder die Neuigkeiten, die uns zugetragen werden. Das ist sehr wertvoll für beide von uns. Im Moment ist er im Exil, aber er hat vor, noch diesen Sommer nach Venedig zurückzukehren."

„Och, ich hätte so gerne ein erotisches Abenteuer von dir gehört. Da kennst du einen solch charmanten Frauenhelden und hast kein amouröses Zwischenspiel mit ihm."

Seraphia lachte. „Und du meinst wirklich, ich würde dir über meine intimen Erlebnisse berichten? Liebe Nichte, du musst wirklich nicht alles wissen!" Sie lächelte spitzbübisch.

„Na gut, behalte es für dich. Aber was kannst du mir sonst erzählen über diesen italienischen Charmeur, von dem man immer wieder Gerüchte hört?"

Sie überlegte kurz und dann begann sie zu erzählen.

„Du hast doch die Markgräfin Elisabeth Friederike Sophie von Brandenburg-Bayreuth erlebt. Sie ist eine schöne Frau. Auch Casanova ist ihr einmal begegnet. Er ist immer noch der Meinung, sie sei die schönste deutsche Prinzessin gewesen, die er je gesehen hatte."

„Warum hast du mir das nicht erzählt, als wir dort waren?"

„Meine Liebe, in Bayreuth habe ich keinen Moment an Casanova und seine Ansichten über die Prinzessin gedacht.

Ach, und ich weiß noch, wie er mir bei unserem letzten Treffen erzählt hat, dass er den großen Kastraten Farinelli[140] auf dessen Ruhesitz in Bologna besucht hat. Giacomo hat ihn in jungen Jahren einmal gehört und war seitdem begeistert von Farinellis Stimme mit einem Tonumfang vom Tenor bis zum höchsten Sopran.

Doch vor allem auch Farinellis Interpretation der Stücke hatte ihn angerührt. Er ist ein ganz besonderer Künstler. Angeblich konnte Farinelli mit einer speziellen Atemtechnik 150 Noten auf einer Silbe in einem Atemzug singen. Oder zumindest hörte es sich an, als würde er dazwischen keine Luft holen.

Die beiden haben sich lange über Musik unterhalten und haben Giacomos Erzählung nach auch miteinander gespielt.

Zwei so unterschiedliche Männer ... Casanova mit seinen unzähligen Frauengeschichten und Farinelli, der vielleicht nie richtig mit einer Frau intim war. Naja, hier kann ich natürlich nur Vermutungen äußern.

Ich hätte Farinelli liebend gerne einmal singen gehört. Man sagt, sein Gesang hat die Menschen zum Weinen gebracht, so schön war er. Inzwischen ist er ein betagter Mann. Was er wohl mit all seiner freien Zeit macht?"

Ich stellte mir den Gesang im Geiste vor. Ich versuchte es zumindest. Ich hatte schon Kastraten gehört. Aber deren

---

140 Carlo Broschi, mit Künstlernamen Farinelli (1705–1782) war ein gefeierter italieni-scher Kastratensänger, der lange Zeit am Hof in Madrid lebte und wirkte. Casanova und er trafen sich tatsächlich.

Stimmen hatten keine tieferen Emotionen in mir geweckt. Es war eher so, dass es mich verstört hatte, diese gestandenen Männer die Frauenparts in für mich unnatürlich hohen Stimmen singen zu hören.

Schloss Triebenbach

Mamma, Christoph und ich hatten neue Noten von Frederik erhalten. Und zwar Triosonaten und ein Violinkonzert von Maddalena Laura Lombardini Sirmen[141], der venezianischen Musikerin.

Wir übten sehr fleißig diese schönen Stücke. Nach einer Weile ergab sich auch eine Gelegenheit, sie auf Schloss Triebenbach aufzuführen. An dem Tag hatten die von Schidenhofens eine Jagd mit anschließendem Fest und entschieden sich für uns als Musiker.

Da sich unsere Arbeit als Tanzmeister auch schon bis Triebenbach herumgesprochen hatte, wurden Christoph und ich zusätzlich dafür engagiert und waren daher schon fast eine Woche vor dem Fest auf dem Schloss und gaben Tanzunterricht für Familien der Umgebung, die ein Interesse zeigten.

Zu unserer Freude und Überraschung waren auch unsere Freunde Magdalena und Friedrich zu dem Fest eingeladen. Sie waren als Falkner bekannt und deshalb dabei. Ich konnte mein Glück gar nicht fassen, als ich sie sah. Bei unserer Begrüßung zeigte ich meine Begeisterung über das überraschende Wiedersehen.

„Magdalena ist seit meiner Münchner Zeit meine beste Freundin. Wir kennen ihre ganze Familie sehr gut. Mit den Geschwistern war ich schon öfter auf Beizjagd."

---

141 *1779 trat sie in Dresden auf. Dort bekam sie das doppelte Honorar eines italienischen Sängers am Hof.*

Unser Gastgeber, Kaspar Joachim von Schidenhofen, sah mich fragend an. „Ach, du kennst dich mit der Jagd aus? Das wusste ich ja gar nicht."

Ich lachte. „Wirklich auskennen? So weit würde ich nicht gehen. Aber es fasziniert mich und ich liebe diese Vögel."

„Dann passt es ja, dass ich euch nebeneinander einquartieren habe lassen."

Wir machten gemeinsam mit Joachim von Schidenhofen, Kaspars Sohn, einen langen Ausritt und erfuhren von ihm, dass er öfter, als wir gedacht hätten, in Salzburg war, um Bälle oder manche Freunde zu besuchen.

Wir hatten ihm endlich ein Pferd verkauft, das er schon im letzten Jahr hätte haben wollen. Nun saß er glücklich auf dem Gaul und freute sich, ein so gut trainiertes Reittier unter dem Sattel zu haben. Wir dagegen freuten uns, eine stolze Summe dafür erhalten zu haben, die den Weg zu Christophs Verlobung weiter ebnete. Inzwischen standen wir finanziell schon wieder fast auf festem Boden. Der letzte Brief von Krümmelbein hatte uns recht erfreut, denn die neueste Ladung an Stoffen und Garnen war erfreulich gut verkauft worden.

Am Abend erwartete uns ein informelles Essen mit allen, die schon im Schloss weilten. Der Abend war recht anregend. Es wurden viele Anekdoten erzählt, die zur allgemeinen Belustigung beitrugen.

Zur Jagd konnten Christoph und ich nicht mit. Wir hatten eine letzte Tanzstunde für eine führende Familie in Laufen.

Pünktlich zum Bankett waren wir wieder zurück und umgezogen. Unsere Musik kam sehr gut an. Es war ein Erfolg, denn die von Schidenhofens waren begeistert.

Der Ballabend verging wie im Fluge. Dadurch, dass auch die Mozarts gekommen waren, mangelte es nicht an guten Tänzern und Musikern. So kam es, dass zwischen beiden Professionen ein reger Austausch bestand. Dies führte dazu, dass alle ihre Freude hatten und wir mal musizieren oder tanzen konnten, wie es gerade passte.

Da ich nicht wollte, dass unsere Liebschaft publik wurde, blieben Friedrich und ich enthaltsam. Aber wir unterhielten uns beim Ball und einem weiteren Ausritt etwas länger. Dies fiel nicht weiter auf, weil jeder wusste, dass wir Freunde waren.

Ball bei den Mozarts

Inzwischen ging es unserem Pappa so gut, dass er stundenweise wieder zu seinem früheren Elan zurückzufinden scheint – und zu seinem Schnellsprech, auch wenn er sich manchmal noch verhaspelt. Es wird trotzdem noch ein weiter Weg werden, bis er zu seinem alten Ich zurückfindet. Er, der immer schon Vorschussvertrauen in jeden Menschen gesetzt hatte, war auf mieseste Weise hintergangen worden und konnte dies bisher nicht ganz verarbeiten. Ich denke, es wird noch lange dauern, bis er wieder Vertrauen zu fremden Menschen haben wird.

„Morgen ist der Ball in Salzburg. Wann sollen wir los?"

Christoph riss mich aus meinen Überlegungen und ich musste erst meine Gedanken sortieren.

„Da wir beide beritten sind und das Wetter trocken ist, reicht ein Aufbruch nach einem frühen Frühstück, denke ich."

„Ja, das wird wohl reichen. Hast du mit Nannerl was ausgemacht?"

„Sie schreibt, wir können bei ihnen im Haus nächtigen. Sie freuen sich schon auf unseren Besuch. Ich mich auch. Wenn wir früh genug sind, bekomme ich eine Stunde Klavierunterricht bei ihr. Sie meinte, im Advent wird sie uns auch mal wieder besuchen und ein paar Tage bleiben."

Der Weg war trocken, weshalb wir nicht lange brauchten, um zu Pferd nach Salzburg zu kommen. In Staufenbruck[142] in der Nähe des Schlosses Staufeneck querten wir die Saalach und ritten von dort auf der Marzoller Seite weiter. Unsere beiden Vierbeiner freuten sich über den langen Galopp, den wir ihnen gönnten. Trotz der vollen Satteltaschen spürten wir die Freude der Pferde an der Bewegung.

Nannerl empfing uns in der Mozartschen Wohnung so herzlich, dass mir fast die Tränen kamen.

Im Tanzmeistersaal sollte am Abend der Ball stattfinden. Dieser Saal im Obergeschoß war von der Mozartschen Wohnung erreichbar oder über eine Stiege zur Zufahrt. Er hatte eine schöne Stuckdecke und zahlreiche Fenster.

Gemeinsam mit Wolfgang und Nannerl hatten wir schon bei vorherigen Treffen ein *Menuett* und eine *Gavotte* geprobt, die wir gemeinsam zur Aufführung bringen wollten. Wir tanzten alles noch einmal durch und stellten fest, dass wir es gut konnten.

So unterschiedlich, wie wir vom Wesen her waren, hatten wir alle vier eine große Gemeinsamkeit: Wir liebten es, zu tanzen. Jeder von uns hatte auch einen gewissen Anspruch an Vollkommenheit und daher war es immer wieder eine Freude, in gerade dieser Besetzung zu tanzen. In gewisser Weise war uns auch der Sonnenkönig, Ludwig XIV. von Frankreich, ein glänzendes Vorbild. Er perfektionierte den Tanz und schaffte es, dass alle Welt ihn auch durch seinen Tanz und dessen Ausdruck als Herrscher akzeptierte.

Der Ball am Abend war ein Glanzlicht im beginnenden Winter. Der eher kleine Saal war vollkommen überfüllt, aber da sich alle Anwesenden mehr oder weniger gut kannten, war es lustig. Während der Tänze standen nur wenige Leute am Rand und diese verließen teilweise fluchtartig den Raum, da es ganz schön eng wurde.

Unsere beiden Tänze wurden von den Gästen bejubelt, worauf Wolfgang ein paar derbe Ausdrücke der Freude in den Raum warf. Völlig erhitzt und lachend machten wir uns bei Tagesanbruch auf den Weg in unsere Betten. Nach

---

142 *1275 erstmals erwähnt. Grenzbrücke zwischen Herzogtum Baiern und dem Salzburger Erzstift Gebiet.*

ein paar Stunden Schlafs ritten Christoph und ich wieder nach Hause.

„Ich bin froh, dass wir zu den Menschen gehören, mit denen das Schicksal es gut meint. Wir haben zwar immer zu tun, aber doch überwiegend Tätigkeiten, die wir gerne machen. Außerdem dürfen wir auch solche Abende wie gestern erleben." Christoph sinnierte über unser Leben.

„Nach den letzten Zahlen können wir voraussichtlich schon im nächsten Jahr wieder Gewinn machen und wir bekommen das Geld, das wir Pappas Geschäft zur Verfügung gestellt haben, nach und nach wieder zurückgezahlt, Schwester."

Ich ritt neben meinem Bruder her. „Wir haben wirklich Glück, Bruder."

„Wirst du nach München gehen und dort als Tanzmeisterin weiterarbeiten?", fragte er mich

„Ich habe mir noch keine Gedanken darüber gemacht. Bis Mitte nächsten Jahres ist mein Palais noch vermietet, also habe ich noch Zeit für eine Entscheidung. Wirst du denn nach München gehen, wenn du Magdalena heiratest? Schließlich hast du dort die meisten zahlungskräftigen Kunden und unsere Freundin hat dort die Lizenz zur Falkenjagd."

„Ach, ich kann es dir zu diesem Zeitpunkt wirklich noch nicht sagen. Kommt auch ein wenig darauf an, ob Pappa unsere Unterstützung weiterhin benötigt. Obwohl viele der Arbeiten auch von München aus erledigt werden könnten, denke ich. Außerdem habe ich in München kein Haus, wie du, liebe Schwester."

„An Mamma müssen wir auch denken. Sie lebt hier den Sommer über ohne uns alleine mit der Dienerschaft. Pappa ist dann sicher wieder in Hamburg, sobald er vollkommen genesen ist, Seraphia und Heinrich sind die nächsten Jahre bestimmt auch noch auf Tour.

Ob Mamma das auf Dauer möchte, sollten wir auch in unsere Überlegungen mit einfließen lassen. Nachdem Pappa wegen meiner Beschäftigung als Tanzmeisterin eingelenkt hat, habe ich keinen zwingenden Grund mehr, nach München zu gehen. Vielleicht sollte ich einfach meine Zeit ein wenig einteilen in hier und München. Aber vor Juni stellt sich mir die Frage eigentlich nicht."

„Pappa ist unglaublich stolz auf dich. Letztens war er mit Mamma in Reichenhall. Er hat in der Kutsche gewartet, während sie etwas besorgt hat. Da wurde er von unseren Kunden mit den sieben Kindern angesprochen. Das Ehepaar lobte uns und vor allem deine Art des Tanzunterrichts in den höchsten Tönen."

„Ohne dich könnte ich es nicht so gut machen, Christoph. Ich glaube, das funktioniert auf Dauer nur zu zweit so gut."

„Das mag sein. Aber ob die zweite Person ich bin oder ein Frederik oder zuweilen ein Friedrich oder sonst einer unserer Freunde, dürfte hier keine Rolle spielen. Liebe Vic, ich weiß, dass es vor allem alleine an deiner Person liegt, dass die Menschen so begeistert sind. Es ist deine ungezwungene Art, mit ihnen umzugehen, die ihre Begeisterung anfacht und dein würdevolles Auftreten, das ihnen Respekt abfordert."

„Schätze deinen Teil daran nicht zu gering ein, Christoph. Ich denke, es ist unsere Verbundenheit und das wortlose Verstehen zwischen uns, was auch viel ausmacht."

Draußen war trübes und nasskaltes Winterwetter. Ich saß in einem großen Sessel vor dem Kamin in der Bibliothek und las in einem Buch, das mir meine Freundin Elizabeth aus England geschickt hatte: „*Emma; or, The Unfortunate Attachment*". Es ist noch recht neu und es geht das Gerücht, dass eine hochgestellte Persönlichkeit[143] es geschrieben hat. Meiner Meinung nach muss es eine Frau gewesen sein, die dieses Werk verfasst hat. Männer schreiben anders.

---

143 *Das Buch wurde später Georgiana Cavendish, Duchess of Devonshire zugeschrieben. Sie war eine der einflussreichsten Frauen ihrer Zeit.*

Es geht darin vor allem um eine arrangierte und ungewollte Ehe aus der Sicht einer noch jungen Frau.

Dieses Werk gibt sehr gute Einblicke in die ganz oberen Schichten der englischen Gesellschaft. Es ist teils nicht nachvollziehbar, was dort alles normal ist und was als verwerflich betrachtet wird.

Wenn ich so etwas lese, bin ich sehr froh, dass ich aus einer Familie des niederen Adels hier in Baiern stamme und mit dem Hochadel kaum zu tun habe. Mich zieht es nicht mehr zurück in meine angeheiratete Familie.

Ich bin der Meinung, dass sich viele Menschen aus dem Hochadel zu viel einbilden auf völlig belanglose Dinge. Manche wirken auf mich völlig degeneriert. Sie lachen zu laut und machen sich über alles und jeden lustig, das oder den sie nicht verstehen. Sie haben keinerlei Begriff davon, was Arbeit ist und was es für ihre Bediensteten bedeutet, von jemandem wie ihnen völlig abhängig zu sein. Ohne Rechte und Schutz. Immer abhängig von einer momentanen Laune des Herrn oder der Herrin.

Ich habe schon unzählige einfache Menschen getroffen, die mir mehr wert erschienen, als eben diese „Herrenmenschen", die meinten, sie seien der Nabel der Welt. Wenn solche Leute gehen, erleidet die Menschheit keinen Verlust. Aber wenn ein aufrichtiger Bauer geht, dann ist es ein empfindlicher Einschnitt in das Leben aller um ihn herum.

Kathrein stellt den Tanz ein

Beim Kathreintanz[144] in einem Privathaus in Reichenhall schwangen wir ein letztes Mal für dieses Jahr das Tanzbein. Ich unterhielt mich mit einer kunstbegeisterten Dame

---

144 *Im Alpenvorland findet am 25. November die Tanzsaison mit einem letzten gemeinsamen Tanz ihr Ende*

aus dem Adel. Sie war eine faszinierende Erscheinung und war wohl schon viel in der Welt herumgekommen. Sogar in Amerika war sie schon gewesen. Aber sie konnte auch mit anderen interessanten Informationen aufwarten.

„Eine Cousine von mir wohnt in Dresden. Ihr Mann ist dort bei der Kurfürstlichen Sächsischen Kunstakademie beschäftigt. Vor ein paar Jahren kam zu ihnen die Blumen-stillebenmalerin Caroline Friederike Friedrich[145] über ein Stipendium. In diesem Jahr wurde diese junge Frau zum Ehrenmitglied der Akademie ernannt.

Stellen Sie sich vor: Sachsen, das eine Frau als Ehren-mitglied aufnimmt! Ich muss sie unbedingt kennenler-nen. Denn diese Frau ist mit Sicherheit ein Genie. Anders würde sie von den Herren dort keine Anerkennung finden.

Mich fasziniert auch Anna Maria Schürmann bzw. van Schurmann, die als ‚Stern Utrechts‘ als niederländische Universalgelehrte und gelehrteste Frau Europas im letz-ten Jahrhundert weithin bewundert wurde. Sie verfasste Gedichte, durfte die Vorlesungen der Universitäten besu-chen – wenn auch hinter einem Vorhang – pflegte Umgang mit Malern, Glasgraveuren und Kupferstechern und erlernte deren Kunst auch. Magdalena van der Passe war eine dieser Künstler, von denen sie lernte.

Etwas für uns Frauen Wichtiges, was sie geschrieben hat, ist mir im Gedächtnis geblieben: *Jedem Menschen sind von Natur die Prinzipien oder die Potenzen der Prinzipien aller Künste und Wissenschaften eingegeben. Auch den Frauen ist dies alles eingegeben. Wem von Natur ein Verlangen nach Wis-senschaften und Künsten innewohnt, dem kommen diese auch zu. Frauen haben als Individuen der Spezies Mensch dieses Ver-langen.‘*“

„Ja, es gibt sie, die weiblichen Genies. Doch nur wenige finden auch zeitlebens die Anerkennung, die ihnen gebührt. Der Geschäftspartner meines Vaters hat uns aus Hamburg geschrieben, dass die berühmte Opernsängerin Margaretha Susanna Kayser im stolzen Alter von vierund-

---

145 *Ab 1783 wirkte sie als einzige lehrende Frau als Unterlehrerin an der Akademie.*

achtzig Jahren in Stockholm verstorben ist. Haben Sie diese auch einmal gehört?

Die Mutter meines Vaters kannte ihre Familie – sie war Hamburgerin – und soll sie einmal auf dem Zenit ihrer Kunst gehört haben. Großmutter hat Zeit ihres Lebens von dieser Stimme geschwärmt. Die Kayserin soll einen Tonumfang von über zweieinhalb Oktaven gehabt haben. Sie war eine Zeitlang sogar Operndirektorin und war außerdem mit einer reisenden Operntruppe unterwegs."

„Ja, sie muss wirklich sehr gut gewesen sein. Madame Kayser hat sehr viel von Georg Philipp Telemann gesungen, den ich auch sehr verehre. Leider habe ich es versäumt, sie zu hören.

Sie spielen doch Flöte, oder? Was halten Sie von seinem Doppelkonzert in e-Moll? Ich suche nämlich eine geeignete Partnerin dafür."

Und schon hatten wir das nächste Thema. Wir wollten gemeinsam üben und legten gleich einen Termin für ein Treffen dafür fest. So ergaben sich immer wieder Möglichkeiten, an die man am Anfang eines Abends nie gedacht hätte.

Ich tanzte noch ausgiebig mit einigen recht talentierten Herren und hatte insgesamt einen sehr befriedigenden Tanzbend.

Neuigkeiten aus aller Welt

Pappa und ich waren immerzu versessen auf Nachrichten aus aller Welt. So erfuhren wir nach und nach Folgendes:

In den dreizehn Kolonien in Nordamerika begann am 01. Dezember der Boykott von britischen Waren, den der erste Kontinentalkongress mit den Assoziationsartikeln vom 20. Oktober beschlossen hat.

„Da bin ich sehr gespannt, wohin das noch führen wird mit dieser Auseinandersetzung zwischen dem Mutterland Großbritannien und den amerikanischen Kolonien. Ich befürchte, wenn es so weitergeht, wird es zum Krieg kommen."

Ich stimmte Pappas Einschätzung zu, wusste aber auch keinen Ausweg, der für beide Seiten gangbar wäre.

Auch in unserer Nachbarschaft, also in Österreich, tat sich immer wieder etwas. Es wurde bekannt, dass die Erzherzogin Maria Theresia von Österreich zum 06. Dezember eine „Allgemeine Schulordnung für die deutschen Normal-, Haupt- und Trivialschulen" eingeführt hat.

Mit Erlaubnis von Friedrich II. von Preußen war der Abt des Augustiner-Chorherrenstiftes Sagan, Schlesien, der Monarchin beratend zur Seite gestanden und hatte die neue Schulordnung verfasst. Es gibt nun in Österreich eine allgemeine Unterrichtspflicht[146] für Kinder von sechs bis zwölf Jahren. Das ist sehr zu begrüßen.

Bei uns in Baiern hat der Landeskommissar für Volksschulwesen Heinrich Braun die allgemeine Schulpflicht im ganzen Kurfürstentum bereits 1771 verordnet, aber irgendwo hakt es noch, denn ich weiß von genug Kindern, die immer noch zu Hause schuften müssen, anstatt etwas für ihr Leben zu lernen.

„Mir ist zu Ohren gekommen, dass wir hier in Baiern nicht genügend Lehrer haben. Und im Staatssäckel ist sowieso nie genug Geld für alles, was wir eigentlich bräuchten." Das wusste Christoph zu diesem Thema zu vermelden.

„Unsere Dienerschaft hat das Glück, dass wir dafür sorgen, dass ihre Kinder zumindest ein paar Jahre zur Schule geschickt werden. Wir kommen dafür auf und sie können alle zumindest einigermaßen schreiben und rechnen."

---

146 *Die österr. Unterrichtspflicht besteht immer noch. Anders, als in der in Deutschland geltenden Schulpflicht, dürfen in Österreich Kinder auch zu Hause unterrichtet werden.*

Winterfreuden

Christoph und ich trafen uns, als es endlich richtig kalt war, öfter mit unseren Freunden aus der Umgebung beim „ungenannten See". Dort gingen wir gemeinsam Schlittschuhlaufen.

Es war eine große Freude, auf dem Eis des Sees dahinzugleiten. Die Fläche ist zwar nicht sehr groß, aber die Anzahl der Schlittschuhläufer hielt sich in Grenzen, weshalb wir genug Platz hatten, uns auszutoben. Die Tonhausers und die Lasser zu Lasseregg waren meist mit dabei. Immer hatte auch jemand von uns Brot und Käse sowie Getränke in den Taschen. Letztere natürlich mit Alkohol, damit nichts einfrieren konnte.

Daher saßen wir am Ende jener Tage meist im Gesicht erhitzt und an den Füßen halb erfroren leicht bis schwer beschwipst im Sattel der Pferde, die den Weg in den warmen Stall eifrig antraten. Das eine oder andere Pferd war dann auch etwas zu eifrig für den nicht mehr nüchternen Reiter und so musste es einfach passieren, dass es Stürze gab.

Jedoch hatten wir alle Glück in diesen fröhlichen Tagen. Denn sowohl die Stürze auf dem Eis als auch die von den Pferden hatten als Folgen nur blaue Flecken, die kaum der Rede wert waren.

Mitte Dezember erreichte uns ein Eilbrief von Krümmelbein. Er kündigte seine Ankunft noch vor Weihnachten an. Er hätte gute Nachrichten, wie er schrieb.

Das passte herrlich, denn wir hatten sowohl die Familie Sieghardinger als auch Frederik über Weihnachten eingeladen. In unserem Haus waren die Räume unserer Eltern im Westteil untergebracht, die von Christoph und mir jedoch im Ostteil.

Also legte ich fest, dass Krümmelbein, Frederik, Magdalena und Friedrich in unserer Nähe schlafen würden und Madame Sieghardinger und ihr jüngster Sohn Joseph bei meinen Eltern im Flügel.

Am 20. Dezember kamen erst Andreas Krümmelbein und dann auch alle unsere Münchner Gäste wohlbehalten an. Krümmelbeins Äußeres hatte sich bedeutend zum Besserend gewandelt seit seiner Zwangsrasur durch Frederik.

Zuallererst wurde im wohlgeheizten Salon Glühwein und heiße Suppe angeboten. Dankbar wärmten unsere Gäste sich auf nach der zwanzig- bzw. zweitägigen Reise. Es ging sofort recht lustig her. Denn Seraphia und Heinrich waren auch herübergekommen. Alle umarmten und herzten sich und hatten etwas zu erzählen. Der warme Alkohol zeigte auch bald ein wenig Wirkung bei unseren Jüngsten.

Alle zogen sich eine Weile zurück. Später trafen wir uns zu einem späten Abendessen. Es war sehr gemütlich, obwohl wir so viele Leute waren. Wir lachten viel und sprachen über dies und das.

Irgendwann sprach Magdalenas Mutter ein Machtwort. „Wir ziehen uns zurück. Morgen ist schließlich auch noch ein Tag." Sie scheuchte den müden Joseph hinaus.

„Freunde, ich kann nicht länger warten!" Andreas Krümmelbein ließ uns verstummen. „Ihr wisst ja, gute Neuigkeiten müssen verkündet werden. Wir schreiben ab diesen Monat wieder schwarze Zahlen.

Vor meiner Abreise habe ich unsere Bank noch einmal besucht. Mir wurde versichert, dass fast alle Ausstände bezahlt worden waren und das Geschäft wieder solide dasteht. Außerdem ist gerade einen Tag vor meiner Abreise wieder eine große Ladung eingetroffen. Für die Hälfte bestehen schon fixe Verträge und von der anderen Hälfte habe ich Muster dabei."

Pappa umarmte seinen jungen Geschäftspartner mit einem glücklichen Jauchzer. „Ich danke Ihnen, lieber Herr Krümmelbein. Sie sind die Säule meines Geschäfts. Was halten Sie davon, ab nun ganz alleine das Hamburger Kontor zu führen? Ich würde Sie dann nur noch einmal für kurze Zeit im Frühjahr besuchen. Und zwar gemeinsam mit meiner Frau. So ein fähiger Mann wie Sie braucht den alten Idioten aus Baiern doch gar nicht."

Krümmelbein sah glücklich aus. „Ich danke Ihnen, Herr von Sommerauer. Ihr Vertrauen ehrt mich. Wenn Sie das so wollen, werde ich mich gerne fügen. Und ich werde mich jedes Jahr auf Ihren Besuch freuen. Allerdings kann ich nur weiter so erfolgreich arbeiten, wenn mich Ihre ganze Familie weiterhin so prächtig unterstützt. Das muss ich schon auch zugeben, dass ich es alleine nicht schaffen würde."

Er sah in die Runde. Wir versicherten ihm, dass es für uns eine Selbstverständlichkeit wäre, auch weiterhin unsere Kontakte spielen zu lassen für gute Verkäufe.

„Ich muss sagen, es macht mir unglaublich Freude, die erlesenen Stoffe an die richtigen Menschen zu vermitteln." Mamma sprach das aus, was ich mir dachte.

„Sogar in Paris fallen die von Ihnen georderten Stoffe positiv auf. Sie haben ein glückliches Händchen, Herr Krümmelbein", lobte Tante Seraphia.

Meine Eltern zogen sich nach dieser freudigen Ankündigung auch zurück, da Pappa etwas müde wirkte. Seraphia und Heinrich verabschiedeten sich desgleichen, weil sie uns junge Leute alleine lassen wollten. „Die haben sicher einiges unter Freunden zu besprechen, bei dem wir nur stören würden."

Herr Krümmelbein bat uns nochmals um unsere Aufmerksamkeit. „Ich würde so gerne zu diesem erlesenen Freundeskreis dazugehören. Darum bitte ich Sie alle, mich Andreas zu nennen."

Wir kamen überein, ihn in unseren Kreis als besonderen Freund aufzunehmen.

Nun war es Christoph, der nach einem Blickwechsel mit Magdalena in unserer Sechserrunde das Wort ergriff.

„Es ist noch nichts offiziell, aber wir beide sind so gut wie verlobt und wollen im nächsten Jahr heiraten." Damit nahm er Magdalena in den Arm und küsste sie. Andreas und Frederik gratulierten dem glücklichen Paar herzlich.

Friedrich sah mich bittend an. Also machte ich auch eine Ankündigung.

„Nun bin wohl ich dran. Auch diese Information ist nur für eure Ohren bestimmt. Ihr wisst, dass ich nicht mehr heiraten möchte. Aber ich habe nie behauptet, mir keinen Liebhaber zu suchen.

Nachdem Frederik mich bei meinem letzten München-Besuch mit der Nase darauf gestoßen hat, hat sich eine Verbindung mit meinem liebsten Friedrich ergeben." Ich nahm dessen Kopf zwischen meine Hände und küsste ihn, worauf er mich in seine Arme schloss.

Christoph, Magdalena und Andreas waren überrascht, freuten sich dennoch über unser Zusammenfinden.

Frederik räusperte sich. „Da wir gerade bei Eröffnungen sind ... Andreas und ich sind seit dem Frühjahr ein Paar. Auch, wenn wir uns nicht so oft sehen. Wir bitten natürlich um eure Verschwiegenheit. In unserem Fall kann eine Öffentlichkeit fatale Folgen haben."

Hier gratulierten Christoph, Magdalena und Friedrich nochmals.

Es war an mir, reinen Tisch zu machen. „Oh, nur, damit ihr es wisst. Wir haben noch eine Person im Haus, die unsere Geheimnisse kennt, diese aber wahren wird. Und zwar Katharina, meine Zofe. Sie weiß über unsere Verbindungen Bescheid, hat aber versprochen, nichts verlauten zu lassen. Sie kümmert sich um unsere Räume und hat die Einteilung von sich aus entsprechend vorgenommen. Ihr könnt ihr vertrauen. Sie ist ein Schatz von einem Menschen."

Ich wusste, dass Katharina niemanden von uns verraten würde. Und ich wusste auch, dass meine Freunde ihr gegenüber immer respektvoll sein würden. Überdies war ich mir ziemlich sicher, dass Katharina kleine Präsente erhalten würde für ihre Verschwiegenheit.

Wir plauderten noch eine ganze Weile und zogen uns dann auch zurück. Friedrich und ich trafen uns gleich darauf in meinem Ankleidezimmer. Schon dort baute sich eine spürbar erotische Atmosphäre auf. Wir nutzten in diesen Nächten nur mein Bett. Aber das musste ja außer Katharina niemand wissen. Diese war froh, dass sie in Friedrichs Zimmer den Kamin fast nie heizen musste und viel weniger Arbeit hatte.

Wir beide sprachen viel miteinander. „Was willst du machen, wenn du deinen Abschluss in der Tasche hast?"

„Es gibt da einen erfahrenen Arzt, der mich in seine Praxis mit aufnehmen möchte. Ein wirklich guter Mediziner, von dem ich noch viel lernen kann. Einen Tag in der Woche arbeitet er auch im Hl. Geist-Spital. Das wünsche ich mir auch zu machen. Nach ein paar Jahren kann ich hoffentlich meine eigene Praxis eröffnen. So würde ich es mir zumindest vorstellen."

„Ich bin mir sicher, du wirst ein fantastischer Arzt. Du hast ein Gespür für Menschen. Du willst den Menschen wirklich helfen und gehst den Dingen auf den Grund. Du hörst dir andere Meinungen an. Das sind die besten Kriterien für einen guten Start in dein Berufsleben. Ich glaube ganz fest an dich, mein Liebster."

Für diese Worte bedeckte mich Friedrich mit Küssen. Ich fühlte mich rundum geliebt.

Am 21. schneite es etwa sechs Zoll[147]. Wir machten gemeinsam einen schönen Ausritt, zu dem wir Joseph mitnahmen. Unsere Pferde waren voller Energie. Sie alle liebten Schnee. Wir ritten zu Tante Maria und Onkel Josef und ließen unsere Pferde vom Walserberg bis nach Salzburg galoppieren.

Bei unseren Verwandten bekamen wir Mokka und heißen Wein, um uns aufzuwärmen. Dazu Kuchen und anderes Gebäck. Dann bummelten wir ein wenig durch die Stadt, kauften dabei auch ein und anschließend ritten wir wieder zurück nach Hause.

Am Abend feierten wir die Wintersonnenwende. Wir machten ein Feuer im Garten und alle Hausbewohner versammelten sich dort.

Pappa sprach ein paar Worte zum inzwischen fast vergangenen Jahr und wir trennten uns symbolisch von nicht

---

147   1 Zoll waren 2,43216 Centimeter

mehr benötigten Dingen und Personen, indem wir Zettel mit entsprechenden Angaben oder Zeichnungen ins Feuer warfen und sie verbrannten.

Am Samstag war dann endlich der Heilige Abend. Da der nochmals gefallene Schnee den Weg zur Kirche St. Pankraz von uns aus zu mühselig machte, ritt die ganze Schar zur Kirche St. Georg nach Nonn. Wir wohnten dort der Mitternachtsmette[148] bei.

Es schien mir eine wahrhaft magische Nacht zu sein. Der fast noch volle Mond stand leuchtend am Himmel und der Schnee knirschte unter unseren Füßen.

Wir verlebten ein paar Tage mit Spaziergängen, guten Unterhaltungen und köstlichem Essen. Es waren einfach herrliche Festtage mit unseren Freunden.

---

148 *Ein christlicher Gottesdienst zwischen Mitternacht und den frühen Morgenstunden. Abgeleitet von Matutin. Das Wort kommt von lat. (hora) matutina = Morgenstunde*

„Ich werfe unserer Zeit vor, dass sie starke und zu allem Guten begabte Geister zurückstößt, nur weil es sich um Frauen handelt."

Teresa von Ávila,
Spanische Mystikerin (1515–1582)

Epilog

Seit meiner Niederschrift sind ein paar Jahre ins Land gegangen. Christoph und Magdalena haben im Mai 1775 geheiratet und sind ein glückliches Paar. Sie leben im Frühjahr und Sommer in unserem Elternhaus in Reichenhall und den Rest des Jahres in einem Flügel des Sieghardinger Hauses in München. Magdalena ist zum zweiten Mal schwanger, nachdem sie schon ein Jahr nach der Hochzeit einem Zwillingspärchen das Leben geschenkt hat.

Christoph hatte – anders als ich – Glück mit seiner Schwiegermutter. Sie liebt ihren Schwiegersohn und vor allem ihre Enkel. Dadurch wird sie auch an vielen Aktivitäten beteiligt und ist nie wirklich alleine, obwohl ihre anderen Kinder alle nicht mehr zu Hause leben. Joseph ist inzwischen in einer Militärakademie.

Meine Eltern weilen jedes Frühjahr für zwei bis drei Monate, bis in den Frühsommer hinein, in Hamburg. Das Geschäft blüht und die Gewinne sprudeln.

Frederik ist immer anschließend an den Besuch bei meinen Eltern während der Sommerferien in der Universität auch einige Wochen bei seinem Andreas Krümmelbein in Hamburg. Beide sind immer noch ein glückliches Paar und zufrieden, jedes Jahr einige Zeit miteinander verleben zu können, während sie den Rest des Jahres viel arbeiten und Zeit mit anderen Freunden verbringen.

Seraphia möchte sich ab diesem Jahr gemeinsam mit Heinrich nur noch ihren Tanzschülern in der Region von Reichenhall und Salzburg widmen. Sie meinte, nun würde es mit den vielen Reisen endgültig reichen. Sie fühle sich zu alt und wolle sich zurückziehen, bevor sie zum Gespött der Leute werde.

Friedrich hat nach Erhalt seines Doktorhuts zwei Jahre lang überwiegend im Ausland gewirkt und ist ein fantastischer und hochgeschätzter Arzt geworden. Nach seiner

Rückkehr in die Heimat eröffnete er eine Praxis in meinem Stadtpalais. Denn ich hatte bis dahin mein Heim ein wenig umgebaut. Offiziell besteht mein Palais nun aus zwei Einheiten: meinem Wohntrakt und Friedrichs Wohn- und Arbeitstrakt.

Meine frühere Zofe Katharina unterstützt Friedrich als Assistentin. Sie hat in dieser Aufgabe ihre Erfüllung gefunden. Es macht mich stolz, wenn ich von Patienten höre, die ein Loblied über Friedrich und Katharina singen. Diese Patienten sind überwiegend weiblich. Dies liegt meiner Meinung nach zum einen daran, dass Katharina schon viel Angst nimmt und zum anderen, dass Friedrich ein sehr einfühlsamer Mensch ist.

Ich gebe seit meiner Rückkehr in der zweiten Jahreshälfte 1775 in ganz München Tanzstunden und lade immer wieder zu Übungsabenden in meinem Palais ein. Diese Tage bzw. Abende sind sehr beliebt und immer schon Wochen vorher ausgebucht. Ich habe dabei wechselnde Partner, die mich mit Begeisterung unterstützen: Christoph, Frederik, Friedrich und mein früherer Stallbursche Felix, der sich als unglaublich geschickter Tänzer herausgestellt hat und nach einer intensiven Unterrichtszeit bei mir inzwischen am Theater arbeitet. Ich bin sehr stolz auf ihn, wie auch mein Majordomus Heinrich Summerer, der immer noch in meinem Hause weilt. Er ist inzwischen schon recht alt, aber er lässt es sich nicht nehmen, mit mir gemeinsam die Veranstaltungen in meinem Hause zu organisieren.

Alljährlich organisieren wir Freunde alle gemeinsam den Dienstbotenball im Redoutensaal zu Ehren von Jacob. Dieser ist inzwischen zu einer Institution geworden, die nicht mehr wegzudenken ist aus dem Jahreslauf. Immer wieder fragen aufstrebende Musikerinnen und Musiker an, ob sie an diesem Abend bei uns spielen dürfen. Im nächsten Jahr hoffe ich, das Orchester des Ospedale della Pietà[149] aus Venedig begrüßen zu dürfen.

---

149 *Ein Waisenhaus in Venedig, in welchem die Mädchen zu Musikerinnen ausgebildet wurden. Auch Antonio Vivaldi war dort Lehrer.*

Friedrich und ich sind immer noch ein glückliches Paar und ich kann mir ein Leben ohne meinen Liebsten nicht mehr vorstellen. Für mich ist ein großer Traum in Erfüllung gegangen. Ich bete, dass ich diesen Traum noch lange träumen darf. Es gibt nur einen Wehrmutstropfen. Unser Kinderwunsch ist nicht in Erfüllung gegangen. Doch auch dies ist nicht nur ein Nachteil in unserem Leben.

Vermutlich werde ich es als weibliche Tanzmeisterin im Gegensatz zu meinen männlichen Kollegen nicht in die Geschichtsschreibung schaffen, aber das ist zweitrangig. Hauptsache, ich liebe und lebe meine Profession und kann anderen Menschen und mir selbst damit Freude machen.

Nachwort

Liebe Leser,

schon seit vielen Jahren beschäftige ich mich mit Feminismus und Frauenfragen im Allgemeinen. Als ich bei meiner ersten tiefergehenden Recherche über das 18. Jh. auf unzählige geniale Frauen gestoßen war, hatte ich mir vorgenommen, so viele wie möglich in meinem Buch zu erwähnen – um zu zeigen, dass die Welt nicht so ist und war, wie uns die Gesellschaft immer noch glauben machen möchte.

Frauen können fast alles. Vor allem können sie dies alles genauso gut wie Männer (abgesehen von körperlichen Unterschieden) und manches sogar besser. Aber sie benötigen – genau wie die meisten Männer – Unterstützung aus ihrem Umfeld, die sie leider auch in unserer Zeit viel zu selten in einem adäquaten Maß und von den richtigen Stellen oder Personen erhalten.

Wir Frauen wachsen auch heute noch in dem Glauben auf, dass Frauen bis in die 70er Jahre des 20. Jahrhundert kaum Rechte hatten und beruflich nichts erreichen konnten, aber auch, dass ihnen jetzt alle Möglichkeiten offen stünden.

Es stimmt weder das eine noch das andere.

Genauso, wie es immer schon unterdrückte Frauen gab, denen die Männer – wahlweise die Gesellschaft – keine Rechte zugestehen wollten, gab es auch schon immer Frauen, die „ihren Mann standen". Frauen, die (auch schon im Mittelalter!) Handwerksbetriebe als Witwen erfolgreich weitergeführt haben; Frauen, die Länder regiert haben; Frauen, die Musikerinnen, Tänzerinnen, Malerinnen, Heilerinnen, Astronominnen, Gelehrte und zu ihrer Zeit hoch angesehen und gut bezahlt waren.

Doch die Geschichtsschreibung wird bis heute überwiegend von Männern geführt. Und diese lassen gerne das andere Geschlecht unter den Tisch fallen, weshalb wir über viele herausragende Frauen erst erfahren, wenn wir tief in der Geschichte graben und uns mit dem Thema intensiv beschäftigen. Trotzdem wollte ich es den männlichen Autoren nicht gleichtun und in meinem Buch nur Frauen erwähnen. Ich finde, dass es zu jeder Zeit sowohl Frauen als auch Männer gab, die Schönes oder Hilfreiches für die Menschheit geschaffen haben.

Ich selbst habe nicht selten erlebt, wie Männer Frauen angreifen und diskriminieren. Oft ist beiden in dem Moment gar nicht bewusst, was da passiert. Wahrscheinlich genauso oft habe ich erlebt, wie Frauen Frauen angreifen und ihnen Wertschätzung verweigern. Die Gründe dafür sind mannigfaltig. Oft aber auch einfach angelernt durch das Vorbild unserer kranken Gesellschaft.

Solange diese Gesellschaft schon bei Kindern in vielen Bereichen Unterschiede macht, wird sich an der immer noch schlechten Situation für Frauen auf der ganzen Welt nicht viel ändern. Der Mann wird als eigenständiges Wesen und die Frau als Objekt gesehen.

Das heißt, wir müssen alle immer auf der Hut sein und Abstand nehmen von den bisherigen Verhaltensweisen, alles nach männlichen Maßstäben zu beurteilen.

Die Unterschiede in der Erziehung durch die Familien sind noch immer eklatant. Der Sohn ist oft zeitlebens der verhätschelte und mächtige Prinz, die Tochter dagegen ein paar Jahre die süße Prinzessin, bevor sie plötzlich und ohne Vorwarnung zum ohnmächtigen Aschenputtel degradiert wird, welches sie oft den Rest ihres Lebens im Schatten des Prinzen bleiben muss, weil ihr niemand aus ihrem Dilemma heraushilft. Dieses Spiel wird ohne relevante Änderung an die nächste Generation weitervererbt.

Ich wünsche mir eine Gesellschaft, die jedes Individuum wertschätzt und niemanden aufgrund des Geschlechts oder des Aussehens anders behandelt. Denn wir können alle noch so viel voneinander lernen.

Mein Buch ist also überwiegend so geschrieben, wie ich mir den Umgang der Menschen miteinander wünsche und nicht, wie es üblich ist.

Protagonisten

Familie

Victoria von Falkenstein
: Ich-Erzählerin, geb. von Sommerauer, (* 1751, Pianoforte, Violine, Flöte)

Christoph von Sommerauer
: Zwillingsbruder (* 1751, Pianoforte, Violine, Cello/ Viola da Gamba)

Regina von Sommerauer
: Mutter, geborene von Neubauer (* 1732, Pianoforte, Violine)

Dionysius von Sommerauer
: Vater, von niederem Adel, internationaler Kaufmann (* 1730, Generalbass)

Seraphia von Neubauer
: Tante, Tänzerin von internationalem Ruf (* 1737, Violine, Flöte, Tanz)

Jacob Graf von Falkenstein
: Gatte von Victoria (* 1743, Violine, begeisterter Tänzer)

Josef von Neubauer
: Victorias Onkel in Salzburg

Maria von Neubauer
: Victorias Tante in Salzburg

Gute Freunde und Angeheiratete

Andreas Krümmelbein
: Verwalter des Handelshauses der von Sommerauers

Angelika von Sieghardinger
Schwester von Magdalena (*1755)

Cäcilia von Falkenstein
Tante von Jacob

Frederik von Barby
Gefährte von Jacob (*1748, Bassgambe)

Friedrich von Sieghardinger
Bruder von Magdalena (*1753, Violine)

Heinrich Winkelmayr
Tänzer und Partner von Seraphia
(Cembalo, Violine)

Johann Baptist Joseph Joachim Ferdinand von Schidenhofen zu Stumb und Triebenbach (* 1747)

Joseph von Sieghardinger
Bruder von Magdalena (*1758)

Kaspar Joachim von Schidenhofen
Hofmarksherr auf Triebenbach

Leonhard von Falkenstein
Jacobs Bruder (* 1745)

Leopold Mozart
Vater von Nannerl und Wolfgang

Magdalena von Sieghardinger
Freundin von Victoria in München
(*1752, Pianoforte, Violine)

Nannerl (Maria Anna) Mozart
Freundin von Victoria (* 1751, Pianoforte)

Wolfgang Mozart
Freund von Victoria (* 1756, Pianoforte, Violine)

Dienstboten und weiterer Kreis

Apollonia
> Bedienstete von Seraphia

Erich Hintermeier
> Kammerdiener von Jacob, Münchener Palais

Felix Hartinger
> Stallbursche, Münchener Palais

Franz von Cottenau
> Verehrer von Magdalena

Friedrich der Kleine
> Stallbursche im Haus von Sommerauer

Heinrich Summerer
> Majordomus, Münchener Palais

Johanna
> Köchin im Haus von Sommerauer

Johannes
> Majordomus im Haus von Sommerauer

Katharina Kleiner
> Zofe von Victoria

Konrad von Ehrenfels
> Verehrer von Victoria, Menschen- und Tierarzt von
> Schloss Anif

Kreszentia von Sommerauer
> Cousine von Victoria in Ingolstadt (*1760)

Familie Lasser zu Lasseregg
> bewohnen das Marzoller Schloss

Luise von Sommerauer
> Cousine von Victoria in Ingolstadt (*1757)

Michael und Katharina Tonhauser
> Bataillon-Leutnant, mit seiner Frau

Nina, Kathi und Liesl
    Serviermädchen

Susanne Schiffelholz
    Nachbarin der von Sommerauers

Severin Schadwell
    Nachbar und Bruder von S. Schiffelholz

Peter von Sommerauer
    Cousin von Victoria in Ingolstadt (*1748)

Philomena
    Gastgeberin in Erlangen

Sibylla von Murach
    Bekannte in Bayreuth

Wappler
    Kompagnion von Dionysius von Sommerauer

Wendelin
    Studienkollege von Victoria und Christoph

Willibald von Dachsbeck
    Studienkollege und Freund von Frederik

Literaturverzeichnis

Bücher und Schriften

Große Frauen der Weltgeschichte – Tausend Biographien in Wort und Bild; Neuer Kaiser Verlag, Klagenfurt, 1987

Beck, Barbara: Die berühmtesten Frauen der Weltgeschichte – Vom 18. Jahrhundert bis heute; Maxiverlag Wiesbaden, 2008

Schad, Martha: Die berühmtesten Frauen der Weltgeschichte – Von der Antike bis zum 17. Jahrhundert; Maxiverlag Wiesbaden, 2018

Lang J., Schneider M.: Auf der Gmain – Chronik der Gemeinden Bayerisch Gmain und Großgmain; Gemeinden Bayerisch Gmain und Großgmain, 1995

Pfisterer, Herbert: Reichenhall in seiner bayerischen Geschichte; Motor + Touristik Verlag München, 1988

Sipos, Mag. Cecilia: Frauen als Instrumentalistinnen im 18. Jahrhundert; Masterarbeit an der Anton Bruckner Privatuniversität OÖ; Wien, 2016

La Beata Olanda – Ensemble für Alte Musik: Musik von Frauen – ein vergessenes Erbe; Auf den Spuren von Komponistinnen und musikalischen Traditionen

Handelsbeziehungen zwischen Venedig und Salzburg am Beispiel der Familien Spängler von Brigitte Heuberger (www.zobodat.at)

Taubert, Gottfried: Rechtschaffener Tanzmeister oder gründliche Erklärung der Französischen Tanz-Kunst von 1717; Nachdruck der Originalbücher I–III, Hrsg. Kurt Petermann, Heimeran Verlag München, 1976

Salmen, Walter: Der Tanzmeister – Geschichte und Profile eines Berufes vom 14. bis zum 19. Jahrhundert; Georg Olm Verlag Hildesheim, Zürich, New York, 1997

Haslinger, Adolf und Mittermayer, Peter (Hrsg.): Salzburger Kulturlexikon; Residenz Verlag Salzburg und Wien, 1987

Landkarten

Bayernkarte: Von Johann Baptist Homann – https://www.davidrumsey.com/luna/servlet/detail/RUMSEY~8~1~290967~90067342:Bavariae-, Gemeinfrei, https://commons.wikimedia.org/w/index.php?curid=91285674

Salzburgkarte: Von Johann Baptist Homann – Foto mit freundlicher Genehmigung von Alfred Huemer, Museum Tittmoning.

Münchenkarte von 1740: Von Autor unbekannt – Alt-Münchner Bilderbuch (München 1918), Gemeinfrei, https://commons.wikimedia.org/w/index.php?curid=5854592   .

Literaturtipps

Criado-Perez, Caroline: Unsichtbare Frauen – Wie eine von Daten beherrschte Welt die Hälfte der Bevölkerung ignoriert; btb Verlag in der Verlagsgruppe Random House GmbH, 2020

Opelt, Rüdiger: Die Unterdrückung der Frauen; S.A.W. Edition (www.opelt.com), 2019
Das Ende des Patriarchats – Die globale Gesellschaft der Frauen; S.A.W. Edition (www.opelt.com), 2019

Brunner, Verena; Bücher mit CD: Tanzen mit Mozart; Fidula-Verlag Boppard/Rhein, 2001
Contredanses – Tanzvergnügen der Mozart-Zeit; Fidula-Verlag Boppard/Rhein, 2014 (www.fidula.de)

Musikverzeichnis

Maria Teresa Agnesi Pinottini:
  Ouvertüre aus Sofonisba

Johann Sebastian Bach:
  Brandenburgische Konzerte Nummer 4
  Osteroratorium, BWV 249
  Also hat Gott die Welt geliebt

Arcangelo Corelli:
  Variationen über La Folia

Anna Bon di Venezia:
  Flötensonate I.

Friedrich der Große:
  Allegro assai aus dem Flötenkonzert in D-Dur

Christoph Willibald Gluck:
  Iphigénie en Aulide

Georg Friedrich Händel:
  Oratorium Salomon: Einzug der Königin von Saba
  Feuerwerksmusik
  Passacaglia, Suite No. 7, g-Moll, HWV 432
  Lascia ch'io pianga aus der Oper Rinaldo

Joseph Haydn:
  L'infedeltà delusa

Jean-Baptiste Lully:
  Marche Royal

Marianna Martinez:
  Klaviersonaten in E-Dur und A-Dur

Claudio Monteverdi:
  Vespro della beata vergine oder Marienvesper

Wolfgang Amadeus Mozart:
Il sogno di Scipione, Serenata, KV 126
Pianoforte-Konzert in D-Dur Nr. 5
Ascanio in Alba

Mrs. Philarmonica:
Triosonaten

Antonio Salieri:
Armida

Maddalena Sirmen:
Violinkonzerte

Alessandro Striggio:
Missa sopra Ecco sì beato giorno

Thomas Tallis:
Spem in alium, Motette

Georg Philipp Telemann:
Alster-Ouvertüre
Hamburger Adrmiralitätsmusik
Doppelkonzert in e-Moll

Marco Uccellini:
Aria Sopra La Bergamasca in D-Dur von

Antonio Vivaldi:
Nisi Dominus

Stadt MÜNCHEN, wie solche ... anzusehen ist.

1. Der Schöne Thurn.
2. Der Blaue Enden Thurn.
3. St. Peters Gottsacker.
4. Das Kaufhaus.
5. Das Neuhauser Thor.
6. Das Schwabinger Thor.
7. Das Kaufthörle.
8. Das Iser Thor.
9. Die Iser Bruckhen.
10. Iser Fluss.
11. Der Wasser thurn.
12. Das Pauliner Closter.
13. Zu unser L. Frauen Hülff.
14. Heilig Creutz Capelle.
15. Das Churfürstl. Fabrica Hauß worinnen Tüch und Zeug gemacht, gefärbe und zubereitet werden.
16. Das Gasts od. Siechenhaus.
17. St. Rochus.
18. Sendtlinger Gotts Acker.
19. Weg auf Augspurg.
20. Weg auf Nürnberg.
21. Das Löwen Hauß.

Danksagung

An dieser Stelle ist es mir ein Bedürfnis, DANKE zu sagen an alle, die beteiligt waren, dieses Buch entstehen zu lassen.

Zuerst danke ich meinem größten Fan meiner Laura-Bücher, Michaela Grüner. Sie war meine Nachbarin und ist leider inzwischen viel zu jung verstorben. Ich bin froh, dass ich ihr mit dem ersten Entwurf des vorliegenden Romans noch eine Freude machen konnte.

Ein großes Dankeschön geht an unsere Tanzmeisterin und Mozarttanz-Expertin Verena Brunner und die gesamte Tanzgruppe für Historische Tänze im Musikum Salzburg, die ich samt und sonders über die Jahre ins Herz geschlossen habe. Verena hat zwei wunderbare Tanzbücher mit CDs im Fidula-Verlag veröffentlicht und mir außerdem u. a. ihren „Rechtschaffenen Tanzmeister" von Gottfried Taubert für die Arbeit an meinem Buch zur Verfügung gestellt. Zudem hat sie mir zu meinem Werk zahlreiche wertvolle Tipps gegeben.

Ferner danke ich dem Falkenmeister Josef Hiebeler (das Buch „DER STEINADLER – Kultvogel · Wildvogel · Jagdvogel" von ihm und Ladislav Fekete ist ein wunderbares Werk) für ein falknerisches Grundwissen, das ich durch ihn erhalten habe und vor allem meiner Freundin und Falknerin Rebekka Bloßfeld, die mir mit ihrer Expertise für die Szenen in diesem Buch zur Seite gestanden hat und dafür zahlreiche Fragen beantwortet hat.

Ein besonders großes DANKE auch meinem guten Freund Alfred Leiblfinger (Buch: „Kopffüßer – Gedichte mit Hirn"), der sich in unzähligen Telefonaten geduldig die Ergebnisse meiner Recherchen angehört hat und die Zeichnungen für den Cover-Fächer nach meinen Wünschen exzellent umgesetzt hat.

Und noch ein besonderes Dankeschön an meine Schriftsetzermeisterkollegin Sabine Schmidt, die aus meinen Druckdateien im Siebdruck einen richtigen Fächer gezaubert hat. Ich liebe unser Cover in Gemeinschaftsarbeit!

Danke auch an meine liebe Korrektorin und Autorenstammtisch-Kollegin sowie Bestsellerautorin Lisa Graf und meine Probeleserinnen Delly Hierl, Gabi Lutter und Isabell Buttron.

Zuletzt danke ich dem Leben allgemein, das mich mit all den Möglichkeiten gesegnet hat, die es mir leicht machten, so manche Themen zumindest mit einem fundierten Grundwissen ausgestattet anzugehen. Ob ich nun selbst etwas als Hobby (tanzen, reiten) mache oder die richtigen Menschen kenne, die mir seit Jahren zahlreiche Fragen mit Begeisterung beantworten, beides hat mir hier sehr geholfen.

Daniela Brotsack, 2021–2024

Inhalt

Mit dem Mut einer Löwin –
Der lange Weg nach Hause

Im Urlaub startet Laura mit ihrem Pferd Arwakr zu einem
Ausritt in ihr geliebtes Altmühltal. In der Nähe des Örtchens
Essing gönnen sie sich eine Rast. Plötzlich treten Kaufleu-
te aus einem längst vergangenen Jahrhundert in Erscheinung. Wenig später begegnet Laura einem geheimnisvollen
Ritter, der sie auf sein Gut führt. Wird die impulsive und
unkonventionelle Laura sich dem Abenteuer stellen?
Eine packende Reise in die schillernde Welt der Feudal-
herren im Altmühltal.

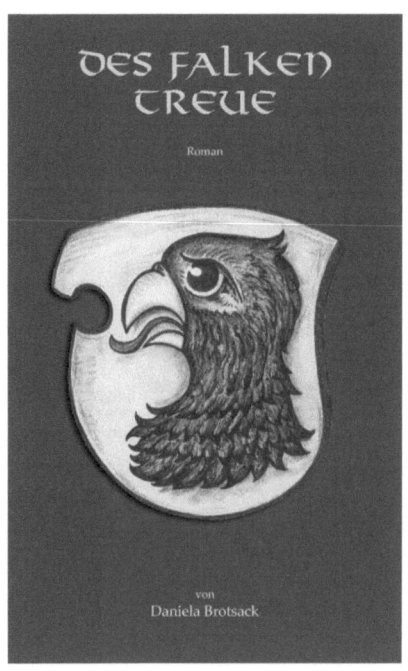

Des Falken Treue

Zehn Jahre sind vergangen seit ihrem unfreiwilligen Ausflug ins 14. Jahrhundert, als Laura während eines Ausritts mit ihrem Wallach Arwakr bei Landshut ein geharnischter Mann mit dem Falken-Wappen in ihr Leben tritt. Wer ist der geheimnisvolle Fremde und was verbirgt sich hinter den vielen Gemeinsamkeiten zwischen ihm Gordian?
Nach anfänglicher Zurückhaltung stürzt sich Laura auf neue Herausforderungen und Abenteuer und versucht dabei, ihr persönliches Glück zu finden.

WEGE DURCH DAS
TAL DER TRÄUME

Erzählungen um Bräuche und Traditionen
in Ober- und Niederbayern

von
Daniela Brotsack

Lucienne ist 12 Jahre und hat eine besondere Freundin. Diese nimmt Lucienne mit ins Tal der Träume, wo sie mit Bräuchen und Traditionen ihrer Heimat vertraut gemacht wird. Plötzlich ist das bisher langweilige Thema für Lucienne höchst interessant und sie erwartet ungeduldig den nächsten Ausflug mit Ruth.

Die Autorin erzählt über unterschiedliche Bräuche und Traditionen im Jahreskreis – vorwiegend aus Nieder- und Oberbayern – anhand eigener Erfahrungen sowie Überlieferungen verschiedener Quellen.

Ein Buch, das als unterhaltsame Hinführung zum Thema Bräuche und Traditionen gerade für junge Leser ideal ist.

15 Geschichten rund um die Weihnachtszeit für Jung und Alt. Erzählungen aus unserer Zeit, die den Zauber der Märchen von einst inne haben. Die einen sind amüsant, andere entführen uns in die heile Welt, welche wir uns gerade zu Weihnachten insgeheim wünschen, wieder andere regen zum Nachdenken an.

Doch vor allem eignen sich die Geschichten hervorragend, um vorgelesen zu werden.

© 2014 Daniela Brotsack
Als TB und E-Book erschienen bei: Books on Demand GmbH, Norderstedt

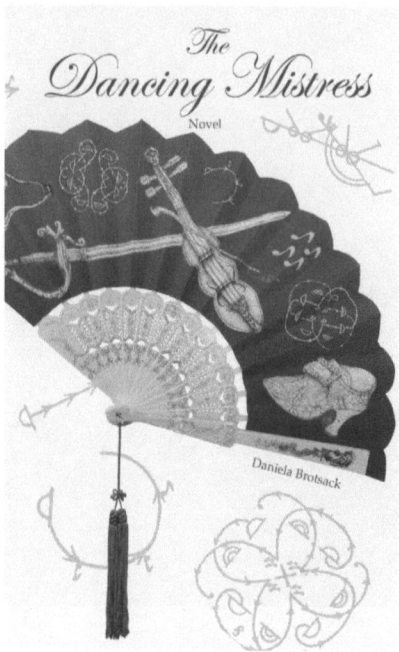

The Dancing Mistress

Around 1770: Victoria is a friend of Nannerl and Wolfgang Mozart and lives near Salzburg. She sees her calling as a dance mistress. But social conventions and her father do not allow this. The young woman has to overcome many obstacles and face numerous challenges in life before her wish comes true.

Everywhere she goes, Victoria hears about women who are living their vocation and are held in high esteem by society. She gets to know some of them personally. This women encourage Victoria to go her own way.

© 2024 Daniela Brotsack
As PB and E-Book: Books on Demand GmbH, Norderstedt

„Träume dir dein Leben schön und
mach aus diesen Träumen eine Realität."

Marie Curie, Physikerin und Nobelpreisträgerin
(1867–1934)

„Sei die Heldin deines Lebens,
nicht das Opfer."

Nora Ephron, Schriftstellerin
(1941–2012)

„Lass dich nicht unterkriegen,
sei frech und wild und wunderbar!"

Astrid Lindgren, Schriftstellerin
(1907–2002)

Mozart in Style KG

Lassen Sie Ihre Träume
Wirklichkeit werden!

Tanzveranstaltungen und Tanz-Picknicks im
Rokoko/Regency-Stil – werden Sie Teil der Welt von
Mozart oder Jane Austen

Fordern Sie Ihr persönliches Angebot an!

www.mozartinstyle.com
myevent@mozartinstyle.com

Historische Events als Rahmen
für besondere Anlässe:

Haben Sie manchmal das Gefühl, in eine andere Zeit zu gehören? Erleben Sie eine epische Geburtstagsfeier oder Hochzeit in genau dem Rahmen, den Sie sich schon immer erträumt haben. In unserer Traumfabrik kreieren wir maßgeschneiderte Events von der Mozart-Feier bis zum Jane Austen-Ball. Der Schauplatz ist originell und auf den Zweck abgestimmt, sei es das Schloss Hellbrunn (ehemalige Sommerresidenz der Erzbischöfe) oder die Salzburger Altstadt, deren Geschichte bis ins Jahr 900 zurückreicht. Salzburg ist ein einzigartiges Kleinod mit einer unglaublichen historischen und kulturellen Tiefe.

Um sich wirklich in eine andere Zeit zu versetzen, empfehlen wir zumindest Veranstaltungen von Freitag bis Sonntagnachmittag, aber wenn Sie völlig in eine andere Zeit eintauchen wollen, ist natürlich Mittwoch bis Sonntag noch besser. Sollten das normalerweise warme und laue Salzburger Wetter umschlagen und die Aktivitäten im Freien einschränken, haben wir auch für Last-Minute-Änderungen geeignete Optionen parat. Das folgende Kurz-Programm soll Ihnen einen Überblick verschaffen – in der Regel richten wir uns bei der Programmgestaltung nach den spezifischen Bedürfnissen unserer Kunden:

Freitag: Erste Stadtführung & Vorbereitungsabend (Optional zusätzlich Mozart-Abend mit Gesang)

Samstag: Salzburg & Historischer Ball mit Live-Musik

Sonntag: Tanz & Speisen alfresco (Picknick)

Was wird benötigt? Kleidung in Ihrem bevorzugten Tanz-Stil, Tanzschuhe (Ball) und relativ flache Schuhe (Picknick).

Sonstige Informationen rund um das Event:
www.mozartinstyle.com
myevent@mozartinstyle.com

Josef Hiebeler & Ladislav Fekete

DER STEINADLER
Kultvogel · Wildvogel · Jagdvogel

Geschichte, Verbreitung,
Biologie, Jagd,
Haltung und Pflege,
Zucht, Krankheiten,
Adler in fernen Ländern ...

**Geballtes Wissen auf
400 Seiten DIN A4
mit über 700 Fotos**

ISBN: 978-3-200-09938-8

www.falknerbund.com

Der Adler und der Mensch – beide sind Jäger. Tier und Mensch
bilden eine lebendige Gemeinschaft, die von der Urzeit der
Morgenröte der Menschheit bis in die Gegenwart reicht und in die
Zukunft weist. Das Zusammenspiel zwischen Mensch und Tier ist
eines der reizvollsten Kapitel unserer Etwicklungsgeschichte.
Die Falknerei ist in mehreren Hinsichten etwas ganz Besonderes.
Der Adler hat eine sehr ausgeprägten Persönlichkeit. Er steht in
einem sehr engen, so gut wie gleichberechtigten Verhältnis zu
seinem Falkner.
Lassen Sie sich entführen in die vielschichtige Welt der Steinadler.

Ein umfassendes Werk für alle Falkner und Steinadler-Fans!